주요섭 소설 전집 3

붙느냐 떨어지느냐, 여대생과 밍크코우트 외

주요섭 소설 전집 ③

붙느냐 떨어지느냐, 여대생과 밍크코우트 외

초판 인쇄 · 2023년 7월 15일
초판 발행 · 2023년 7월 25일

지은이 · 주요섭
엮은이 · 정정호
펴낸이 · 한봉숙
펴낸곳 · 푸른사상사

주간 · 맹문재 | 편집 · 지순이 | 교정 · 김수란, 노현정 | 마케팅 · 한정규
등록 · 1999년 7월 8일 제2-2876호
주소 · 경기도 파주시 회동길 337-16(서패동 470-6)
대표전화 · 031) 955-9111~2 | 팩시밀리 · 031) 955-9114
이메일 · prun21c@hanmail.net
홈페이지 · http://www.prun21c.com

ⓒ 정정호, 2023
ISBN 979-11-308-2076-7 04810
　　　979-11-308-2073-6 (세트)
값 29,000원

주요섭 소설 전집 **3**

붙느냐 떨어지느냐, 여대생과 밍크코우트 외

정정호 책임편집

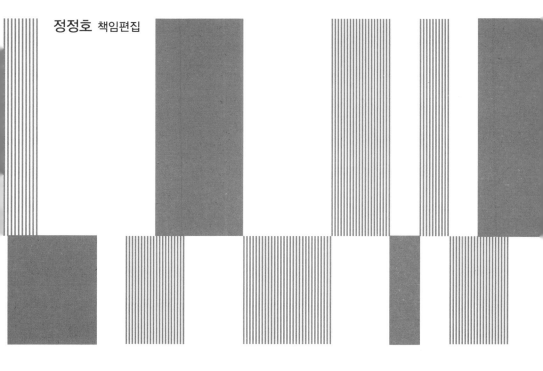

 푸른사상
PRUNSASANG

주요섭 朱耀燮 (1902~1972)

한국 문학사 최초의 세계주의 작가

"[내가] 후세에 이름을 남긴다면 학자로서보다는 작가로서 남기고 싶다"[1]

— 주요섭

"정(情)! 그것은 인류 최고의 과학을 초월한 생의 향기이다."

— 주요섭, 「미운 간호부」

"문학작품의 기능은 지식 전달에 있는 것이 아니라, 인간생활의 본질을 분석하는 데 있기 때문이다. 문학작품은 많이 읽음으로써 각자가 소속되어 있는 특수 사회의 진상과 본질을 파악할 수 있을 뿐 아니라, 자기 소속 외 딴 가지각색 사회의 진상과 본질까지도 파악하게 되어 그 결과로는 남을 이해하게 되고 편견이 감소되는 것이다."

— 주요섭, 「이성(理性)・독서(讀書)・상상(想像)・유머」

2022년은 소설가 여심(餘心) 주요섭(朱耀燮, 1902~1972) 탄생 120주기이고 서거 50주기였다.

주요섭은 1920년 1월 3일 『매일신보』에 처녀작 단편소설 「이미 떠난 어린 벗」

---

1   김용성, 『한국현대문학사 탐방』, 국학자료원, 2011, 126쪽에서 재인용.

발표를 시작으로 1972년 타계할 때까지 50여 년간 단편소설 39여 편, 중편소설 6편, 그리고 장편소설 6편을 써냈다.[2] 주요섭은 1934년부터 9년간 베이징의 푸런(輔仁)대학에서 영문학 교수 그리고 1953년부터 1967년까지 14년간 경희대학 영문학과 교수로 재직한 것 외에도 수많은 사회활동을 하였기에 전업작가는 아니었다. 그럼에도 그가 발표한 작품 수를 볼 때 결코 적게 쓴 과작(寡作)의 작가는 아니었다.

한국 문학계나 문단의 주류 담론에서 소설가 주요섭에 관한 평가가 지나치게 박하다. 주요섭은 주요 문학사나 평론에서 「사랑손님과 어머니」 같은 단편소설 몇 편을 제외하고는 별로 언급되지 않는다. 일례로 1972년 초 당대 최고의 평론 가들이 저술한 『현대 한국문학의 이론』[3]에도, 그리고 2000년대 초에 나온 한국 문학자들이 쓴 『우리 문학 100년』[4]에도 주요섭에 대한 일언반구의 언급도 없다. 이것은 아마도 우리 학계와 문단의 전업작가 우선주의와 동시에 한 장르만 파 고드는 장르순수주의의 결과가 아닐까 한다. 주요섭이 도산 안창호 선생의 영 향으로 상하이의 후장대학과 미국 스탠퍼드대학교 대학원에서 교육학을 전공 하고 베이징과 서울에서 영문학 교수를 20년 이상 했기 때문일까?

주요섭은 소설뿐 아니라 여러 가지 주제의 수많은 산문을 써냈고 번역 또한 양적으로도 상당하다. 그리고 순수 문인이라기보다는 『신동아』 편집과 영자신 문 사장 그리고 국제PEN 한국본부 회장, 한국아메리카학회 초대 회장, 한국번 역가협회 초대 회장 등 많은 단체 일도 보았다. 아마도 주요섭이 한 곳에 집중하 지 않고 팔방미인이라 소설가로서 충분한 평가를 받지 못하는 듯하다. 그러나 양적으로나 질적으로 볼 때 주요섭이 한국의 소설가가 아니면 누가 소설가란 말인가?

---

2 영문으로 창작한 단편, 중편, 장편 소설들, 『동아일보』에 연재 중 일제에 의해 강제 중 단된 장편소설 『길』, 베이징에서 일제에 압수되어 분실된 영문 장편소설까지 포함.
3 김병익 · 김주연 · 김치수 · 김현, 『현대 한국문학의 이론』, 민음사, 1972.
4 김윤식 · 김재홍 · 정호웅 · 서경석, 『우리 문학 100년』, 현암사, 2001.

주요섭은 흔히 말하는 "위대한" 작가는 아닐지도 모른다. 그러나 그는 우리에게 "필수적인" 작가이다. 적어도 1910년 한일 강제 병합 이후 해방 공간과 6 · 25 전쟁을 겪은 그의 소설들은 한반도의 경제 · 문화 · 정치의 양상을 이해하기 위한 다양한 역사적 사실과 인간에 대한 깊은 이해를 보여주기 때문이다. 미국 작가 마크 트웨인, 영국 작가 조지 오웰, 중국 작가 루쉰, 러시아의 톨스토이도 각 국가의 "필수적인 작가"들이다. 주요섭은 평양에서 태어나 중학교 때까지 그곳에서 살았고 중국 상하이에서 7년, 베이징에서 9년, 미국에서 최소 2년 반, 일본에서 수년간 그 후 주로 서울에서 살았다. 20세기 초중반 기준으로 볼 때 소설가 주요섭은 한국 문학사 최초의 세계시민이었으며 전 지구적 안목을 가지고 국제적 주제를 다룬 한국문학에서 보기 드문 작가였다.

그동안 주요섭 소설들은 단편소설 위주로 소개되고 논의되었다. 지금까지 출간된 십수 종의 작품집들을 보면 주로 「인력거꾼」, 「사랑손님과 어머니」 등의 십수 편의 단편소설 위주로 중복 출판을 이어왔다. 중편소설 「미완성」과 「첫사랑 값」, 장편소설 『구름을 찾으려고』와 『길』은 출판되었다. 그러나 상당수의 단편들과 중편, 장편들은 거의 출판되지 않았다. 이러한 상황에서는 주요섭의 소설문학에 대한 전체적인 논의와 조망은 불가능하다. 편자는 수년 전 이러한 주요섭 소설문학에 편향된 시각과 몰이해를 일부나마 교정하기 위해 주요섭 장편소설 4편을 모두 신문과 문예지에 연재되었던 원문과 일일이 대조하여 출간한 바 있다.

이번에는 단편소설 39편 전부와 중편소설 4편 전부를 가능한 한 원문 대조 과정을 거쳐 출판하게 되었다. 이렇게 되면 명실공히 주요섭 소설세계의 전모가 드러날 수 있게 된다. 뒤늦었지만 이제 일반 독자들은 물론 연구자들도 주요섭 문학에 대한 새로운 그리고 총체적 접근을 할 수 있게 될 것이다.

문학평론가 백철은 주요섭을 가리켜 "동서양의 문학사상을 섭렵한 작가"로 반세기의 작가 생활에서 주옥같은 소설작품들을 창작한 "군자형과 선비형 작가"로 평가하였다. 주요섭은 일생 동안 전업 소설가는 아니었지만 타고난 이야기꾼으로 일제강점기 초기부터 해방 공간, 6·25전쟁, 4·19혁명 등 1960년 말까지 50년간 한반도는 물론 상하이, 베이징, 만주 그리고 일본과 미국에 이르기까지 광대한 지역을 횡단하면서 50여 편의 단편, 중편, 장편, 영문 소설을 써낸 세계주의적인 소설가였다. 주요섭은 한국 문학사 그리고 한국 소설사에 지울 수 없는 커다란 족적을 남겼다.

주요섭 소설의 재평가를 주장하는 경우를 살펴보자. 장영우 교수는 그가 편집한 주요섭 중단편집의 「작품 해설」에서 "주요섭은 우리의 길지 않은 현대소설사에서 제외되어도 좋은 통속작가가 결코 아니며, 하루 빨리 그의 문학이 정당한 해석과 평가를 받아 한국 문학사의 결락(缺落) 부분이 온전히 보완되어야 할 것이다"고 지적하였다. 이승하 교수도 편집한 주요섭 단편집의 「해설」에서 "국제적인 감각을 갖춘 소설가의 혜안으로 시대의 문제점을 잘 파악한 이들 소설은 지금 이 시대에도 여전히 문학적인 값어치를 지니고 있다"고 전제하고 주요섭에 대해 "그의 세 편의 장편소설과 다수의 중편소설은 평가가 전해지지 않고 있다. 주요섭론은 이제부터 새로이 쓰여야" 한다고 강조한 바 있다.

소설가 주요섭의 계보

그렇다면 주요섭은 어떻게 소설가가 되었을까? 주요섭이 만년에 쓴 문학 회고문을 보면 그가 소설가가 된 동기와 배경은 타고난 이야기꾼인 할머니였다. 할머니는 어린 손자 주요섭에게 옛날이야기를 나름대로 첨가하고 변개하여 들려주었다. 어린 주요섭은 할머니에게 들은 이야기를 다시 번안하고 편집해서 친구들에게 말해주어 친구들은 주요섭을 "재미있는 이야기꾼"이라 불렀다. 주요섭은 "그때부터 나는 허구를 위주로 하는 창작가가 되었던 모양"이라고 훗날 회고했다. 주요섭은 평양의 소학교에서 한글 읽기를 깨우치자마자 교과서보다 소설 읽기를 더 좋아했다. 신구약 성경을 신앙심 때문만이 아니라 재미난 이야기들이 많아 통독했다. 그리고 생가 사랑채에 한글로 된 소설책이 많아 닥치는 대로 읽었다고 한다.

문맹(文盲)이신 할머니 이야기주머니가 바닥나자 이번에는 주요섭이 읽은 이야기책들에 나오는 이야기를 할머니에게 해드렸다. "책 세놓는 가게"에서 「춘향전」, 「홍길동전」 등 고전소설과 『혈의 누』, 『추월색』 등 신소설과 나아가 여러 권으로 된 『삼국지』, 『수호지』 등 중국 소설을 빌려 읽고 다시 그 이야기들을 할머니에게 해드리는 과정에서 "나 자신도 도취되어서 이렇게 재미나고, 아기자기하고, 엉뚱하고, 신기하고, 무섭고, 우스운 이야기들을 나도 써보았으면 하는 욕망이 솟아오르곤 하였다"라고 적고 있다. 당시 어린이 잡지 『소년』의 애독자였던 주요섭은 처음에는 셰익스피어의 비극 작품인지도 모르고 『리어 왕』의 번안을 읽고서 "가장 감명 깊고 인상 깊게 읽은 작품"이라고 토로하였다. 주요섭이 소설가가 되기까지 1919년 2월 창간된 『창조』 동인들인 친형 주요한과 후에 소설가가 된 2년 연상의 동향인이자 평양 소학교 선배인 김동인이 주요섭의 창작욕에 많은 자극을 주었다.

1919년 3월 1일 독립만세사건이 일어나자 당시 일본 중학교 유학 중이던 주요섭은 즉시 고향인 평양으로 귀국하여 '검은 나비당'이라는 비밀결사의 일원이 되어 등사판 「독립신문」을 만들어 돌리다 체포되어 10개월의 징역을 판결받아 유년감에 갇혔다. 1919년 여름 주요섭은 감옥 안에서 영어로 된 안데르센 동화집을 일영사전에 의존하여 한국어로 번역하였다. 주요섭은 "이것이 계기가 되어 나의 문학 활동은 외국 동화 번역과 동화 창작에서 출발되었다. 그러나 동화에만 만족하지 못하게 된 나는 단편소설(?) 한 편을 옥중에서 썼다"고 적고 있다. 같은 감방에 있던 잡범 소년이 간수방에서 훔쳐온 한 통의 편지를 읽고 그것을 토대로 비극적인 단편 연애소설을 썼고 17세 또래 만세범들은 함께 읽고 "걸작"이라고 인정해주었다.

1919년 말에 형기를 마치고 출옥한 후 주요섭은 그 단편을 원고지에 옮겨 적어 『매일신보』 신춘문예에 응모하여 3등으로 당선되어 상금 3원도 받았다. 주요섭이 "이것이 나의 처녀작이요, 처음 활자화된 단편이었다"고 말한 작품이 바로

1920년 1월 3일자 『매일신보』에 실린 단편소설 「이미 떠난 어린 벗」이었다. 이렇게 해서 주요섭이라는 소설가가 조선반도에 처음 등장하게 되었다. 그 후 상하이로 건너가 대학에 유학하면서 상하이 지역 신문 보도에서 힌트를 얻어 단편소설 「치운 밤」을 써서 경성으로 우송한다. 그 작품이 『개벽』(1921년 4월호)에 실려 이제 명실상부한 소설가가 된 주요섭은 그 후 그 길을 50년간 걷게 되었다.

50년간의 주요섭 소설세계

이제부터 1920년부터 시작하여 그 후 50년간 계속된 주요섭 소설세계를 개괄해보자.

1920년 1월 3일 『매일신보』에 발표된 첫 단편소설 「이미 떠난 어린 벗」과 1920년대 중반 상하이 중심으로 쓴 단편소설 「인력거꾼」, 「살인」, 그리고 중편 연재소설 「첫사랑 값」은 그 이후 50년간의 작가 생활을 비추어볼 때 매우 중요한 의미를 가진다 하겠다. 주요섭의 1920년대 초기 소설들이 1930년대 소설에 비해 중요도가 떨어지는 것은 결코 아니다. 오히려 주요섭의 작가로서의 전 생애를 볼 때 초기 작품들의 중요성은 재평가되어야 한다. 1930년대 이후 작품들은 모두 1920년대 작품의 "반복과 차이"라고 볼 수 있기 때문이다. 1920년대 작품들은 1930년대 이후 작품의 모태이며 씨앗이다.

1920년대 작품에 나타난 "사랑주의"와 "사회의식"은 그 후 계속 반복되어 나타난다. 주요섭의 처녀작인 단편소설 「이미 떠난 어린 벗」은 편지를 중심으로 한 액자소설이고 중편소설 「첫사랑 값」은 일기를 중심으로 한 액자소설로 모두 사랑과 연애가 주제이다. 1920년대 「치운 밤」, 「인력거꾼」, 「살인」 등 작품들은 모두 당대 자본주의 사회의 갈등과 모순을 비판적으로 다룬 사회주의적 평등과 분배가 주제이다.

주요섭 소설에 대한 접근은 그동안 주로 시기별로 신경향적인 사회의식, 사랑 이야기와 자연주의, 역사의식과 리얼리즘 등의 문예사조적 접근이 대세를 이루었다. 이러한 방식도 통찰력을 주는 것은 사실이다. 그럼에도 불구하고 이러한 논의 방식은 지나치게 단편소설 중심으로 전개되어 중편소설 대부분과 장편소설 전체에 대한 논의가 거의 배제되어 있다는 흠이 있다. 1920년부터 1970년까지 50년간 주요섭의 소설세계는 시대에 따라 단계적으로 바뀌는 선형적이고 연대기적 구성이 아니라 다양한 방식과 여러 가지 주제와 "정(情) 즉 사랑"이라는 대주제를 중심으로 교차, 단절, 반복되는 나선형의 구성을 보이고 있다.

주요섭은 1921년 봄 상하이에 도착하자마자 당시 대한민국 임시정부 일을 보던, 평소 깊이 존경하던 도산 안창호 선생을 만났고, 도산이 1913년에 미국 샌프란시스코에서 창단한 흥사단에 즉시 가입하였다. 그는 당시 대한민국 임시정부의 노선 중 조선 독립을 위해 기본적으로 안창호의 준비론을 따랐으나 한때 이동형을 비롯한 혁명을 목표로 하는 공산, 사회주의자에 빠져 하층계급인 노동자, 농민을 위해 사회주의에 동조한 것도 분명하다. 그의 초기작 「치운 밤」, 「인력거꾼」, 「살인」 등은 이런 계열의 소설이다.

그러나 주요섭은 1930년대부터는 사회주의에서 탈피하여 민족주의 계열로 가지 않고 중간노선인 '사실주의'에 머무르게 되었다. 이것은 1934년 전후한 복잡한 한국 문인 계보를 만든 김팔봉의 글 「조선문학의 현재와 수준」에서도 그대로 드러난다. 김팔봉은 한국문학을 크게 카프문학(동반자적 문학 경향 포함)과 민족주의 경향 계열, 이렇게 두 부분으로 나누고 주요섭을 민족주의 계열 중에서도 사실주의파에 김동인, 염상섭, 강경애와 함께 포함시켰다.[5] 이렇게 볼 때 주요섭은 1920년대의 사회주의적이며 계급주의적인 신경향적 경향에서 이탈했음이 분명하다.

그 후 백철이 주요섭을 당대 민족문학파와 프로문학파라는 이분법적 구도에서 벗어나 제 3지대에 머무른 "중간파"라고 분류한 것은 매우 적절한 평가라 볼 수 있다. 소설가 주요섭은 문단의 이러한 논쟁에 거리를 두고 어떤 특정 이념에

---

5   김윤식, 『한국 근대문예비평사 연구』, 한얼문고, 1973, 208쪽.

빠지지 않고 소설을 오직 현실을 "있는 그대로" 그리려는 사실주의자(리얼리스트)였다. 그리고 한국 문단에서 보기 드물게 조선반도에서 벗어나 전 세계를 함께 박애주의적 시각으로 바라보려는 거의 최초의 세계주의자 문인이었다고 볼 수 있다.

따라서 50년을 관통하는 몇 개의 작은 주제들이 반복과 차이의 양상을 보인다고 볼 수 있다. 편자는 단편, 중편, 장편, 영문 소설까지 모두 고려하여 대체로 주요섭의 소설 세계를 ① 신경향(사회주의)적 요소, ② 사랑 이야기, ③ 세태 관찰과 비판, ④ 인본주의 또는 인도주의, ⑤ 역사 서지적 기록, ⑥ 디아스포라(민족주의), ⑦ 죽음의 문제라는 7개의 변주곡이 차이를 보이면서 반복되는 역동적인 나선형의 구성으로 파악하고자 한다.

정(情) 즉 사랑

이 7개의 변주곡을 함께 묶는 대주제인 정(情) 즉 사랑에 대해 논의해보자. 편자는 주요섭 문학을 사회주의, 사랑주의, 인도주의, 사실주의 등으로 나누기에 앞서 과연 50년의 주요섭 문학 활동의 근저를 흐르는 무의식 또는 대전제 또는 대주제는 무엇인가를 논해보고자 한다. 주요섭 소설문학의 대주제는 "정(情)" 즉 사랑이다. 주요섭과 상하이 후장대학 유학 시절부터 일생 동안 가장 가깝게 지냈던 후배인 피천득은 주요섭 문학의 본질은 "정"이라 보았다. 피천득은 주요섭이 타계한 직후인 1972년 11월에 『동아일보』에 쓴 추도사에서 다음과 같이 적었다.

> 형[주요섭]이 상해 학생 시절에 쓴 「개밥」, 「인력거꾼」 같은 작품은 당신의 인도주의적 사상에 입각한 작품이라고 봅니다. 형은 정[情]에 치우치는 작가입니다. 수필 「미운 간호부」에서 보는 바와 같이 형은 몰인정을 가장 미워합니다.

주요섭은 여러 편의 수필 중 「미운 간호부」(『신동아』 1932년 9월호)를 스스로 대표작으로 꼽았다. 이 수필에서 주요섭은 전염병을 앓다 일찍 죽은 어린 딸을 사망실 즉 시체보관실에서라도 보여달라는 어머니의 간청을 매정하게 거절하는 간호부를 심하게 꾸짖는다.

> 그러나 그것을 염려하는 어머니의 심정! 이 숭고한 감정에 동정할 줄 모르는 간호부가 나는 미웠다. 그렇게까지 간호부는 기계가 되었던가?
> …(중략)…
> **정(情)! 그것은 인류 최고의 과학을 초월한 생의 향기이다.**(강조−필자)

이처럼 주요섭 문학의 요체는 "정 즉 사랑", 나아가 넓은 의미의 인도주의(humanism, humanitarianism)라 규정할 수 있다. 주요섭은 1960년 한국영어영문학회가 출간한 영미어문학총서(전 10권) 제4권 『영미소설론』에서 서론격인 「소설론」을 집필했다. 이 글에서 우리는 주요섭의 소설에 관한 기본적인 생각을 알 수 있다. 주요섭은 소설의 핵심을 상상력(imagination)으로 보았다.

> 소설은 과학 논문이나 역사 서술과 달리 단지 작가의 상상[력]이 깃들어 있는 글이라고 하기도 한다. 그런데 상상력이라고 하는 것은 단순히 공상 혹은 환상적(幻想的)만을 말하는 것은 아니다. …(중략)… 특히 낭만주의자들이 강조하는 것은 상상은 환상만으로 끝나는 것이 아니고 지성과 사상과 추리력까지 포함하는 것이[다].

주요섭은 그 상상력의 대표적 예로 영국 낭만주의 서정시인 P. B. 셸리(1792~1822)가 1821년에 써낸 『시의 옹호』에서 한 인용문을 끌어오고 있다.

> "사람이 위대하고 선량하려고 하면 강하고 넓은 상상력을 가지지 않으면 안 된다. 그는 자신을 남(他), 많은 남의 입장에다 두지 않아서는 안 된다. 동포의 희로애락이 곧 자신의 희로애락이 되어야 한다"고 말한 것을 보면 상상력은

humanism[인도주의, 인간주의]도 포함하고 있다고 보아야 할 것이다.

여기서 주요섭이 셸리의 핵심적인 구절을 인용하면서 말하려는 요지는 "사랑"이란 결국 상상력이고 상상력은 또다시 나 자신이 아닌 타인이 되는 "타자 되기"이다. 이 타자 되기라는 "역지사지(易地思之)"의 공감력(共感力)은 사랑의 진정한 모습인 것이다. 시[문학]는 결국 우리가 자신에게서 벗어나 이웃과의 사랑을 회복시키는 예술 양식인 것이다.

주요섭이 자신의 삶과 문학에서 "정 즉 사랑"을 가장 중요시한 것은 자신이 기독교 모태신앙자였고 아버지가 장로교 목사였다는 사실과도 어느 정도 관계가 있을 것이다. 자신의 이름도 구약에 나오는 요셉이란 이름에서 온 것이 아닌가? 요셉은 젊은 시절 배다른 형제들의 시기를 받아 이집트에 노예로 팔려갔으나 후에 우여곡절 끝에 파라오 대왕 다음으로 이집트의 제2인자인 총리가 되었다. 그 후 요셉은 형제들을 사랑으로 다 용서하고 모든 가족을 화해하여 재결합시켰다. 주요섭의 일부 초기 소설에는 기독교 비판적인 요소가 없지는 않지만 그렇다고 기독교 교리의 핵심인 사랑까지 의심한 것은 아니리라.

주요섭이 1920년대 상하이 유학 시절 가장 존경하고 영향을 받았던 사람은 당시 대한민국 임시정부에서 일하던 도산 안창호 선생이었다. 도산은 열렬한 기독교 신자는 아니었지만 기독교 교리인 사랑을 절대적으로 믿었다. 주요섭은 안창호의 감화로 당시 독립을 위한 무력 투쟁이나 외교적 해결에 앞서 무지몽매한 조선 백성의 의식을 깨우치고 교육을 먼저 시켜야 한다는 소위 "준비론"에 뜻을 같이했던 것이다.

편자는 주요섭 삶을 관통하는 핵심을 사랑으로 본다. "정 즉 사랑"은 주요섭 문학에서 모든 것이 다양하며 파생되어 나오는 등뼈이며 "원형(archetype)"이다.

말, 언어, 문학 : 주요섭의 서사 기법, 리얼리즘

주요섭은 말(언어) 즉 언어의 예술인 문학에 대해 어떤 생각을 가졌을까? 그는 흥사단의 기관지인 『동광(東光)』 창간호인 1926년 5월호에 게재한 글 「말(言語)」의 결론 부분에서 다음과 같이 언명하고 있다.

> 인류는 지금 언어의 세계에 산다. 짐승의 세계에는 다만 물건과 암송뿐이다. 그런데 사람에게는 언어라는 편리스러운 행복이 있는 것이다. 그리고 사회에서 언어를 써서 다른 사람에게 영향을 주거나 감동시키는 능력을 가진 사람에게 사회적 위대한 상급을 준다. 한 사람이 자기의 언어로 더 많은 사람을 이해시키고 감화시킬 수 있을수록 그 사람은 그 사회에서 위대한 인물이 된다. 예수가 그러하고 레닌이 그러하고 손문(孫文)이 그러하다.
> 언어의 힘이 얼마나 큰가.[6]

소설가는 말(언어)을 가지고 글을 써서 독자들에게 감동, 감화시키는 말의 예술가이다.

이제부터 주요섭의 이야기 전개 방식 또는 서사 기법에 대해 말해보자. 그의 소설은 가장 전통적인 사실주의(realism)이다. 주요섭은 영문학 교수로서 조지프 콘라드를 아주 좋아했고 큰 영향을 받았다. 소설에서 리얼리즘 기법이란 있는 그대로 보여주거나 묘사함으로써 서사를 전개시키는 방식이다. 흔히 말하는 영미 모더니즘 소설의 대가들인 제임스 조이스, 버지니아 울프, 윌리엄 포크너 등과 같은 작가들의 "의식의 흐름"이라든가 하는, 이야기를 비틀고 복잡하게 만드는 방식은 주요섭의 서사 전략이 아니다. 주요섭의 소설에 주인공의 심리 묘사 장면도 많이 있으나 난해한 "무의식"의 미로(迷路)를 찾는 경우는 별로 없다. 한마디로 그의 소설은 심리 분석보다 스토리 중심이며 작가의 상상력보다는 체험 중심이다.

---

6 『동광』 1926년 5월호, 40쪽.

주요섭은 1960년의 한 소설 심사평에서 소설가가 소설을 창작하는 이유는 "포착하기 어려운 진실의 본질에 대한 고민 때문"이라고 하였다. 또한 소설가들은 "가슴속에 무엇인가를 간직"하고 있어서 "진실의 어떤 환상이 그들에게 향하여 자꾸만 덤벼들 때 그것을 청산해버리는 방법으로 소설을 쓰게" 된다고 했다. 구체적으로 소설을 쓸 때 작가들은 내용, 주제, 기교, 구성 등은 각양각색이지만 "인간에 대한 기본적인 진실에 도달하려는 목표"를 가진다고 했다. 또한 소설가가 되기 위해서는 "예리한 관찰력으로 사사건건 자세히 관찰하여 직접적인 체험을 쌓아가는 동시에 남이 쓴 책을 많이 읽어 간접적인 경험을 될 수 있는 대로 풍부하게 간직해두어야 할 것"이라고 언명하였다.

독자에게 강한 인상을 주기 위해 작가에게는 강력하게 구성하는 재능을 가지고 적절한 어휘와 아름다운 문장, 클라이맥스(절정)를 만드는 능력뿐 아니라 기지와 풍부한 상상력과 독특한 지성까지도 요구된다. 이는 주요섭 자신이 창작한 소설작품을 읽을 때도 그대로 적용될 수 있을 것이다. 여기서 중요한 것은 첫째, 진실에 대한 추구이다. 진실에 대한 추구는 바로 현실을 있는 그대로 재현하여 보여주는 사실적 추구이다. 이를 문학적으로 말하면 리얼리즘이다. 굴절되지 않은 문물 현상을 있는 그대로 재현하는 것이 주요섭에게 가장 중요한 덕목이다.

주요섭의 소설세계는 1920년대부터 조선, 중국의 상하이와 베이징, 만주, 일본, 미국 서부 등지에서 자신이 직접 경험한 이야기를 소설로 만든 경우가 대부분이다. 어떤 소설은 자서전적 색채가 짙고, 또 어떤 소설은 당대 세태를 기록하고 보고하는 다큐멘터리이고, 장편소설들은 주로 역사적 리얼리즘 계열의 작품들이다. 한마디로 주요섭의 소설은 철저하게 자신의 시대 안에서, 개인적 체험에 토대를 두고 약간의 허구를 가미한 경우가 대부분이다.

주요섭은 기본적인 서사 방식은 리얼리즘이다. 그러나 그는 사회의 부조리와 타락상을 있는 그대로, 추한 모습까지 적나라하고 추문적으로 노출시키는 자연주의 기법도 가끔 사용하였다. 특히 1920년대 그의 일부 소설은 20세기 초 전후로 유럽과 미국에서 한때 일어났던 문예사조인 자연주의적 요소에 일정 부분 영향을 받은 것은 분명하다. 따라서 주요섭의 서사 방식은 단성(單聲, monophony) 적이기보다 다성(多聲, polyphony)적이다. 단선적이고 정태적인 정반합의 변증법 이기보다 다성적이고 역동적인 대화법에 더 가깝다.

그의 서사 구조는 선형적이 아니라 나선형적이고 그의 서사 주제는 단일체라 기보다 다양체의 특성을 지닌다. 소설가 주요섭은 본질적으로 단성적 또는 순종(純種)적이 아니라 잡종적 또는 혼종주의(hybridism)인 작가이다. 그는 어느 한 유파나 한 사조에 자신을 매어놓지 않고 항상 나선형적으로 열려 있는 역동적 인 작가였다고 결론지을 수밖에 없다.

4권으로 구성된 중단편소설집

책임편집자로서 필자는 주요섭 중단편소설을 4권으로 나누어 편집했다. 우선 1920년 『대한매일신문』에 실렸던 단편소설 「이미 떠난 어린 벗」에서부터 주요섭이 타계하고 1년 뒤인 1973년 『문학사상』에 실렸던 유고 단편소설 「여수」까지 편집자가 찾을 수 있었던 39편의 단편소설 전부를 다음과 같이 1, 2, 3권으로 분류하였다. 중편소설 4편은 모두 모아 제4권에 배치했다.

제1권에는 1920년부터 1937년까지 발표된 단편소설 15편을 수록하였다. 수록 작품은 발표 연도순으로 「이미 떠난 어린 벗」, 「치운 밤」, 「죽음」, 「인력거꾼」, 「살인」, 「영원히 사는 사람」, 「천당」, 「개밥」, 「진남포행」, 「대서(代書)」, 「사랑손님과 어머니」, 「아네모네의 마담」, 「북소리 두둥둥」, 「추물(醜物)」, 「봉천역 식당」이다. 특히 1921년 1월 3일자로 발표된 주요섭의 첫 단편소설 「이미 떠난 어린 벗」은 원문과 현대어 표기로 바꾼 수정본을 함께 제시하여 연구자나 일반 독자들에게 참고가 되게 했다. 흔히 「할머니」도 단편소설에 포함시키는 경우도 있으나 이 작품은 회고담이다. 「기적」은 창작이 아니고 번역 작품이다. 제1권의 제목은 1920년대의 대표작 「인력거꾼」과 1930년대의 대표작 「사랑손님과 어머니」를 병기한다.

제2권에는 1937년 후반부터 1954년까지 발표된 단편 소설 12편을 수록하였다. 수록 작품은 발표 연도순으로 「왜 왔든고?」, 「의학박사」, 「죽마지우(竹馬之友)」, 「낙랑고분의 비밀」, 「입을 열어 말하라」, 「눈은 눈으로」, 「시계당 주인」, 「극진한 사랑」, 「대학교수와 모리배」, 「혼혈(混血)」, 「이십오 년」, 「해방 1주년」이다. 제2권의 제목으로는 1930년대 후반에 발표된 「의학박사」와 해방 후인 1940년대 후반에 발표된 「시계당 주인」을 나란히 표기한다.

제3권에는 1955년부터 1970년대 초반까지 발표된 단편소설 12편을 수록하였다. 수록 작품은 발표 연도순으로 「이것이 꿈이라면」, 「잡초」, 「붙느냐 떨어지느냐」, 「세 죽음」, 「비명횡사한 유령의 수기」, 「열 줌의 흙」, 「죽고 싶어 하는 여인」, 「나는 유령이다」, 「여대생과 밍크코우트」, 「마음의 상채기」, 「진화(進化)」, 「여수(旅愁)」이다. 제3권의 제목으로 1950년대 후반 작품인 「붙느냐 떨어지느냐」와 1970년대 작품인 「여대생과 밍크코우트」를 나란히 놓는다.

제4권은 중편소설집으로 1925년부터 타계 후 1987년까지 발표된 중편소설들을 실었다. 발표 순서대로 「첫사랑 값」, 「쎌스 껄」, 「미완성」, 「떠름한 로맨스」를 배열하였다. 미국 유학에서 돌아온 직후 1930년 2~4월에 『동아일보』에 연재한 「유미외기(留美外記)」는 일부에서 중편소설로 보기도 하지만 주요섭이 어느 문학 회고문에서 이것을 자신의 유학 경험을 토대로 쓴 "잡문"이라고 확언하였기에 여기에 포함시키지 않았다. 주요섭의 중편소설 4편의 중심 주제는 특이하게도 모두 사랑과 결혼 이야기이다. 제4권의 제목은 「첫사랑 값」과 「미완성」으로 한다.

앞으로 문단, 학계, 그리고 일반 독자를 위해 주요섭의 단편소설, 중편소설, 장편소설 및 영문소설이 모두 실린 주요섭 소설전집의 완전한 결정판 정본이 후학들에 의해 나오기를 기대한다.

책임편집자는 이 전집을 위한 신문, 잡지 원문 복사, 출력, 입력 및 각주 작업에서 송은영, 정일수, 이병석, 허예진, 김동건, 권민규, 추승민, 박희선에게 큰 도움을 받았다. 이 자리를 빌려 고마움을 전한다. 그리고 주요섭 선생의 장남이시며 현재 미국 동부 뉴저지주에 거주하시는 주북명 선생의 따뜻한 관심과 지속적인 격려에도 깊은 감사를 드린다. 끝으로 어려운 출판계 사정에도 불구하고 한국문학 작품 발굴 사업에 대한 사명감과 열정으로 선뜻 나서주신 푸른사상사의 한봉숙 대표님의 결단과 편집부 여러분의 지속적인 노고에 감사를 드린다.

푸른사상사는 수년 전 편자가 준비한 『구름을 잡으려고』(1935), 『길』(1953), 『일억오천만대일』(1957~1958), 『망국노군상(1958~1960)』의 주요섭 장편소설 4권 전부를 이미 발간해주었다. 이번 중단편소설 4권과 함께 장편소설 4권을 포함하면 주요섭이 한글로 쓴 소설 전부가 푸른사상사에서 나오게 된 셈이다.

50년 전에 서거하신 주요섭 선생 영전에 이미 출판된 장편소설 4권과 이 중단편소설 4권 모두를 삼가 올려드린다.

2023년 5월
서울 상도동 국사봉 자락에서
정정호 씀

일러두기

1. 본 전집의 소설 본문은 단행본 또는 신문과 잡지에 최초로 실렸던 텍스트를 그대로 싣는 것을 원칙으로 삼는다.
2. 최초의 연재본이나 초판 출간본을 찾지 못한 경우 원문에 가장 가깝다고 판단되는 텍스트를 선택한다.(후에 작가 자신이 본문을 수정하여 발표한 작품 선집을 1차적으로 참고한다.)
3. 장르상 소설만을 선정한다. 작가가 소설 양식과 유사하지만 단순 기록, 번역, 잡기라고 분명하게 밝힌 것은 소설작품에서 제외한다. (예:「기적」,「할머니」,「유미외기」 등)
4. 작품 배열 순서는 첫 발표 연도 순으로 하고 각 작품이 끝나는 곳 괄호 안에 연도를 표기한다.
5. 원문에서 분명히 오자나 탈자로 여겨지는 것은 바로잡는다. 그러나 판독이 어려운 경우 편집자가 함부로 판단하지 않고 공란으로 남겨둔다.
6. 표기법은 발표 당시의 것을 그대로 따르되 띄어쓰기는 독자들의 편의를 위해 현대 어법에 맞게 바꾸었다. 기타 표기법은 일반 관례에 따른다.
7. 모든 대화는 쌍따옴표(" ")로 통일한다.
8. 모든 숫자는 아라비아 숫자로 통일한다.
9. 본문에 한자와 다른 외국어로만 표기된 것은 가능한 한 괄호 속에 한글 독음을 병기한다.
10. 고어(古語), 방언, 그리고 외래어는 설명이 꼭 필요한 경우에만 각주를 단다.

이것이 꿈이라면

이것이 꿈이라면

대한민국 국군은 신이 났다.

대한민국 국민들도 신이 났다.

그중에도 특히 8·15 해방 뒤 월남해온 사람들은 신이 돋히어 안절부절 못하게 되었다. 어서어서 고향산천으로 돌아가고 싶은 욕망에.

국군은 적도(赤都) 평양을 빼앗자 엉덩춤이 저절로 났고, 어느 부대가 압록강 물을 먼저 마시나 경쟁을 하게끔 되니 신이 날 수밖에 없었다.

국민들 중에도 특히 6·25 동란 때 한강을 건너지 못했던 소위 '낙오자'들은 그 지긋지긋한 석 달 동안 공산치하에서 겪은 뼈저린 수난을 보복할 수 있는 기회가 이르렀으므로 9·28[1]에 저절로 뛰어 나왔던 만세 소리가 다시 솟아올랐다.

해방 후 월남한 수다한 가족들 중 하나인 최용욱 씨 차남인 광진이는 지나간 3년 동안 오매불망 그립고 그립던 순애를 다시 만날 수 있는 날이 임박했다는 사실에 가슴이 두근두근하고 얼굴이 상기되었다.

광진이의 어머니인 곽 부인은 지나간 7월 하순에 괴뢰 정치보위부에게

---

1 9·28 : 1950년 9월 28일 서울 수복. 국군과 유엔군이 인천상륙작전에 성공하고 13일 후인 이날, 서울을 북한군에게서 다시 찾았다.

납북당해 간 남편이 살아 있기만 한다면 만날 수 있을 것이요, 또 괴뢰정권 아래서 5년간이나 고생하시던 아버지, 어머니, 기타 일가친척들을 다시 만나고, 괴뢰에게 빼앗겼던 공장과 집 등도 다시 찾을 수 있다는 기쁨 — 월남해 와서 난생 처음 겪는 경제적 고통이 이제 끝나고, 고향으로 가기만 하면 — 생각만 해도!

앞으로 환히 내다보이는 희망이 머리 속에 떠오르자 광진이의 뇌리에는 주마등이라기보다도 지렁이 기어가는 것처럼 느리고 굵고 긴 여러 가지 추억이 살아나오는 것이었다.

도무지 두서가 없는 추억들. 5년 전 8 · 15 해방의 날이 생각나다가는 바로 그날 오전까지 일본 제국주의 탄압 아래서 겪어온 수난, 그리고는 3년 전에 해주로 해서 청단까지 오는 월남 행진의 고행, 그리고는 또 지나간 여름 석 달 동안 토굴 속에 숨어 살아온 기억 — 서울이 탈환된 지 이미 한 달이 넘었건만 지금도 누가 밤중에 대문을 흔들면 온 식구 얼굴이 파래지고 몸이 떨리는 것이었다. 그리고 또 가끔 눌리는 가위 — 소련 병정의 권총이 자기 가슴에 와 닿던 감촉, 그리고 바로 어젯밤 꿈에는 학생회 때 순애가 그에게 '자아비판' 하라고 호령하던 모습을 한 번 더 봤던 것이었다. 그러다가는 또 일본 사람들이 세워놓은 신사참배에 강제로 끌려가서, '일본 황군(皇軍) 반자이(萬歲)'를 부를 때 자기는, '망(亡)자이' 이라고 부르면서도 옆 사람들에게 눈치채일까 무서워서 머리가 쭈뼛하던 기억, 그리고는 또 태극기 홍수가 터지던 그 무더운 날 츄럭에 콩나물 동이처럼 탄 학생들 틈에 섞여서, '조선 독립 만세'를 부르면서 가사에는 자신이 별로 없었으나 곡조는 제법 잘 맞추는 애국가를 목메어 부르면서 거리거리를 질주하던 일, 그리고는 처음 서울로 와서 양담배 행상하느라고 미국 '엠피'들에게 쫓기어 다니던 일 — 이렇듯이 혼돈된 추억이었다.

마음을 좀 진정시킨 그는 이 엉켜진 추억의 실마리 끝을 골라잡아 순서 있게 솔솔 풀어보려고 애썼다.

맨 처음 그의 머리에 떠오른 것은 자기보다 나이 3년 맏이인 형 광석이가 쓴 지 얼마 오래되지 않은 사각모를 빼앗기고 일본군인 복장을 하고 '용약 출전?'하던 그날! '축 입영'이라고 쓴 기치 수십 개가 펄럭거리는 플랫폼에서 '일장기'를 어깨에 두른 형은 무표정한 얼굴로 기차에 올라탔다. 일본인 남녀와 조선인 남녀가 섞인 수천 명의 '환송'을 받는 둥 마는 둥 기차에 올라타는 형의 모습이 그가 본 최후 모습이었다.

형이 지금 어디 살아 있는지, 어느 낯선 땅에 한 줌 흙이 되어 남아 있는지 통 모르고 있었다.

그 다음 생각은 일정 말기에 굶주리고 고역하던 기억! B-29 미국 폭격기가 높고 높은 창공에 하아얀 안개 테입을 그으면서 유유히 지나간 뒤 '공습 경보 해제' 싸이렌이 불면 대피소에 숨어 있었던 학생들은 쏟아져나와 공부를 하는 것이 아니라 '근로 보국' 중노동을 강요당했었다.

일본 정부에서는 내선일체(內鮮一體)[2]를 내세웠으나 강제노동, 강제징병, 강제 신사참배, 방공 연습, 식량 공출, 유기 헌납 등에만은 철저한 내선일체 정책을 실시했으나 쌀을 비롯한 생필품 배급에는 반드시 '센징(鮮人)'과 '나이찌징(內地人)' 간의 차별은 막심한 것이었다. 그중에도 특히 '센징'은 설탕은 먹을 줄 모르는 족속이라고 설탕 배급은 조금도 주지 않았다. 이 차별에 대한 불만불평이 커지자 당국에서는 '센징'이라도 온돌방을 없애고 그 대신 일본식 다다미방을 꾸미고 살면 그런 사람만은 '나이찌징'의 생활양식을 본받는 애국자로 인정하여 설탕 배급을 준다고 공포했던 것이었다.

학교 학생들은 물론 어느 직장에서나 매일 아침 공부 또는 일을 시작하기 전에, 멀건 가깝건, 전원이 신사까지 꼬박꼬박 걸어가서 '신사참배'를 반드시 해야만 되었다.

---

2   내선일체(內鮮一體) : 일본과 조선은 한 몸이라는 뜻으로, 일제강점기 때 일본이 만들어낸 선전 구호.

각 급 학교에서의 강의는 꼭 일본말로만 해야 한다고 하여 일본말 못 하는 교장, 교감, 교원들은 무조건 파면당했다.

학생들 데리고 신사참배 가기를 거절한 사립학교들은 폐쇄당해 교직원 전체가 실직하게 되었다. 학원에서 쫓겨난 그들은 채소 구멍가게, 장작 가게, 지겟군, 구루맛군, 심지어는 똥구루마 십장 노릇으로 겨우 입에 풀칠이나 하게 되었었다.

해방을 맞이하자 폐쇄된 일본인 학교 교장이 똥 구루마 십장이 되고 이때까지 똥 구루마 십장 하던 전직 조선인 교원은 학교 선생으로 복직했다.

소련 군대가 평양시로 진주해 들어올 때 시민들은 남녀노소 할것 없이 진심으로 '해방의 은인들'을 환영했다. 한 손에는 태극기, 한 손에는 소련기를 들고 흔드는 시민들은 만세, 만세, 만세를 부르며 붉은 군대를 환영했던 것이었다.

그날 밤 시내 도처에서 술이 대동강 흐름 못지않게 철철 흐르면서 축배, 축배를 소련군과 평양 시민이 나누었다.

그래서 광진이를 비롯한 중학생들도 난생 처음 공공연히 술을 사발로 들이킬 수 있었다. 대취한 그들은 비틀거리면서 길로 나섰다. 바로 며칠 전까지 일본인들의 '게다' 나막신 따르륵따르륵 소리로 가득 찼었던 신시가(新市街) 거리거리에도 '게다짝' 소리는 싹 가셔버리고 고무신과 가죽 군화의 합창 소리가 흥겹게 들리는 것이었다.

광진이도 끼어 있는 몇몇 학생들은 큰 거리의 혼잡을 피해 조그만 사잇길로 들어갔다. 거기에는 만취한 소련 병사 서넛이 마치 학생들이 오기를 기다리고나 있었던 것처럼 달려오면서 무엇이라고 중얼댔다. 난생처음 듣는 러시아 말을 알아듣는 학생은 하나도 없었다.

어리둥절해 있는 그들에게 화를 낸 소련 군인 하나가 어느새 빼들었는지 권총을 광진의 가슴에 바싹 들이대는 것이었다.

얼떨결에 두 손 다 머리 위로 번쩍 쳐든 그는 취중이었지만 이를 덜덜 떨며 아무 말도 못 했다. 옆에 서 있는 소련 군인 하나가 주먹 쥔 손을 광진이의 코앞에 갔다 댔다. 엄지손가락 끝이 나머지 네 손가락 중앙에 뾰죽 나와 있는 것[3]을 광진이는 봤다. 광진이는 그냥 떨고 서 있기만 하는데 옆에 섰던 한 학생이 소련 군인의 주먹 꼴을 보고는 히죽 웃으면서 그의 팔을 붙잡고 저리로 가자는 시늉을 했다. 소련 군인 전부가 따라 히죽히죽하고 있고 권총을 내밀었던 자도 광진이를 버리고 그 학생 뒤로 따라갔다.

이들 '해방의 은인'에게 성적 위안을 알선해주는 일은 피해방자로서 은혜를 갚는 하나의 의무라고 학생들은 생각했다. 그러나 소련 군인들을 데리고 가야 할 유곽[4]은 상당히 거리가 멀었다. 그런데 권총 빼든 군인은 그것을 도로 넣지 않고 든 채로 따라오는 것이었다.

술취한 군인 손에 들린 권총! 광진이의 마음은 초조했다.

누군지가 불쑥,

"야, 이럴 것 없이 이 분들을 공회당으로 모시자꾸나." 하고 말했다.

"아, 그것 참 묘안."

"찬성."

"찬성."

군인들을 공창 지대인 유곽으로 데려다주는 것이 원칙이었을 것이지만 공회당은 무척 가까울 뿐 아니라 8월 초순부터 만주로부터 도망해 내려온 일본인 부녀자들을 수용해둔 건물이었다. 그리로 데리고 가서 왜년들, 매음녀가 아니고 양가집 부녀들인 그들을 욕보여주는 것이 지나간 36년 동안 수모 받은 것에 대한 보복이라고 광진이는 생각했다.

공회당에 그들을 데리고 온 군인들보다 먼저 온 소련 군인이 거의 수백 명 있었다. 공회당 옆 대로에 보도니 차도니 할 것 없이 일본 여인 하나씩 깔고 엎드려 있는 소련 군인들로 가득 차 있었다. 이 광경을 본 소련 군인들은

---

3 엄지손가락 끝이~ 나와 있는 것 : 남녀간의 성행위하는 모양을 흉내낸 것이다.
4 유곽(遊廓) : 창녀들을 고용해 성매매 영업을 하는 집.

자기네를 인도해준 광진이 일행에게 고맙다는 인사도 않고 돼지 소리 같은 환성을 올리면서 마구 뛰어 들어갔다.

사춘기에 들어선 학생들은 이 너무나도 생생한 춘화도 수백 폭을 들여다보면서 이상야릇한 감을 느꼈다. 그러나 어찌 뜻하였으랴? 그날로부터 한 주일 넘기 전에 그들의 할머니, 어머니, 누이 거의 다 소련 군인에게 능욕당하는 꼴을 목격하게 될 줄은 꿈에도 생각 못 했었던 것이었다.

'해방의 은인, 위대한 소련 군대'는 강간·강도·절도의 본색을 드러내게 되어 평양 청년들은 박치기 대 권총 시합을 도처에서 벌렸다.

그러나 이 '은인'을 공산당식 발음으로 '원쑤'로 대하는 행동이 며칠 못 가서 탄압을 받게 되고, '반동분자', '지주', '인민의 원쑤' 등 대숙청이 강행되었다.

광진이의 가족은 평양 시내 전 부동산을 다 빼앗기고 황해도 어떤 벽촌으로 추방당했다. 그러나 광진이는 향학열에 불타는 학생이었다. 아무런 탄압 아래서라도 배워야만 되겠다는 신념을 가진 자는 광진이 하나뿐 아니라 그의 부모와 친지들의 한결같은 신념이었다.

평양으로 몰래 되돌아온 광진이는 그의 외삼촌댁에 기류하면서 학업을 계속했다. 외삼촌은 전기 기술자였기 때문에 '성분'은 용납되지 못하지만 공산 정권이 당분간의 이용 가치를 인정하여 숙청에서 제외되었던 것이다.

'민주주의 조선 인민공화국'이라는 긴 명칭을 띤 괴뢰정권이 수립되어 학교 교정에서 태극기가 추방당하고 '인민공화국' 기가 펄럭거리게 된 이태 전(前) 일본 군국주의 정치가 민주주의로 대치된 것이 아니라 명색만 민주주의인 적색 군국주의 교육이 시작되게 되었고, 일정 때 학교마다 모셨던 '가미다나'[5]가 스탈린, 김일성 두 자의 초상화로 대치되었고, 과거 일본어 강제 수강이 러시아어 강제 수강으로 대치되었을 따름이었다. 단 한 가지 자유가

---

5 가미다나(神棚) : 집 안에 신을 모셔놓은 감실.

확보된 것은 이태 전까지는 학교에서 우리나라 말을 한마디만 해도 퇴학당하던 일이 없어지고 우리 말을 전적으로 도로 찾은 것이었다. 그러나 우리나라 말에 새로운 어휘가 많이 침입해 들어왔다. 무슨 '반동분자', '성분', '소시민', '책', '직맹', '여맹', '민청'이니 등 낱말이 유행하게 되고 남녀노소 상하 막론 존칭은 '동무'로 통일되었다.

'인민공화국'에서는 각급 학교 전부 다 남녀공학 제도를 채택했다. 이것은 공산당이 내세우는 수백 가지 근사한 표어들 중 하나인 남녀동권(男女同權)을 학교에서부터 시범해야 된다는 데 근거를 둔 처사였다.

광진이가 순애를 만난 것은 물론 이 남녀공학 중학교에서였고 그들은 동급생이었다.

순애가 북로당⁶ 당원인지 아닌지는 꼭 알 도리가 없었지만 그녀가 노동자의 딸인 것은 틀림없었고, 전교에서 모범이 될 만한 '열성분자'였다. 순애 자신의 의사였는지 혹은 누구의 사주를 받아서 그랬는지는 모르나, 그녀는 순애라는 이름은 자본주의 감상투의 내음이 나는 이름이라고 단정하고 그 이름을 숙청하여 근노라고 개명했다. 순애가 근노라고 이름을 고친 뒤부터 혹 동급생들 중에서 얼결에, "순애!" 하고 부르면 그녀는 못 들은 척하고 있다가는 그날 회의(회의는 동급생 회의, 전체 학생 회의가 매일 한 번씩 있었다)에서,

"김 동무, 자아비판하시오." 하고 호령하곤 했다. 지목된 '김 동무'는 가슴이 섬찍해서 — 내가 무슨 잘못된 언행을 했는가? — 하고 궁리해보다가 잘못한 일이 없다는 자신이 생겨

"나는 자아비판할 만한 과오를 범한 일이 없소." 하고 말하면 순애는, 아, 아니 근노는 그 실같이 가늘면서도 영롱한 눈을 제 재주껏 크게 뜨고 상대방을 노려보면서

---

6   북로당(北勞黨) : 북한 노동당.

"자본주의식 이름을 그냥 부르는 것이 악질 행동이 아니란 말요!" 하고 꾸짖는 것이었다.

이렇게 되니 학교 당국에서는 근노를 대단히 신뢰하는 모양이었고 이에 따라 동창생들 간에는 평판이 좋지 못했다. 그러나 이름까지 고친 열성분자인 그녀를 모두가 다 경이원지[7]하고 시비를 걸지는 못했다.

근노를 부를 아무런 용건도 없는 광진이는 순애라는 이름이 더 좋다고 자기 머리 속에 새겨둘 따름 자본주의적 이름을 부르는 과오를 범할 기회는 없었다. 그러나 회합 때마다 자아비판 요구를 제일 많이 하는 학생이 바로 근노였기 때문에 광진 자신의 성분이 늘 켕겨서 조심조심할 수밖에 없었다. 그러면서도 어쩐 일인지 그는 순애가 마음에 들었다. 회의 때마다 그녀의 매서운 얼굴을 힐끔힐끔 도둑해 보면서 속으로, '고 눈 값을 톡톡이 하는구나.' 하고 생각하면서도 그 눈이 그에게는 무척 귀엽게 보였다. 회합 때 말고 혹 교정에서 멀리 보며 지나칠 때나, 땐스 교습 시간에 가까이 대하게 될 때마다 그녀의 실낱 같은 눈이 더할나위 없이 어여쁘게 보였고, 오똑 솟은 코, 언제나 힘주어 꼭 다물고 있는 입술, 또 혹간 생긋 웃을 때 입술 한쪽으로 뾰죽이 드러나는 뻐드렁니 한 개 — 이런 것들이 그를 뇌쇄[8]시키는 것이었다. 더구나 나이에 비해서 좀 덜 발육된 것같이 보이는 그녀의 뒷모습은 능라도 주변에 서 있는 수양버들처럼 날씬해 보이는 것이었다.

남녀동권 사상을 철저히 주입시킬 목적이었는지 학교 변소도 남녀별 없이 한 변소에서 용변하게 마련이었다. 이 변소가 학생 전체 수효에 비하여 너무 부족한 탓으로 공부 한 시간 하고 잠시 쉬는 동안 발이 무척 재기[9] 전에

---

7 경이원지(敬而遠之) : 겉으로는 공경하는 체하면서 실제로는 꺼리어 멀리함.
8 뇌쇄(惱殺) : 애가 타고 매우 고통스러움. 여자의 아름다움이 남자를 매혹하여 애가 타게 함.
9 재기 : 빠르기.

는 남녀 학생들이 선착순으로 뒤섞여 변소 문 밖에 줄지어 서 있는 것이 으레였다. 그러므로 용변을 엔간히 빨리 마쳐야지 오래 끌다가는 줄지어선 학생들의 반감을 사 반동분자로 낙인 찍히는 것이었다.

어떤 날 광진이가 변소로 간 때 매칸 변소 문 밖에 몇 명씩 남녀 학생들이 줄지어 서 있었다. 그는 한 줄 맨 꽁무니에 가서 섰다. 줄지어 서 있는 학생들 제각기 다 급하기 때문에 아무 말 않고 묵묵히 어서 차례가 오기를 기다리고 있었다. 침묵을 지키는 것은 유독 변소 앞에서만이 아니라 어디서나 늘 있는 일이어서 습관되어 있는 것이었다. 한 학교 학생들 간에도 극소수 통사정할 수 있는 그룹 외 다른 학생들 앞에서는 잡담하는 것도 위험천만한 일이었다. 어떤 한 학생이 무심코 배알은 말이 북노당원, 또는 열성분자 학생의 귀에 어떻게 반응될는지 예측할 수 없는 일이었다. 무심중 나온 한마디 말이 귀에 걸면 귀고리, 코에 걸면 코고리식으로 어느 누구가 어느 누구에게 어떻게 고자질할지 알 수 없기 때문에 어디서나 침묵 지키는 것이 상책이었다.

고요한 가운데 무슨 소리가 변소 속에서 났다. 그 소리는 한 번만 나지 않고 연거푸 서너 번 났다. 이 소리의 출처는 분명 지금 광진이가 줄지어 서 있는 그 변소 안이었다. 선두에 서 있는 학생이,

"제길할 것 방귀도 뒷새두[10] 뀐다, 원!"

하고 말했다. 이 말에는 제아무리 공포정치하에서라도 웃지 않고는 못 견디었다. 모두가 웃는데 둘째 번에 선 남학생이

"뀌다니? 뀌었다가 언제 받을려구."

하고 뇌까렸다. 이때 광진이는 얼결에,

"뀌는 게 아니라 다와이지, 다와이!"

('다와이'는 러시아말로 그냥 달라는 뜻)하고 말하고는 금시 소름이 끼치는 것을

---

10 뒷새두 : 매우 세게도.

느끼면서 입술을 깨물었다.

웃음소리는 뚝 끊어졌다. 아무도 다른 학생들을 바로 보지 못하고 제 발등만 내려다보고 있었다. 참으로 두렵고 어색한 몇 분이 지나갔다.

변소 문이 안으로부터 벌컥 열렸다. 그 안에서 나오는 여학생, 아! 그녀는 순애, 아니 신근노 여성 동무였다.

골이 났는지 부끄러운지 얼굴이 새빨개진 근노가 변소 문턱을 내리면서 힐끔 보는데 그녀의 눈이 하필 광진이의 눈과 딱 마주쳤다. 실로 한순간. 두 학생의 눈은 동시에 외면했다.

근노는 휭 바람을 내면서 광진이 옆을 지나 달음질쳐 가버렸다. 광진이는 감전된 것처럼 전신이 짜르르해지는 것을 느꼈다. 변이 갑자기 더 급하게 마려워진 그는 금방 바지에 싸고 말 것 같아서 엉덩이를 한사코 오무리고 땅바닥에 주저앉았다.

광진이는 용변을 급히 하고 화의실로 달려갔다. 방이 이미 가득 차 있고 그가 맨 마지막 즐어선 모양이었다. 만일 일 분이라도 지각했더라면 이유 여하를 막론하고 그것은 '자아비판' 감이 되는 것이었다. 그는 송구스러워서 가만히 맨 뒷자리에 앉았다. 바늘방석 위에 앉는다는 뜻은 아마 이런 것인가 싶었다.

레코드판에 주입했다가 틀어놓은 것과 꼭 같은 회의 순서는 착착 진행되었다. 자아 반성 촉구 순서에 들어서자마자 제일 먼저 발딱 일어선 것은 근노였다. 뒤는 안 돌아보고 앞만 보면서 말하는 그녀의 날카로운 목소리는 광진이의 고막을 사정 없이 콕콕 쏘았다.

"동무들, 오늘 남성 동무 세 사람이 공동으로 자아비판해야 할 사건이 생겼습니다." 하고 호들갑을 떠는 그녀의 말에 몸을 떤 남성 동무는 광진이 혼자뿐이었을까? 그러나 고발자가 어떤 한 학생을 지명하지도 않고 세 사람의 이름도 밝히지 않았으므로 누구 하나 선뜻 일어서서 우는 목소리로 변명하거나 떨리는 목소리로 자아비판하는 동무가 없었다.

잠시 후 고개를 돌린 근노는 매섭고 가늘고 더할 나위 없이 어여쁜(근노의 눈이 토끼 눈이 될수록 광진이에게는 더 예쁘게 보이는 것이었다) 눈을 모로 세우고 회중을 둘러봤다. 또다시 하필 광진이의 눈과 그녀의 눈이 마주쳤다. 그녀의 눈은 더한층 가늘어졌다. 그런데 저도 모르는 사이 담대해진 광진이는 근노의 눈매를 피하지 않고 마주 쏘아봤다. 닭 싸우듯 마주 노려보는 두 쌍의 눈. 한 초, 두 초, 세 초 — 아니 영겁의 세월이 흐르는 것처럼 광진이에게는 생각되었으나 굴하지 않고 그냥 마주 노려보고 있었다.

근노가 얼굴을 휙 돌려버렸다. 의장석을 향해 나지막한 목소리로,

"최광진 동무 나와 자아 비판하기를 요구합니다." 하고 차근차근 말한 그녀는 사뿐 앉았다.

광진이는 벌떡 일어섰다. 저도 모르는 사이에 두 주먹이 꽉 쥐어졌다.

"오늘 내가 자아비판할 과오를 범한 일 없고, 내 언동이 민주 정신에 어긋난 것이 없습니다." 하고 외친 그는 펄썩 앉았다.

회의장 내는 어수선해지기 시작했다.

— 지금쯤 신근노가 순애라는 본명을 도로 찾았겠지. 우리 모두가 일본식 창씨개명을 8·15 해방 때 내동댕이치고 본명을 도로 찾은 듯이 — 하고 광진이는 희망했다. 그러나 혹시! 그녀가 사변 때 저쪽 빨치산이 되어 남하하지나 않았을까? 족히 그럴 수 있는 열성분자가 아니었던가! 그러나 그 방귀 뀐 날 회의에서 닭 싸우듯 노려보던 그녀가 얼굴을 돌릴 때 약간 미소를 띠었다고 내가 느꼈던 것은 착각이었을까?

광진이는 바로 그날 밤, 아무에게도, 고모한테까지도 알리지 않고 황해도로 도망가지 않았나! 역시 그녀가 무서워서 그랬던 것인데. 아니, 그것은 무엇보다도 신의 섭리였었지! 자기가 황해도 자기 집에 단 5분만 늦게 도착했었더라도 부모형제 따라 월남하지 못했을 것 아닌가!

그러나 열성분자인 근노는 북로당의 명령에 순순히 복종해 당간부 어떤

놈과 동서[11] 생활을 하고 있었지나 않았을까? 그녀가 지금 나이 20이니 권력 가진 자들이 그냥 두었을 리가 없겠지. 아니, 순애는 그리 만만한 성격의 소유자가 아니다. 더구나 밉살스러울 만큼 영리한 그녀인지라 그놈들의 기만 정책을 간파하고 속으로는 전향했다가, 마음은 돌리고도 그놈들의 올가미에 매인 몸이라 겉으로는 순종하다가 이번 평양 해방통에……

"순애 씨, 순애 씨, 염려 마시오. 내가 만나러 갑니다. 며칠만 기다려주시오!" 하고 그는 중얼거렸다.

6

평양을 해방시킨 지 두 달이 가까워오건만 남한에 있는 민간인들이 고향으로 돌아가는 일은 하늘의 별따기보다 더 어려웠다.

그러나 — 그것은 항상 무엇을 타고 갈 궁리만 하기 때문에 그런 거지 걸어가는데야…… 그렇게도 위험하고 어려운 38선을 걸어 넘어왔는데 38선이 무너진 지금 마음 놓고 걸어갈 수 있지 않은가. 내 발로 걸어가는데 막을 자가 누구란 말인가!

"어머니." 하고 광진이가 불렀다.

"응."

"우리 걸어가기로 해요."

"참 그렇게 하자. 그 생각을 왜 여태 못 했을까." 하는 것이 어머니의 시원한 대답이었다.

어머니 곽 부인은 남편이 납치당해 갔기 때문에 생과부 노릇 반 년을 하는 동안 남편이 그립기 한이 없었던 것이었다. 죽었는지 살았는지, 옥에 그냥 갇혀 있는지 끌려다니는지 소식이 묘연한 남편. 뜬소문만 들어가지고는

---

11 동서(同棲) : 정식으로 혼인하지 않은 남녀가 한 집이나 한 방에서 같이 살아가는 일.

대중 잡을 수가 없었다. 납치인 대부분이 서대문 감옥에서 집단 학살을 당했다는 소문은 괴뢰군 점령하에서도 파다하게 퍼졌었던 소문이요, 조기 묶이듯 둘씩 줄에 묶여 이북으로 끌려갔다는 풍설도 끈덕지게 돌았었다.

그런데 어제 오후 일이었다. 종로 거리를 지나가다가 보니 어떤 건물 벽에 '납치인 가족 연락소'라는 간판이 걸려 있고, 그 옆에 모모 인사가 구사일생으로 평양으로부터 도망해 와 밝힌 담화라고 몇몇 납치자의 이름, 별명, 모습 등이 적혀 있는 것을 그녀는 봤다.

그녀는 사무실 안을 들여다봤다.

그야말로 인산인해, 모두가 다 납치인 가족으로 행여나 하고 이리로 모여든 사람임에 틀림없었다. 곽 부인은 마치 자석에 끌리는 쇠조각 모양 비비 대고 문 안으로 들어섰다. 두툼한 책을 여기저기 펼쳐 보는 젊은 색시, 다른 두툼한 책에 무엇인지 기입하고 있는 중년 부인이 대부분이었다. 그 책에 납치자 성명과 그의 가족의 서울 주소를 적어놓으면 앞으로 연락해준다는 계원의 말이었다.

그녀도 그 책에 남편의 이름과 현주소를 기입하고 밖으로 나왔다. 길을 걸으며 곰곰이 생각했다. 평양까지 납치당해 갔다가 도망해 서울까지 도로 온 사람들이 과연 있고나! 그러면 그녀의 남편은 5년 전까지 평양서 수십 년 살아왔었던 사람일 뿐 아니라 평양에는 친척 친지가 상당히 많이 살고 있는 만큼, 만일 도망할 수 있었다면 지친 몸으로 터덕터덕 서울로 올 생각을 할 리 없고 그곳 친척집에 살면서 가족의 환고향하기를 기다리고 있을 것이 아닌가?

걸어가기로 작정하고 나니 마음은 더 초조해졌다. 월남해 와서 수삼 년 악전고투, 악의악식[12]해 겨우 겨우 차려놓았던 소규모 직조 공장은 괴뢰군이 입성하자마자 압수당해 공장 주인은 근처에도 얼씬 못 하고 있는 동안

---

12 악의악식(惡衣惡食) : 너절한 옷을 입고 맛없는 음식을 먹는 것.

유엔 공군 폭격에 날아가버렸고, 집에 장만해두었던 은기명[13] 옷가지들은 여름내 가으내 한 가지 두 가지 내다팔아 호구(糊口)[14]해온 만큼 재물이라고 남아 있는 것은 별로 없었다. 조금 남아 있는 가구는 다 팔아 현금으로 바꾸고, 옷이란 옷은 다 주워 입고, 지폐 뭉치는 가족 제 가끔 나누어 품속 깊이 감추고, 짐은 없이 단출한 차림으로 길을 떠났다.

막상 나서고 보니 예상했었던 무척 많은 도보 귀향자들을 길에서 만났다. 국도는 군 전용으로 되어 있어서 민간인들은 얼씬도 못 하고 샛길, 좁은 길로 걸어갈 수밖에 없었다. 좁은 길은 문자 그대로 '원 웨이' 행진이어서 서북으로 향해 걷는 남녀 노소로 길이 메이다시피 도었다. 이렇게 북적거리며 걸어가니 심심치도 않고 서로 의지도 됐다.

"그동안 얼마나 고생했으꺄?" 하는 황해도 말투와, "이르캐 동행이 돼서 거 정말 됴쑤다래." 하는 평안도 말투가 길을 메우게 되니 월남해가지고 서울 말 쓰느라고 신경 쓰이던 것이 없어지고 마음 놓고 주절대는 이야기꽃이 피는 것이었다.

밤마다 길가 객주집들은 초만원, 단간방을 얻어 들어도 두세 가족이 함께 쪼그리고 자게 되니 추운 줄을 몰랐다. 월남해 고생하던 얘기, 여름 석 달 동안에는 월남했기 때문에 서울 본바닥 사람들보다 더 심한 숙청 대상이 되어 숨어 다니던 이야기, 그리고 며칠 뒤면 환고향하여 재산을 도로 찾아가지고 남부럽지 않게 살게 되었다는 달콤한 꿈 이야기를 주고받는데 밤 긴 줄을 몰랐다.

황해도 사람들은 인제 20리만 더 가면 된다고 날이 어두워도 그냥 걸어가고, 올망졸망 어린것들을 거느리고 가는 가족들은 걸음이 느리어서 광진이

---

13 은기명 : 은으로 만든 그릇.
14 호구 : 입에 풀칠할 정도로 겨우 먹고 삶.

일행에게 따라잡히고 하기 때문에 동행하는 사람들의 얼굴은 거의 매일같이 바뀌는 것이었다.

평양 부암정 1번지. 옛날 '오정포 재땡'이라고 불리운 언덕(사이렌이란 문명이기(利器)가 생겨나기 전 일본인이 이 언덕에 대포 한 대를 걸어놓고 매일 정오에 한 방 쏴서 시각을 알렸던 관계로 오정포 재땡'이라고 불리었던 것임) 바로 아래 여러 채의 붉은 벽돌집과, 건물 지붕보다 훨씬 더 높은 붉은 벽돌담이 둘러싸인 감옥소가 있었다. 일본인이 이 건물을 지어 처음에는 '감옥소'라고 이름지었다가 얼마 뒤 '형무소'라고 개명했던 이곳을 공산정권에서는 다시 '교화소'라고 개명했다. 이 빌딩들 안에 지금은 범죄자는 한 명도 갇혀 있지 않고 소위 '반동분자'들만이 방방이 구금되어 있었다.

해방 직후 남한 미군 군정 시대 요인들을 비롯하여 대한민국 관리, 국회의원, 학자, 작가, 무역상, 대한청년단 단원, 그리고 여태 감투 한 자리 얻지 못했던 무명씨들까지 수천 명이 이 빌딩 안에 수용되어 있었다. 그중에 광진이의 아버지인 최용욱이도 끼어 있었다.

바로 2킬로 저쪽에는 자기 공장이 있고 거기서 조금 더 가면 자기 주택이 있으며, 여기저기 친척 친지들도 많이 살고 있다는 것을 잘 알고 있는 그였으나 여월 대로 여윈 몸에 굶주린 피부가 부어올라 있는 육체, 또는 '세뇌'에 부대끼고 있는 그의 정신은 도망치고 싶은 의욕까지 상실하고 묵묵히 앉아 있었다. 단지 밤낮 하루도 거르지 않고 멀리서 가까이서 들려오는 폭격 소리에 일루의 희망을 건 그는 좁은 창살문을 응시하고 있는 것이었다.

어느 날 밤 자정 때쯤 이들 수감자들은 영문도 모르고 한꺼번에 감옥소 뜰로 끌려 나갔다.

열 지어 감옥문 밖으로 끌려 나간 그들은 어디론지 끌려 걸어가고 있었으나 도망갈 엄두도 못 내고 실성한 사람들처럼 순순히 비틀거리며 걸어갔다.

하늘에는 별이 총총했으나 지상에는 불빛 한 점 없는 소로로 그들은 질질 끌려갔다.

칠월 말경에 서울서 붙들릴 때 입은 홋옷은 때와 먼지로 새까매졌고 나들나들해져서 피부를 가리워주는 듯 만 듯한 몸에 초겨울 모진 바람은 사정없이 기어들어 심장까지 얼어붙여주는 것 같았다.

한참 간 그들은 어떤 산언덕으로 기어 올라갔다. 언덕 위에는 밤공기보다 더 어두운 구멍들이 여기저기 시커먼 입을 쩍 벌리고 있는 것이었다. 수십 명 한 떼씩 구멍 앞에 세워지는가 보다고 생각될 때 그들은 요란한 총소리를 들었다.

그것이 마지막이었다. 몸 어디가 띵하는 감촉을 느끼면서 용욱이는 구멍 아래로 데굴데굴 굴러 내려갔다.

평양 시내이기는 하면서도 대동강 남쪽 도시인 선교리에 도착한 광진이 일행은 이제 강 하나만 건너면 집에 다 왔다는 생각에 미칠 듯이 흥분되었다. 날씨가 추워오며 귀가 떨어질 듯이 시리고, 콧김이 딱딱 얼어붙건만 그걸 개의치 않고 어서 강을 건너고 싶은 그들은 목도리를 머리 위에서부터 내리 감아 두 눈만 내놓고 얼굴을 싸고 그냥 수걱수걱[15] 걸었다.

그런데 큰길이란 큰길은 모두 미국 '엠피'[16]들이 수직하고 서서 얼씬하지도 못하게 하는 것이었다. 큰길을 자세히 살펴보니 큰 상자 작은 상자, 무기와 탄환이 무더기 무더기 끝 모르게 줄지어 쌓여 있는 것이었다.

"아유! 참 굉장하군." 하고 감탄하는 광진이는 마음이 더한층 든든해지는 것을 느꼈다.

뒷길로 돌아가는 수밖에 없었다. 우물 정(井) 자로 규모 있게 서 있는 주택

---

15 수걱수걱 : 말없이 꾸준하게.
16 엠피 : MP, 헌병(Military Police).

지대를 꿰어 나가는데 그 숱한 집들이 한 채도 성한 것이 없고 기와는 박살이요, 담들은 이 빠진 참빗 모양이었고, 거적데기라도 드리우고 사람이 들어 있는 집은 가물에 콩나물 마찬가지였다.

그들은 철도 공작소 옆으로 빠져나갔다. 거기에는 석탄 사태가 나 있었다. 말 구루마, 소 구루마, 손구루마에 가득 가득 실은 가루탄은 어마어마하고, 부인들은 석탄이 가득 든 나무 상자를 이고 줄 대어 서서 가고 있었으며, 어린 소년 소녀들까지도 바퀴 달린 나무 상자에 석탄을 가득 싣고 끌고 밀고 가며 야단들이었다. 이 흔한 석탄! 서울이 평양보다 덜 춥다고 하기는 했지만 영하 15도를 오르내리는 혹한에 당면할 때마다, 때면 그때뿐 금시 온돌이 싸늘해지는 장작밖에 땔 것이 없는 서울이 야속하기 한이 없었고 석탄이 무진장으로 있는 평양이 그립곤 했었다.

내일 밤부터는, 아니 바로 오늘 밤부터 일기가 영하 20도가 되든 30도가 되든 가루탄을 물에 개어 아궁 속에 넣고는 절절 끓는 방 안에서 한밤중에 냉면 시켜다 먹으면서 — 그 강서 약수처럼 짜르르 하면서 얼음같이 찬 동치미 국! 생각만 해도 입에 군침이 돌았다.

살을 에이는 듯한 바람에도 굴하지 않는 광진이 일가족은 대동강 둑 위에 올라서서 강 건너 시가지를 바라봤다. 해방 전 일본인들이 살고 있었던 신시가 일대는 어디가 어딘지 알아볼 수 없을 정도로 초토화되어 있는 데 반해, 구시가는 예상했던 것보다 파괴가 매우 적은 것을 보는 그들은 기뻤다. 그런데 웬일일까? 남문께라고 짐작되는 한 곳 큰 건물이 불이 붙은 양 검은 연기 줄기가 줄기차게 기어오르고 있었다.

"지독한 놈들! 빨치산이 여태 어디 숨어 있다가 불을 지른 모양이지." 하고 광진이가 혼잣말하듯 중얼거렸다.

인도교를 그는 내려다보았다. 다리 중간쯤에 폭탄이 명중된 그 다리는 앞니 빠진 어린이 이빨 모양을 하고 있고 그 하류에 웅장한 나무 다리 하나가 놓여 있는데, 아무리 오래 자세히 내려다봐도 그 다리 위로는 군용차들만이 부산하게 오가고 행인이라고는 한 사람도 보이지 않았다.

날개가 있으면 훨훨 날아 건너가고 싶은 심정!

강물이 줄었는지 밀물이 찌었는지 꼭이 알 수는 없었으나 옛날부터 있었던 나루터 이쪽 강가로 50미터나 길게 보이는 난간 없는 긴 나무 다리가 놓여 있고, 그 나무 다리 끄트머리에서 나룻배 오기를 기다리고 있는 사람 떼가 얼핏 보아 수백 명 되어 보였다. 상을 건너오고 있는 나룻배에는 사람을 얼마나 많이 태웠는지 이쪽 나무 다리 가에 와 닿자마자 승객들이 이리저리 밀리는 통에 수십 명이 다리 위로 내리지 못하고 물에 빠져 허둥대는 꼴이 보였다. 이쪽에서 타려고 기다리던 사람들도 마구 밀리면서 나룻배에 발을 올려놓지 못하고 물로 뚝뚝 떨어지는 것이었다. 살얼음 지는 물에!

강을 건너기가 졸연치 않다는 것을 깨닫게 되자 갑자기 그들의 맥이 탁 풀리고 발이 시리고 배가 고팠다.

나루터 이쪽 언덕 아래 단 한 채의 음식점이 서 있는 것이 그들의 눈에 띄었다. 누구 하나 입 밖에 내어 말을 하지는 않았으나 우선 몸도 녹일 겸, 요기도 할 겸, 무사히 강을 건너갈 수 있는 방법도 타진할 겸 겸사겸사로 그 음식점을 향하여 걸음을 빨리 했다.

음식점 문을 여니 화덕 문 여는 것처럼 더운 기운이 확 끼쳤다. 얼른 방 안으로 들어서서 문을 닫고 둘러보니 초만원, 들어앉을 자리가 통 없어 보였다. 그러나 언 몸이 확 풀리자 시장끼는 갑자기 더 세지는 것 같았다.

앉을 자리를 찾으려고 두리번거리던 곽 부인이,

"아아니, 이건 무언데 이르케 아랫목에다 쌓아두었누. 이건 밖으로 내놓구 사람이 앉도록 해야디." 하고 중얼거리면서 누더기 한 끝을 들고 기웃이 들여다보다가 질겁을하고 물러섰다.

이 꼴을 본 한 사나이가 껄껄 웃으면서,

"송장은 아니웨다." 하고 말해 안심시켜놓고 이어 말을 했다. "그만하기

두 불행 둥 다행이요. 턴명[17]이디오. 강 한둥간에서 나룻배가 기울어데서 십여 명이 빠뎃는데 살아 나온 사람이 여기 이 어른 한 분뿐이거덩요."

주인 마나님이 덩달아 혀를 끌끌 차면서,

"아이구, 말두 마슈. 만날 두세 명 안 죽는 날 없디요. 그 지긋지긋한 폭격에두 안 맞아 죽구 살아나서 글쎄, 지끔 물에 빠데 비명횡사를 하다니. 그런 팔제가⋯⋯." 하고 말했다.

그러자 저쪽 한 구석에 쭈구리고 앉아 있는 팔십 노인 하나가,

"음, 그년두 분명 뒈뎃간군[18], 으흐흐흐." 하면서 북덕갈구리 같은 손으로 얼굴을 가렸다.

"글쎄 뭘 한다구 이런 추운 날 그런 젖비린내 나는 에미나일 데리구 강을 건늘라구 하갔쉔까? 그런걸 내보내는 에미두 에미구 핼비두 핼비지 쯧 쯧!" 하고 말했다.

이튿날 아침에 강을 건너는 광진이의 가족이 남문 안 집에 가봤다. 가옥이 한 절반 파괴된 채 내버려두어져 있었다.

서평양까지 가서 외삼촌댁에 여장을 풀었다.

오라비를 만나자마자 곽 부인은,

"자형은 어찌 됐니?" 하고 물었다.

곽은석은 도리어,

"자형이 어찌 되다니요? 왜 함께 오시지 않았소?" 하고 반문하는 것이었다.

올케의 말에 의하면 서울서 어떤 부류의 사람들이 납치당해 왔는지 모르고 있었고, 평양 중앙방송국을 통하여 대한민국에 욕설을 퍼붓고 인민공화

---

17 턴명 : 천명(天命). 타고난 운명.
18 뒈뎃간군 : 뒈졌겠군. 죽었겠군.

국을 찬양하는 방송을 한 이남[19] 요인들은 모두 자진해서 넘어온 줄로 알고 있었다는 것이었다.

광진이는 평양 시내를 샅샅이 뒤지다시피해 아버지와 순애의 소식을 탐지해봤으나 신통한 소득이 없었다.

그가 만나는 청년마다 자기는 5개월 동안이나 숨어 사느라고 남한 청년들보다 무척 더 심한 고생을 했노라고 하소연하고, 거의 모두가 다 학생 반공 데모의 선도자였었노라고 자랑하는 것이었다. 그리고 거의 모두가 다 미군 포로 탈주자 숨겨주는 데 협력한 공로자라고 뽐내며, 앞으로는 자유 대한에 결사 헌신할 각오로 특히 정보 계통인 CIC[20]나 G2[21]에 취직하고 싶으니 힘써달라는 부탁이었다.

나이 오십을 바라보는 칠성 아저씨, 일정 때에는 북지나[22]로 가서 아편 장사하다가 자기 자신이 중독자가 되어 해방 후 귀국해서도 아편을 떼지 못해 자기도 아편 주사를 스스로 맞으면서 아편 밀매하다가 괴뢰 내무서에 붙들려 징역살이를 한 그 아저씨까지가, 미군 포로 도망쳐 나온 것을 숨겨주는 데 총참모를 했으니 이 사실을 미군 당국에 알려 보상금을 받도록 진정해달라는 것이었다.

— 흥! 내가 뭐 유엔군 사령부 촉탁이나 되는 줄로 착각을 하는 모양이군 — 하고 생각하는 그는 어이가 없어서 쓴 웃음을 웃었다.

가는 곳마다 풋낯[23]이라도 있는 청년들에게서 CIC나 G2에 취직 알선을 받는 그의 머리 속에는 어떤 생각이 맴돌기 시작했다.

괴뢰 정치보위부에 구금되어 있었던 아버지가 혹시 운이 좋아 G2의 보호를 받고 있는 것은 것이나 아닐까? 혹시 순애가 CIC에 구금되어 있지나 않

---

19 이남 : 남한.
20 CIC : Counter Intelligence Corps(특무대).
21 G2 : 정보참모부. 사단 이상 규모 군부대의 정보 담당 부서.
22 북지나(北支那) : 중국의 북쪽 지역.
23 풋낯 : 얼굴 정도 아는 사이.

을까?

하여튼 가봐야 할 일이었다.

G2 사무실은 일정 때 '난산쬬'[24]이었다가 공산치하에서 '스탈린가(街)'로 개명된 동리에 있었다. 일정 때 식산은행[25] 평양지점장 사택이었던 이층 양옥이었다.

영어를 좀 할 줄 아는 광진이는 쉽사리 미군 소령을 만날 수 있었다. 사연을 들은 미군 장교는 약간 실망과 웃음을 참는 표정으로 G2는 그런 일 하는 데가 아니라고 설명하고는, 납치 인사들은 교외 어떤 산으로 끌려가 집단 학살당했다는 정보는 입수되었으나 꼭 무슨 산인지는 아직 모른다고 친절하게 말해주었다.

CIC 본부는 서평양에서 감부기로 가는 큰길 바로 뒷골목에 있는 양옥에 자리잡고 있다는 것을 그는 알았다. 그 집은 일정 때 널리 알려져 있었던 금광 벼락부자의 집이라는 것을 그가 알고 있었기 때문에 찾아가기가 쉬웠다.

도어를 열고 들어서 보니 서양 군인은 하나도 없고 동양 얼굴을 가진 젊은 군인들이 4, 5명 앉아 사무를 보고 있었다. 그가 어릿어릿하고 섰으니까 한 군인이 매서운 눈초리로 쏘아보면서,

"무슨 용무요?" 하고 일본 말로 묻는 것이었다.

가슴이 두근두근해지고 5년 동안이나 한 번도 써본 일이 없는 일본어가 얼른 잘 안 나와서 자기 자신의 귀에도 어색하게 들리는 일본어로 아버지와 순애가 혹시 이곳에 감금되어 있나 알아보려고 왔노라는 뜻을 간신히 전했다.

"그래 당신은 그들을 동정하는 거요?" 하고 날카로운 어조로 따지는 사품에 그는 얼떨결에,

---

24 난산쬬 : 남산정(南山町)으로 추측됨. 평양 남산동(南山洞)의 일제시대 명칭.

25 식산은행(殖産銀行) : 일제강점기에, 일본이 조선에서 신용기구를 통한 착취를 강화하기 위하여 만든 은행. 보통 은행의 업무를 겸하면서 농촌 수탈에 자금을 대주고 식민지 산업을 지원하며 조선인에 대한 가혹한 착취와 약탈을 감행하였다.

"아니, 그런 게 아니라 제 친척들이라서." 하고 낮은 목소리로 대답했다.

놀리는지 비웃는지 분간할 수 없는 미소를 짓는 일본인 제2세 미국 군인은,

"국군은 잡아오는 것이 일이요. 우리는 석방하는 것이 일인데, 오늘 현재 이만여 명의 남녀노소가 감금되어 있으니 한 사람씩 심사 끝나는 대로 석방될 것이요." 하고 일본말로 답변하고는 말이 다 끝났다는 듯이 책상 위에 놓인 서류를 골몰히 들여다보기 시작했다. 그러나 이것만으로 만족할 수 없는 광진이는 잠시 머뭇거리다가,

"바쁘신데 미안하지만 구금자 명단이라도 잠시, 좀……." 하는 그의 말이 채 끝나기도 전에 저쪽에 앉은 한 동양 군인이,

"이만여 명이라는 말 못 알아들었소?" 하고 우리나라 말로 톡 쏘는 것이었다. 반가운 생각에 그 군인께로 가까이 간 광진이에게 한국인 제2세 미국 군인은,

"더 부탁해댔자 소용없으니 나가시오." 하고 명령조로 말했다.

대한민국에서 이북 오도(五道) 도지사들을 임명한 지 이미 오랬는데 어찌 된 일인지,

'유엔군에서 아무개 씨를 이북 민정관으로 임명했다'는 신문 호외가 도는 것이 이상한 데다 도처에서의 쑥덕공론은 방금 강동에서 양군이 격전 중이라는 것이었다. 강동이면 평양서 동쪽으로 30리 밖에 더 안 되는데, 거기서 싸움이 벌어지고 있다는 억설은 공산측 오열의 허위선전에 틀림없다고 광진이는 단정했다.

그러자 그는 귀가 번쩍 뜨이는 소문을 들었다. 괴뢰군이 쫓겨날 때 마지막 발악으로 감옥에 가두어 두었던 소위 '반동분자'들 전부를 칠곡으로 끌고 가서 살육해버렸다는 소문이었다.

칠곡이면 북으로 20리 길.

집에 들릴 겨를도 없이 광진이는 무턱대고 칠곡을 향해 걸음을 빨리 했

다. 신작로 대로로는 유엔군 차량들이 연이어 남쪽으로 달려오는 것을 보면서도 별다른 생각 없이 그는 수수엿을 깨물면서 자꾸자꾸 북쪽을 향해 걸어갔다.

해가 서쪽으로 기울은 것을 인식한 그는 자기가 칠곡을 지나오지나 않았나 하고 의심하게 되었다.

그러자 저쪽 산 밑 초가집 동리에서 수많은 민간인들이 남부여대[26]하고 쏠려 나오는 것을 그는 봤다. 그들께로 달려간 그는,

"칠곡이 어디쯤입니까?" 하고 공중대고 크게 소리쳐 물었다. 그들은 그의 물음은 대답해주지 않고 모두가,

"후퇴, 후퇴, 후퇴!"라고 합창하면서 그를 지나쳐 휙휙 종종걸음으로 달리는 것이었다. 정신 빠진 사람처럼 우두커니 서서 수백 명 남녀노소가 급급히 걸어 지나가는 것을 보고 있는 그의 귀에 어디선지 포 소리가 들려오는 것을 느꼈다.

등골이 오싹했다.

"후퇴? 후퇴!" 하고 불쑥 소리 지르는 자기 자신의 목소리를 그는 들었다.

날은 어두워오고 살을 에이는 찬바람이 그를 휩쌌다. 그는 돌아섰다. 그는 뛰기 시작했다. 어인 착각인지 그의 귀에는 포 소리가 뒤에서 쫓아오는 것이 아니라 그의 앞에서 마주 오는 것같이 들렸다. 허둥지둥, 갈팡질팡하는 그는 텅 빈 밭고랑들을 껑충껑충 뛰어넘었다. 그렇게 황급하게 뛰어가고 있는 자가 자기 혼자가 아니고 여기저기 앞뒤 좌우, 수없이 많다는 것을 느끼면서도 그는 그들에게 휩쓸려 무작정 뛰었다.

평양 시내는 수라장이었다. 그 수다했던 군용 차량 한 대 얼씬 안 하는 거리거리로 사람들이 아우성치면서 이리 몰리고 저리 몰리고, 쿵쾅, 쿵쾅 소

---

26 남부여대(男負女戴) : 남자는 짐을 등에 지고 여자는 머리에 짐을 이고 힘들게 떠도는 모습.

리는 동서남북에서 다 들려오는 것 같고 여기저기서 폭발되는 불길들이 하늘을 찌르는 듯했다.

광진이는 우선 집으로 가보고 싶었지만 사람 성벽이 사방에 싸여서 뚫고 나갈 재간이 없었다. 흐늑흐늑하는 사람 성벽 속 한 개의 돌이 된 듯 밀리고 밀치며 지향 없이 움직이는 도리밖에 없었다. 이리 쏠리고 저리 쏠리고 하는 동안 거의 쉴새없이 탄탄한 것, 뭉클뭉클한 것들이 발에 밟혔다. 정신 나간 사람들이 떨어뜨린 보따리들, 혹은 쓰러진 어린이들의 몸을 밟고 지나가는 것인지도 모를 일이었다.

한참 동안 밀려다니다가 앞이 별안간 좀 틔었다. 얼핏 보니 앞에는 강이 있었다. 사람들이 앞을 다투어 강 속으로 저벅저벅 걸어 들어가는 것이었다. 뒤에서 밀지 않았더라도 광진이는 남들 따라 물속으로 걸어 들어갔다. 얼음같이 찬 강물이 허리까지 적셔주는 것을 인식하면서도 그냥 남의 뒤를 따라 철벅거리며 갔다. 갑자기 얕아지는 물살이 정강이를 몹시 때리며 급히 흘렀다.

능라도와 반월도 사이를 흐르는 여울을 타고 걸어가고 있는 것이었다.

거의 무감각하게 본능에 끌려 걷고 있는 광진이는, "꿈!" 하고 생각했다. 꿈이 아니고야 이런 차갑고 거센 여울을 육지인 양 걸어갈 수가 있으랴! 철벅철벅 기계적으로 걷고 있는 그는,

"이놈의 꿈아, 어서 깨어주려무나. 아, 이 몹쓸 놈의 악몽아! 깨자, 깨자, 깨자." 하고 수없이 뇌까렸으나 그의 다리는 그냥 철벅철벅 얕은 물을 밟으면서 걸어가고 있는 것이었다.

이것이 꿈속의 꿈이나 아닌가! 꿈속에 또 다른 꿈을 꾼 경험이 없는 바 아니었다. 그러나 꿈은 그것이 몇 꺼풀이건 꿈에 지나지 않는 것이요, 잠은 반드시 깨게 마련이어서 잠만 깨면 아무리 몇 꺼풀 아무리 무서운 꿈일지라도 저절로 물러가는 것이 아닌가?

그러나 꿈이 어쩌면 이렇게 꼭 생시 같을까?

"인생은 일장춘몽!"

늘 듣던 말이다. 인생의 생명이 곧 꿈이라면 그 꿈이 깰 때 생명은 무엇이 되나?

"나비가 사람이 되어서 사는 꿈을 꾸는지, 사람이 나비가 되어 사는 꿈을 꾸는지……."

이런 소리도 들었던 기억이 있다. 나비건 사람이건 간에 이건 너무나 참혹하고 지독하고 지루한 꿈이다. 이런 쓸 꿈에서 어찌하여 나 하나만 퍼뜩 깨지 못하고 이렇게 계속 가위만 눌리고 있는가?

아니다. 앞에도 바른편에도 왼쪽에도 꼭 같은 악몽에서 깨어나지 못하고 허둥대며 신음하는 자들이 흐늑흐늑 하지를 않는가!

"아 아버지, 어머니, 형님, 누님, 절 깨워주십시오. 아우야, 누이야, 날 어서 깨워다오. 순애 씨, 날 좀 깨워주소서. 서로서로 깨워주면 못 깰 리 없으련만!

사람이 된 꿈을 꾸는 나비야! 너는 이런 꿈을 꾸기 좋아 하느냐? 나비야, 나비야, 청산가자. 호랑나비 너두 가자. 가다가 널 저물거들랑 꽃에서 자고 가자. 꽃에서 푸대접하거든 잎에서 자고 가자!" (1955)

이것이 꿈이라면

잡초

잡초

잡초는 아무리 뽑아버려도 억하심정인지 그냥 번성해가기만 했다. 봄내 여름내 잡초 제거에 쓰이는 막대한 비용은 납세자들에게는 보람 없는 부담이요, 손실이었으나 세금을 바쳐본 일이 없는 현보 개인에게는 쉽고도 좋은 밥벌이가 되었다.

현보가 살고 있는 집에서 공원까지 가는 지름길은 낙타산 위를 굽이굽이 도는 고성(古城)을 넘어가는 길이었다.

오늘도 새벽 조반을 비지에 말아서 먹고 난 그는 때가 새까맣게 낀 조각보로 싼 도시락을 들고 문밖으로 나섰다. 여느 날과는 달리 별난 광경 때문에 약간 지체한 그는 가파른 언덕길을 올라갔다.

아직 해 뜨기 전이었다.

'입산 금지(入山禁止)'라고 크게 써서 박아놓은 말뚝은 시골 밭에 세워지는 허수아비만 한 임무도 수행하지 못하는지, 언덕 전체를 삥 둘러 가시 돋은 쇠줄 울타리를 쳤다. 그러나 지름길 중에서도 지름길로 가야만 직성이 풀리는 현보는 그 철사를 기어코 끊고라도 그 언덕을 넘어가야만 했다. 현보가 그 철사를 끊지 않더라도 끊긴 철사가 보수된 지 한 시간 뒤에는 반드시 다시 끊기군 했다.

매일 아침저녁 현보는 길 뚫리지 않은 언덕을 오르내리며 풀을 밟고 다니었다. 새벽 산보 다니는 늙은이들도 매일 풀을 밟으며 오락가락했다. 책 끼고 바위 위에 올라가 서서 읽어야만 공부가 제대로 된다는 중고등학생들도 꼭대기 바위까지 기어 올라가기 위하여서 무성한 풀포기를 발받침으로 하였다. 언덕 밑 골짜기에 얕게 파놓은 우물에까지 새벽에 내려가서 물을 길어 올려야 조반을 지울 수 있는 코흘리기 어린이들도 풀을 밟고 다니었다. 제 키 반도 더 되는 한 쌍 양철통에 물이 반밖에 더 안 찬 물지게를 지고도 힘에 겨워 두 다리를 바들바들 떨면서 50도 가까운 경사지를 오르자니, 한 발자욱 올려 집고 쉬고 한 걸음 내딛고 쉬어야 되는데, 발이 미끄러지지 않게 하기 위하여서는 한 군데 모둥켜 있는 억센 풀더미 위를 골라 집지 않을 수 없는 것이었다. 가파른 경사지에 제멋대로 자라난 풀이었만 뿌리를 어떻게 단단히 박았는지 그 무게에 끄떡도 하지 않고 받들어주는 것이었다.

매일 이 풀밭 언덕을 오르내리는 현보는 사방 아무 데나 뿌리를 박고 핀 아름다운 꽃을 언제나 볼 수 있었다. 초봄부터 피는 할미꽃, 오랑캐꽃, 그리고 이름 모르는 황금색 꽃송이들. 이 꽃들은 공원 안 화단에서 정성 들여 가꾸는 꽃보다 훨씬 먼저 봄을 마지하였고, 또 화단에 피는 꽃보다 더 아름답게 현보의 눈에는 띄었다. 지름길도 지름길이려니와 그가 매일 이 언덕을 택해 오르내리는 이유는 무의식중에나마 이들 숨어 피는 작으마한 꽃들을 찾아내서 감상하는 재미에도 있었을 것이었다.

언덕을 다 올라가서 큰길로 나서는 목에 끊어져 있는 철사 울타리 사이로 비집고 나온 그는 숨가쁨을 멈추게 하노라고 잠시 서서 쉬었다.

큰길에서는 혹은 개를 끌고, 혹은 개를 놔주고, 삼삼오오 우스운 이야기에 잠겨 걷는 장정들과, 운동복을 입고 마라톤 연습을 하는 청년들과, 허공에 대고 주먹을 내둘러 권투 연습을 하는 사람들을 의례히 만난다. 거의 매일 보는 그들이라 얼굴은 익히 알면서도 누구 하나 통성명하자는 일이 없고, 더러는 면구스럽도록 빤히 마주 보면서 어기고,[1] 더러는 슬쩍 곁눈질을 바꾸고, 더러는 의식적으로 외면하고 지나가는 것이었다.

거인(巨人)의 앞이빨 두 개가 빠진 것같이 보이는 터진 성터 위에는 언제나와 같이 사람들이 여기저기 뜨문뜨문 동쪽을 향해 서서 더러는 심호흡을 하고, 더러는 반주 없는 라디오 체조도 하면서 해가 떠오르기를 기다리는 것이었다.

터진 성터 바로 아래 광장에는 겨우내 싸리 장작 더미가 한구석을 차지하고 있었는데, 그 싸리단은 몇 단 남지 않고 그 앞에 어디서 실어 온 것인지, 나무 널판지, 문짝, 기둥, 상자, 판대기 등이 무질서하게 널려 쌓여 있었다.

동저고리 바람인 사람 서넛이 벌써 몇 가지씩 골라 따로 무더기를 해놓고, 통 좁은 바지를 입은 주인인 듯한 한 사람과 흥정을 하고 있었다. 자세히 들여다보니 나왕 판대기도 꽤 많았다.

두툼하고 자그마한 나왕 판대기를 본 현보의 머리에는 집 생각이 났다.

겨우내 봄내, 아니 몇 해를 두고 내 집 방에 깐 자리 때문에 아내와 노상 옥신각신해온 생각이 새삼스레 났다.

단간집인 그의 집에는 그의 문패가 달려 있지 않았다. 그 대신에 지금 그가 들여다보고 있는 나왕 판자만큼 큰 송판이 문밖 오른쪽에 외다리로 꽂혀 있었다.

'방공호 제5호

수용 인원 18명

책임자

신암 파출소 김종우.'라고 먹으로 쓴 간판이었다.

꽤 큰길가에 꽤 높이 솟은 돌벼랑 맨 밑에 벽을 뚫고 낸 방공호인데, 일제(日帝) 시대 말경에 판 것임에 틀림없었다. 일제 시대에 현보는 이 방공호에 대피해보기는커녕 이런 데 방공호가 패어 있는 줄 알지도 못했었다. 해방되

---

1   어기고 : 서로 길을 어긋나게 지나치고.

던 날까지 그는 압록강 북쪽에서도 3백 리나 더 가는 만주 한구석에 살고 있었다.

해방이 되자 환고향만 하면 큰 수가 터질 것만 같아서 임신 중인 아내와 네 살 난 맏아들을 데리고, 천여 리 길을 거의 두 달이나 걸어서 서울까지 온 것이었다. 떠날 때에는 현보네 식구로는 평생 살아도 쓰고도 남을 만큼 한 거금, 일원짜리 지폐 삼백 장이나 품에 품고 떠났건만 오는 도중에 노자 쓰기보다는 중국 군경, 쏘련군, 조선인 자위대 등등, 도둑은 아니면서도 총칼을 가진 자들한테 빼앗기는 금액이 더 컸다. 서울에 다다르니 세 식구 명실공히 알거지가 되었다.

그해 겨울에 접어들자 그는 만삭 된 아내를 데리고 방풍이나 하려고 찾아든 곳이 바로 이 임자 없는 방공호이었다. 그것도 꽤 일찍 서둘렀기 다행이었지 하루만 늦었더래도 제 차례까지 돌아갈 방공호가 남아 있지 못할 번했다.

밤낮 컴컴하고 음산하기만 한 굴바닥에 가마니 두 개를 깔고, 가마니 한 개로 입구를 가리우니 제법 집 꼴이 되었다. 이 굴 속에서 차고 눅눅한 가마니때기 위에 아내는 둘째아들을 낳놓았다. 삼동²에도 방한 장치라고는 네 식구 체온밖에 없었다. 그럼에도 불구하고 춘풍추우 10개 성상³을 한 번 이사도 가지 않고 이 호 속에서 살아온 그의 가족이었다.

그동안 현보 자신이나 아내나 정력이 별로 감퇴되었다고 느끼지 않았는데, 웬일인지 10년 내리 아내에게는 태기가 통 보이지 않았다. 한편 서운하기는 했으나 또 한편으로는 입이 하나 더 늘면 그만큼 고생만 더 늘 것이라고 생각되어 단산된 것이 다행하다고 느끼기도 했었다. 그랬었는데 이건 또 무슨 망발인지 10년 만에 아내는 다시 임신을 했다.

만식이 된 아내는 10년 전에 둘째 놈 낳던 생각은 다 잊어버렸는지,

---

2 삼동(三冬) : 겨울의 석 달.
3 성상(星霜) : 별은 일 년에 한 바퀴를 돌고 서리는 매해 추우면 내린다는 뜻으로, 한 해 동안의 세월을 가리킨다.

"이 냉냉하고 축축하고 냄새나는 썩은 거적 위에 갓난애기를 받아 누이면 그 애가 살 것 같수?" 하고 바로 오늘 아침에도 푸념을 되풀이했다.

나왕 판자가 눈에 띄자 그의 머리 속에는 — 이런 두꺼운 판대기 위에 애기를 받아 뉘면, — 하는 생각이 퍼뜩 난 것이었다. 그리고 — 오늘 품삯 받으면 이런 나무 판대기 하나쯤은, — 하는 생각도 났다. 그는 판자 한 장을 집어 들고,

"이거 얼마요?" 하고 물어보았다.

"골라 싸놓구서 말합시다." 하고 주인이 대답했다.

"아니, 이거 한 개만 소용되는데요."

"그래요, 그거 한 장쯤 뭐 적당히 주시지요."

'적당'이란 말은 현보에게는 언제나 불리한 말이었다. 날품팔러 갈 때 고용주가 날삯이 얼마라고 밝히지 않고 그냥, "적당히 드리지" 하고 말할 때엔 저녁때 계산에 골탕먹는 것은 언제나 현보였다. 자기가 돈을 받는 것이 아니라 내게 되는 경우에 '적당히'란 말을 듣는 것은 그에게는 이것이 처음인데, 그 쓰는 '적당'의 요령을 잡을 수가 없었다. 지금 당장 살 것도 아닌 만큼 그는,

"이따 또 들리지요." 하고는 걸음을 옮기었다.

되는대로 이리저리 굴러내린 성 돌을 피하기도 하고 올라 밟기도 하면서 그는 성 위까지 올라가서 숨을 돌리기 위하여 멈춧 섰다. 저쪽 아랫도리 성 위에 서 있는 떡꺼머리 총각 하나가 저 혼자서, "어, 아, 어 —" 하고 소리를 질렀다. 돌이켜보니 아침해 한 구퉁이가 동산 한 모퉁이 위로 방싯 나왔다. 자주빛 강한 광채가 현보의 눈을 부시게 하였다. 해 떠올라오는 것을 보면서, "우, 아, 어 —" 하고 소리를 지르던 자기 소년 시대가 회상되었다.

— 좋은 시절이야. 그러고 보니 나도 벌써 늙었구나 — 하는 서글픈 생각과 함께 오늘 아침 새로운 인식을 준 아들의 모습이 떠올랐다.

양치질은 커녕 겨울에는 물 한 방울 얼굴에 묻히기를 싫어하던 그 아들이

잡초

봄바람이 불기 시작하자부터 무슨 귀신이 씌었는지, 숫한 돈을 낭비하여 치솔이니, 치약이니 심지어는 고약한 냄새를 피우는 비누까지 사들였다.

그리고 나서는 매일 아침 치솔을 입에 물고 장한 듯이 길거리로 왔다 갔다 하는 꼴이 밉쌀스럽기만 했었다.

현보 자신은 사십 평생 소금 양추질 한 번 안 했는데도 치통 한 번 앓은 일이 없었을 뿐 아니라 잣이 없어서 걱정이지 있기만 하면 입에 넣고 짝짝 깔수 있는 튼튼한 이의 소유자였다. 그런데 철부지 아들놈은 양치질을 해야 위생에 좋다느니, 이가 튼튼해진다느니, 묻지도 않는 변명을 하고 돌아가는 것이 얄밉기도 하고 우습기도 했다.

더구나 오늘 아침 본 그 해괴망측한 꼴이라니, 치약을 칫솔에 담북 묻혀 가지고 아들이 거적문을 들치고 나간 때는 현보가 조반을 먹기 시작할 때였는데, 밥을 다 먹고 났을 때까지도 아들은 들어오질 않았다. 하기야 밥덩이를 별로 씹지도 않고 훌떡훌떡 넘겨버리는 재주는 남에게 지지 않는 그였기는 하지만, 하여튼 밥 다 먹고 문밖으로 나설 때까지 아들은 밖에서 서성거리다가, 아버지가 나서는 기색이 보이자, 웬일인지 당황하게 휙 돌아서는데 보니 칫솔은 아직 입에 물고 있는 것이었다.

머리를 돌려보니 저 아래 제2호 방공호 거적문 밖에는 그 속에 사는 젊은 여자가 웅크리고 앉아서 세수를 하고 있는 꼴이 그의 눈에 띄었다.

— 과년한 계집이 행길에 나앉아서 세수를 하다니. 세상은 다 된 세상이야 — 하고 그는 탄식하였다. 그러면서도 그는 그녀의 모습에서 눈을 떼지 못하고 있는데, 그녀는 웃통을 홀랑 벗었다. 날이 꽤 더워진 것은 사실이지만 해도 뜨기 전 서늘한 새벽에 행길에서 위통까지 벗다니. 하도 해괴망측하기 때문에 현보는 고개를 돌렸다. 보니 아직까지도 칫솔을 물고 있는 아들이 그녀 쪽을 멍하니 바라다보고 있는 것이 아닌가. 현보도 부지중 다시 돌아다 보니 그녀는 고개를 폭 숙이고 목덜미 앞뒤에 비누 거품을 열심히 문지르고 있었다. 목덜미 위로 오르고 내리는 그녀의 미끈한 팔, 오동통한 가슴, 현보

는 눈을 가늘게 뜨고 춤을 소리가 나도록 꿀꺽 삼키었다.

이십 년도 더 되는 세월을 함께 살면서도 현보는 제 마누라의 벗은 가슴을 똑똑히 본 일은 한 번도 없었는데, 고개를 돌려보니 아들은 치솔을 문 채 정신 잃은 듯이 그녀를 뚫어지도록 바라다보고 있는 것이었다.

'옜끼놈' 소리가 목구멍으로 넘어오는 것을 가까스로 참고 일부러 가래가 내서 춤을 소리 내어 탁 배알았었다.

그는 언덕길을 올라가면서 "놈두 인제는……." 하고 한숨을 쉬었다.

잡초를 휩여내는 일이 이미 기계적으로 되어버린 그는 칼을 든 손은 손 대로 놀고, 생각은 생각대로 따로 놀고 있었다. 아침에 본 아들 꼴과 웃통 벗고 세수하던 옆집 처녀 모습이 다시 그의 머리를 차지했다. 그 옆집 그 여자의 정체를 그는 여태 모르고 있었다. 새벽에 나왔다가 어슬해서야 집 으로 돌아가는 그인지라, 옆 방공호에 사는 사람들과 만나게 되는 일이 드 물었다.

퍽 여러 날 전 일이었다. 그날 일자리가 없어서 오래간만에 늘어지게 늦 잠을 자고 난 현보는 그 다음 날 일거리를 구해보려고 종일 싸다니다가 다 저녁때가 되어서야 집으로 돌아왔다. 거적문 밖에 웅크리고 앉아서 '진달 래' 꽁초를 신문지 조각에 말아 피우고 있노니, 아래 방공호 거적문이 열리 면서 여자 칠피 구두가 먼저 나왔다. 멋진 양장에 뒤굽 높고 앞이 뾰죽한 구 두를 신은 젊은 여자가 대똥대똥 하면서 걸어가는 뒤모양을 보면서 그는, '저런 하이칼라 여자가 방공호에 살다니 알 수 없는 일이로군.' 하고 생각했 던 일이 있었다. 더구나 다 저녁때 그렇게 채리고 나가는 그녀의 직장이 의 심스럽기도 했었다. 그때 본 기억과 오늘 새벽에 본 광경을 뒤섞어 음미하 면서 그는, '혹시나 그녀석이 그런 계집에게 홀렸다가는 집안 망신인데.' 하 는 근심을 억제할 수 없었다.

기분 잡치는 생각이었다. 그래서 그랬는지 그가 휩여내서 손에 든 새파란 풀은 잡초가 아니고 잔디 한 웅큼인 것을 그는 발견했다. 그는 잔디를 한동

한 물끄러미 들여다보았다.

— 이 잔디나 잡초나 푸르기는 마찬가진데, 꽃보다도 푸르게 만드는 것이 위주인 이 잔디밭에서까지 잡초를 제거해야 할 필요가 어디 있을까? 누가 만든 법일까!

그는 싫증이 났다. 지금 손에 들고 있는 잔디는 고이 가꾸어야 되는 풀이라는 것을 알면서도 그는 그 잔디를 제자리에 도로 심어줄 생각이 없어져서 획 멀리 내던졌다.

하도 오래 구부리고 앉아 일을 했기 때문에 허리가 아팠다. 그는 허리를 툭툭 치면서 일어섰다. 길게 기지개를 켜고 난 그는 담배 한 대를 피여 물고 시선을 아무 데나 보냈다. 저쪽 길가에 풀 두서너 포기가 싱싱하게 자라나 있는 것이 그의 눈에 띄었다.

— 아니 어느새, 저것이! 참 지독두 하군, 잡초라고 하는 것은 — 하고 생각하면서 그는 풀 포기께로 어정어정 걸어갔다. 자세히 들여다보니 풀대가 굵고 잎이 무성한 것으로 보아, 이 봄에 새로 돋은 풀이 아니었다. 며칠 전 저쪽 잔디밭에서 잡초를 뽑아 길게 던져 모아두었다가 삼태기에 긁어 담아 갈 때, 모르는 사이에 아마 두세 포기 흘렸던 모양인데, 그동안 비 한 방울도 안 내렸건만 그것들이 도루 뿌리를 꽂고 살아난 것임에 틀림없다고 그에게는 보였다.

허리를 굽히고 그 풀을 뽑으면서 그는 부지중, "네나 그년이나 둘이가 다 잡초 한가지야." 하고 중얼거리는 자신을 발견했다. 그렇다. 길에 나서서 양추질 오래 하는 그의 아들이나, 현보 자신이나, 마누라나, 둘째 놈이나 모두가 다 잡초 같은 신세라고 그는 새삼스럽게 느끼었다. 현보 자신을 두고 말할지라도 사십 평생에 그 누구한테 물 한 모금 밥 한 술 동정받아본 일이 없었다. 부모가 누구인 줄도 모르고 살아온 그이었다. 부모도 모두 돌봐주는 이 없을 뿐 아니라 기를 쓰고 뽑아버림을 당하는 잡초였길래 아들도 아껴 기르지 못하고 아무 데나 내던졌을 것이 아닌가. 평생 그를 아끼고 가꾸어주는 이가 한 사람도 없었으나 현보는 어떠한 박토[4]에도 제 스스로 제 뿌리를 박고 악착같이 살아온 것이었다. 자기 뿌리가 송두리째 뽑혀버렸던 일도 한두 번이 아니라 수십 번이었다. 자기 잘못은 아니면서도 실직을 하게 될 때마다 그는 이번에는 별수 없이 굶어 죽었구나 하고 생각되어 그의 사기가 여지없이 떨어질 뿐 아니라 육체까지도 꼬챙이처럼 말라가기만 했으나, 그리다가도 어찌어찌하여 그는 다시 뿌리 박고 살 수 있는 일이 생기군 했었다.

현보 자기뿐 아니라 20년간이나 계속 동거동락한 그의 아내도 역시 마찬가지었다. 그녀가 맏아들은 영하 30도나 되는 북쪽 나라에서 낳았고, 둘째 아들은 뱃속에 밴 채 수천 리 길을 걷는 고생 끝에 차디찬 방공호 속에서 낳았기 때문에 그녀의 애기집은 말라버린 것이라고 그는 생각해왔었다. 다시는 수태할 기능을 잃어버린 것이라고 단념까지 했던 그녀가 십 년 동안이나 생활은 조금도 나아지지 못했는데도 불구하고, 기적처럼 다시 애를 배었다는 사실은 그녀의 생활력도 잡초 못지않게 강했다는 사실을 증명하는 것이었다.

또 두 아들의 경우로 보아도, 둘이가 다 탯줄을 잘라준 그날부터 구실[5]이라는 구실은 하나도 빼놓지 않고 거의 다 앓으면서도, 의사 진단은커녕 그 흔한 매약[6] 한 알도 먹여본 일이 없었으면서도 감기만 들리어도 의사 왕진을 청하는 고이 기른 아이들보다 더 건장하게 자라난 것이었다. 그러니 이것 역시 귀한 화초 대 잡초와의 생명력 대결이 아니었던가!

현보는 그야말로 일생 '낫 놓고 기역 자도 모르는 인간'이었기 때문에 일제 말기 학병으로 끌리어 가서 총을 메는 고역은 면했었다. 그러나 그는 만주서 일본 관동군에게 징용되어 가서 '빠가야로'[7]라는 욕을 밥 먹듯 하며, 총

---

4 박토(薄土) : 메마른 땅.
5 구실 : 홍역. 아이가 홍역을 앓고 나면 사람 구실을 할 수 있다는 뜻에서 붙여진 이름.
6 매약(賣藥) : 미리 조제해놓고 파는, 일반 질병에 대한 약.
7 빠가야로 : [일본어] 바보, 멍청이.

대로 두들겨 맞아 가면서 참호를 팠다. 만주서 참호를 판 인과로 그가 서울 와서는 방공호 생활을 하게 된 것인지도 모를 일이었다.

보다 더 귀하신 몸이 되지 못했던 그는 6·25 동란 때 한강을 건너지 못했었다. 공산 도배 치하에 있으면서도 숨어 백일 능력이 없어 입에 풀칠하려고 매일 거리를 쏘다닐 수밖에 없었다. 기어코 공산군에게 붙들리었다. 납치된 것이 아니라 징발되어 나가서 '개새끼'라는 욕 속에서 총대로 두들겨 맞아가면서 참호를 또 팠다.

서울이 탈환되자 그는 서울에 있지 못하게 되었다. 산악지대 일선으로 끌리어 가서 '까땜'이라는 욕 속에 파묻혀서 중노동을 강요당했다. 유엔군 노무부대 동원에 이끌리어 간 것이었다.

자기 자신은 물론 그의 가족 전체, 그리고 그가 사는 방공호 아래위에 즐비해 있는 방공호 속에 살고 있는 이웃까지가 전부 잡초와 같은 신세라는 생각이 그의 전 정신을 차지하게 되자, 현보는 자기네와 같은 처지에서 살고 있는 잡초를 제거하고 있는 자기 자신이 미워졌다.

혹시 언제고 사람들이 꽃을 감상하는 취미나 기준이 변하게 되어서 특별난 꽃만을 특별하게 가꿀 필요를 느끼지 않게 되어 모든 종류의 화초가 공평하게, 그 어떤 혜택이나 편파적인 대우를 받음 없이 공평한 환경 아래서 생존경쟁을 하는 날이 이르게 된다면 그때 그 승리는 그 어느 쪽에 있으리라는 것은 묻지 않아도 자명하다고 그는 느끼었다.

생각이 이렇게 돌자 그는 당장 잡초 제거 일에서 손을 떼어야만 되겠다고 결심했다. 이 잡초 제거 일은 그가 과거에 겪어 본 수십 가지 노동 중 제일 쉬운 일임에는 틀림이 없었다. 그러나 이 일을 계속하는 것은 현보 자신의 동료를 말살시키려는 몹쓸 일이라고 믿어졌다.

당장 그만두리라고 결심을 하고 나니 이때까지 자기가 고용주에게로 가서 자기 쪽에서,

"나 이 일을 그만두겠소." 하고 자진해서 통고할 수 있는 일은 난생처음이

라 통쾌감을 억제할 수 없었다. 그에게는 일생 처음으로 자기 주장을 세우고 빼기어보는 기회였다.

잡초 제거 노동 두 시간을 앞두고 자진 포기해버린 현보는 반나절 품삯만 주는 것도 불평 않고 그냥 받아 들고 나왔다.

그의 생활의 뿌리는 한 번 더 이번에는 그가 자진해서 뽑히었으나 그러나 그의 마음에는 아무런 동요도 느끼지 않았다. 도리어 자기의 용단을 자축하고 싶어졌다. 시간은 좀 이르지만 혼자서라도 막걸리 한 사발을 단숨에 들이켜보고 싶었다.

얼근해진 현보는 집으로 돌아가는 길에 지름길을 피했다. 잡초를 수없이 밟고 가야만 하는 지름길을 내버려두고 돌기는 무척 돌아야 하는 길이었으나 언덕 등성이에 뚫린 소로를 타고 걸었다. 이 소로 위 가장자리에도 여기저기 몇 포기식 풀이 돋아난 것이 보이었다. 그는 그 풀들이 현보 자신의 신세처럼 느끼어져서 의식적으로 밟지 않고 지나갔다.

아름드리도 더 되어 보이는 큰 바위 하나와 그보다 좀 적은 바위가 꼭 붙은 채 나란히 누워 있는 것이 그의 눈에 띄었다. 그런데 그 보이지도 않는 틈새에 풀 서너 포기가 싱싱하게 자라나 있는 것이 그의 주의를 끌었다. 그는 발을 멈추었다.

"야, 네 신세는 어쩌면 그리도 내 팔자와 신통히도 같으냐!" 하고 중얼거리는 그의 가슴은 뭉클했다. 그는 허리를 굽히었다. 그의 손은 바위틈을 뚫고 나와 자라난 잡초 께로 갔다. 바로 두 시간 전까지 잡초 뽑기에 분주했었던 그 손이었다. 그러나 지금 그의 손가락은 이 잡초 잎을 살살 쓸어주고 있었다.

"응, 악착스럽게 씩씩하게 살아라!"
하고 그는 그 잡초를 축복해주었다.

성터 꼭대기에 다다른 현보는 바로 어제 저녁때까지도 깔고 앉아 쉬었던 풀밭을 피하고 널찍한 바위 등에 올라앉아 담배를 한 대 피워 물었다.

아침에 그가 이 근처에서 서성거릴 때 그의 눈앞에서 아물거리면서도 좀

체로 스러지지 않았던 광경이 지금 또다시 그의 머리에 떠올랐다. 양추솔을 물고 섰는 그의 아들과 웃통 벗고 목에 비누질하던 여자의 모습이었다.

— 흥, 네놈이나 그년이나 모두가 잡초야. 허나 그 계집년은 경우가 달라졌다. 방공호에 살기는 살면서도 얼굴에 분 바르고 입술에 연주 칠하고, 양장하고 뒤축 높은 구두를 신고 되뚝거리면서 다 저녁때에야 어딘지로 나가는 그녀의 뿌리는 잡초 밭에서는 벌써 뽑힌 뿌리이다. 남이 뽑아준 것이 아니라 제가 일부러 뽑은 것이다. 그녀는 누구 하나 돌보아주는 이 없고 밟히기만 하고 천대받는 신세를 면하고 귀하게 자라난 화초 틈에 비집고 들어가 보려고 애쓰는 모양이지만, 흥, 그건 안 될 일이야. 혹시 요행수로 귀하신 화초 틈에 잠시 뿌리를 박을 수 있을지는 모르나, 나 같은 따위 노동자가 얼마든지 있으니까 며칠 못 가서 그녀의 뿌리는 뽑히고야 만단 말야, 두고 봐. 잡초가 살아가려면 잡초끼리 함께 모여서 서로서로 의지하고 돕고 해야 되거든. 잘 가꾸어진 화단에 뿌리를 박아보려고 하는 어리석은 그녀의 뒤를 네가 따라가두 안 될 것이요, 숭내를 내보려구 해두 안 된다. 이놈아, 가꾸어주는 화초는 잠시간은 편안하구 호사스런 생활을 즐길 수가 있지마는 그 가꾸어주는 손이 없어지는 날, 그들은 멸종되구 만다. 허나 우리 막 자란 잡초는 우리 멋대로, 우리 힘으로 영세토록 번창할 것이니라 — 하고 그는 마치 아들이 옆에서 듣고나 있는 것처럼 타이르고 있었다.

아래를 내려다보니 아침에 광장에 쌓여 있었던 잡동사니 나무 떼미는 반이나 줄어들어 있었다.

— 아, 내 참! 산기두 임박했구. 나왕 판대기 하나라두 사다가 펴주면 — 하고 생각하는 그는 그 광장으로 내려갔다.

얌전하게 생긴 나왕 판자 한 개를 그는 골라잡았다. 그러나 그것을 든 채 서서 그는 망설였다.

— 아니, 잡초 틈에 잡초가 한 포기 더 돋아나는데, 이런 걸 사다 깔아주어서 호사를 시키면 애기는 되려 — 하는 생각이 언뜻 들어서 그는 판대기

를 던져버렸다.

내림받이 길에서 현보는 쇠줄을 뻐기고 들어서지 않았다. 그는 그냥 큰 길을 따라 내려갔다. 큰길만 따라 내려가니 길이 이리 굽고 저리 돌고 하여 굉장히 멀었다. 그러나 그는 그것을 탓하지 않았다.

방공호 제5호 앞에 다다른 그는 거적문을 붙잡았다.

"응아, 응아, 응아!" 하는 세찬 우름소리가 그의 고막을 때렸다. 그는 거적 문을 벌컥 들치고 들여다보았다.

거적문을 들쳐야만 밝음이 약간 비쳐드는 어둑신한 방공호 속이었지마 는, 아내가 누워 있는 바로 옆에 불룩하게 솟아오른 작으마한 누더기 뭉치 가 발룩발룩하는 것을 현보는 볼 수가 있었다.

애기가 아들이냐 딸이냐를 물어볼 경황도 없이 그는, "그럼 그렇지! 잡초 한 포기가 또 돋아났구나. 잡초는 잡초 틈에서 활개를 펴고 자라나야 하느 니라. 악착스럽게, 극성스럽게!" 하고 그는 외쳤다 — 방금 난 갓난애기가 말귀를 알아듣는다고 생각이나 하는 듯이. (1958)

붙느냐 떨어지느냐

붙느냐 떨어지느냐

"떨어지느냐? 붙느냐?"

중이 염불하듯이 무의식중에 자꾸자꾸 되풀이해 중얼거리고 있는 자신을 철규는 발견하였다.

중학교 마당은 인파(人波)로 흐늑흐늑하였다.

수험생들뿐이 아니라 남녀노소 모두가 다 긴장한 모습으로 웅성거리고 있었다.

시험장 안으로 아들 수남이를 들여보낼 때까지는 온 정신이 자기 아들 하나에게만 팔려져 있었기 때문에 어른들도 꽤 많이 왔구나 하는 막연한 생각을 하고 있었었다. 그러나 가슴마다 수험표를 단 학생은 하나도 보이지 않게 되자 보호자 수가 수험자 수보다도 더 많다는 것을 확인할 수가 있었다. 하기는 철규 자신도 애 업은 아내까지 데리고 온 것이 사실인데, 어떤 사람들이 주고받는 이야기를 들어보면 수험생의 가족은 물론 사돈의 팔촌까지도 다 떨어나온[1] 모양으로 보이는 축이 수두룩했다.

일전에 본 일이었다. 고등학교 교기를 단 뻐쓰가 줄지어 달리는 것을 보았다. 학생들이 단체로 소풍을 가는 것이거니 하고 생각했는데 옆 사람

---

1 떨어나온 : 모두 기세 좋게 나온.

말을 들으니 대학 입학 시험을 치르는 졸업생들을 응원하기 위하여 고등교 3학년생들이 대거 출동한다는 것이었다. 철규는 일정 때 전문학교 입시에 합격된 경험의 소유자이었지만 그 당시에는 입시 응원이라는 건 없었다. '응원' 하면 운동경기에 국한되어 있었다.

그런데 중학 입시장에는 출신교 학생들 대신 학부형 자매가 통털어 응원하러 온 모양이었다.

시험이 시작되자 첫째 시간분인 '국어, 자연' 고사 문제가 게시판에 나 붙었다.

모두들 게시판으로 몰리어 갔다.

철규는 깜짝 놀랐다. 신문 면만큼이나 큰 시험지 6면이나 되는 거창한 문제인데 고사 시간은 단 60분간으로 되어 있는 것이었다. 얼른 쭉 훑어보니 '자연' 난에 가서는 '냉장고', '시험관', '도표', '라이타' 등 그림까지 그리어져 있었다. 그림 중 철규 자신도 잘 알고 있는 물건은 '라이타' 하나뿐이었다.

'라이타'는 몇 해째 주머니에 넣고 다니면서 하루에도 수십 차례씩 사용하여온 것이었다. 그러나 이 시험 문제 안 '라이타 불이 켜지는 이치'에 대해선 그는 그것을 알아볼 생각을 해본 일도 없었고 지금 갑자기 생각나지도 않는 것이었다. 그는 '라이타'를 꺼내 들고 잠시 노려보았다.

담배에 라이타 불을 대면서 그는

'우리 수남이가 이런 것까지도 배웠을까?' 하고 혼자 물어보았다.

그는 국어 문제를 풀어보기 시작했다. 답을 쓰는 것이 아니라 아라비아 숫자에 동그라미를 치는 시험이란 그에게는 난생처음이었다. 그래도 떠듬 떠듬 해보니 14문제 중 그가 통 모를 것이 12개나 되었다. 제절로 한숨만 나갔다.

첫 시간 시험이 끝나자 수험생들은 우루루 나왔다. 모두 시험지를 그냥 들고 나온 것이었다. 수남이를 골라 잡는 일이 여간 힘드는 것이 아니었다. 수험생들 모두가 다 나이 비슷하고 복장도 같고, 생김새도 모두 영리하게 보였다. — 이 영리한 어린이들 중 그 절반만이 붙을 수 있고, 나머지 절반은 떨어지게 마련이라니. 그것 참 — 하고 생각하는 철규는 수남이가 꼭 붙을 수 있으리라는 자신을 잃었다.

겨우 찾아낸 수남이를 붙들고,

"잘 치렀니?" 하고 묻는 철규의 목소리는 떨리었다.

"그저 그렇지요" 하고 대답하는 수남이의 말이 신통치가 않았다. 바로 옆 수험생 하나는,

"아주 쉬웠다는 걸 뭐" 하고 자신만만한 대답을 하는데.

가정교사인 듯한 젊은이들이 수험생이 들고 나온 시험지를 펴놓고 시험장에서 대답한 대로 표를 해보라고 하기도 했다. 그런데 수남이의 손에는 시험지가 쥐어져 있지 않았다.

"넌 시험질 어떻겠니?" 하고 철규가 물어 보았다.

"그까짓 건 봐 뭘 해" 하고 수남이는 톡 쏘는 것이었다.

아버지의 마음속에서는 부애²가 끓어올랐으나 꾹 참았다. 아버지가 샀던 답안지를 보이면서,

"그럼 여기서 맞는 걸 골라 보렴" 하고 달랬다.

"싫여" 하면서 아들은 고개를 저었다.

아버지는 참노라고 입을 악 물었다.

둘째 시간 분인 "사회생활과 산수" 문제가 나 붙을 것을 보니 그 부피는 첫째 시간 분에 비하여 적어 보이질 않았다.

더구나 누구나 다 어렵게만 생각하는 수학 문제가 30개나 되니 이 짧은 시간에. 철규는 기가 막힐 따름이었다.

수남이가 산수에는 재주가 있다는 말을 아내에게 누차 들어오기는 했지만,

---

2   부애 : 부아. 화나고 분한 마음.

철규는 장사 일 때문에 아침 일찍 집을 나왔다가 밤 늦게야 돌아가군 했었으므로 수남이 공부하는 모습을 보는 일이 드물었었던 것은 사실이었다. 6학년이 될 때까지에는 말이다.

수학 문제를 풀어보려고 철규는 애를 썼지만 정신이 산란해진 탓인지 문제 자체의 의미조차 얼른 포착할 수가 없었다.

"야, 시험지를 받아들 때 덤비지 말구 침착하게 해야 한다." 하고 아들이 시험장으로 들어가기 직전에 그가 한번 더 주의를 줄 때 수남이는

"골백번 들었어요. 알아요." 하고 대답했었다. 그러나, 이렇듯이도 문제가 많고 까다로운 인쇄물을 받아드는 수남이가 과연 침착성을 유지할 수 있을가가 저윽이 의심되었다. 철규 자신은 이렇게도 떨리기만 하는데.

둘째 시간분 시험이 다 끝나자 철규는

"산수 다 풀었니?" 하고 아들에게 다급하게 물어 보았다.

"시간이 모자라서 세 문제 못 했어요." 하고 말하는 수남이는 울상이었다. 아버지의 가슴은 철렁하였다.

"산수는 다 했어요."

"반도 못 했어요."

"어려워요."

"쉬워요."

"학교에서 배와주지 않은 문제가 난 걸 어떻게 풀어요?" 등등 여러 수험생의 목소리가 가까이서 멀리서 들려왔다. 남이야 어쨌든 간에 수남이 만은 잘 치렀으면 하는 생각에 아버지 마음은 사로잡히고 말았다.

수험생을 포위한 가족들이 교문이 메일 정도로 나가기도 하고, 교정 여기저기에서는 마치 픽닉[3]이나 온 양, 점심 보자기를 펴고 마호병을 기우리기도 했다.

---

3 픽닉 : 피크닉, 소풍.

철규는 가족을 데리고 점심 사 먹으려고 교문 밖을 나섰다. 마침 고등학교 제복을 입은 학생 몇이 지나다가 수남이를 보면서

"흥. 사팔뜨기구나" 하고 흉을 보았다. 이 사팔(48)을 가지고 바로 어제 철규는 아내와 말다툼을 한 일이 있었었다. 수남이가 받아 온 수험번호가 48번인데 그것은 사사사(死死死)가 되어서 크게 불길한 징조라고 아내가 호들갑을 떠는 데 대하여 철규는 벼락 같은 고함을 질렀던 것이었다. 바로 얼마 전 수남이가 중학교에 낸 신청서 번호가 10땡이라고 기뻐 날뛴 그의 아내였다.

"학문은 도박이 아니야" 하고 그는 아내에게 호통했었던 것이었다.

꼭 같은 48을 또 별다르게 해석하여 멀쩡한 수남이를 눈 병신이라고 놀리고 지나가는 학생 뒤에다 대도 철규는

"흥, 숫자 풀이에는 모두들 천재인의 족속이야" 하고 소리질렀다. 그는 기억하고 있었다. 6 · 25 동란 때만 보더라도 그해가 4283년(年)[4]이라고 하여 국민학교 학생들까지도 그 숫자를 꺼꾸로 부르면서 이해에는 삼팔선이 이사(移舍)를 가니까 통일이 된다고들 하였다. 이 숫자 풀이가 엉터리였다는 것이 사실로 증명되자 소위 '생감옥'의 권위자로라고 자처하는 늙은이들은 정감록[5]에 사천인왕(四天八王)이라는 문자가 있는데 그것을 파자(破字)[6]하면 4288년(年)에는 1토(土)가 된다는 뜻인 만큼 그해에는 통일이 틀림없다고 예언하는 것을 철규가 직접 들은 일이 있었었다.

어렸을 적부터 미신의 허위성을 직접 발견한 철규는 온갖 미신에 대해서는 불신 정도가 아니라 적개심을 품어온 것이었다. 철규의 할아버지는 동네방네 소문난 관상쟁이 이었다. 그는 집에 가만히 앉아서 돈을 자꾸 벌고

---

4 4283년(年) : 단기를 사용한 연도. 서기로는 1950년.
5 정감록 : 조선 중기 이후 백성들 속에 유포된, 나라의 운명과 백성의 앞날에 대한 예언서. 풍수지리상으로 본 조선왕조 후 역대의 변천 따위를 예언한 것으로, 이심(李心)과 정감(鄭鑑)의 문답을 기록한 책이라 하나 이본(異本)이 많다.
6 파자(破字) : 한자의 자획을 나누거나 합하여 길흉을 점침.

있었으나 그의 한방에서 사는 철규는 할아버지의 속임수를 샅샅이 꿰뚫고 있었다. 어린 소견에도 남을 속여서 돈을 버는 할아버지가 밉기 그 없었다.

그가 중학 재학 시절 옆집 젊은 여자에게 무당이 내렸다. 아침까지 멀쩡하던 여인이 갑자기 솔가지를 들고 무어라고 외면서 춤을 추고 돌아가는 꼴을 보는 철규는 놀라기도 하고 무섭기도 해서 그 여인에게 정말로 무당이 내리는 줄로 생각했었다. 이 새로 내린 무당은 여기저기 매일같이 잘 팔리었다. 그러나 며칠 못 가서 이 무당 노름은 순전한 연극이라는 것을 철규는 간파했었던 것이었다.

재래적인 미신에 반감을 가진 그는 예수교회에 나가기 시작했다. 그러나 반 년이 채 못 가서 그는 예수교와도 절교하고 말았다. 어떤 장노가 안수기도[7]로 병을 고치노라고 하며 나서자 교회당은 삽시간에 불구자, 병신, 환자들의 집합소로 돌변해지는 것을 그는 목도했기 때문이었다. 환멸을 느낀 그는 모든 종교 또는 모든 미신에 대해서 거의 광적인 적개심과 반발심을 품게 되었던 것이었다.

바로 어제 오후 일이었다.

"수험생에게는 시험 치르는 날 아침 엿을 먹여 보낼 것이요, 미역국을 먹여 보내서는 절대로 안 됩니다" 하는 충고를 철규는 받았다. 말 같지가 않아서 실소(失笑)하면서 그 자리를 물러났다.

다방에 들러 석간 신문을 사보았다. 소위 10만 선량을 꿈꾸는 입후보자들 때문에 요새 관상쟁이, 점쟁이, 사주쟁이들이 돈뎨미 위에 올라앉았다는 기사가 실리어 있었다. 더구나 해괴한 것은 KNA[8] 비행기로 납북된[9] 사람들의 가족들도 점쟁이 집을 부질나케[10] 드나들었다는 기사였다.

---

7   안수기도 : 신도의 머리위에 손을 얹고 하는 기도.
8   KNA : 대한민국 항공사 KAL(대한항공)의 이전 이름.
9   KNA 비행기로 납북된 : 1958년 2월 16일 KNA 소속 여객기 창랑호가 북한으로 공중 납치된 사건이 있었다.
10 부질나케 : 뻔질나게, 자주.

"흥, 꼴 좋다. 점쟁이가 그렇게 용하다면 비행기가 납북되리라는 것을 왜 예언하지는 못했노" 중얼거리면서 그는 일어섰다.

그는 반발심을 억제하지 못하여 몸을 부르르 떨었다.

집으로 돌아가는 길에 그는 일부러 시장에 들려 미역 한 꼬투리[11]를 사들고 갔다. 이튿날 시험 치르러 가는 수남이에게 기어코 미역국을 먹여 보냄으로써 미신에 대항하고 싶은 그이었다. 아내와는 일대 충돌이 있었다.

아내는 엿을 사 왔기 때문이었다. 마즈막 시험 공부하는 수남이에게 방해가 되지 않게 하기 위하여 부부는 뒤 언덕 위로 올라가서 숭갱이를 하였다. 결국 미역도 엿도 안 먹이기로 타협되었다.

셋째 시간분인 '실과, 음악, 보건, 미술' 시험 문제는 철규를 더한층 당황케 하였다. '책꽂이' 만드는 문제는 그 문제의 뜻부터도 철규에게는 통하지가 않았다.

"이거 뭐, 목수시험을 보는건가?" 하고 그는 투덜거리었다. 그리고 악보, 5선에 그리어진 콩나물! 음악 감상도 제대로 못 하는 그는 손만이 아니고 발까지 번쩍 들고 말았다.

어느 날 밤 일이었다. 술이 대취해가지고 통금 시간 겨우 대서 집에 들어온 철규는 아들이 그냥 공부하고 있는 옆에 쓰러져서 잠이 들고 말았다. 얼마나 잤는지 눈을 떠보니 그새 전등불은 나갔고 아들은 촛불을 켜놓고 공부를 계속하고 있었다.

"아버지, 석전제는 어느 달 어느 날이야?" 하고 묻는 것이었다.

"석전제가 무어가?" 하고 철규는 아들에게 되물을 수밖에 없었다. 국민학교 학생인 아들이 전문학교를 졸업하고 나서 밥버리하기 20년도 더 된 아버

---

11 꼬투리 : 타래.

지에게 물어보는 낱말을 그 아버지가 이해하지 못하여 되물어보는 일은 이번이 처음이 아니었다. 아들이 공부하고 있는 옆에 함께 있어본 일이 아주 드문 그이이었으나, 그렇게 되물어본 일은 수백 번 이상이었을 것이었다.

수남이는 의례 버릇대로

"아버진, 참, 그것두 몰라. 공자의 탄생을 축하하는 일이 석전제야." 하였다.

─석전제가 무엇이라는 것을 아는 것만두 용한데 그 날자까지 기억해야 할 필요는 어데 있을가?─하고 생각하는 철규는 그 생각을 아들에게까지 알려주지는 못하고,

"글쎄, 날자는 나두 모르겠는데. 모를 건 꼭 표해두었다가 내일 선생님께 물어서 꼭 외두록 해라." 하고 말했다.

"꼭 표해두었다가 선생님께 물어보라"는 말을 그가 한 것이 이로 헤아릴 수 없도록 많았던 것을 회상하는 철규는 ─ 초등학교 선생이 되려면 백과사전이 되야겠군 ─ 하고 다시금 생각했다.

마지막 시간 시험까지 끝내고 나온 수남이에게

"그래 자신 있니?" 하고 묻고 싶은 생각은 굴뚝같았으나 철규는 그것을 꾹 참았다. 수남이의 대답을 듣기가 무서워서였다. 그러나 그가 지나간 일 년 동안 수남이에게 사준 시험 준비용 서적 부피가 눈앞에 아련이 나타났다.

'학력수련장', '전과지도서', '실력공부', '입학시험 문제집', '예능, 보건, 실과 완성', '방학공부', '하기완성', '모의 시험 문제', '모의고사' 등등, 또 그리고 수남이가 매일 밤 한 시 두 시까지 앉아서 동그맹이 치고, 써넣고, 계산하고, 하던 수십 권의 '4291년(年)[12] 중학교 입시를 위한 필답고사 예상 문제

---

12 4291년(年) : 서기 1958년.

집' 부피가 두꺼운 책, 엷은 책, 책, 책, 책. 수남이의 책상에 쌓이고 쌓인 책들은 을지로 1가 건물들의 축소판처럼 보였다. 또 그리고 겨울 방학이 시작되자부터 5학년용 교과서 공부를 다시 해야 된다고 하여서 아내가 인근 친척집을 싸돌아다니며 5학년 교과서를 빌려오노라고 고생하든 일.

또 그리고 밤마다 붙들고 씨름해온 숙제, 숙제, 숙제!

"다 못 해가문 선생님한테 매 맞아" 하고 욱여대는 수남이는 모의고사와 숙제가 겹치는 날마다 밤을 새다싶이 했다.

수남이 얼굴은 노래가고 신경질이 늘어갔다.

국민학교 5학년까지는 계산에 넣지 않고, 6학년 1년 동안만 자신만만하게 시험을 치렀겠지 하고 철규는 스스로 위로해보았다.

아버지는 아들의 눈치만 살폈다. 명랑한가? 우울한가? 어찌 보면 우울해 보이고 어찌 보면 명랑해 보이기도 하여 종잡을 수가 없었다.

집에 다달으자 수남이는 곧장 자기 책상으로 갔다. 책상 위에 겹겹이 쌓여 있는 참고서, 모의 시험 문제, 실력 공부 책들뿐 아니라 교과서까지 포개서 한아름 가득 든 그는 문 밖으로 나갔다. 그는 그 책들을 변소에 내동댕이치는 것이었다.

"얼마나 지긋지긋했으면 저렇게 발광까지 할가? 쯧쯧쯧!" 하고 철규는 혀를 찼다.

이튿날 아침 늦잠을 자는 수남이를 깨우지 않고 철규는 상점으로 갔다. 학교에 면접하러 가는 것은 아내에게 맡기고.

이 상점 저 가게에서는 모두 중학교 입시 이야기뿐이었다.

"우리 딸년은 아마 백육십 점쯤 딴 모양이야요." 하고 한 사람이 말했다.

"하, 그거 참 잘 치렀구만요. 댁 애기는 붙었오, 붙었어요. 그 끝수면 82퍼센트나 되니까요. 우리 녀석은 백 점두 채 못 딴 모양이던데."

철규는 어안이 벙벙했다. 그는

"아니, 몇 점 땄는질 어떻게 벌써 알아냈오?" 하고 물었다.

"오늘 아침 신문 왜 안 읽었오?"

"신문이라니?"

"자 여기 있오. 이것 보슈. 고사 문제뿐 아니라 답안 그리고 매 문제 점수까지도 나지 않았오."

철규는 신문을 들여다보았다.

"흠, 백구십오 점 만점이군요."

"그래요? 아니, 난 사백 점 만점이라구 가정하구 우리 애 점수를 계산해봤더니 2백 한 8십 점 되던데요." 하고 한 사람이 말했다.

"2백 8십 점이라. 4백 점 만점에. 가만있자. 그럼 70퍼센트가량 되는구면요."

"70퍼센트면 어떻게 붙을 수 있을가요."

"글쎄 아슬아슬하군요."

"뚜껑을 열어봐야지요. 알 수 있나요."

"문제는 몇 점에서 끊느냐가 문제지요."

"오늘 신문을 보니 모집 정원은 2만 3천 명밖에 안되는데 지원자수는 3만 7천이라구 했습니다. 그러니까 1만 4천 명은 어차피 떨어질 것이 아닙니까."

"정원 미달되는 학교두 더러 있을 거라구 하던데요."

"시골서 6천 명이나 왔다는데요."

"시골뜨기들은 왜 와가지구 남 못살게 굴가, 내 원."

이야기 중 신문을 들고 있던 철규는 신문을 접어 주머니에 넣으면서 자리를 떴다.

집에는 아내도 수남이도 없었다. 그는 기다렸다. 마음만 더 초조해왔다. 신문을 펴놓고 들여다보았으나 글자들이 소리소리할 뿐 의미를 알 수 없었다. 담배만 연이어 피웠다. 혀가 깔깔해졌다.

아내와 수남이가 돌아오자마자 철규는 신문을 아들에게 보이면서

"너 여기 이걸 보구 몇 점이나 땄을지 계산해보아라" 하였다.

"그건 해보면 뭘 해요. 이 점수 본다구 붙나요."

"이 자식, 애비 속 좀 태우지 말구 한 번 해봐라."

"여기 해봐야 소용 없어요."

"에이, 망할 자식. 참 별 괴짜로군."

"괴짠 누가 괴짜야요. 당짜지."

하고 아내가 가지를 올렸다.

"어째서?" 하고 철규는 고함 질렀다.

"미역을 사 들구 들어오는 사람이 괴짜가 아니구 뭐요."

"듣기 싫여."

어느새 수남이는 밖으로 나갔다.

"그놈 눈치가 어떻습니까?" 하고 철규는 목소리를 힘껏 느리워서 물었다.

"붙을 자신이 있길래 만판[13] 천하 태평이지요."

"붙을 자신이 있어서 그러는 건지, 자신이 통 없으니까 자포자기해서 그러는 건지 어떻게 아누?"

"구 단위(區單位) 고사 성적은 꽤 좋다고 그러던데요?"

"누가?"

"수남이가."

"제길할 것. 이차 시험 제도는 왜 갑자기 없애놓구 남 애를 태우게 할가?" 하고 탄식하는 철규는 재작년 맏아들 때 생각을 하는 것이었다.

"이차는 없어두 특차가 있답니다."

하고 아내가 말했다.

"누가 그래?"

"모두들 그러지요. 엿을 못 먹게 한 괴짜두 안심이 안 되는 모양이군요. 안심 안 되면 호적 초본이나 빨리 해 와요."

---

13 만판 : 마음이 느긋하게.

이튿날 아침 일찍 철규는 구청으로 갔다. 사람들이 득시글득시글했다. 특히 여인네들이었다.

— 맏놈 때에는 이차 학교가 많아서 덕을 봤었는데 이번엔 특차가 하나밖에 없다니 이거 큰일 아닌가? 그러나 그때에는 개 담임선생이 하라는 대로 하지 않구 내 고집만 폈기 때문에 실패했지만, 이번엔 담임선생 소견대루 했으니가 염려 없겠지 — 하고 철규는 생각하고 있는데 옆에서 있는 사람이

"매사는 불여튼튼[14]이지요. 그런데 그 무시험 입학이 이라는 것 때문에 금년엔 이 꼴이 됐어요."

"그렇구말구요. 무시험 때문에 시골 학교와 변두리 학교가 과외의 덕을 입구 우리만 골탕먹었지요. 그, 뭐 상관회귀곡선(相關回歸曲線)[15]이라는 것 때문에 무시험이 불공평하게 됐대요."

"변두리 학교에서는 수(秀) 하나에 3천 환씩 주구 샀답데다."

철규의 머리는 더욱더 혼란해지기만 했다.

지원서 접수 마지막 날 오후에 철규는 수남이의 지원서를 특차 학교에 제출했다. 지원자 수가 3천여 명이라고 하는 소리를 듣고도 탄식하는 것 외에 별 도리가 없었다.

발표하기로 예정된 전날 밤 철규는 몸을 뒤챌 뿐 잠을 들지 못했다. 아내도 잠을 못 드는 모양이었다.

시험 치룬 그날 밤부터 수남이는 잠에 취해버렸었다. 마치 지나간 1년 동안 미찐 잠을 보충하는 듯이 철규는 그날 새벽일을 회상하고 있었따. 아직 동도 트기 전이었는데 수남이가 잠꼬대를 했다. 잠꼬대에 잠을 깬 수남이는

---

14 불여(不如)튼튼 : 튼튼히 하는 것만 한 것은 없음.
15 상관회귀곡선(相關回歸曲線) : 상관관계에 있는 두 변수 사이의 관계를 보여주는 곡선.

"엄마아 나아 떨어지는 꿈을 꿔서"

하고 말하였다.

"그래 어쨌니?" 어머니의 목소리였다.

"엄마랑 나랑 자꾸 울었어."

"아버지는?"

"아버지는 없었어."

철규의 가슴은 뭉클했다.

오후 일이었다. 길 건너 상점 주인은 중학교에 아는 선생이 있어서 전화를 걸어보았다. 전화 끝내고 난 그 친구의 보고는 이러하였다.

아직 채점이 끝나지 않았는데 밤 새워서라도 채점을 끝내서 이튿날 아침 일찍 뜯고 뜯어, 일람표 만드는 대로 곧 방을 붙인다는 말이었다. 시험은 예년에 비하여 대부분 잘 칠은 셈이라는 말까지 덧붙여 했다는 것이었다.

뜬눈으로 새다싶이 한 철규는 풋덕 잠이 깨자 '라이타' 불을 켜 시계를 들여다보았다. 오전 네 시. 그는 후덕덕 일어섰다.

재작년 방 붙는 날 맏아들을 데리고 갔었던 생각이 불현듯이 났다. 처음 읽어보고 자기 이름을 발견하지 못한 그의 얼굴은 햇쓱했다. 숨을 죽이고 두 번 세 번 더 훑어보는 그의 이마에는 구슬이 쏴 내돋았다.

"오늘은 내가 혼자 가봐야지" 하고 중얼거리면서 철규는 어둠 속에서 옷을 갈아입었다.

동이 트기 전이었건만 교정에는 벌써 수백 명 남녀노소가 모여서 서성거리고 있었다. 안절부절못하고 교정을 왔다 갔다 하는 철규의 머릿속에는 '10땡'이니, '48번'이니, '미역국'이니, '엿'이니 하는 생각이 오고 갔다.

— 그날 아침 엿이라도 멋였드면 — 하는 허망스런 생각이 그의 신경을 좀먹기 시작했다.

그는 그 생각을 떨어버리려고 몸부림을 쳤다. 갑자기 그는

"시대착오다. 시대착오 —" 하고 고함을 고래고래 지르면서 발을 동동 구

르기 시작했다.

햇볕의 선발대가 서쪽 하늘에 뜬 구름을 물들이기 시작했다. (1958)

세 죽음

세 죽음

'억만사 사장 내외 변사, 거의 같은 시각에.

박만용(65) 사장은 건국호텔에서 건국훈장 받은 날 밤에. 사인은 심장마비.

부인 천덕자(46) 여사는 자택에서. 음독자살인 듯하나 유서는 없다.'

석간신문 7면 바른쪽 톱 8단 기사.

'패륜아 친부를 난타, 문필가 김아부(60) 씨 시립 병원에 입원 가료[1] 중.'

같은 날 석간신문 5면 왼쪽 톱 5단 기사.

'문필가 김아부(60) 씨 사망. 패륜아 의협(31) 군 체포. 일기장 등 압수.'

다음 날 석간 3면 오른쪽 톱 6단 기사.

'박만용 내외 동시 변사 수사 미궁에.'

같은 날 석간 3면 왼쪽 톱 8단.

1

훈장 받을 사람들이 있는 특별석에 떡 버티고 앉아 있는 만용이의 가슴은

---

1   가료(加療) : 병이나 상처 따위를 잘 다스려 낫게 함.

벅찼다.

국민회관 대강당. 아래 위층 가득 앉아 있는 축하객들의 눈 눈 눈에서는 모두 선망의 빛이 번득이고 있다고 만용이는 생각했다.

만당[2] 가득 찬 얼굴들을 서너 번 천천히 훑어보고 난 그는 뚱뚱한 배를 더 내밀고, 널찍한 어깨를 의자 뒷등에 활짝 기댔다.

맞은편 벽을 응시하고 있는 그의 얼굴에 미소가 기어올랐다. 우락부락하고 펑퍼짐한 큰 얼굴을 휩쓰는 미소가, 번듯하고 반대머리인 그의 앞이마 굵은 주름살들을 더 깊게 팠다. 보통 사람의 것보다 사이가 더 뜨고 숱이 많고 긴 반백색 눈썹들이 곤두섰다. 삐죽 나온 아래입술이 웃음으로 인하여 더 두껍게 보였다. 건국훈장 수상자 자리에 앉아 있으니 복스럽고 덕 있는 귀상(貴相)[3]이지만, 교수대 앞에 세워놓으면 최고 잔악상일 것이었다.

그의 미소, 그것은 만족하는 웃음 같기도 하고, 무언가를 비꼬는 조소 같기도 했다. 어수룩한 세상이라고 그는 생각하는 것이었다. 그리고 자기만은 이 세상에서 출중하게 잘난 인간이라는 자만심이 끓어오르는 것을 억제할 수 없었다. '흥, 바보 자식!' 하고 그는 속으로 콧방귀를 뀌었다. 아들 5형제를 고스라니 대한민국 국군에 바쳐, 반공 전선에서 모두 전사시켰노라고 자칭했었던 이기만 씨의 어리석음을 흉보는 것이었다. '거짓을 꾸며대도 푼수와 요령이 있는 법이지. 10년도 채 못 된 사건, 그리구 국내 사건을 날조했다가 패가망신하는 건 당연한 일이지. 또 그리고 훈장 한 개로 만족하지 못하고, 재물을 탐낸 것이 천치바보 짓이었지. 여럿이 눈독을 들이고 있는 관광호텔 운영권을 맡다니…… 게다가 은행 특혜 융자 받아 벼락 수리까지 하고…… 원수를 많이 만들었거든…… 무모한 짓…….' 자기는 훈장만 탐냈지 재물을 탐내지 않는 것이 슬기스런 일이라고 만용이는 스스로 감탄하고 있

---

2 만당(滿堂) : (사람이) 방이나 마루에 가득 차는 것.
3 귀상(貴相) : 귀한 사람이 될 얼굴 모습.

는 것이었다.

그는 재물을 더 탐낼 필요가 없었다. 남들, 특히 신문기자들은 '부정 축재'라고 백안시하는[4] 그런 유의 치부를 한 것은 사실이었지만, 만용이 자신으로서는 그의 사업이 부정하다고 생각하는 적이 한번도 없었다.

'약육강식, 적자생존이 우주의 철칙인걸.' 하고 그는 늘 생각하고 말했다.

그러나 지나간 2, 3년 동안에 체득한 진리를 그는 신봉하고 있었다. 수단 방법은 여하튼 축재와 권력의 과잉에는 불행과 파멸이 반드시 뒤따른다는 진리였다.

박만용이가 어느 앞에서나 자랑하고 내세워온 건국 공로. 만주 황산리 전투 때 목숨 걸고 싸운 혁혁한 전투 기록.

불과 2백 명 정도의 독립군을 이끌고, 병력과 장비가 십 배도 더 되는 일본군과 백병전[5]을 벌였을 때. 그때 적에게 더 많은 손실을 주었다는 사실은 역사가 증명하는 것이었다. 그 전투에서 용명을 날린 바 있었던 그가 뒤늦게나마 '건국훈장'을 타게 된 것은 당연 중 당연이라고 그는 생각하는 것이었다.

황산리 전투가 일어났던 일은 40여 년 전이었고, 곳도 두만강 건너 외국 땅에서 생겼던 일 — 또 그리고 훈장 외 아무런 물질적 보상도 노리지 않는 그였기 때문에 — 그는 단 한 사람의 적도 만들지 않고 단 한 사람의 의심도 받지 아니하여 죽는 날까지 영화를 누리리라고 믿었다. 아니, 대대손손 그 영화가 그의 가문을 계속 빛내줄 것이라고 그는 굳게 믿고 있는 것이었다.

옆자리에 앉아 있는 사람을 만용이는 힐끔 바라봤다.

---

4 백안시(白眼視)하는 : 업신여기거나 냉대하여 흘겨보는.
5 백병전(白兵戰) : 적을 베고 찌를 수 있는 병기, 즉 칼이나 창을 가지고 하는 육박전.

영양 부족으로 노오랗게 된 뾰족하고 작은 얼굴을 가진 키 작고 여윈 노인이었다. 얌전한 선비 타입으로, 마치 송구스럽게 생각하는 것처럼 의자한 귀퉁이에 쪼그리고 앉아 있는 것이었다.

'흥, 문화훈장? 별 훈장이 다 있군.' 하고 만용이는 생각하는 것이었다. '씨먹지 않은 글 나부랭이나 그적거렸다구 국가에서 훈장까지 준다구…… 돼먹지 못했어. 나라 꼴도. 이런 자하구 한자리에서 훈장을 수여받는다는 건 평생 조국 독립운동을 위해 무력 투쟁해온 나같은 투사에게는 모욕이야, 모욕, 퉤…….'

그의 생각이 중단되었다.

"위원장 각하께서 지금 입장하십니다. 여러분, 다 기립하여 박수로 환영해주기 바랍니다." 하는 사회자의 목소리가, 마이크와 확성기를 통해 강당안 공기를 흔들어놨기 때문이었다.

후다닥 일어선 만용이는 손뼉을 치기 시작했다. 요리집에서 급사 부르기 위해 치는 박수보다는 흥취가 180도 다른 감격의 박수였다.

'각하'께서 강단에 오르자 만용이는 45도로 허리를 꺽고 두 손 읍하고 서 있었다. '귀하신 몸'이 앞을 지나갈 때 만용이는 바른손을 불쑥 내밀었다. 곁눈도 팔지 않고 그냥 지나가는 귀하신 몸. 멀쓱해진 만용이의 팔은 미끄러지듯 내려지고 말았다. 손 주체가 이렇게도 어려운 일이었던가?

훈장 타러 위원장 각하 앞으로 나간 만용이는 60도로 허리를 굽혔다.

각하께옵서 손수 달아주시는 훈장! 그 훈장을 옷가슴에 채워줄 때 만용이의 얼굴에 느껴지는 각하의 숨결. 40년 전에 맡던 인옥(仁玉)이의 땀내 섞인 달콤한 체취와는 비교도 안 되는 거룩하고 신비스럽고 향기로운 냄새로 느껴지는 것이었다.

훈장 채워주고 나서 내미는 각하의 바른손을 두 손으로 황송하게 감싸 쥐인 만용이는 온몸에 짜릿함을 느끼는 것이었다.

40년 전 그와 동갑인 인옥이의 손을 처음 감싸쥘 때 느꼈었던 것과 비슷한 감각이었다. 뉘앙스는 물론 달랐지만, 인옥이의 작고 말큰하는[6] 손에서 그는 욕망과 정복의 쾌미를 느꼈었고, 지금 각하의 크고 딱딱한 손에 느끼는 그의 감각은 오직 황공스럽고 영광스러운 환희였다. 이 영광스런 짜릿함을 그는 될 수 있는 대로 연장하고 싶었지만, 냉정한 각하의 손은 무례할 정도의 힘으로 쑥 뽑아졌다.

그러나 각하의 체온을 더 오래 보전하고 싶은 그는 식이 끝날 때까지 합장한 채로 시간을 보냈다. 그가 훈장을 받은 뒤에도 계속되는 한 시간이란 시간은 그에게는 실로 의미 없고 지리한 시간이었지만, 긴 축사를 하는 유지 인사의 말이 그의 귀에는 웅웅할 뿐 무슨 말을 하고 있는지 그는 모르고 있었다.

답사를 자기에게 시키지 않고 딴 수상자에게 시키는 사회자가 미웠다. 자기도 사흘이나 끙끙거려 만든 답사문을 양복 저고리 안주머니에 넣어가지고 왔는데 괘씸한 일이었다. 비서를 혼내주어야 하겠다고 그는 골똘히 생각하고 있었다. '답사 맡게 해달라는 조로 비서에게 돈 만 원이나 주었는데 이 꼴이니 돈이 맥을 못 쓰는 때도 있다는 말인가? 아니 여우같이 생간 비서가 그 돈을 횡령했는지 모르지. 아니, 저 작자가 나보다 더 큰 돈을 뿌린 것이 아닐까? 나도 돈을 뿌릴 만큼 뿌렸는데, 내 참.'

그가 건국훈장을 노리기 시작한 것은 거의 20년 전인 해방 직후부터였다. 그러나 그는 신중에 신중을 기했다. 황산리 싸움터에서 싸운 일이 있는 독립군 군인들 중 단 한 명이라도 살아 있어 남한으로 돌아왔으면, 섣불리 손을 대서는 안 된다고 그는 믿었기 때문이었다.

더구나 그 전투의 지휘관으로 있었던 거물급들이 남한에 생존해 있는 한 그는 위조 증거물을 공개할 수 없었다. 그들 거물이 어서 죽거나 미치기를 그는 바라고 있어온 것이었다. 그러면서 한편 돈을 모으는 데 수단 방법을

---

6   말큰하는 : 연하고 부드러운 느낌이 들고 말랑한.

가리지 않고 온갖 정력과 시간을 퍼부었다.

그 거물이 죽자 그는 거짓 증거물을 꾸미고 또 증언할 끄나풀들을 수십 명 매수하고 기르는 데 성공했다.

식이 끝나는지 만세삼창 한다고 모두들 일어서는 것이었다. 황급히 일어서려고 하던 만용이는 발을 헛디뎌 모로 쓰러졌다. 매맞은 복어처럼 배가 통통한 그인지라 허우적거리다가 간신히 몸을 일으킨 때 위원장께서는 무대 뒤로 사라지고 있었다. 그는 짧은 발을 동동 굴렀다.

그제서야 그의 젊은 부하 하나가 강단 위로 뛰어올라와 그를 부축했다.

그는 홀을 내려다봤다. 수천 명 남녀들의 등만이 그의 눈에 띄었다. 아니, 그런데, 머리 뒤통수에 눈이 박혀 있는 사나이! 그를 똑바로 쏘아보고 있는 두 눈망울.

그 눈. 그 눈.

콩 볶듯 하는 총소리와 소름끼치는 작렬[7]의 소음. 앞을 향해, 일본 군인들을 향해 겨누었던 총을 얼핏 옆으로 돌려 옆에 있는 동료의 옆머리에 대고 방아쇠를 당겼을 때 뒤로 자빠지는 동지, 아니 원수의 몸. 어깨동무였을 때부터의 경쟁자. 정신력으로나 지혜로나 체력으로나 완력으로나 어른들의 신임으로나 언제나 그를 앞서기만 하던 동갑 친구. 근자에는 인옥이의 애정까지 빼앗아 간 마충성. 어른들이 충성이를 더 신임하는 이유는 '충성'이라는 이름 때문이었는지도 모를 일이었다.

"근사한 이름을 지어 신뢰를 사취하는 위선자!" 하고 만용이는 몇 번이나 뇌까리곤 했다. 40년 전 일이었다.

40년 후인 지금 이 시각에 충성이가 죽을 때 떴던 눈방울을 그는 다시 보는 것이었다.

---

7 작렬(炸裂) : (폭발물이) 터져서 쫙 퍼지는 것.

아찔했다.

그는 눈을 감았다.

한순간 뒤 눈을 떴을 때 그는 두 부하의 부축을 받아 홀 복도를 걸어가고 있는 자신을 발견했다.

홀은 비어 있었다.

홀 밖으로, 밖으로 나가기가 무서웠다.

"건국호텔로 가자." 하고 말하는 그는 다시 눈을 꼭 감았다. 부축하는 대로 걸음을 옮겼다.

강렬한 광선을, 감은 눈 안막에 인식하는 그는 눈을 떴다.

또 그 눈!

전등불 아래 홀에서 봤던 눈보다 배나 더 또렷하게 보이는 눈과 얼굴과 몸매. 쪼글쪼글 주름살투성이인 얼굴을 가지고 남루한 옷을 걸친 노쇠한 마충성.

"그럼 그때 내가 쏜 총알이 빗나갔었나? 그럴 수가 없는데. 허나 저기 저 괴물. 유령이 아니고 실존하는 인물이라면 내가 맞서 대결해야지. 도피할 순 없지."

만용이는 상대방을 노려봤다. 움직이지 않고 10미터쯤 거리를 둔 곳에 서 있는 노인의 눈을 그는 쏴보았다. 상대방의 눈이 조롱하는 것 같은 기운을 띠는 것이었다.

충성이의 눈 모습이 아닌 것 같았다.

"딴놈을 보구 나는 공연히 겁을 냈구나."

이때 부하 하나가 택시를 잡아타고 와 멈췄다.

허둥지둥 택시에 몸을 실으면서도 고개는 괴상한 노인에게로 자꾸 쏠리는 건 웬일일까?

택시가 떠나니 안심이 되었다. 그러나 그는 괴인이 서 있는 곳을 돌아다 봤다. 움직이지 않고 서 있는 괴인의 눈. 그 눈방울은 아까 홀에서 처음 봤던 것처럼 적개심으로 이글거리고 있었다. 적개심과 조롱의 교차.

"빨리 호텔로 몰아, 빨리." 하고 만용이는 소리 질렀다.

뒤는 다시 안 돌아보기로 했다.

그러나 택시가 길을 꺽어 돌 때 그는 뒤를 돌아봤다. 차도에는 온갖 차량의 홍수, 보도에는 평상시 보는 인파로 가득 차 있었다.

호텔 현관 앞에서 차에서 내리는 그는 한번 또 뒤를 돌아봤다.

괴인의 모습은 눈에 띄지 않았다.

호텔방 안 베드에 펄썩 앉는 그는, "술, 술, 축배를 들어야지, 축배." 하고 고함 질렀다.

아무리 마셔도 취하지 않았다. 마시면 마실수록 40년 전 일이 더 또렷하게 회상되었다.

충성이를 죽이고 나서 상사에게는 전사로 보고하고는 작전상 후퇴 명령에 따라 일본군 포위망을 뚫고 백수평이라는 한국인 부락으로 들어갔다. 부락 안에 들어서기가 무섭게 곧장 인옥이의 집으로 달려간 그는 인옥이를 유인해냈다. 충성이가 부상 입어 신음 중이니 어서 가봐야 한다고 거짓 서둘렀던 것이었다.

인옥이를 말에 태워 오십 리 길을 함께 달렸다.

전 주민이 피난 가고 텅 빈 중국인 동리(20채 건물밖에 없는)의 가장 큰 집으로 들어간 그는 인옥이를 겁탈하고 말았다. 몸 생김새나 언동이 암표범 같은 그녀를 정복하는 쾌감은 육체의 생리적 쾌감에 못지않았다. 탄피처럼 탄탄한 그녀의 피부에 그는 이상야릇한 야수적인 충동을 느꼈다.

자기 것을 만들어놓고 보니 그녀는 이름과는 달리 어질지도 않고, 순수한 옥구슬처럼 깨끗하지도 못한 것을 그는 발견했다. 아니, 발견했다고 생각했다.

이튿날 새벽 그가 깬 시각은 그녀가 큰 돌을 치켜 들고 그의 자는 얼굴 위로 옮기는 순간이었다. 순식간에 머리를 피한 그가 죽기를 면하기는 했지만,

그녀를 자리에 쓰러뜨리고 목을 조르다 보니 그녀는 질식해 죽어 있었다.

"아니야, 아니야, 그건 정당방위였어, 정당방위." 하고 그는 외쳤다.
"네? 무슨 말씀?" 하고 부하 하나가 묻는 것이었다.
"아니야, 아무것도 아니야. 지금 몇 시나 됐나?"
"저희들 나가달란 말씀이군요. 좋습니다. 예, 나갑지요. 참 잘 먹고 마셨읍니다. 안녕히 주무십시오." 하면서 부하들은 나가기 시작했다.
도어께까지 갔던 한 부하가 뒤돌아 오더니,
"누굴 수청 드릴갑쇼? 미스 강? 미스 박? 미스 홍?"
"아무 년이나 좋아. 그리구 위스키두 넉넉히."

잠이 들었던 모양이다.
가위에 눌려 제 신음 소리에 놀라 깼다.
베드에 누워 있는 것은 자기 혼자만이 아니었다.
그는 몸서리쳤다. 옆에 누워 있는 사람은 젊은 여성이었다.
"어, 어, 인옥이, 내가, 내가! 어, 요년이, 네가, 네가……"
여인의 몸을 타고 앉은 그는 그녀의 목을 조르기 시작했다.
불의의 습격을 받은 미스 홍은 손에 잡히는 위스키 병으로 만용이의 뒤허리를 때렸다. 마개도 빼지 않은 새 병이었다.
만용이의 팔힘이 조금 줄어드는 순간 그녀는 몸을 빼 자리옷바람 맨발로 도망해 나갔다.
투덜거리며 도어께로 간 만용이는 도어를 안으로 잠갔다. 돌아서던 그는 "헉!" 했다. 흉칙한 큰 얼굴이 창문 밖에서 안을 들여다보고 있는 것을 봤기 때문이었다.
자아 방어를 하려는 생각은 났지만 다리가 그 자리에 굳어버릴듯 움직일 수가 없었다. 창문으로 들여다보는 흉물로부터 자기 시선을 옮기려고 애를 썼으나 제 눈이 말을 듣지 않는 것이었다.

흉물. 새까만 유리창 밖에서 들여다보고 있는 어슴프레한 흉물의 얼굴 표정은 시시각각 변하는 것이었다.

충성이의 얼굴은 아니었다. 그러나 낯익은 얼굴이었다. 한참 노려보던 그는 "제길!" 하면서 창께로 달려가 셰이드[8]를 잡아 내리어 창을 가리워버렸다.

돌아섰다. 그 흉물은 환한 불빛 아래 더 똑똑하게 자기를 마주 노려보고 있는 것이었다. 그 흉물의 얼굴 표정이 놀랐다, 겁났다, 울다, 웃다, 놀랐다 하는 것을 그는 봤다.

그러나 그것은 그가 무서워하는 얼굴은 아니었다. 매일 보는 얼굴.

'내 얼굴이 왜 저 꼴이 됐을까?'

만용이는 위스키 병 나팔을 불기 시작했다.

창문이 흔들이는 것 같았다. 내려뜨린 셰이드가 펄럭거리었다. 펄럭거리는 셰이드가 시커먼 유리창을 드러낼 때마다 피 흘리는 충성이의 얼굴이 나타나곤 했다.

눈을 감은 그는 위스키 한 병을 꿀꺽꿀꺽 단숨에 마셨다.

비틀거리는 그는 면경 앞으로 갔다. 왜 갔는지 저도 모를 일이었다.

흉악한 자기 얼굴이 면경 위에 나타났다. 시시각각 변하는 표정. 자기 얼굴 한옆에 낮때 보았던 괴상한 노인의 얼굴이 나타났다. 다른 옆에는 눈이 뒤집히고 혀를 빼문 인옥이의 젊은 얼굴이 나타났다.

세 개의 얼굴들이 맴을 돌기 시작했다. 한 덩어리로 뭉쳤다가 떨어지고, 엎치락 뒤치락하는 얼굴들이 빙글빙글 이리 돌고 저리 돌고.

비명을 지르는 만용이는 앞으로 고꾸라졌다.

---

8 셰이드(Shade) : 창문에 달린 커튼의 일종.

2

밤 열한 시.

천덕자 여사는 안절부절못했다.

남편이 안 돌아오는 것은 이미 만성화되었지만, 고등학교에 갓 입학한 맏아들의 외박이 요새 부쩍 는 것은 불안하고 화가 치미는 일이었다.

그런데 그 맏이가 바로 어머니의 은인이었다. '천하 오입쟁이'인 박만용이와 동서 생활한 지 거의 3년 만에야 만용이는 불야불야 덕자를 호적에 올렸다. 맏아들이 출생했기 때문이었다.

남편을 '천하 오입쟁이'로 규정지었지만, 덕자 자신도 그와 동서하기 시작하기 전 10년간이나 기생 노릇을 했었다. 그녀의 머리를 올려준 '난봉꾼'은 조선총독부 재직 중인 일본인 고관이었다. 한 번 머리가 올려지자 첫 낭군으로부터 버림받은 뒤에도 그녀의 성생활은 난잡했었다. 해방된 다음 해 요리집에서 박만용이를 만나던 날 밤까지는.

독립군 장교로 만주 벌판에서 혁혁한 공을 세운 남아라는 소개에 매혹되었던 것도 사실이기는 하지만 그보다도 어쩐지 그와 밤자리를 함께하고 나서부터는 그에게 대한 열렬한 연정을 느껴 늦게나마 그에게 정조를 지키고 싶었던 것이었다. 충실한 가정주부가 되고 싶었고 또 오늘까지 10여 년 동안 현숙하면서 내조에 철저한 아내 노릇을 해왔다.

남편은 '제 버릇 개 못 주어' 외박을 자주 했지만, 덕자 자기만은 현숙한 아내의 길을 그냥 지키고 있었다. 더구나 잘 자라는 세 아들을 위해서 육체적 쾌락을 억제하고 견디기로 결심했었던 것이다.

그러나 열흘째 접어드는 오랜 기간, 남편의 외박은 그녀의 자존심을 건드렸다.

중학생인 둘째와 국민학교 5학년생인 막내는 지금 한창 과외 공부에 열중하고 있을 것이었다.

한 시간 전 열 시에는 오늘 밤 따라 웬일인지 그녀 자신이 밤참을 차려 들고 애들의 공부방을 찾아갔었다.

자기는 부인하려고 애쓰고 있지만 공부방에서 젊은 가정교사를 가까이 대하자 어쩔 수 없이 가슴이 훌렁거렸던 것이었다. 준수하고 싱싱한 남자 대학생. 한 시간이 지나간 지금까지 그 대학생의 모습을 회상하고 있는 자신을 발견하는 그녀는 몸서리쳤다.

그녀는 시계를 자꾸 들여다봤다. 초침이 너무나 빨리 돌아가고 있다고 생각되었다.

애들과 가정교사는 새벽 두세 시 전까지 잠자리에 들지 않을 것이었다.

방바닥에 벌렁 누운 그녀는 눈감고 회상에 잠겼다. 육체를 섞은 뭇 사내들의 모습이 두서없이 그녀의 머리를 스치고 지나갔다. 더러는 잠시, 더러는 꽤 오랫동안. 대개는 자기보다 나이 더 많은 남성들이었다. 서너 사나이의 회상은 보다 더 뚜렷하게 인상에 남아 있었다. 아기자기한 추억들.

"응." 하고 그녀는 신음했다.

석간신문을 한 번 더 집어 들고 읽었다.

'밤의 요화[9], 미도파 근처에 우글우글. 대개 통금시간 직전에.'

예비 사이렌이 들리는 것 같았다.

시계를 또 봤다.

열한 시 십오 분.

그녀는 짙은 화장을 급히 했다. '나도 한때는 고급 밤의 요화가 아니었던가.'를 속으로 되뇌이면서.

시청 뒷길에서 택시에서 내린 그녀는 조선호텔 쪽을 향해 천천히 걸어갔다. 가슴이 두근거렸다.

미도파까지 갔으나 '밤의 요화'가 우글우글하는 것 같지는 않았다. 도리어

---

9 요화(妖花) : 남자를 강하게 유혹하는 요염한 여자.

자기처럼 가정부인들이 더 많이 서성거리는 것이었다. 한두 쌍 남녀들이 오다 가다 만나 잠시 수군거리다가 택시 잡으려고 서두르는 것이 보이기는 했다.

예비사이렌 소리가 들릴 때 그녀는 을지로 입구에 다다른 자신을 발견했다. 을지로 2가 쪽은 한산했다. 대부분 점포가 문을 닫았고 보도에 거니는 사람들도 별로 많지 않았다.

마주 오고 있던 남자 하나가 힐끔 그녀를 쳐다보고는 길을 어기어[10] 갔다. 잠시 걸어가던 그녀는 얼떨결에 뒤를 돌아봤다. 남자도 뒤를 돌아보는 것이었다. 소녀 같은 기분에 휩싸이는 것을 그녀는 느꼈다. 얼른 머리를 돌이킨 그녀는 걸음을 빨리 했다. 남자가 뒤따라오는 것같은 육감을 느끼면서.

그녀는 한 번 더 돌아다봤다. 남자는 달려들어 그녀의 팔을 꼈다.

'될 대로 돼라.'하고 그녀는 생각했다.

나이 4십이 넘어 천덕자는 첫사랑에 빠졌다. '밤의 요화' 노릇을 해보려고 밤늦게 길거리에 나갔었고, 매음녀를 낚는 중년 '신사'에게 낚여 호텔로 갔었다. 어디까지나 일시적인 매매 성행위로 시작된 관계였다. 그러나 그 첫날밤 그녀는 몸뿐 아니라 영혼까지 송두리째 그 남자에게 바쳤고 상대방인 남자 역시 똑같은 기분인 모양이었다.

외박을 거의 할 수 없는 천덕자와 김봉수는 오후 늦게 만나곤 했다. 매일 만나고 싶고, 한 시도 떨어져 있기 싫은 심정이었으나, 하루 건너 오후 다섯 시 십 분에 일정한 장소에서 만나 단 두 시간씩만의 랑데부[11]를 즐겼다.

봄 · 여름 · 가을 — 여섯 시면 날이 어두워지는 초겨울까지 그들은 밀회를 계속했다.

---

10 어기어 : 서로 길을 어긋나게.
11 랑데부(rendez-vous) : 특정한 시각과 장소를 정해서 하는 밀회. 특히 남녀간의 만남.

그러던 어떤 날 오후 덕자는 전화를 받았다.

"천덕자 여사시지요? 꼭이 만나뵈어야 할 일이 있으니 세 시에 종로 교동 다방으로 나오셔야 합니다."

젊은 남자의 목소리였다. 명령조였다.

"무슨 말씀인지 전화로 하시지오."

하고 덕자는 말했다.

"전화로 얘기할 수 있는 일이 아니야요. 꼭 대면해야겠습니다. 박만용 사장님과도 관계 있는 일이니까요."

전화가 끊어졌다.

불안했다.

세 시까지가 지루하기 그지없는 긴 기간이었다. 아무 일도 손에 안 잡히면서도 교동다방에 안 간다고 몇 번이고 다짐했다.

세 시가 되자 일어났다 앉았다 하며 안 간다고 자꾸자꾸 다짐했다.

세 시 반이 되자 그동안의 수백 번 다짐이 어디로 갔는지 그녀는 문밖으로 나서고 말았다.

다방은 그리 붐비지 않았다.

될 수 있는 대로 침착하려고 애쓰면서 문에서 가까운 빈자리에 앉았다. 앉기가 무섭게 남자 하나가 가까이 왔다. 새파랗게 젊은 사람이었다.

"조용히 말씀드려야 하겠으니 저쪽 구석 자리로 가시지요."

명령조였다.

"누구신데, 무슨 일……?"

"곧 알게 될 겁니다. 자, 어서 저리로, 어서."

손님들과 레지[12]들의 시선이 집중되는 것을 인식하면서 그녀는 사내를 따라갔다.

---

12 레지(reji) : 다방 등에서 손님에게 차나 커피를 나르는 여성.

"무얼 드시겠습니까?" 젊은이가 물었다.

"무슨 얘긴지 어서 말이나 하셔요."

"커피 드시지요. 마음 좀 진정하시기 위해."

아니꼬운 생각이 든 그녀는 잠잠했다.

커피 두 잔이 왔다.

청년이 커피 한 잔을 천천히 다 마실 때까지 덕자는 잔을 들지 않고 청년의 동정을 살피기만 했다.

청년은 석 장의 사진을 덕자의 앞에 내밀었다.

"아니, 이건!"

그녀는 놀라지 않을 수 없었다.

"이것들을 박 사장님께 바치면 적어도 만 원은 받을 것입니다. 그러나 사모님이 이만 원만 주신다면……."

"아니, 돈 이만 원을 어린애 코 묻은 돈으로 생각하는 겁니까?"

"흐음. 사모님에게는 오만 원, 아니 십만 원 가치는 있는 상품입지요. 제가 에누리하려고 온 건 아닙니다. 한 시간 뒤면 이 자리에서 제가 박 사장님을 만나기로 되어 있습니다. 싫으시면 그만두시지요."

청년은 사진들을 거두기 시작했다.

"아니, 잠깐. 이만 원 내면 그거 다 나에게 파는 거지요?"

"물론입지요. 흥신사란 신용 본위로 운영하는 거니까요."

"삼십 분만 기다려주셔요. 내 곧 다녀올게."

"좋습니다. 하나 시간 꼭 지키셔야 합니다. 늦어지면 여기서 박 사장님과 마주치게 되니까요."

이십 분 뒤에 돈을 치른 덕자는 사진 석 장을 다 샀다.

다섯 시 십이 분에 택시에 오르자 덕자는 김봉수에게 속삭였다.

"오늘은 딴 데로 가요. 한 번도 안 가본 데로, 네?"

"왜?"

"기분 전환."

"오케."

그러나 열흘이 못 되어 덕자는 청년이 걸어오는 전화를 또 받았다.

"밀회 장소를 바꾼다고 해서 제 손아귀에서 벗어날 수 있다고 생각하면 그건 오산입니다. 나는 네거티브¹³를 가지고 있으니까요. 박 사장님에게는 제가 거짓 보고를 했습니다. 그러나 만약 천 여사께서……."

흥신사 청년에게 덕자는 네 번이나 돈을 뜯겼다. 네거티브는 백만 원을 주어도 안 팔겠다는 선언이었다.

청년에게서 다섯 번째 전화가 왔다.

"오늘은 장소를 바꾸었습니다. 밤 여덟 시 삼강호텔 삼백오 호실에서 기다리겠습니다. 호텔 비용까지 두둑히 가지고 오셔야 합니다. 한 시간 뒤 아홉 시에는 고스란히 보내 드릴 테니 염려는 마셔요."

이쪽에서 대구할 새도 없이 저쪽 수화기가 내려놓여지는 소리가 나는 것을 덕자는 들었다.

"망할 자식. 그놈은 제 어미도 없니!" 하고 혼자 넋두리해봤자 소용없는 일이었다.

덕자가 호텔 방 안에 들어서기가 무섭게 청년은 달려들어 그녀를 포옹하고 베드로 끌고 갔다.

'될 대로 돼라.' 하고 그녀는 생각했다.

처음에는 증오와 저주의 감을 품고 항거하면서 체념에 가까운 기분으로 청년의 애무를 피동적으로 그녀는 받고 있었다. 그러나 일을 치르는 중간 기성¹⁴을 지르는 그녀는 자신도 놀랄 정도로 능동적으로 나갔다.

---

13 네거티브(negative) : 사진의 원판.
14 기성(奇聲) : 이상한 소리.

일을 끝내자 한옆으로 돌아누워 담배를 피워 무는 청년은 말했다.

"천 여사, 참말 미안하게 됐습니다. 여사를 서너 번 만나는 동안 저는 돈보다도 여사의 몸이 더 탐났어요. 그러나 오늘 여사를 여기까지 오시게 하는 데는 숱한 저주와 고민과 철면피와 용기를 소모시켰습니다. 그랬는데, 그랬는데 지금 저는 김봉수라는 분이 여사를 왜 그처럼 좋아하는지 알게 되었읍니다."

그날 밤부터 격일하여 덕자와 청년 차흥선은 같은 시간 같은 방에서 밀회를 했다. 두 달쯤 지나자 덕자가 흥선이보다 먼저 와 기다리기도 하게 되고, 헤어지는 시간이 연장되기도 했다.

청년 차흥선과 베드에 누을 때마다 두 시간 전에 작별한 김봉수에 대한 양심적 가책을 그녀는 느끼곤 했다.

"봉수 씨와는 사랑, 흥선 군과는 순전한 생리적 배설." 하고 그녀는 자기 행동을 자기 나름으로 합리화하려고 애썼다. 그러나 마주 앉아 얘기나 하고 입이나 맞출 때에는 봉수가 더 좋고, 베드에 누워서는 흥선이가 더 좋은 것을 인식 못 하는 그녀는 아니었다.

남편의 외박 빈도는 더 잦아졌으나 돌아오길 기다리지는 않을 정도로 그녀는 무관심하게 되었다. 혹시 잠자리를 같이하게 되는 경우 언제나 불만족이었다. 눈을 감고 상대방이 봉수라고 공상하면서 약간의 만족을 느꼈다. 그리고 봉수와 잘 때에는 눈 감고 흥선이를 공상했고, 흥선이와 잘 때에는 — 생각만 해도 그녀에게는 황홀한 것이었다.

어떤 날 밤 흥선이가 말했다.

"지금 제 심경 같아서는 지금 당장 네거티브를 여사에게 그냥 드리고 싶어요. 허지만 못 드리겠어요. 여사를 다시 못 만나면 나는 죽어요. 네거티브가 내게는 유일한 무기니까요. 아, 모순되는 말 같지만 네거를 드리게 될 날이 올 거예요. 반드시 올 거예요. 그걸 드려도 여사께서는 날 만나주신다는 약속을 하시는 날……."

묵묵히 홍선이의 목을 글어안은 자신을 덕자는 발견했다.

봄이 다시 왔다.

하루는 수화기를 통해 낯선 남자의 목소리를 덕자는 들었다.

"천 여사 신상에 대해 요긴히 말씀드릴 일이 있습니다. 오늘 오후 네 시에 석향다방에서 만납시다."

덕자의 가슴이 철렁했다.

네 시 조금 지나 그녀는, 마치 자석에 끌리는 양 석향다방 안으로 들어섰다.

어떤 낯선 중년 사나이가 인사도 없이.

"저쪽 구석 자리로 가시지요." 하는 것이었다.

이 중년 사나이가 내미는 사진을 보는 덕자는 비명을 발할 뻔했다.

그녀가 호텔방에서 홍선이와 밀회하고 있는 광경을 찍은 사진이었다.

"그리 놀라실 건 없어요. 김봉수라는 분의 부탁으로 이런 사진을 찍기는 했지만, 그분보다도 여사께서 이 사진을 더 값지게 보실 것 같아 이렇게 만나뵙는 겁니다."

"아니, 그분이!"

"그렇게 놀라실 필요는 없습니다. 누가 부탁했건 돈 더 주는 사람에게 팔아버리면 되니까요. 어떻습니까, 사시겠어요?"

"당신은?"

"흥신소 직원입니다. 봉수 씨의 비행을 조사해달라시면 그 요청도 나는 즐겁게 받아들이겠습니다. 흥신소 사업이란 어디까지나 비밀 확보 신용 본위니까요."

"그런 걱정은 마시고, 어서 가격이나 말하셔요. 네거티브까지 껴서 말요."

"으음. 아주 빈틈이 없으시군요."

네거티브까지 껴서 사진을 살 수 있었던 만큼 그녀는 안심하고 있었다.

그러나 며칠 뒤 그녀를 다시 불러낸 그는 수십 매나 되는 사진을 간색[15]만 보이고 돈을 강탈해갔다.

세번째 만났을 때 이 중년 사나이도 돈보다 그녀의 육체를 요구했다.

흥선이와의 밀회 장소를 다른 호텔로 옮기고 남들의 눈, 특히 흥신소 직원들의 미행을 피하기 위해 덕자와 흥선이는 따로따로 호텔방으로 들어갔다가 헤어질 때에도 5분 간의 간격을 두고 따로따로 나오곤 했다.

어떤 날 밤. 흥선이가 먼저 나가고 덕자 혼자서 길에 나설 화장을 하고 있었다.

닫혔던 도어가 살그머니 열리고 인기척이 났다. 덕자는 돌아봤다. 도어를 닫고 있는 사나이의 뒷모습은 처음 보는 모습이었다.

"누구신지, 방을 잘못 찾아 들어오셨군요." 하고 그녀가 말했다.

홱 돌아서는 청년의 얼굴을 보자 그녀는 놀랐다. 호텔 출입문을 지키는 뽀이였다.

"뽀이 부르지 않았는데."

"불러야만 오나요? 내가 오구 싶어 왔지요." 하면서 달려들어 그녀를 글어안았다.

"이게 무슨 짓! 무엄하게…… 빨리 나가…… 안 나가면 소리 지른다."

"소리 지르셔요. 겁날 사람은 내가 아니고 현숙하신 당신이니까요."

"이것 놔 돈 줄게."

"심부름 안 하고 내가 왜 돈을 받아요? 서비스해드리구 팁을 받아야지요. 자, 서비스." 하면서 그는 그녀를 밀고 베드로 갔다.

'될 대로 돼라.' 하고 그녀는 생각했다.

억지로 일을 치르고 난 그녀는 팔목시계를 들여다보며 급히 매무새를 고

---

15 간색(看色) : 물건의 좋고 나쁨을 알리고 견본 삼아 일부분을 보는 것.

쳤다. 파우더 퍼프로 코를 두드리면서 그녀는,

"어쩌다 내가 이 꼴이 되었노! 차라리 죽어버렸으면." 하고 중얼거렸다.

거울에 비치는 자기 얼굴에 자학[16]이 그늘져 있는 것을 그녀는 봤다.

과상한 전화, 다방의 구석 자리, 흥신소 직원, 사진, 공갈, 협박, 호텔, 강제 동침, 전화, 다방, 사진, 호텔.

늙은이, 젊은이 — 남자란 모두 다 협잡꾼이요, 성교밖에 모르는 수캐들이라고 그녀는 생각했다.

그러다 그녀는 오전마다 병원에 꼭 들러야만 하게 된 몸이 되고 말았다. 오전에는 병원, 오후 두 시부터 밤 열 시까지는 이 호텔에서 저 호텔로 싫은 남자, 무서운 사나이, 좋은 남자, 얄미운 사나이, 능글맞은 남자, 추한 사나이, 미남자 — 남자의 품에 안기는 것이 쾌락이 아니라 고역이 돼버린 그녀였다. 성병을 이 남자 저 남자에게 전염시켜주는 데 더 쾌감을 느끼게 된 그녀.

그리고 언제나 쫓기는, 불안에 떠는, 절망에 잠기는 자아 혐오감에 몸부림치는, 양심의 가책을 느끼는 신세가 된 그녀였다.

'차라리 죽어버렸으면.' 그녀의 입버릇이 되고 말았다.

"천 여사, 축하합니다. 박 사장님의 건국훈장. 그런데 말이죠, 그분은 댁으로 돌아가지 않고 호텔로 갔어요. 오늘 밤 내가 대리 남편 노릇 해줄께. 천 여사 침실이 그립기도 하고, 이따 열 시쯤 댁으로 가겠오. 하룻밤만이라도 올나이트. 그대의 품에서 올나이트."

전선을 타고 오는 목소리는 낯익은 목소리였다.

"아니, 아니, 그건 안 돼요. 내가 호텔로 갈게요." 하고 그녀는 말했으나

---

16 자학(自虐) : 스스로 자신을 학대함.

저쪽 수화기는 이미 귀머거리였다.

그날 오후 남편이 훈장 받는 강당 맨 앞자리에 앉아 있었던 그녀는 식을 처음부터 끝까지 다 봤다. 연단 위에 앉아 있는 남편의 늠름한 모습을 쳐다보면서 남편이 정말 장한 인물이라고 그녀는 생각했었다. '저런 훌륭한 남편을 내가 왜 배신했나.' 하는 뉘우침을 느꼈었다. '나라의 최고 영예 훈장을 탄 남편을 오늘부터라도, 오늘부터라도 현숙한 아내로 현숙한 아내로 섬겨야겠다.' 하는 결심까지 했었다.

그랬었는데…….

몇 분 뒤 또 전화가 왔다.

"오늘 밤 천 여사는 독수공방하는 신세가 되었군요. 내가 갈 테니 박 사장님 이부자리 속에서 우리 밤새워 뽀뽀합시다. 이따 열 시쯤 가리다."

아까와는 다른 목소리지만 낯익은 남자 목소리.

전화벨이 또 울렸다.

"천 여사, 오늘 밤 축배를 들어야지요. 밤새 당신의 침실에서. 우리 단둘이서. 열 시쯤 갈께."

전화벨 울리는 것이 무서워졌다. 그녀는 수화기를 내려놓고 말았다.

추잡한 세상.

죄와 벌.

그녀는 수화기를 다시 올려놓았다. '혹시 남편이 전화를 걸면?' 하는 생각이 들기 때문이었다.

남편이 무서운가?

그녀는 머리를 저었다.

그럼 왜?

저도 모를 일.

수렁에 빠져 들어가고 있는 자신을 그녀는 발견했다. 언젠가 외국 영화에서 본 광경이 지금 자기의 몸에 재연되고 있는 것 같았다.

젖가슴까지 수렁 속에 빠졌는데 여러 마리의 뱀들이 꿈틀거리면서 그녀의 어깨와 머리에 감치고 있었다. 징그러운 감촉보다 차가운 감촉이 더 컸다. 몸은 뱀이로되 얼굴은 모두 사람의 얼굴이었다. 모두 낯이 익은 얼굴들.

그 숱한 입들이 모두 들썩거리고 있었다.

'독약 먹는다구 다 죽는 줄 아니?'

'죽긴 왜 죽어? 한창 살 나이에.'

'너두 날 속였구, 나두 널 속였어. 서로서로 속이고 속아 사는 것이 인생이거든.'

'자결한다구 속죄가 될 줄 아니? 어림도 없는 수작.'

그녀의 목까지 수렁 속에 잠겼다.

"사람 살리우 사람 살려." 하고 천덕자는 소리소리 질렀다. 그러나 그 소리는 수렁이 삼켜버리는 것 같았다.

헤어날 수 없는 깊은 수렁.

아무리 소리 질러도 음파를 진동시킬 수 있는 공기가 없는 수렁 속.

3

문필가 김아부 선생은 술취해 집으로 돌아왔다.

"못된 세상, 끼륵, 그래, 그, 그 엉터리 시인이, 끼륵, 엉터리가 문화훈장을 타다니. 그게 된 일이야, 끼륵, 나쁜 놈들. 심사 기준을 얻다 둔 거냐 말야, 끼륵. 여기저기서 어려운 말만 주워 모아, 끼륵, 산문체 줄을 아무 데나 꺾어서 끼륵, 딴 줄로 옮겨 쓰고는 그걸 시랍시고, 끼륵. 그래 그놈의 시를 읽는 독자가 도대체, 끼륵, 도대체 몇 명이냐 말야. 엉터리 심사위원들, 끼륵. 제까짓 게 시를 이해하느냐 말야, 끼륵. 작품보다두 빽이 용을 썼지, 끼륵. 빽, 빽, 빽, 세상 만사가 다 빽이란 말야, 끼륵⋯⋯."

"아버지, 또 취하셨군요. 들어가 주무시거나 해요." 하고 아들 의협이가 말했다. 겸손하고 부드러운 말투였다. 참고 견디다 못해 튀어나온 말이요, 끓어오르는 감정을 가까스로 누르고 고즈넉하고 침착한 태도로 한 말이었다.

"뭣이, 이놈, 끼륵? 내가 취했다구? 끼륵, 너 언제나 취토록 마실 술값, 끼륵, 술값 대주어본 일 있냐, 끼륵. 얘, 이놈아, 끼륵. 그래 그 서푼짜리 시인 구가가 문화훈장 탈 자격이 있단 말이냐, 끼륵, 어디 말해봐, 이놈아, 끼륵⋯⋯."

"당신 내놓구 어떤 딴놈이 문필가 자격을 가지고 있겠수? 심사위원이라는 것들이 무식하구 썩어서 그렇지. 그리구 훈장이 뭐 그리 소중하다구. 훈장이 쌀 사주나?" 아내의 말이었다.

"아니, 여보, 마누라, 끼륵. 무식한 소리 작작하라구. 우리나라 같은, 끼륵, 미개국에서는 훈장이나 무슨 상을, 끼륵, 무슨 상을 탄 사람의 글이라야만 팔리는 거야, 끼륵. 수상자 작품 하면, 끼륵, 무조건 사 읽는 독자들이거든, 끼륵. 독자 수준이 그 정돈걸 끼륵⋯⋯."

이때 어머니가 말했다.

"얘, 의협아, 너 바깥바람 좀 쐬구 오려무나." 하고 아들의 큰 눈망울에 번갯불이 번쩍 스치는 것을 그녀가 봤기 때문이었다.

"아니다. 너 거기 앉아, 끼륵, 이 애비 말 좀 들어라. 너두 아다시피, 끼륵, 나는 30여 년간 문필 생활을 해왔단 말야, 끼륵, 딴 놈들은 기껏해야 시면 시, 소설이면 소설 한 가지만 쓸 능력을 가졌지만 끼륵 나는 말이지, 끼륵. 서정시 서사시 단편소설 중편소설 장편소설 수필 평론 논문 희곡 기행문, 끼륵 끼륵. 난 말이지 테마만 잡으면, 끼륵, 어떤 양식의 글이구, 끼륵, 척척 다 쓴단 말야, 끼륵. 그런데두 문화훈장이 그 엉터리, 끼륵⋯⋯."

"장하십니다. 그래서 「인간 추송」두 「인간 우동」두 쓰시구⋯⋯."

"얘야, 제발." 어머니의 애소[17]였다.

"그래 그런 걸 쓴 게 뭐 잘못이란 말이냐, 끼륵? 수백 명 문인들이 다 똑같은 「인간론」을 썼지만, 끼륵, 그래 나보다 더 잘 쓴 놈이, 끼륵, 한 놈이라두 있단 말이냐, 끼륵?"

"장하십니다, 아버지. 「대일본제국 천황폐하 성수무강」 헌시도 제일 잘 쓰셨고, 「약소민족의 해방자인 대원수 스딸린에게 드리는 감사문」도 북한 문인 누구보다도 더 잘 쓰셨지오. 그리구 「김일성 장군 만수무강」 헌시도 북한 문인 누구보다도 더 잘 쓰셨고, 평생 최대 걸작을 썼노라고 뽐내고 돌아가셨지오……."

"애, 너 미쳤니? 이제 그만."

하고 어머니가 타일렀다.

"어머님 좀 가만 계셔요. 아버지의 기억력을 되살려드리려고 그러는 거예요. 월남해서는 곧 「민족의 태양 국부 이승만 대통령」 찬가를 남한 문인 누구보다도 더 잘 쓰셨고, 학생혁명으로 이승만이 물러서자 누구보다도 솔선하여 「사월의 영웅들에게 보내는 찬가」를 쓰셨으며, 5·16 군사혁명이 이룩되자 아버지는 또다시……."

"이새끼, 네가……." 하며 달려드는 아부는 아들의 빰을 갈겼다.

벼란간 습격을 받은 의협이는 얼떨결에 아버지를 냅다 떠밀었다. 너무나, 너무나 쉽게 뒤로 밀려가다가 벽에 머리를 부딪고 방바닥에 쓰러지는 아버지의 모습을 보는 의협이는 기성을 발하면서 아버지께로 가까이 갔다.

외탁했다는 말들을 많이 듣는 그였지만 그의 몸은 아버지의 몸과는 극단의 대조를 이루고 있었다. 키가 아버지보다 3센티미터 더 크고, 몸무게도 아버지보다 3킬로그램이나 더 무거웠다.

아버지와 어머니 따라 월남하기 전 평양에서 소학교 재학 시절부터 공부

---

17 애소(哀訴) : 슬프게 호소하는 것.

보다도 일본군의 근로봉사대에 동원되어 몸을 단련시킨 그였다. 1945년 해방 직후부터 1950년 연말 월남할 때까지도 공부보다는 흙 파고 돌 깨뜨려 나르는 일에 동원되었었고, 월남 뒤 대구까지 밀려간 그는 유엔군 지게부대에 동원되어 중노동으로 몸을 단련시켰던 것이었다.

국군에 징집되어서는 최전방 일선지구만 오락가락한 그였다. 일선 복무 사병으로서는 구하기 힘든 신문을 혹 주워 읽다가 자기 아버지의 글이 실린 것을 볼 때마다 분노를 느꼈던 그. 무엇이 못 되어 하필 문필가가 된 아버지에 대한 원망과 멸시가 더욱더 굳어지기 마련이었었다.

제대하고 집으로 돌아와서도, 남들처럼 학교에 갈 생각은 않고 노동판만 돌아다닌 그였다. 쪽 빼고 대학에 다니는 학생들이 징그러운 기생충같이 그에게는 보였고, 대부분 문필인들은 위선가로 보였다. 더우기 자기 아버지! 아버지의 글을 실어주는 신문, 잡지가 그에게는 밉기만 했다. 그러면서도 아버지가 발표한 글들은 하나도 빼지 않고 기어이 찾아 읽으면서 화를 내곤 하는 모순을 그는 감행해왔었다.

집을 뛰어나와 혼자 살고 싶은 생각이 주기적으로 나곤 했지만, 늙은 어머니와 아직 모두 철이 안 든 것같이 보이는 동생들이 그의 발목을 가정에 매어두는 것이었다.

그랬었으나 너무나 쉽사리 넉아웃된 아버지를 볼 때 의협이의 눈에는 눈물이 핑 돌았다. 그는 아버지를 안아 일으켰다. 아버지의 몸무게가 예상했었던 것보다 너무나 가벼운 것을 느끼는 그는 눈물을 주루룩 흘렸다.

아버지의 눈은 감겨 있었고, 꾀죄죄하고, 주름살투성이이고, 조그만 얼굴은 창백을 지나쳐 프르스름했다.

자기도 모르는 사이에, 가벼운, 너무나 가벼운 아버지를 등에 업은 의협이는 밖으로 뛰어나갔다.

"얘야, 얘야, 어딜 가는 거냐?" 하고 울부짖는 어머니의 목소리가 뒤따라오는 듯했으나 의협이는 앞으로 앞으로 뛰기만 했다. 가로등이 없는 골목길은 어두웠고, 행인도 별로 없었다.

"병원, 병원이 어디 있나? 어디 있나, 병원이?" 하고 거듭 외치면서 그는 계속 무턱대고 뛰어나갔다.

등에 업힌 환갑 노인인 아버지는 세 살 난 아기처럼 가벼웠다.

"이럴 줄은 몰랐어요, 아버지. 아버지 지금 돌아가시면 안 돼요. 제가 벌 받을까 봐 무서워서가 아니에요. 부디 더 살아 계셔서 과거의 아부 근성을 청산하고 속죄하는 걸작을 창작하셔야만 돼요. 돈이나 명예, 속된 명예에 구애받지 않는 참된 작품. 단 한 편이라도 좋아요. 그런 최대 걸작을 쓰지 못 하고 세상을 떠나시면 안 돼요, 아버지. 안 돼요. 안 돼요, 아버지, 아버지, 대답하셔요. '응' 하구 한마디만 하시면 돼요. 응, 응, 아버지, 아버지이."

아버지는 "응" 소리도 안 했다. 못 하는지도 모를 일이었다. "응" 소리 나 마 할 수 있는 기력이 없는지, 혹은 혼수상태에 들어갔는지 의협이로서는 알 도리가 없었다. (1965)

비명횡사한 유령의 수기

비명횡사한 유령의 수기

내가 죽었다고?

세상 사람들은 날 죽었다고 말들 하지만 나는 버젓이 살아 있다. '김아무개는 죽었다. 거룩한 죽음을 했다.'고 신문들이 매일 추켜세우고 있지만 나는 살아 있고 거룩한 죽음이 무엇인지 나는 모른다.

내가 한 행동이 살신성인(殺身成仁)[1]이라고? 천만에. 내가 그런 착한 일을 할 수 있는 위인이라면 오죽이나 좋으랴! 내가 자동차에 치어 육체를 잃어버린 건 사실이지만 그건 어디까지나 나의 이기적인 행동이었지, 내가 무슨 절개를 지키려 했거나 남의 육체를 살려주려고 의식적으로 한 일은 결코 아니었다.

차에 치어 죽게 된 어린이를 구원해 살리고 내가 대신 죽었다고? 어림도 없는 소리다. 내가 육체라는 껍질을 홀랑 벗고 홀가분한 유령이 되어 삶을 지속하게 된 경로를 올바로 아는 이는 나 혼자뿐이다. 나 혼자만이 내 마음과 행동의 동기를 알고 있으니까 말이다.

지금 나는 거추장스런 용적, 무게, 형태 등을 다 버리고 자유스럽게 살고 있다. 아무것도 안 먹어도 배가 고프지 않고 안 마셔도 목이 마르지 않다. 춤

---

1   살신성인(殺身成仁) : 자기 몸을 희생하여 어짊이라는 덕을 이룸.

지도 않고 덥지도 않고 병도 걸리지 않고 참말로 편히 살고 있다. 육체적 고통도 즐거움도 나는 모른다.

그러나 정신만은 말짱하고, 기억력은 더 늘었고, 마음의 고통과 즐거움은 예전보다 열 곱이나 더 강하게 느끼게 되었다.

나는 지금 영 잠을 자지 않는 존재가 되었기 때문에 집이 소용없고 걸어 다니지 않기 때문에 길도 소용없다. 그러나 필요에 따라 나는 자유자재로 커질 수도 있고 작아질 수도 있다. 내가 원하기만 하면 내 아내 또는 자녀들의 주머니 속으로 기어들어갈 수 있고, 단숨에 수천 리 거리를 날아갈 수도 있다.

그런데 나에게는 고약한 버릇이 하나 생겼다. 아무 때나 세상 누구의 머릿속으로 기어들어가는 나는 그들이 생각하고 있는 것을 시시콜콜 다 알게 된다. 이것이 지금 나의 커다란 고통이요, 또 슬픔이다. 인간들의 생각이 냄새를 풍기기 때문이다. 향기로운 내음보다 구린내가 더 많이 나는 것이다. 손, 발, 입은 좋은 일, 착한 일을 하는 것처럼 보이면서도 동기는 불순하기 그지없는 것이다.

지나간 몇 해 동안 나는 줄곧 자살할 생각을 하고 있었었다. '한 가족 집단 자살' 보도가 신문지상에 거의 날마다 실리고 있는 것을 읽으면서도 나는 몸서리만 칠 따름, 용기를 내지 못하는 채 살아온 것이었다.

이승에 대한 미련이 남아 있어서가 아니라 삼 년 전에 자살을 감행한 내 맏아들의 유령을 저승에서 만나게 될 것이 무서웠던 것이다. 피투성이 얼굴에 독기 품은 눈을 가지고 나를 노려보곤 하는 아들의 모습이 연방 꿈에 나타나고, 낮에 길을 걸을 때에도 그 애의 유령이 날 졸졸 따라다니는 것 같은 직감으로 몸서리쳐지곤 했었다.

삼 년 전에 열다섯 살이었던 그놈. 아비가 모르는 자기 나름의 고민도 물론 있었을 것이지만, 그 날 그놈이 달려오는 버스 앞에 몸을 던진 것은 내가 시킨 것이나 다름없는—즉 내가 그 애를 죽였다는 자책감이 내 마음을 계속 고문하고 있는 것이었다.

그 날 아침 내가 무슨 이유로 하필 그 애를 두드려 팼는지? 밥 달라고 조르는 철모르는 어린것들에 대한 나의 죄책감과 그날따라 여느 때보다 더 심한 바가지를 긁는 아내에 대한 나의 분노가 엉뚱하게도 착하디착한 맏아들에게 향해 터졌던 성싶다.

"이놈, 나가 뒈져라, 뒈져!"

하고 고래고래 소리를 지르면서 나는 그 애를 마구 팼던 것이었다.

내 육체가 차에 치어 죽던 그날 오후. 달려오는 버스 앞으로 뛰어가는 소년 하나가 내 눈에 띄었을 때 그 애를 삼 년 전에 죽은 내 아들로 착각하고 그리로 뛰어 들어간 것이었다.

"아버지!"

하고 비명을 지르는 내 아들의 목소리를 분명 들었다고 나는 기억하고 있다. 그 애를 살릴 생각이었는지 나도 함께 죽어버리고 싶었었던지, 자살하는 용기를 가진 그 소년의 기개에 대한 시기심이 발동했었는지, 아니 그 순간 나도 자살할 용기를 얻었는지도 모를 일이었다.

'나두 저 애와 함께 죽자.' 하고 느끼며 뛰어들었는데 어쩌다가 내 발이 전차 궤도에 걸려 앞으로 고꾸라지면서 얼떨결에 그 소년을 밀치고 내 육체만이 차에 깔린 것 같기도 하다.

아니, 소년을 살리고 내가 죽으면 나의 유가족은 좀 더 풍부한 생활을 할 수 있게 되리라는 공리적인 생각이 그 순간 내 머리를 지배했었는지도 모른다. 바로 며칠 전 어떤 장교 하나가 땅에 떨어진 수류탄 위에 몸을 던져 자폭하여 많은 병사들을 구원해주었기 때문에 각처로부터 조위금이 쇄도하고 있다는 신문기사가 내 눈앞에 크게 떠올랐었다고 생각되기도 한다. 나 같은 놈에게도 그런 좋은 기회가 와주었으면 얼마나 좋을까 하는 생각을 나는 며칠째 하고 있었던 참이었다.

'웬걸, 그런 기회도 운이 좋아야 오게 마련이지. 하고 많은 날, 하필 꼭 그

날, 꼭 그 시각에. 하도 넓은 세상에 하필 바로 그 특정된 지역에……. 천 년에 한 번 있을까 말까 한 우연인걸.' 하고 나는 생각하고 있었던 것이다.

아니, 내가 차 앞으로 뛰어들던 그 순간에는 아무런 생각도 못 한 것 같다. 머리가 혼미하여 무의식중 본능적으로 뛰어들었을 것이다.

몇 해 만에 처음으로 그날 점심을 나는 배부르도록 먹었었다. 곰탕 두 그릇을 한자리에서 다 먹은 것이었다. 웬 돈으로? 그날 아침 나는 도둑질을 한 것이었다.

북새통 시장에서 지전 한 뭉치를 슬쩍해가지고 시장 밖으로 태연히 걸어나오는 데 성공한 나는 속으로 쾌재를 불렀다. 그러나 그런 기분을 가질 수 있게 만들어준 것은 이틀 굶어 쪼르륵거리는 내 창자의 힘이었다. 배가 부르자 겁이 더럭 났다. 식권 살 때에는 조심조심 백 원짜리 지폐 한 장만 살짝 꺼냈었건만, 식당문 밖에 나서자마자 내 손은 자꾸 돈 들어 있는 주머니로 들어가고, 금방 형사나 순경이 어깨를 잡는 것 같은 공포에 떨게 되었다.

쌀 사가지고 얼른 급히 집으로 가고 싶은 생각은 간절했지만 쌀가게에 들어섰다가는 곧 탄로날 것 같은 예감에 사로잡혔다.

마주 걸어오는 모든 사람의 시선이 모두 돈 들어 있는 내 주머니에 집중, 눈독을 들이는 것만 같았다. 발각되기 전에 어서 속히 돈 뭉치를 처분해야만 되겠다는 초조감이 내 머리를 채웠다. '어떻게 처분한다? 남몰래 감추어둬야지. 어디에? 감춰두려면 집으로 가야 한다. 그런데 집에까지 무사히 가는 것이 문제다. 너무 멀다. 가는 동안에 형사에게 잡히고 만다. 아니, 형사들이 집 근처에 잠복하고 있을는지도 모른다. 내 몸을 뒤져봐서 돈 뭉치가 발견되면 영락없이 유치장 신세를 지게 된다. 기껏 곰탕 두 그릇 사 먹고 숱한 돈을 빼앗기고 징역을 산다. 터무니없는 일이다. 에키! 저게 파출소 아닌가? 되돌아가야지. 아니 되돌아가면 되려 의심 받지. 골목이 없나? 아, 있다. 골목으로 새서 인적이 없으면 길가 아무 데나 버리고 맘 놓고 다녀야지.'

그런데 그 골목 끝까지 가도 인적이 끊이질 않았다. 두세 번 뒤돌아보던 나는 흠칫 놀랐다. '저기 저자가 내 뒤를 밟는 것이 아닌가? 어서 큰길로 나가 인파 속에 섞여야지.'

벌기 어려운 것이 돈이었고, 도둑질하기는 더 어려웠는데, 도둑질한 돈을 남몰래 버리자니 그건 더 어려운 일이었다. 돈이라는 것이 이렇듯이 묘한 물건이라고 생각되기는 평생 처음이었다. '벌기는 어렵고 쓰기는 쉬운 것이 돈이라고 말들 하는데, 쓰지 못하고 버리려고 하니 이건 죽기보다 더 어렵구면.'

전전긍긍하면서 한참 걷노라니 배가 꾸룩꾸룩하기 시작했다. 무적 오랜만에 그것도 무척 기름진 것으로 별안간 꽉 채워진 배가 놀랐는지 화가 났는지 배가 아프고 뒤가 마려웠다. 동대문 옆 공중변소까지 가는데 진땀을 뺐다. 날이 무더워서가 아니라, 금방 누가 목덜미를 덮치는 것 같은 공포에 쫓기면서 배가 아파 죽을 지경이기 때문이었다.

다행히 비어 있는 변소간이 하나 있었다.

바지춤을 내리기 무섭게 활활 내리쏟았다. 곰탕 두 그릇이 온통 물로 변한 모양이었다. 기발한 생각이 머리를 스치고 지나갔다. 그렇지, 그게 제일 안전하지. 돈 뭉칠 이 변기 속에 처넣어야지.

돈 뭉치를 꺼내 들자, 너무나 아까운 생각과 더불어 묘한 생각이 났다. '아무리 백만장자라도 지금의 나 같은 짓을 감히 못 할 게다.'

백 원짜리 지폐 한 장 한 장 차례로 나는 밑을 닦아 아래로 던졌다.

통쾌했다.

홀가분해진 기분으로 변소 밖으로 나오니 몸과 마음이 다 상쾌했다.

그러나 그건 한순간.

'이 바보 새끼야, 공짜로 생긴 돈을 변기 속에 버리는 천치가 세상 어디 또 있니!' 하는 욕설이 내 귀를 먹먹하게 했다. 나는 뒤를 돌아보고 주위를 살폈다. 아무도 나에게 말을 건네는 사람이 없었다. 내 속에 있는 욕심이란 놈이

날 꾸짖는 것이었다. '이 미련한 놈아, 네가 십 년을 번들 그 많은 돈을 한몫 손에 잡아 볼 성싶으냐? 남들은 십만 원, 백만 원도 공공연히 도둑질해가지고 떵떵거리고 살며, 백주에 대로를 활보하는데, 그까짓 돈 몇천 원쯤 가지고 벌벌 떨다가 감추지도 못하고 구더기에게 선사하다니. 비겁한 놈. 구더기만도 못한 심장을 가진 놈. 미친놈. 얼빠진 놈. 너 같은 건 죽어야 한다. 오늘 저녁 네 가족이 또 굶는 꼴을 어떻게 보고 견디겠니? 길에서 불심검문 받기가 그렇게 무서웠다면 곧장 술집으로 가서 술이라도 실컷 마시고, 오랜만에 계집질도 한두 번쯤 해봤을 게 아니냐. 길 하나만 건너가면 대낮에도 소매 잡아끄는 젊은 색시들이 우글우글하는데, 옹졸한 놈, 쓸개 빠진 놈. 죽어라 죽어. 너 같은 놈은 이 세상에 살 자격이 없어.'

내가 생각해봐도 역시 맹랑한 일이었다.

허탈감을 품은 채 정신없이 거리를 방황하다가 버스에 치일 순간에 놓여진 소년을 보고 부지중 달려든 나였다.

차에 치어 내 육신의 숨이 끊어지자마자 내 혼은 훨훨 나는 것을 나는 느꼈다. 방금 벗어버린 내 껍데기가 너무나 초라하고 더러워 보이는데 나는 놀랐다. 머리가 터져 허연 골이 쏟아져 있고, 입, 코, 눈에서 시뻘건 피가 자꾸 흘러나오는 것만이 비참하고 더럽게 보이는 것이 아니라, 몸에 두른 누더기가 더러운 것이 아니라 육체 그자체가 초라하고 더러운 것이었다. 그런 보잘것없는 껍데기 벗기가 싫어 사십여 년이나 고생하며 살아온 내가 참말 어리석어 보였다.

내게 떠밀린 소년은 잠시 넘어졌다가 곧 일어섰다. 죽지 않고 살았다고 그 소년은 껑충껑충 뛰고 있지만 그 모습이 나에게는 가엾게 보였다. 급정거한 버스 앞으로는 구경꾼들이 모여들었다. 여기서 내려다보니 모두 궁상맞은 인간들이었다.

교통순경들도 나타났다. 순경 하나가 내 옷 주머니를 뒤지기 시작했다. 주머니 모두가 빈털터리였고 작업복 바른쪽 옆구리 주머니에서 동전 다섯 닢을 꺼내들고 흔들면서 얼굴을 찡그리는 것이었다.

'저자가 내 주머니에게 지전 뭉텅이를 발견하고 꺼냈으면 어떤 표정을 지을까?' 하고 생각하니 돈 뭉치를 이미 버리고 죽은 것이 잘되었다는 생각이 들었다. 그러나 그 생각은 얼마 못 다서 웃음거리가 되고 말았다.

이 영혼의 나라에서는 돈이 필요 없다. 먹고 마실 필요 없고 옷 입을 필요 없으며, 약도 필요 없고 여행하는 데 여비도 소용없는 생활에 돈이라는 게 필요할 리가 없다. 그래 바로 얼마 전까지 내가 돈 때문에 고생하고 도둑질까지 하고 그걸 몰래 버리느라고 진땀을 빼던 생각을 하니 어처구니가 없기 그지없다. 그리고 지구 위에 사는 사람들이 돈 때문에 싸우고, 돈 때문에 살인하는 걸 볼 때 인간이란 참말로 한심하고 가련한 동물이라고 느껴진다.

이튿날 새벽 각 신문 조간에 살아난 소년의 사진이 살리고[2] '남 살리기 위해 자아를 희생한 거룩한 분의 신원은 알 길이 없다'고 대서 특보되었다. 그런 기사들을 읽으면서 나는 다시금 반성해봤다.

소년을 꼭 살려주고 싶은 충정을 가지고 그 순간에 내가 차 앞으로 뛰어갔던가? 그때 만일 내 발이 전차 궤도에 걸리지 아니하여 나도 소년도 둘이 다 살았더라면 신문기자들은 어떤 기사를 썼을까? 만일에 내 행동으로 인하여 소년이 죽고 내 육체는 살아 있게 되었다면? 그렇게 되었을 경우에 경찰은 즉각 나를 체포했을 거고, 신문들은 하늘과 인간이 다 같이 분노할 살인자 악당이라고 욕을 막 퍼부었을 것이다.

'살신성인'과 '과실치사'는 종이 한 장 차이가 아니라, 한 장 종이의 앞뒷면에 지나지 아니한다는 사실을 나는 깨달았다.

알맹이가 없는 껍데기에 지나지 않는 내 몸뚱아리의 처리 문제를 가지고 언론계와 경찰이 신경을 쓰고 있는 꼴을 내려다보면서 나는 쓴웃음을 지었다.

---

2 살리고 : '실리고'의 오기(誤記)인 듯하다.

비명횡사한 유령의 수기

벌써 썩기 시작하는 송장을 방치해두고 연고자가 나타나기를 기다린다니? 영혼이 떠나버린 육체는 이미 아무의 소유물도 아니다. 사십여 년 동안 내가 그걸 걸치고 세상에 살아온 건 사실이지만 내가 홀랑 벗어 내버리고 이리로 올라온 이상 그건 폐물이다. 폐물이란 아무나 아무렇게나 처분해도 상관없다. 더구나 썩는 물건인 만큼 될 수 있는 대로 빨리 처리하는 것이 상책이다.

소나 돼지의 시체라면 연고자나 소유권자를 찾는 것이 필요할 것이다. 그런 것들은 썩기 전에 각을 뜨고 썰어 처분하면 적잖은 돈벌이가 되기 때문이다. 그렇지만 사람의 시체 처분에는 되려 적건 크건 비용이 들기 마련이다.

인간이란 동물은 살아 있을 때에도 제일 말썽꾸러기 동물이요, 죽은 뒤에도 제일 말썽을 일으키는 귀찮은 동물이다.

매미나 뱀이 벗어버린 허물은 아무 데나 방치되어 스스로 썩어 변모되고, 들짐승들이 벗어버린 허물은 딴 짐승들이 먹어치우는데, 유독 사람이 벗어버린 허물은 인공적으로 썩혀야만 되게 되어 있다.

그래 내가 벗은 허물을 당국에 가매장하기에 잘한다는 생각을 하며 내려다보고 있었다. 내가 버린 껍질에 미련이 남아 있다거나 소중하게 생각해서가 아니다. 살아남은 인간들에게 보이는 미관상 문제와 위생 문제가 게재되어 있기 때문이었다.

옅은 땅속에서나마 내 허물이 정상적으로 썩어가고 있는 참에 땅속에 함께 묻히지 않은 내 구두가 인연이 되어 내 신원이 밝혀지고 말았다. 이에 따라 조위금이 구역구역 내 아내의 손으로 들어오게 되었다. 살아남은 가족의 생계를 위해서는 반가운 일이었으나, 내가 한 일이 과연 많은 어린이들의 순정을 받아들여도 부끄럽지 않을 만큼 떳떳한 행동이었었나를 반성해볼 때 나는 송구스런 마음에 사로잡혔다.

그러나 그 기분도 잠시. 역겨운 마음을 금할 수 없는 광경을 나는 목도하기 시작했다. 우선 불로소득의 일종인 공돈 맛을 보게 된 내 아내의 생각이 불순해지는 데 나는 환멸과 증오를 느꼈다. 나는 아내에게 충고했다.

"조위금이 자꾸 들어온다고 거기에만 등댈 생각을 해서는 못쓰오. 더 많이 들어오길 바라고 욕심 부려도 안 되고. 평생 굶주리고 헐벗고 살아온 당신이라 한꺼번에 목돈이 들어오니 도취되는 심정은 나도 이해할 수 있소. 허지만 허욕을 내도 안 되고 낭비해도 안 돼요. 지금 들어온 돈은 어디까지나 공짜로 들어오는 것인데 공짜만 바라고 살다가는 머지않아 실망하고 패가 망신하게 된다는 말요."

"고마운 아저씨의 유가족 도와주자."

고 떠들면서 모금 운동을 하는 어린이들의 모습을 볼 때 나는 감격했다. 그러나 어린이들의 그런 성의를 받을 가치가 있는 일을 했다고 믿지 않는 나는 도리어 민망하고 무안하기 그지없었다.

순진성을 잃은 것같이 보이는 어른들이 이튿날 신문을 펴 들고,

"아, 이것 봐. 우리 이름이 여기 이렇게 났구면 ─ 돈 몇 푼 내고 성명 석 자가 이렇게, 평생 처음, 이렇게 신문에 났으니 해볼 만한 일인데."

라고 소리 지르는 꼴을 보고 나는 그자들의 얼굴에 침을 뱉아주고 싶었다.

돈이 들어 있는 봉투 하나를 신문사에 전달하는 뚱뚱한 중년 여인 하나가 내 눈에 띄었다. 봉투를 내밀면서 그녀의 살찐 얼굴에 나타나는 회심의 미소. 나는 구역질이 났다. 그녀 자기에게는 있어도 그만 없어도 그만일 소액의 돈을 거지에게 던져주면서 느끼는 값싼 자비심의 자아 만족감을 나타내는 미소. "내 가족은 거지가 아니다." 하고 나는 그녀에게 호통쳤다. 물론 그녀 혼자만이 들을 수 있는 내 목소리였다. 남이 보기에는 왜 그러는지 모를 일이었지만 별안간 얼굴이 붉으락푸르락해진 그녀는 황망히 신문사를 나와 밖에 기다리고 있던 자가용 세단을 타고 도망가버렸다.

그다음 액수를 밝히지 않은 '금일봉'(그 봉투 속에 들어 있는 돈이 얼마라는 걸 나만은 물론 알고 있었다.)을 희사하옵시는 정치인을 나는 봤다. 약간의 돈으로 자아 선전에 급급하는 약삭빠른 정치인의 생리. 분노라기보다 어처구니가 없는 조소를 나는 느꼈다.

군이 제 이름 밝히기를 거부하는 '무명씨'의 조위금도 들어왔다. 이 무명씨가 내고 간 돈은 참말 거액이었다.

조위금이 웬만큼 들어오자 내 아내는 가매장해둔 내 시체를 공동묘지에 옮겨 묻어야 한다고 서둘렀다. 나는 다시 그녀에게 충고했다. 폐물이 썩는 것은 어디서 썩어도 썩기는 마찬가지이니까 옮겨 묻는 데 드는 비용을 아껴 남들을 돕는 일에 충당하라고.

나는 아내에게 거듭 암시했다. 무덤을 잘 쓰고 못 쓰는 것이 송장에게 아무런 영향을 끼치지 못하고, 자손의 생활에도 영향 주는 바 절대로 없다고.

송장을 화장에 붙이는 것은 최급속도로 썩이는 방법이요 땅 파고 묻으면 천천히 썩이는 차이밖에 없는 것이라고.

그런데 어쩐 일인지 인간들은 명당이니 무엇이니 하는 풍수설을 꾸며가지고 막대한 돈을 들여 묘지를 선택해 사놓고 다시 막대한 비용을 들여 분묘를 크게 만들기 경쟁을 하고 있다.

이 영혼의 나라에서는 만인이 모두 다 절대 평등이다. 거지의 혼, 혹은 극빈자의 혼이라고 해서 우대해주는 일도 없다.

또 세상에 벗어 남겨두고 온 시체가 화장당했거나, 거적에 뚤뚤 말려 아무 데나 평토장[3]으로 묻혔다고 해서 그들의 혼백이 여기서 비굴감이나 열패감을 느끼는 일이 없고, 비단 수의에 입혀 두껍고 값진 관 속에 들어 명당 중에도 상명당 자리에 깊숙이 묻히고 집 한 칸 만하게 크고 높은 봉분을 이고 있는 시체의 혼이라고 해서 뽐내거나 우월감을 가지지 못하는 고장이 곧 여기다.

뫼를 잘못 쓰면 자손이 벌을 받고 명당에 쓰면 자손이 상을 받아 부귀영화를 누리게 된다는 엉터리 미신이 인간 세상 그중에도 특히 한국 사회에 널리 뿌리 깊게 보급되어 있다는 사실은 나도 잘 알고 있다. 이전에 내가 육

---

3   평토장(平土葬) : 봉분을 하지 않고 평평하게 매장함.

체라는 껍데기 속에서 지구상에 살고 있을 때에는 나도 그런 걸 믿고 있었다. 내가 못났다는 자각은 않고, 조상의 산소를 잘못 써서 내가 못 산다고 조상 탓만 하고 살아온 나였다. 책임 전가도 유분수지. 그러나 이 나라에 와보니 그것이 커단 속임수에 지나지 않는다는 것을 체험하게 되었다.

지상에 벗어버리고 온 껍질을 잘 위해주지 않는다고 자손에게 화를 내고 벌을 줄 만큼 옹졸하거나 사랑이 부족한 혼백은 이곳에 하나도 없다. 또 송장을 잘 위해준다고 자손에게 상을 줄 수 있는 권력도 가진 혼백도 하나도 없다.

땅에 버리고 온 껍데기는 이미 내 것이 아니라는 걸 여기 우리는 누구나 잘 알고 있어서 그 폐물을 자손들이 어떻게 다루건 무관심이다.

단지 우리 모두가 기원하고 또 자손들에게 거듭 암시해주는 것은 될 수 있는 대로 올바른 생활을 해달라는 부탁이다. 올바르게 생활해주기를 바라는 것이 육체가 죽은 뒤 혼령이 어떤 특권 생활을 하게 된다는 공리적인 동기에서 기인하는 것은 결코 아니다. 지상 생활이 우리 혼령 생활에는 아무런 영향도 미치지 않는다. 다만 올바르게 사는 것이 삶의 옳은 길이요, 살아 있을 때 기분이 좋기 때문이다.

무한시. 영원 속에서 기껏 70년 단 한 번밖에 가져보지 못하는 지상 생활을 착하게 보내는 것이 보람 있는 생활이라는 것을 우리가 알기 때문이다.

영혼의 나라가 천당과 지옥으로 나뉘어 있다는 학설도 믿을 바가 못 된다.

지금 내가 살고 있는 여기는 천당도 지옥도 아닌 단지 '유령의 나라'다.

세상에서 나쁜 짓한 자의 혼은 지옥으로 가 영원한 고통에 묻히게 되고, 좋은 일한 자의 혼은 천당으로 가서 영원무궁한 복락을 누린다고 떠들어대는 것은 하나의 협박인 동시에 유혹에 지나지 않는다.

그렇다고 그런 협박과 유혹을 일삼아 하고 다니는 선의의 사람들을 나무랄 수도 없다. 좀더 착한 생활을 하는 것이 옳다고 아무리 타일러도 대부분 인간들이 한 귀로 듣고 다른 귀로 흘려버리면서 자주 악을 저지르니까 애가 타서 협박도 하고 유혹도 하는 것이다.

그러나 지금 지구 위에 사는 자손들이 못된 짓을 하면 그들의 선조의 혼들이 비탄에 잠기고 착하게 살도록 하고 자손들에게 계속 호소한다.

어떤 민간이 기관에서 나에게 무슨 상을 준다고 하는 말이 들려온다. 참거북하기 그지없는 소식이다. 내가 지상에서 한 행동에 대해 지금 인간 세상에서 너무나 왁자하게 떠드는 것이 나에게는 수수께끼다.

백 보를 양보해서 그날 오후 내가 버스 앞으로 뛰어든 동기가 순수했다고 가정해보자. 위기에 처해 있는 동포를 구하기 위해 목숨을 버린 사람들이 과거에 얼마든지 있지 아니한가. 가까운 예 하나만 들어보자. 지난여름에 강에 놀러 갔다가 물에 빠져 거의 죽게 된 동생을 구하려고 물로 뛰어든 형이 있었다. 그 형이 동생을 건지기는커녕 자기 자신이 허위적거리고 있을 때 맏형이 또 뛰어 들어갔다. 그러나 하나도 건지지 못하고 셋이 다 빠져 죽은 사고가 있었다. 그때 이 '거룩한 일'은 신문에 조그만 기사거리만 제공하고는 쉬 망각으로 들어가고 말았다.

하나는 살고 하나는 죽으면 죽은 이가 동포애의 화신이 되는데, 하나를 구하려다가 셋이 다 죽은 경우는 묵살되고 마는 세상 — 참 야릇한 세대다.

더구나 이상한 것은 한 어린이가 차에 치여 죽을 위기에 직면한 것을 제일 가까운 거리에서 목격하게 될 때 어떤 인간인들 무의식중에 뛰어들 것이 아닌가. 그건 인간의 본능이 아닌가! 다시 말하자면 그런 일은 인간 세계에 응당 있는 일이 아닌가 말이다. 응당 있는 일이고, 과거에 흔히 있어온 일을 가지고, 유독 나 하나만을 영웅처럼 내세우는 심리를 나는 이해 못 하겠다.

인간이면 누구나 다 응당 해야 할 일을 한 걸 가지고 이처럼 거룩하게 추켜세워야만 될 만큼 우리 겨레는 비인간적이란 말인가?

하기는 지상에 사는 인간들 중 정신병자가 아니면 위선의 화신처럼 보이는 분자들이 꽤 많이 있다.

한국 사람으로 전 세계에서 명성을 날린 음악가 하나가 수십 년 만에 처음 귀국해 연주회를 가진 일이 수년 전에 있었다. 국내 음악가들 중 환영하는 이들도 없지는 않았으나 질투였는지, 많은 사람들이 냉대 정도를 떠나 중상모략과 악평을 퍼부었었다.

그가 외국에서 갑자기 죽자, 서울에서 그의 추모 음악회를 개최했다. 우리나라 음악가들의 도량이 넓다고 생각되어 나는 무척 기뻐했다. 그러나 그들이 내세운 추진위원 명단을 보고 나는 깜짝 놀랐다. 음악 감상은커녕 음악가들을 가리켜 '풍객쟁이들이 못되게 군다.'고 공공연히 멸시하여 사회에 물의를 일으켰던 인사의 이름이 그 명단에 버젓이 끼여 있었다. 그보다도 더 놀란 것은 현재 외국에 가 있는 사람들의 이름도 섞여 있었고, 이미 죽은 지 오래되어 혼백이 나보다 먼저 이 나라에 와 있는 인사의 이름까지도 도용되어 있는 것이었다.

내가 기절초풍한 것은 당연한 일이 아니겠는가. 육체적 모든 기능을 상실한 나, 하나의 유령에 지나지 않지만 정신적 기능은 이전보다 더 발달되어 있다. 이것이 지금 나의 고민이요, 슬픔이다.

바로 조금 전에 그 음악가의 영혼과 추모 음악회 개최 추진위원 명단에 오른 사람의 유령과 나 그 밖에 여러 혼백들이 만나 한바탕 웃었다. 즐거워서 웃는 것이 아니라 어처구니없어서 웃은 것이다.

언제나 지구에 사는 인간들이 철이 들려는지? (1965)

열 줌의 흙

열 줌의 흙

카운터 앞 동글의자는 하나도 비어 있지 않았다. 그러나 식탁들의 앞뒤에 놓여 있는 네모난 의자들은 거의 비어 있었다.

카운터에서 제일 가까운 네모꼴 의자에 나는 주저앉았다. 카운터 앞 동글의자가 하나라도 비면 얼른 뛰어가 차지하려는 속셈으로.

카운터 앞에 앉으면 아주 간단하고 값싼 음식 ― 햄버거 하나와 코오피 한 잔 정도 ― 을 주문하고도 마음의 부담을 느끼지 않는 것이었다. 카운터 위에 놓여 있는 설탕과 크림은 얼마든지 공짜로 코오피에 타 먹고도 돈은 육십 센트만 지불하면 되는 것이었다.

메부리코 남자 급사 하나가 내게로 가까이 왔다.

"혼자시군요. 저쪽 자리로 옮겨 앉으셔요."라고 그는 명령조로 말했다.

'자식 검방지군. "미안하지만" 소리는 빼먹고…… 팁은 바라지도 마, 자식.'이라고 나는 생각했다.

화가 난 나는 일어섰다 ― 곧장 밖으로 나가버리려고. 그러다가 나도 모르는 사이에 나는 두 사람만이 마주 앉을 수 있는 조그만 식탁 앞 의자에 앉고 말았다.

그리고 나는 안심고기 비프스텍을 주문했다 ― 철없는 만용. 나의 이런 만용에 내 돈지갑이 움칠할 것을 나는 알고 있었다.

그간 내가 사먹을 수 있었던 최고의 식사는 질기기 한이 없는 한 달러짜리 스텍뿐이었다. 브로드웨이 오가 뒷골목에는 값싼 스텍 전문 식당이 있었다.

벼란간 — 내 가슴은 설레기 시작했다. 카운터 뒤에서 손님들 접대를 하고 있는 두 젊은 여자 급사들의 모습이 내 눈에 띄었기 때문에. 그들 중 하나는 금빛 머리털에 파란 눈을 가진 미인이었고, 다른 하나는 머리털이 까만 여자였다. 머리털만 까만 것이 아니고 얼굴도 까맸다.

이 검둥이 여자의 움직임을 내 눈은 짓궂게 따랐다. 손님들의 머리들 사이로 잠깐씩 나타나곤 하는 그녀의 옆얼굴, 혹은 정면을 나는 볼 수 있었다.

그녀의 머리털과 얼굴이 까맣기는 했지만 얼굴 형태는 아프리카산이 아니라고 내게는 보였다. 현대 인도인들의 얼굴 색깔보다는 좀더 검었지만 틀림없이 옛날 코카서스족의 후예라고 생각됐다.

미국인들의 나이를 옳게 판정하는 데 나는 서툴렀지만 그녀의 나이는 스물 정도가 아닐까 보여졌다.

매력 있는 여자였다.

왠지는 몰랐으나 그녀의 모습이 내 가슴속에서 거의 죽었던 불씨를 소생시켜주는 것이었다.

이테 전에 날 버리고 가버린 한국 여성에 대한 원망심과 — 또 그리고 억제하기 힘든 그리움.

내 끈덕진 시선을 인식하기라도 했는지 카운터 뒤 검둥이 여자는 약간 경계하는 눈초리로 날 힐끗힐끗 보곤 했다.

그녀의 모습에 너무나 황홀해진 나는 내가 애초 이 조그만 식당으로 들어오게 된 참된 이유를 거의 잊어버릴 뻔했다. 이 식당은 적기는 해도 사람이 많이 다니는 분주한 네거리 한 모새기[1]에 서 있기 때문에 영업이 꽤 잘 되리라고 생각되어 동정을 살피려고 나는 들어온 것이었다.

---

1 모새기 : '모서리'의 평안도 사투리.

직업을 찾아 헤매고 있었던 나였다.

내가 주문한 음식은 빨리 왔다 — 손님이 별로 많지 않으니 그럴 밖에.

그러나 내가 식사를 반쯤 한 때 식당은 손님들로 가득 찼다. 자줏빛 모자에 금빛 솔을 단 터어키 모자를 쓰고, 자줏빛 코우트가 아니면 아라비아식 저고리를 입은 남자들과 그들의 아내들이 좌석 절반 이상을 차지했다. 식당 윈도우에 크게 써붙인 '귀족님들 환영'이라는 표지가 마력을 십분 발휘한 모양이었다 — 아니, 표지의 마력이 없었다손 치더라도 미국 각 지방에서 일시에 모여든 이만여 명의 인파가 이 구석진 식당에까지 침투하지 않을 수 없었을 것이었다.

거의 백 년 전 바로 이 뉴요크시에서 발족된 '슈라인 협회' 연차회의가 다시 뉴요크에서 개최되고 있다는 뉴우스가 연일 신문지상에 대서 특서로 보도되고 있었다. 종교단체는 아니라 하지만 협회의 각종 직위 명칭은 회회교[2] 것을 따르는 단체였다. 단순히 사회사업 — 주로 무료 병원 설립과 운영 — 과 회원 간의 친목을 목적으로 한다는 이 단체의 대표 이만여 명이 만하탄 섬의 브로드웨이와 동·서 오가 중심으로 집단 유숙하고 있는 만큼 그들의 여파가 브로드웨이와 동 이십칠가 교차로에 위치하고 있는 이 식당에까지 흘러오는 것은 오히려 당연하다고 볼 수 있었다. 더구나 모두가 다 돈 많은 부자들인 데다 축제 기분에 들뜬 그들이 돈을 물 쓰듯 쓰는 것도 이상할 게 없었다.

손님이 많아지자 서비스가 늦어져서 모두 오래 기다릴 수밖에 없었다.

'시간제 웨이터들이 소용되겠군…… 부엌에서도 손이 더 필요할 거고.'라고 나는 생각했다.

손님들이 계속 밀려드는 것을 보는 나는 얼른 먹어치우고 자리를 비워주어야 하겠다고 마음먹었다.

---

2   회회교(回回教) : 이슬람교.

출입문 바로 안 한 옆에 있는 데스크로 가서 식사대를 치르면서 나는, "몇 시쯤 식당문을 닫습니까?" 하고 회계원에게 물어봤다.

"새벽 두 시…… 당분간은."

"지배인 좀 만나뵐 수 없을까요?"

"왜요? 직업 구하려고?"

"예."

"그럼, 낸시를 만나셔요, ……그녀가 주인이니까."

"어디 계신가요, 그분이?"

"바로 저기." 하면서 회계원은 카운터 뒤에 있는 검둥이 여자를 가리켰다. "지금 몹시 바쁘니까 새벽 한 시쯤 다시 들려보는 게 좋겠지요."

새벽 한 시라면 여섯 시간을 기다려야 할 판이었다.

나는 거리에 나섰다.

거리거리에서는 '슈라인' 회원들이 진탕치게 잘 놀고들 있었다. ― 최고급 요정에서의 만찬, 행진하는 밴드, 먹고 마시고, 구경하려고, 모여드는 숱한 군중 앞에 자랑스런 만족감을 느끼며. 이와 거의 때를 같이하여 흑인촌 하렘에서는 평등권을 달라고 외치는 검둥이 폭도들과 흰둥이 순경들이 치고 받고 때리고 체포해가고 도망가고 하는 사실에는 아랑곳없이.

나도 구경꾼들 속에 휩쓸렸다. ― 오늘밤만은 이곳저곳 자동식 식당들을 순례할 필요가 없었기에. 오늘 저녁에는 참으로 오래간만에, 정말 오래간만에 나는 저녁을 배부르게 먹었던 것이다.

아까 그 식당에 들어가기 전까지 하루 종일 나는 코오피 석 잔과 우유 두 잔으로 요기했었던 것이었다. 자동식 식당들을 찾아다니면서 돈 주고 사 먹는 코오피나 밀크보다도 식탁 위에 놓여 있는 공짜 설탕과 크림을 더 많이 내 뱃속에 넣은 것이었다.

한 주일 전 어떤 날, 나는 진종일 냉수로 배를 채우고 다녔었다. 자동식 식당 한쪽에 있는 공짜 얼음물 통으로 가서 유리컵에 물을 받아가지고는 남들처럼 그 자리에서 쭉 들이켜고 가는 것이 아니라, 나는 식탁으로 가지고 갔다. 식탁 위에 있는 공짜 설탕을 듬뿍 타 마시곤 했었던 것이다 — 여러 자동식 식당을 순례하면서.

재수가 좋은 날에는 자동식 식당에서 남들이 먹다 남기고 간 음식을 조금씩 훔쳐(?) 먹을 수 있었다. 빵 쪼가리, 파이 조각, 샐러드 두어 숟갈, 때로는 고깃조각도 먹을 수 있었다 — 이 식탁 저 식탁으로 옮겨다니면서 — 빈 그릇 치우는 여급들과 단거리 경주경기를 하면서.

훔쳐 먹었다고? 글쎄, 자동식 식당 식탁에 남아 있는 손님이 먹다 남기고 간 음식의 소유자는 과연 누구일까? 쓰레기통이 주인이지, 물론. 그런데 '배'라는 알려진 내 뱃속 쓰레기통은 쇠로 만들어 은박 입힌 쓰레기통보다는 고급이 아닌가. 더구나 쇠로 만든 쓰레기통은 음식물을 소화 못 하는 데 반해 내 뱃속 쓰레기통은 소화할 수 있는 것이 아닌가 — 소화가 너무 빨리, 너무 잘 되는 것이 나에게는 원망스러웠다.

십여 년 전, 그러니까 1951년에 나는 부산 근방 미군 주둔군 식당 쓰레기 버리는 덤핑 그라운드를 매일 배회하는 수백 명의 어린이들 중 하나였었다. 우리가 뒤져 먹는 음식은 '꿀꿀이죽'이라는 고상한 명칭으로 알려져 있었다. 이름은 그랬지만 음식 자체는 정말 기름지고 맛이 별미였다.

한해동안에 내 배는 수십톤의 꿀꿀이죽을 소화했었다.

인적이 좀 드문 샛길을 걸으면서 나는 아까 식당 회계원이 하던 말을 되새겨봤다. '식당 규모가 적긴 하지만, 젊은 검둥이 여인이 그걸 어떻게 운영해 나갈 수 있을까. 그런 어린 나이에 어디서 돈이 나서 식당을 샀을까? 정말 주인이라면 아무리 바쁘기로니 선두에 나서서 여급 노릇까지 할 필요가 어디 있을까? 아프리카족의 혈통이라고는 보여지지 않았는데…… 하여튼 새벽 한 시 뒤에 가 만나보면 알게 되겠지.'

그러나 그때까지에는 아직 네 시간 이상 남아 있었다. 더구나 걷고 있는 나는 땀을 자꾸 흘렸다. 손수건 한 개가 추할 만큼 더러워졌고 퀴퀴한 냄새가 났다 ─ 새 손수건은 지닌 게 없는데.

영화관 하나가 내 시야에 들어왔다. 영화관 출입문 밖 공중에 걸려 있는 전등 장치에 크게 나타나 있는 상영중인 영화 제목 ─ 그것이 날 꼬였다.

어둑신한 영화관 안은 에어콘디션이 돼 있어서 서늘했다. ─ 거의 추울 정도로.

은막에 비치는 누드 콜로니(나체촌) 순례 천연색 영화가 내 눈에는 어디보다도 더 서늘하게 보였고, 내 관능을 몹시 뜨겁게 만들어주었다.

두 차례 계속 앉아 나는 누드 영화를 감상했다 ─ 육체적인 욕망을 정신적으로 만족시키면서.

새벽 한 시 조금 지나 나는 아까 그 식당으로 다시 갔다. 식당은 한 절반 비어 있었다. 회계원 모습도, 남자 웨이터들의 모습도 보이지 않고 두 여급들만 ─ 낸시를 포함한 ─ 남아서 손님들 접대를 하고 있었다.

카운터 앞에 자리 잡은 나는 코오피 한 잔을 주문했다.

코오피를 졸금졸금 천천히 마시면서 용기를 북돋운 나는 낸시에게 말을 걸었다.

"일거리가 혹시 없을까요? 접시 닦기라든지…… 아무거나……."

"일본인이십니까?" 하고 낸시가 나에게 물었다.

"아니오."라고 나는 대답했다.

"그럼, 중국인?"

"아니오."

"아, 그럼 한국인?"

"그렇습니다…… 그런데 난 놀란 걸. 내 국적을 세 번 만에 알아맞추는 사람을 만나는 건 오늘이 처음입니다. …… 미국인들 대다수는 한국이라고 불리우는 나라가 이 지구상에 있는지 없는지도 모르던데……."

말없이 낸시는 빙그레 웃었다.

그녀의 미소가 ― 그 미소가 내 가슴을 철렁하게 했다. 이태 전까지 미소로 날 그렇게도 즐겁게 해주었던, 그리고 지금 와서는 나에게 견딜 수 없는 고통과 자학과 분노를 주고 있는 한 한국 여성의 미소와 낸시의 미소가 너무나 비슷했다.

"미국 시민이신가요?"라고 그녀가 물었다.

"아닙니다. 공부하려고 유학 온 학생이에요…… 삼 년 전에…… 난 지금 직업을 구하고 있어요…… 결사적으로……."

"글쎄요. 단 한 주일가량만의 임시 일자리라도 가져보겠어요?"

"좋습니다."

"그럼 묻겠는데, 하루 여덟 시간…… 새벽 세 시까지 일하고, 한 시간 임금은 아, 잠깐…… 예, 칠십오 센트입니다. 고맙습니다. 실례했어요, 미스터……?"

"헨리라고 불러주세요. 그냥 쉽게. 한국 이름을 가르쳐드리면 기억하시기 귀찮으시니까요. 기억만 하고 다시 만나면 영락없이 찰리라고 부르더군요. 찰리는 질색이어요…… 헨리라고 부르세요."

낸시는 깔깔 웃었다.

"미리 말씀드려둘 것은 임금은 한 시간에 한 달러입니다."

"좋습니다."

"숙소는 어디지요?"

"하룻밤 방세 두 달러짜리 싸구려 방이 있는 호텔들은 모두 다 내 숙소지요."

낸시는 눈을 동그랗게 뜨고 잠시 나를 노려봤다.

"그럼 부탁드려요…… 지금 당장 일 시작할 수 있으셔요, 헨리?"

"좋습니다."

"그럼 시작할까요……. 부엌에 일이 산더미처럼 쌓여 있으니까요. 아, 잠깐, 샌드위치를 좀 만들어드릴께 잡숫고 시작하지요…… 나두 배가 고프니 우선 좀 먹어야겠어요."

한 주일이 푸떡 지나갔다.

그리고 식당 영업이 한산하게 됐다.

낸시가 금방 해고 통지를 내게 내릴 것같이만 생각되는 내 마음은 초조하고 우울했다.

오늘 밤부터 식당문은 열한 시에 닫기로 한다고 낸시는 선언했다. 내 마음속 결정은 무의식중에나마 이미 내려져 있었다. ― 내일부터는 또다시 한없이 걷는 내 발걸음으로 포장되어 있는 도로들을 뜨겁게 해줄 것이요, 따라서 자동식 식당들에나 드나들면서 쓰레기로 내 배를 채우지 아니치 못하게 될 신세를.

"나하구 얘기 좀 할까요, 헨리?"라고 낸시가 말했다.

예기는 했었지만 막상 '해고 선언을 듣게 되는구나'고 생각하게 되자 내 가슴은 떨리는 것이었다.

그러나 나는 "좋습니다"고 말할 수밖에 없었다.

"잠깐 기다려줘요……. 문 닫고 나서요."

그녀는 나를 그녀의 자가용 자동차에 태웠다. ― 내 숙소까지 바라다 준다는 것이었다. 그러나 차를 몰기 시작하자 내 숙소가 어디냐고 묻지도 않는 그녀는 앞만 내다보며 '센트럴 파아크' 중간 길을 몰고 있었다.

"헨리, 난 당신의 신상에 대해 좀더 자세히 알고 싶어요."라고 그녀는 불쑥 말했다 ― 그녀의 눈은 앞만 내다보면서.

나는 얼른 말을 꺼내지 못했다.

콜롬비아대학교 근처 가로수 그림자 아래에 그녀는 차를 멈췄다.

나더러 차 안에 그냥 남에 있으라는 뜻으로 내 어깨를 살짝 두들긴 그녀는 차에서 내렸다.

보도로 올라가 '파아킹 미터'에 동전을 집어넣은 그녀는 차께로 도로 왔다.

차를 다시 타자마자 그녀는 차 안 전등을 껐다. 가로등 불만 비치는 어스름한 차 안에서 그녀는 자기의 머리를 내 어깨에 기댔다.

"자, 헨리, 당신 얘길 죄다 들려주셔요."

나는 어리둥절해지고 거북하기 한이없었다.

"왜 무슨 턱에 내 사생활을 캐려고 드는 거지요? 지금 당장 이 내 마음을 가득 채우고 있는 것은 다른 무엇보다도 언제쯤 내가 해고당하는가 하는 공포예요."

"그러셔요? 그럼 당신 가족에 관한 얘길 해주셔요. ……당신이 어떤 분이라는 걸 내게 다 알려주시면…… 당신이 훌륭한 분이라고 생각하게 되면 당신은 그냥 계속 우리 식당에서 일하시도록 제가 붙들겠어요…… 좀더 좋은 조건 밑에서…… 내가 그 식당 주인이라는 건 잘 알고 계시지요."

그녀의 말 그리고 가까이 느끼는 체온들이 다 내 신경을 자극시켰다. 언듯 내 마음에 깊은 상처를 남기고 가버린 미스 송이 날 다시 찾아와서 지금 내 품에 안겨 있는 것이 아닌가 하는 착각마저 나는 느꼈다 ─ 화해하자고 온 것인지, 날 더 괴롭히려고 온 건지는 알 수 없는 노릇이었지만.

낸시를 꽉 끼어 안아주고 싶은 충동을 나는 느꼈다.

군침을 나는 꿀꺽 삼켰다.

"그다지 신경 쓰실 필요는 없어요, 헨리. 고향이 어디지요?"

"북한 평양 근처에 있는 한 촌락에서 태어났지요."

"그래요? 그 촌락 이름이 뭐지요?"

"이름 대봤자 당신네 귀에는 치치푸푸후밖엔 더 안 들릴 텐데 뭘 그래요."

"그래두 말씀해보셔요."

"정 원한다면 내 말 듣고 한 번 기억해보려고 애써보세요…… 칠골……."

"아, 칠골…… 북한…… 평양서 가까운 칠골이라구요…… 부모님 다 거기 사시나요?"

"몰라요, 난"

그녀는 몸을 떨었다.

한숨을 길게 쉬고 난 그녀는, "소련군이 그 지방을 점령할 때 당신은 도망쳐 나왔다는 말씀이오?"라고 묻는 것이었다.

한국에 대한 그녀의 너무나 풍부한 지식에 나는 놀랐다. 미국서 이런 사람을 만난다는 것은 정말 뜻밖이었다.

"참 놀랐는데요, 낸시. 당신 한국에 대해 아는 것이 참 많은데, 어떻게 그렇게……."

"당신 혼자 남한으로 내려왔습니까?"

"그래요. 참 잘 맞추었어요…… 훌륭하십니다. 놀랐읍니다, 낸시. 호기심을 끄는구려…… 다른 미국인들에 비해 당신은 너무나 다르니까……"

잠싯동안의 침묵이 흘렀다.

"결혼하셨나요, 헨리?" 하고 그녀는 불쑥 물었다.

열정적으로 나는 그녀를 포옹했다 — 그녀를 미스 송으로 착각하고.

낸시는 내 포옹에 순순히 응했다.

나는 그녀의 입술에 내 입술을 댔다.

조용히 그녀는 내 키스를 음미하는 것이었다.

포옹하고 입술을 마주 댄 채 우리 둘은 오래 앉아 있었다.

"제 집으로 가보실 순 없으셔요, 헨리? 우리 할아버지를 좀 만나보시게."라고 낸시가 속삭였다.

"왜 하필 할아버지?"

"제가 할아버지 한 분만 모시고 사니까요. 우리 식구는 단 둘뿐 …… 한국에서 오신 분이 그일 찾아 봐주면 그이는 무척 기뻐하실 거예요."

"왜?"

"할아버지께서 말씀드릴 거예요."

낸시의 아파트멘트 실내장치에 호되게 놀란 나는 정신을 잃고 그녀가 무얼 하고 있는지 안식하지 못했다. 오동나무로 짠 옛날 한국식 장롱들 — 물론 모조품임에 틀림없을 것이었으나 궤를 짠 기술은 진짜 뺨칠 정도였다. 자개 박은 나전 칠기들. 한국산 인형들 — 필수품인 성춘향과 이몽룡이가 나란히 서 있는 인형.

꿈을 꾸는 것이 아닌가고 나는 생각했다. 이 환상이 스러져 없어질 시간적 여유를 주기 위해 나는 오랫동안 눈을 감고 있었다.

"자, 시원한 거 좀 드셔요, 헨리." 하는 것은 낸시의 목소리였다.

나는 눈을 떴다.

내 눈앞에 낸시가 분명 서 있었고, 번지 잘못 찾은 가구도 그대로 엄연히 놓여 있었다.

"조금 기다리시면 우리 할아버지 만나보실 수 있을 거에요…… 그이 침실로 들어가야 만날 수 있어요."

너무 놀라는 나는 우뚝 섰다.

침대 머리맡 기둥에 등을 기대고 반쯤 일어나 앉아 있는 노인. 얼굴에는 주름살밖에 남은 것이 없는 것 같은 늙고 늙은 할아버지 — 한국인에 틀림없는 늙은이였다.

"자네가, 날 만나려고 와주어서 참 고맙네."라고 그이는 한국말로 말했다.

"자, 여기 이 의자에 앉으라구…… 난 턴디신명께 감사하네…… 내 간절한 소원을 풀어주셨으니꺼니. 내 듣기에 자넨 칠골 출생이라구…… 나로 말하면 칠골에서 오 리 떨어데 있는 조그만 촌에서 나서 거기서 자랐다네…… 헨리, 여보게, 자네 성은 뭔가?"

목소리가 저음이기는 했으나 건장한 음성이었다.

"황가올시다."

"응, 황씨. 칠골에는 황씨가 많이 살고 있디…… 모두 됴흔 사람이야. 나는 고가 성을 가진 사람일세……칠십여 년 전에 미국으로 왔어……."

눈을 가늘게 뜬 그는 얼맛 동안 나를 눈여겨봤다. ─ 마치 내 인품을 저울질해보는 듯이.

낸시를 보려고 뒤를 돌아봤으나 그녀는 방 안에 없었다.

노인의 얼굴. 온통 주름살들이 보기 흉하게 구겨졌다. 그이 딴엔 미소를 띄우는 모양이었다.

"흠, 자네 합격권 내에 들었네. 자네가 우리 낸시를 됴아한대디. 사랑하나? …… 허긴 자네가 걜 사랑하건 말건 그건 상관없어. 자네는 걔와 결혼해야 되니끼니…… 그 애는 자네가 됴타구 그랬으니끼니, 턴생연분이디. 턴디 신명은 남네 짝지어주는 데 실수를 절대 안 하셔…… 밤이 이미 너무 깊었구. 자네가 피곤할 것두 난 알구 있어. 허지만 내 애기를 끝꺼정 들어줘야 되겠네. 난 언제 죽을지 모르는 몸이거덩…… 지금 당장 내가 죽어두 난 한이 없어…… 흥, 이 행복한 순간에 죽으믄 더욱 됴티……."

이때 노인의 말은 중단됐다.

소반에 찻종과 찻잔 둘을 담아 든 낸시가 방 안으로 들어온 것이었다.

"아, 인삼차!"라고 노인은 말했다. '인삼'이라는 말만으로도 이 노인의 생기는 한결 돋우어지는 것 같았다.

"자, 이 차를 우리 같이 마시자구. 인삼차 마시믄 기운이 소생되니끼니. 나두 자초지종 자세히 니야기할 기운이 소생될 꺼야…… 음, 참 됴쿤, 뜨끈하구 향기롭구……."

낸시는 밖으로 났갔다.

"어데꺼정 니야기했더라? 응, 그렇디. 내가 미국에 온 건 칠십여 년 전이었어. 낸시는 내 외손녀인데 걔 어멈은 한국 네자야…… 그 사랑하는 딸. …… 그리고 낸시의 아범은 흰둥이, 아, 아니디, 뒤늦게 아니끼니 그 개새끼는 사실 백인과 흑인 간의 트기였어…… 그놈의 잘못을 바루잡기에는 너무

늦게 발견됐디…… 칠십 년 전 처음엔 내가 하와이꺼정 왔어. 거기서 사탕
농당 일을 했어. 십여 년 동안 참 열심히 일했디…… 하루두 쉬디 않구. 그래
한 삼천 달러의 미국 돈을 데툭[3]할 수 있었어…… 그 당시에는 삼천 달러면
굉장히 큰 부자였디. 그래서, 그래서…… 난 한국 색시한테 당갤 들고 싶었
어. 오십 년 전에 소위 사진결혼이라는 게 성행했었다는 사실은 자네두 아
마 들은 적이 있겠디. 미국 한인협회가 주관해서 한국에 사는 체니[4]들과 미
국에 와 사는 한인 총각들이 사로 사진을 교환해보구 피차 죠흐믄 짝을 지
었디. 나는 내가 받아본 첫 체니의 사진에 난 홀딱 반해버렸어…… 칠골 사
는 체니였디. 그리구 그녀도 내 청혼을 데꺽 받아들였꺼덩…… 물론 내 사
진을 보구 나서 결덩지었을 꺼구. 그녀가 미국꺼정 오는 네비[5]와 결혼 비용
다 내가 치렀디. 그때 그녀의 나이가 열여덟이었디. 나보다 십오 년이 젊
은……. 난 지독히 행복했었디. 그녀가 내 가슴에 못을 박고 떠나가버리기
전까지는 말야……. 도무지 두 달밖에 더 안 자란 애기……. 낸시의 어머
니……를 버리구 그년이 어떤 놈팽이하구 함께 도망가버린 거야……. 그 뒤
난 일을 더 열심히 했어. 나와 또 제 어린 딸을 버리구 도망간 화냥년에 대한
분노감을 억누르려고 그리구 또 내 눈동자같이 귀여운 딸에게 온갖 사랑을
다 쏟으며 걔를 잘 살게 만들어주려구. 하와이가 싫어진 나는 미국 본토로
와서 조그만 골동품 상덤을 개업했디. 돈 참 끔찍히 많이 벌었어…… 재혼
은 아니하구…… 계집들은 믿을 수가 없었거덩. 내 온갖 정성을 딸에게만
쏟아 걔는 건강하게 자라고 학교에 가서는 공부도 잘했고 날 끔찍이 사랑해
주었고. 그러는 동안 걔는 아주 예쁜 아가씨가 됐디. 그런데 말이디, 걔가 열
여덟 나는 해에 걔가 또 내 가슴에 못을 박아줬단 말이야…… 걔 어미가 박
은 못보다 백 배나 더 큰 못을…… 어떤 흰둥이 놈팽이에게 꼬임받은 걔가

---

3 데툭 : '저축'의 평안도 발음.
4 체니 : '처녀'의 평안도 발음.
5 네비 : '여비'의 평안도 발음.

나 몰래 도망을 갔거덩. 난 미칠 것 같았어. 허지만 이듬해 봄에 걔가 임신
둥이란 편지를 받고는 내 마음 속 얼음이 풀렸어. 우리 조상들 풍습에 따라
걔더러 친정에 와서 해산하라는 편지를 띄었디. 그런데, 그런데 걔가 집에
와서 낳은 딸이…… 딸이 검둥이였어…… 낸시. 내 딸 정옥이가 검둥이를
낳은 것 본 내 사위 녀석은 제 처가 흑인과 간통했다는 터무니없는 트집을
잡고 가버렸어…… 영 가버렸단 말야…… 검둥이 피는 실은 그 녀석의 피인
데두 말야…… 아, 나무아미타불 아, 아……."

　노인은 경련을 일으켰다.

　놀란 나는 낸시를 불렀다. 그러나 노인이 소리를 질렀다. "아직 낸시는 불
러들이디 말게. 나 괜찮아…… 인삼차나 한 잔 더 따라주게…… 응, 됴
아…… 자넨 참 착해."

　인삼차 한 잔을 단숨에 들이켠 노인은 말했다.

　"자, 보라구, 나 아무렇디두 않다. 그 불쌍한 년은…… 내 딸 말일세……
그녀는 목매고 자살해버렸어. 자기의 결백을 증명하기 위해. 그걸 본 나는
미칠 것 같았어. 허지만 한편 그녀의 행동이 자랑스러웠어. 한국 여성들만
이 감행할 수 있는 떳떳한 일이 아닌가. 그때 낸시는 난 지 두 달밖에 안 된
젖먹이였어. 고아가 된 낸시를 내가 극진히 키웠디…… 긴 니야기를 줄여
말하자면 이렇네. 낸시가 자나라고 있는 모습을 볼 때 어떻게 해서든지 걔
는 고향으로 데리고 가 훌륭한 한국 남자와 짝을 지어주고 싶어겼어…… 내
재산은 전부 다 걔에게 물려줄 거니까 지참금은 어마어마하디. 허지만 겉으
로 보기에는 검둥이에 틀림없는 체니가 내 고향땅에 가서 우리나라 사람들
과 어떻게 어울려 살 수 있을까 하는 염려가 날 괴롭혔어. 자네도 물론 아다
시피 우리나라 사람은 대개 다 트기는 싫어하구 또 자꾸 놀려주디 않는가.
이 생각이 여러 해 동안 날 괴롭혔어. 그러다가 말일쎄, 천구백사십오년부
터 난 새로운 희망을 품기 시작했어…… 그해 가을에 미군이, 흰둥이와 검
둥이 혼성 부대인 미군이 남한에 진주했디. 해방된 조국에서 오는 신문들을

읽어보니끼니 남한에는 흰 피, 검은 피가 섞인 트기들이 많이 생겼다구 했더군…… 그래 검둥이인, 내 손자딸 낸시도 고향에 가믄 꽤 어울리리라고 나는 생각하게 됐디. 특히 그녀의 외할아버지인 나를 잘 아는 사람들이 혹시 아직 살아 있으믄 그녀 대우를 잘해주려니 하고 생각했어…… 더군다나 그녀가 한국인의 아내가 되믄 남편의 테면⁶을 봐서라도 그녀를 아껴주리라구 나는 생각했디. 지금 내 수중에 오만 달러가 있네…… 그거 다 낸시의 것, 아니 그녀와 그녀의 남편, 물론 한국 남자의 공동 소유가 되디. 여보게 헨리, 아니 황군 명심해 듣게, …… 자네가 바로 낸시를 아내로 삼아 데리고 고향 땅으로 갈 그 사람이야……. 적당한 한국인 남편을 물색하기 위해 낸시는 거의 일 년간이나 식당에 나가 일을 했디……. 식당을 차리는게 됴켔다구 생각해낸 건 바루 나야…… 만국에서 모여드는 각계각층의 사람이 데일 자주 들르는 곳은 곧 식당이거덩."

노인은 단추를 눌렀다.

낸시가 들어왔다.

"낸시야 그 화분 이리 가지고 온!"

하고 노인이 손녀에게 말했다.

낸시가 들고 오는 조그만 화분에는 파란 풀이 자라고 있다고 내게는 뵀다.

"여보게 헨리, 여기 자라난 이게 뭔디 아나?"

나는 머리를 저었다.

"조야, 조. 바루 한국 흙에 심은 한국 조란 말야. 수백 년 동안 우리 선조는 대대손손 한 뙈기 땅에 해마다 조를 심고 거두어왔다네…… 내가 집을 떠나 미국으로 올 적에 그 땅 흙 여나문 줌과 좁씨 여나문 톨을 가지고 왔거덩. 내가 이 미국에서 돈을 버는 것처럼 이 흙은 미국 거름을 받아 가며 해마다 조를 길렀어…… 칠십여 년 내리. 고향 농토의 소유자는 우리 아버지가 아

<hr>

6   테면 : '체면'의 평안도 발음.

니고 디주[7]였었디. 허나 이 화분에 담겨 있는 흙은 내꺼야…… 나의 분신. 그런데 이 흙과 낸시를 내 고향으로 데려가 줄 사람은 바로 자네야……. 나 두 물론 고향으로 가구 싶디만 난 먼 네행[8]을 하기에는 너무 늙고 몸이 쇠약해. 자네와 낸시와 흙이 지금 고국으로 돌아가도 이북 땅으로 곧 갈 수는 없다는 것 나두 잘 알구 있네. 허지만 난 이렇게 생각해. 너희들이 당분간 남한에 살고 있다가, 북한이 해방되는 날 선두에 서서 고향으로 돌아갈 사람은 자네가 아닌가. 내 고향은 자네 고향에서 오 리 안팎에 있어. 자네 고향으로 가거덩 큰 농당을 사라구……. 돈은 물론 넉넉히 있으니꺼니. 그래 가지구 이 화분 속에 칠십 년이나 갇혀 있었던 흙을 그 농토에 부어 섞으라구. 이 흙 속에는 내 혼이 깃들어 있으니꺼니 농토가 자연 비옥해질 걸쎄…… 자, 이리 가까이들 오너라 너희 둘 다. 내 늙은 몸이 이 이상 더 지탱할 수 있으리라고 생각되지 않아…… 세월은 자주 흐르고. 지금 당장 이 자리애서 나 자신이 너희들 짝을 지어주련다. 너희 둘이 손을 포개쥐어라…… 응, 됴아. 자, 내 손이 이렇게 너희들의 포개 쥔 손을 겹으로 포개 쥔다. 아 잠깐,…… 나 인삼차 한 잔 더…….”

나는 꼬리 아홉 개 달린 여우에게 홀린것 같은 기분이었다. 여우의 홀림으로부터 벗어날 수 있는 단 하나의 방도는 날이 새는 데 있다고 내 할아버지는 말씀하셨었다.

“음, 참 됴타. 그 인삼차…… 자 너희들 손을 다시 포개 쥐어라. 그렇디, 그렇게” 라고 말하는 노인의 목소리는 떨렸다.

“아, 아, 너희들의 손 참 따스하구나……. 너희 둘이 지금 부부가 됐다는 것을 턴디신명앞에 품고[9]한다.”

노인의 두 눈에는 눈물이 흥건히 괴었다.

---

7 디주 : ‘지주’의 평안도 발음.
8 네행 : ‘여행’의 평안도 발음.
9 품고(稟告)한다 : 웃어른이나 상사에게 여쭙는다.

"턴디신명이 너희들의 부부됨을 인정하고 축복해주실 거다…… 너희들 앞날의 행복을 길이길이 약속해주실 거다…… 지금 난 죽어도 안심하고 눈을 감겠다. 선조에 대한 나의 임무를 수행하고 나서 죽는 나는 세상에 여한이 없다…… 난 기쁘기만 하다…… 정말 뒷새[10] 기쁘다……."

노인은 혼수상태로 들어갔다 — 주름살투성이인 얼굴에 만족하는 미소를 띤 채. (1967)

---

10 뒷새 : 되게, 매우.

죽고 싶어 하는 여인

죽고 싶어 하는 여인

영구차는 떠날 준비가 다 되어 있었다. 버스 뒷간 복도에 관이 놓이고, 좌우쪽 벤치에는 유가족이 마주 보고 앉아 있었다.

버스 앞간 좌석들도 거의 다 차 있었다. 짧은 소매 남방셔쓰를 입고 가슴에 나비형 조그만 상장[1]을 하나씩 꽂은 조상객들이었다.

무더운 날씨.

죽은 친구를 장지에까지 배웅해줄 만큼 성의를 보여주는 사람들은 모두다 자동차 운전수들이었다.

"아니, 영구차 운전수는 어딜 가 꾸물거리고 있는 걸까?" 하고 한 조객이 불평을 했다.

"한잔 쪽 들이키구 있는지 모르지." 다른 한 조객의 대꾸였다.

"한잔 들어? 큰일 날 소리. 안 되지, 안 돼. 술 마신 놈 운전은 질색이야. 죽은 친구 장지까지만 배웅해주면 족하지, 황천까지 따라갈 생각은 없단 말요……."

"김씨도 술에 취했었다고 보나요……. 그가 자동찰 보도에 들이받을

---

1   상장(喪章) : 죽은 사람에게 조의를 표하기 위해 옷깃이나 소매에 다는 표. 검은 헝겊이나 삼베 조각으로 만들어 붙인다.

때…… 죽고 싶어서 일부러."

"취했었건 안 취했건 김씨가 사고를 낸 건 제정신이 아니었다고 나는 봐요. 귀신이 씌웠거나 그랬지. 사십여 년 사고 한 번 안 낸 그였으니까요. 무사고 모범운전수 표창까지 받지 않았소. 죽기 전 열흘 전쯤 교통부 장관한테서. 그런데 그가 어떻게 자기 실수로……."

"그야 알 수 없지요. 원숭이도 나무에서 떨어질 때가 있다니까."

"그런데 참 이상하거든요. 그이가 파손시킨 그 자동차……. 내 평생 첩보는 근사한 세단.² 그게 김씨의 것일 리 없고 소유주가 여태 나타나질 않소. 어떻게 된 놈의 자동찬지……."

"세상엔 괴상한 일도 많지요. 그런데 우리 왜 잡담으로 시간만 낭비할 필요가 어디 있소. 우리 다 자동차 운전엔 귀신이 아닙니까. 제길헐……. 응, 내가 운전해야지……."

이렇게 말한 사나이가 운전대로 갔다. '헉' 소리를 지르는 그는 성큼 뒤로 물러섰다. 긴 한숨 한 번 들이쉬어 용기를 가다듬은 그는 운전 손잡이를 잡으려고 왼팔을 내밀었다. 그러나 비명과 함께 뒤로 물러선 그는 홱 돌아서서 출입구로 향해 뛰었다. 차에서 내리뛴 그는 귀 떨어지면 요다음 와 찾겠다는 듯이 달아나버렸다.

"아니, 저 사람 돌았나?"라고 소리 지르는 한 사람이 일어나 운전대로 향해 갔다. 운전수 자리에 엉덩이를 들이밀던 그는 홱 돌아섰다 — 백지장처럼 창백해진 얼굴.

그도 출입문께로 달려갔다.

그러나 그는 내리지 못했다. 꼭 닫힌 문이 열리지 않는 것이었다.

바로 이때. 엔진이 푸르룩 프르룩 떨기 시작했다.

운전대에는 아무도 없는데 발동을 누가 걸었는지?

---

2 세단(sedan) : 4~5명이 타는 고급 승용차.

어안이 벙벙해진 조상객들은 실성한 듯이 멍하니 앉아 있었다.

영구차는 움직이기 시작했다 — 저 스스로.

문께로 몰려간 두세 사람이 문을 부수려 했다. 문은 부셔지질 않았다.

버스는 속력을 내기 시작했다.

기가 질린 승객들은 모두 그린 듯이 서 있거나 앉아 있었다.

네거리 교차로를 향해 영구차는 달렸다. 위험을 느끼는 승객들은 앞을 다투어 운전대로 갔다.

그러나 모두 다 "이크" 소리를 지르며 하나씩 물러났다.

"하. 손이 얼어붙누먼……."

운전대를 차지할 생각을 단념해버린 승객들은 숨을 죽이고 손에 땀을 쥔 채 멀리 보이는 신호대만 바라다봤다. 신호대에는 파란 불이 나타났다.

지금부터 속도를 줄여야만 한다고 그들은 생각했다. 버스가 교차로에 도착할 무렵에는 신호가 빨강불로 바뀌리라는 걸 잘 알고 있는 그들이었다.

교차로가 점점 가까와질 때 영구차는 스스로 속력을 늦추었다. 조상객들은 안도의 한숨을 후우, 쉬었다.

교차로에 다다르자 앞에 선 택시들 뒤에 영구차는 얌전히 멈추어주었다.

신호대에 노랑불이 켜지자 운전수 없이 움직이는 영구차는 멋진 좌회전을 수행했다.

공동묘지로 가는 방향을 영구차 자신이 알고 있는 모양이었다.

이십여 리 가도를 사고 한 번 내지 않는 영구차가 줄곧 잘 달렸다.

공동묘지 산허리 중간쯤에 영구차는 스스로 멈춰섰다. 삼십 미터 위쪽 언덕에서 무덤 다 파놓은 인부들이 기다리고 있었다.

영구차에서 내린 조객들 절반은 체면 차리지 않고 그냥 산허리를 뛰어 내려갔다.

장지까지 올라가 장례식에 참가한 사람들도 상가에서 주는 도시락 한 개씩 받아들고 뿔뿔이 헤어지고 말았다.

유가족이 영구차로 돌아왔을 때 조객도 운전수도, 사람이라곤 하나도 없었다.

간막이가 있는 버스 뒷자리에 관을 지키며 왔었던 유가족은 누가 영구차를 몰고 산까지 왔는지 모르고 있었다.

그 역시 택시 운전수인 맏상제가 유가족만 태운 차를 몰았다. 집에까지 가서 가족을 내려준 그는 다시 차를 몰아 장의사까지 가 차를 돌려줬다.

첫번 겸 마지막 번 교통사고로 목숨을 잃은 김만리는 자기의 시체가 담긴 관을 실은 영구차를 손수 몰고 장지까지 간 것이었다. 영구차로부터 관이 내리워질 때 그는 이승을 하직하고 떠나버린 것이었다.

바로 사흘 전까지 김만리는 택시를 운전했었다. 정신이 건전하고 나이에 비해 육체가 보통 이상으로 건장한 사나이였었다.

그날이 마침 쉬는 날. 집에서 점심을 든 그는 담배 사러 거리에 나섰던 것이었다.

세단 한 대가 찌지직 소리를 내며 급정거했다. 그로부터 약 십 미터 앞 보도 옆에.

생전 첨 보는 최신형 멋진 차에 놀라는 그는 어떤 팔자 좋고 세도 쓰는 부호가 있어 저런 차를 수입해 왔을까고 의심했다.

그 차 앞문이 확 열렸다.

곧이어 젊은 여인의 얼굴 — 기막히게 요염한 얼굴이 문밖에 나타났다.

뒤를 돌아보는 그녀는

"자, 타시지요."라고 말했다.

김만리는 뒤를 돌아다 봤다.

　'저렇게 예쁜 소녀가 태워주려는 사람은 어떤 행운아일까?' 하고 그는 생각했다.

　"영감님, 어서 타셔요. 돌아다보지 마시고, 영감님을 태워드리는 거에요. 자, 어서요. 어서, 어서……."

　마치 자석에 끌리는 쇠붙인 양 그는 차에 올랐다. 아름다운 얼굴, 유행의 첨단을 걷는 옷차림, 그리고 냄새 좋은 향기를 뿜는 특수한 좌석이었다.

　앞만 노려보며 차를 모는 그녀의 옆얼굴을 그는 힐끔힐끔 봤다. 핏기 도는 얼굴이 아니라, 냉기가 도는 대리석상 같은 기분을 주는 모습이었다. 그러나 그것이 그에게는 더 매혹적이었다.

　한참 만에 겨우 입을 연 그는

　"당신은 누구요?"라고 물었다.

　"때가 오면 알려드리겠어요."

　"그럼, 지금 어딜 가는 거요?"

　"제 집으로 모시는 거에요."

　"뭐라구요? 집으로. 왜? 날?"

　"집에 가서 말씀드리겠어요."

　그녀의 별장은 꽤 높은 언덕 위에 있었다.

　응접실은 온통 온실 기분을 자아냈다. 방 절반이 수백 개의 화분으로 채워 있었고, 꽃 거의 다가 선인장류였다.

　"자, 잠시 앉아 계셔요. 호동 왕자님, 뭐 마실 걸 좀 갖다드리겠어요."

　김만리는 놀랐다.

　뭐라고? 호동 왕자님? 그녀가 잠꼬댈 하는 건가? 내가 꿈을 꾸고 있는 건가?

　그녀가 갖다 주는 술은 향기롭고 독했다.

한 글라스 쭈욱 단숨에 들이킨 그는

"날 호동 왕자라고 불렀는데 그게 무슨 뜻이오?" 라고 물었다.

"님께서 바루 호동 왕자님이니까요. 수천 년 전 절 골탕먹인 고구려 왕자님. 아, 그런 눈으로 절 보지 마셔요. 저는 미친년이 아니고, 낙랑 공주예요. 왕자님이 절 호리신 건 사랑 때문이 아니었고, 절 이용하여 낙랑군을 삼키려고 한 나쁜 짓이었지요. 목적을 달성하자 왕자님은 절 버리셨지요……. 왕자님 명령대로 자명고[3]를 찔러 못 쓰게 만든 뒤……."

"잠깐. 그런 옛날 전설 이야길 왜 나에게 들려주는 거요? 나와 무슨 상관이 있다고." 하고 만리는 투덜거렸다.

"상관이 없으시나요? 왕자님은 혹 절 기억 못 하실는지 모르나 전 잊지 못하고 수천 년 찾아 헤매다 오늘 만나 모시고 온 거에요. 제 말씀 끝까지 들어주셔요. 자명고 망가진 데 노하신 아버님이 그 자리에서 절 칼로 찔러 죽였다고 왕자님은 생각하셨을 거에요. 아버님께서 절 찌르신 건 사실이었어요. 허나 저는 죽지 않고 살아났어요. 낙랑군 장수 한 분이 절 살려주신 거에요……."

"아니, 그만. 이 아가씨 무슨 잠꼬댈 하고 있는 거요. 난, 난……." 하면서 만리는 문께로 갔다. 문은 잠겨 있었다.

"왕자님, 제 말씀 끝까지 듣지 않으시고는 이 집을 떠나가지 못하셔요. 저는 죽지 않고 살아났어요. 상처가 아물자 저는 곧장 고구려 서울로 갔어요. 저를 이용만 하신 야속한 왕자님이었지만, 제 사랑은 변하지 않고 줄어들지도 아니했어요. 왕자님을 뵈오려고 저는 갔어요. 그러나 궁전에 도달하기 전에 저는 백성들이 상복을 입고 있는 것을 발견했어요. 왕자님이 세상을 떠났다구요. 자살하셨다는 소문이었어요. 저를 이용해서 고구려 영토를 확

---

3   자명고(自鳴鼓) : 낙랑에 있었던 전설의 북. 호동 왕자는 낙랑 공주를 유혹하여 적이 침입하면 자동으로 울리는 이 북을 찢게 하여 낙랑을 정복했다.

대시키기는 했지만 제가 죽었다는 걸 애통하시는 나머지 자살하셨다는 이야기였어요. 그래 저도 그 자리에서 자결하려고 했어요……. 님을 따라 저승으로 가려구요. 그러나. 저는 죽을 수가 없었어요. 죽기가 싫은 것이 아니라 아무리 죽으려 해도 죽어지지가 않는 거였어요. 칼, 독약, 굶주림, 강, 바다, 그것들 모두가 다 제가 자살하는 데 조금도 도움을 주지 못했어요. 아, 아, 그런 표정으로 절 노려보지 마셔요, 제발. 술 한 잔 더 드릴까요, 사랑하는 호동 왕자님?"

"그래요, 그러시오. 술, 술. 맑은 정신으로는 당신의 허황한 소리 그냥 듣고 있을 수가 없군요……."

"왜 그런 말씀을. 저는 사실대로 말씀드리는 거에요. 님께서는 죽으셨다 재생하시고, 또 죽으셨다 환생하시군 해서 백여 차례 이승에 환생하셨지만, 저는 한 번도 죽지 못하고 늙지도 못하고 수천 년을 계속 요 꼴 요 모양으로 이승에서만 살아온 거란 말씀이에요. 즉 저는 이승에서 영생불사하는 극악한 형벌을 받고 있어요. 도무지 늙지도 않고, 병에 걸리지도 않고 자, 여기한 글라스 더 가져왔어요. 허나 한꺼번에 마시지는 마셔요. 조금씩 맛만 보셔요, 저처럼. 앞으로 최소한 한 시간 님께서 취하시면 안 되니까요. 저의 첫사랑을 원만히 달성시키는 데는 앞으로 한 시간가량 시간적 여유가 필요하니까요. 참말로 오래오래 저는 이날이 오길 기다렸어요. 기다리는 데 지쳐버릴 정도로. 온 천하 두루두루 다니면서 님을 찾아 헤맸어요. 아, 그렇게 빨리 글라스를 비우지 마셔요, 제발. 그렇게 빨리 마시면 다신 더 안 드려요……. 제 이야길 끝까지 다 들으시고, 제 욕망을 만족시켜주실 때까지 님께서는 맑은 정신으로 계셔주셔야 돼요."

"흥, 소주 두 병쯤 한꺼번에 마셔두 끄떡 않는 나야요." 라고 만리는 좀 과장해 말했다.

술을 입술에만 바르고 혀로 입술을 몇 번 핥고 난 여인은 말을 계속했다. "낙랑군주이셨던 제 아버님, 불쌍한 아버님이 찢어진 자명고 앞에서 저를 칼로 찌르신 것은 사실이었어요. 이성을 잃을 만큼 아버님은 진노하셨으니까요. 그러나 얼마 뒤 저는 싸늘한 바위 위에 누워 있는 자신을 발견했어요. 어둑신한 굴속……. 제 상처에는 붕대가 감겨 있고, 어떤 사나이가 제 곁에 앉아 있는 것도 보였어요. 희미하게나마 그가 누군 걸 저는 알아볼 수 있었어요. 자명고 걸어두는 비밀 누각 수위장이었어요. 그가 저에게 먹을 것을 갖다주었어요……. 풀과 나무뿌리. 그리고 골치가 찡하도록 차거운 물도 갖다주었어요. 나중에 알았지만 그 물은 굴 천정에서 방울방울 떨어지는 것을 받은 것이었어요. 제 상처를 처맨 풀잎이 특효가 있어 제 상처는 빨리 아물고 곧 나았어요. 제가 병석에서 일어나고 걸어다닐 수 있을 정도로 기력이 회복된 때 그이는 중병에 걸려 있는 걸 발견했어요. 그래 제가 그이를 간호하기 시작했어요. 그러나 그것은 단 이틀 간……. 그는 이틀 후에 죽었어요. 독살된 것이었어요. 그의 얼굴과 손에 검은 버섯이 돋은 걸 보고 독살된 줄 알았어요. 굴 천정에서 떨어지는 물과 바위 틈에서 뜯어내는 풀이 독약이었나 봐요. 그래 그걸 먹어온 저도 죽기를 기다렸어요. 풀도 더 많이 뜯어 먹고, 물도 더 많이 받아 마시면서 죽는 시간을 기다렸어요. 그러나 그러나……."

그녀는 한 번 더 술로 목을 축이고 나서 다시 말을 계속했다.

"그러나, 그러나, 저는 죽지 못했어요. 그이를 죽인 독초와 독물이 저에게는 영생불사약이 되었다는 걸 차차 깨닫게 됐어요. 그 불사초와 불사수를 먹으며 저는 몇 달 간 굴속을 헤매다가 제 한 몸 간신히 빠져나올 수 있을 만큼 큰 구멍 하나를 발견했어요. 나오자마자 저는 고구려 서울로 직행했어요. 님을 만나기 위해서요. 그러나 님께서 자살하셨다는 소식을 듣고는 저도 자결하려고 온갖 수를 다 썼지만 실패했어요. 그 뒤 저는 온 천하 다 돌아다녔어요. 더 늙지도 않고, 병들지도 않고, 죽을 수도 없고. 삶에 지친 저는 죽는 법을 가르쳐달라고 천지신명께 빌고 또 빌었어요. 그러나 천상천하 지하 모든 신들이 저에게 암시하는 것은 저는 이승에서 영원토록 사는 형벌을 받고 있다는 거였어요……. 적국의 왕자를 사랑해 아버지와 모국을 배반한 죄 값으로. 참말 괴상한 형벌이에요. 절망감에 사로잡힌 저는 자신을 증오하고, 님을 저주했어요."

잠시 말을 멈추고 숨을 길게 들이쉬고 나서 그녀는 다시 입을 열었다.

"제가 인도에 들렀을 때 그곳 승려 한 분을 만나 제 딱한 사정을 털어놨어요. 그랬더니 그분이 언제고 한번 꼭 님을 다시 만나게 될 터이니 낙망하지 말고 계속 찾아다니라고 말씀하셨어요……. 수백 차례의 환생을 거듭하다가 다시 인간의 남성으로 태어날 님을 만날 수 있다구요. 그리고 어디서건 언제건 제가 님을 보기만 하면 곧 옛날 호동 왕자님이 환생하신 거라는 걸 알아볼 수 있다고 분명히 말해주셨어요. 그리고 또 그 스님은 꽃 한 화분을 저에게 주셨어요. 희귀한 선인장이었어요. 그 꽃이 만개되는 순간 저는 이승에서 님을 다시 만나 소원성취하게 된다고 말씀하셨어요."

"아, 술, 술. 난 미치겠소. 술, 술."이라고 김만리는 소리 질렀다.

그녀는 그의 글라스에 술을 부어주었다. 그러나 컵 밑에 조금만을 채웠다.

"요것만 마시세요. 더 마시면 안 되니까요." 라고 그녀는 말했다.

"자, 저 온실 쪽을 보셔요. 사랑하는 왕자님. 맨 첫줄 중앙에 있는 화분. 그것이 바로 인도 스님이 주신 거에요. 저와 함께 팔백 년을 살아온 꽃이에요. 그 꽃은 보통 꽃과는 달라요. 이백 년에 한 번 피는데, 망울지고 만개하고 시드는 데 두 시간밖에 더 안 걸려요. 자, 보셔요. 지금 망울이 지고 있지요. 한 시간 안에 만개해요……. 바로 그 순간에 우리는 육체와 영혼이 함께 결합되어야 돼요. 이 기회를 놓치면 저는 또 이백 년을 더 기다려야 돼요."

"허튼 소리 작작해요, 제발. 그래 내가 지금 회춘하여 당신과 함께 영원토록 살 수 있단 말요? 미친 소리……."

"어머, 뭐라구요? 영원토록 사시고 싶으셔요. 왕자님은?"

"물론이지. 그런 축복 바라지 않는 자가 세상에 있을까?"

"축복? 하, 영생하는 걸 복된 일이라고 생각하시나요? 아니, 아니에요. 축복이 결코 아닙니다. 저주예요, 저주. 그게 저주라는 걸 아는 처지에 저는 놓여 있어요. 저는 이천 년이나 죽지 않고 살아온 경험의 소유자니까요. 영생불사는 세상에서 지독한 저주요 욕입니다. 그런데 님께서는 영생을 원하시나요? 허긴 님뿐이 아니라 청춘을 무한정 연장하고 죽지 않으려고 발버둥치는 인간들을 저는 수없이 봐왔습니다. 젊음을 연장하고 죽음을 연기하기 위해 인간들은 별의별 수단을 다 쓰더군요. 불로초라면 무슨 풀이건 다 먹고, 젊음을 되찾아주는 영약이라고 과장 광고하는 알약을 사 먹고, 주사도 맞으며, 동물들의 성기를 잘라 먹고, 심지어는 인간의 정액까지 받아먹고……"

그녀는 술로 다시 목을 추기고 나서 이야기를 계속했다.

"처음 얼마 동안은 저도 젊음을 참말로 즐겼습니다. 수십 년간 도무지 늙지 않고 열아홉 살 젊음을 그냥 유지하는 것이 즐겁고 재미있었어요. 그리고 님의 영상을 제 기억 속에서 송두리째 뭉개버리려고 저는 온갖 노력을 다 했어요. 그 한 방법으로 저는 숱한 사나이를 꼬여 수욕[4]을 만족시켜 공허감을 메꾸려 했어요……. 아니, 왜, 시샘하시는 겁니까? 그런 얼굴 표정을. 그러다 마침내 저는 태만과 음난의 구렁텅이로 굴러떨어졌어요. 한 백 년 동안 저는 젊은 삶을 무척 즐겁게 누렸어요. 허나 수백 년 동안에 수천 명의 사나이들의 본질을 간파하고는 한결같이 수캐 같은 놈들을 모두 경멸하게 되고 저 자신의 너무나 길고 긴 생명을 저주하기 시작했어요. 더구나 도무지 늙지 아니하는 게 여러 가지 단점과 결점이 있는 걸 저는 발견했어요."

그녀는 다시 숨을 돌렸다.

4　수욕(獸慾) : 짐승과 같은 음란한 성적 욕망.

"한 사나이와 이십 년 이상은 절대로 동서 생활을 계속할 수 없었어요. 한 가정에서 이십 년쯤 살고는 남편, 자식들, 친척, 친지 등 모두들 버리고 저는 도망쳐야만 했어요. 왜냐구요? 남편은 말도 말고 가족들까지 저를 무서워 하게 되기 때문이었어요. 그들은 모두 다 늙는데 저 혼자만이 늙지 않고 젊음을 그냥 지속하는 데 대해 그들은 저를 마술사라고 생각해 공포를 느끼는 것이었어요. 나중에는 절 죽이려는 음모까지 꾸미는 것이었어요. 누구의 손에건 죽는 걸 저는 두려워하지 아니했고, 또 죽기를 바라는 것이 사실이었지만, 절 죽일 수 없다는 것을 발견하는 그들이 저를 감금해버릴는지 모른다는 무서움이 저를 사로잡았어요. 수백 년간 여기저기 떠돌아다니며 사는 것도 지겨운데 유폐 생활을 어떻게 견디어내겠습니까? 그러니까 어디서나 한 이십 년 함께 살다가는 도망치군 한 이유는 죽기 무서워서가 아니라, 인간들의 변덕과 모순당착이 역겨워서였어요. 제가 몸 붙이고 살던 가정은 물론 그 동리에서 사귀었던 모든 친구들 몰래, 마치 큰 죄인인 양, 몰래 도망쳐 나와, 그들의 내왕이 없을 만큼 멀고 먼 곳으로 가군 했어요. 생소한 곳에 가서 새로운 친구들을 사귀고, 새로 결혼하고, 그랬다가 이십 년 뒤에는 또 도망가고…… 이런 제 생활이 얼마나 괴롭고 얼마나 비참했는지, 경험 않고는 상상도 못 할 거예요. 삼십 주년, 사십 주년, 오십 주년 결혼 축하연을 베푸는 부부들이 얼마나 부러웠는지요. 평생 해로하다가 남편 앞에서, 가족 앞에서 죽어가는 여인들이 참말로 부러웠어요. 그런 행복이 저에게는 영원히 영원히 거부돼 있는 걸요."

그녀는 다시 목을 축였다.

"제가 낳은 아들딸들이 사백 명이 넘어요. 그러나 그 애들이 성년도 채 되기 전에 모두 다 버리고 저는 도망치지 않을 수 없었어요. 남들처럼 아들 장가들이고 딸 시집보내고 손자들을 안아보고 하는 평상 생활을 저는 한번도 맛보지 못했어요. 단지 저는 남들처럼 나이 더 먹고 더 늙지 못하기 때문에. 제 자식들이 저는 모르게 장가들고 시집가서 아들딸을 낳고, 손주들이 또 자식을 낳고, 그 자식들이 또 자식을 낳고…… 이렇게 제 후손은 아마 수백만 명 될 거예요. 그러니 이 세상 모든 사람들이 다 저처럼 영원히 젊은 채 살며 자손들을 낳게 된다면 인구 증가는 걷잡을 수 없게 되겠지요. 인간들이 모두 다 저처럼 영생불사한다면 인구 증가 폭발로 인해 수백 년에 인류는 아마 자멸했을 거예요."

그녀는 숨을 한 번 더 푹 쉬었다.

"제가 함께 산 족속들은 참말로 다양해요. 야만족과 문명인. 통치자와 피통치자, 부자와 가난뱅이, 현명한 자와 어리석은 자, 용감한 자와 비겁한 자, 힘센 자와 쇠약한 자, 박애주의자와 이기주의자, 외향적인 인물과 내성적인 인물 등등. 그리고 민족과 국가들의 흥망성쇠…… 번영기와 빈곤기, 안정 시대와 혼란 시대, 혁명과 개혁, 평화 시절과 전쟁 때 등등도 저는 다 목격했어요. 그런데 말이지요., 이 상반되는 사회 체제의 비율은 언제나 동일해요. 즉, 전자는 언제나 소수고, 후자가 언제나 절대 다대수인 것을 저는 체험으로 발견했어요. 문명의 지속되는 발달로 인해 인간의 기질이 보다 더 부드럽게, 보다 더 세련되게, 보다 더 지성적으로, 보다 더 지각 있게, 그리고 미신은 점점 타파되고 있다고 숱한 사람들이 주장하는 걸 저는 귀가 따가울 정도로 들어왔어요. 님께서도 아마 그런 소릴 하실 거에요. 언듯 보기엔 인간 기질이 개선된 것같이 보이기는 하지만 그건 겉치레뿐이에요. 마음속에는 언제나 동굴 속에 살았었던 원시인의 심뽀가 그냥 도사리고 있어요. 아니, 서로 죽이는 방법과 스케일만 크게 향상, 아니 향하하더군요. 원시인은 주먹, 기껏해야 몽둥이로 원수를 하나씩 죽이는 데 반해 문명인은 화약 무기와 핵무기를 사용하여 피차 대량 살육하거든요. 달라진 건 단지 질과 양뿐, 인간들끼리 서로 죽이는 건 마찬가지더란 말씀에요. 그리고 옛날 야만인들은 먹을 것, 거처할 장소, 입을 옷, 그리고 사랑과 미움만으로 서로 죽였는데 현대인은 죽이는 이유를 더 많이 찾아냈어요…… 신앙상 의견의 상이, 사상상 의견의 차이, 종족의 차이 등을 더 추가했어요. 다시 말씀드리자면 외적 생활상이 어떻게 변모하든 간 인간 본질의 정수는 절대 불변이더란 말씀입니다."

한 번 더 목을 축이고 나서 그녀는 말을 계속했다.

"보통 인간들은 죽음이 다가오는 걸 막아보려고 온갖 힘을 다 쓰고 있는데, 그 반대로 저는 죽음이 어서 속히 와주었으면 하고 빌고 또 빌었어요. 제 목숨에도 한계가 있다는 걸 알게 된다면 제 생활이 얼마나 더 재미있겠읍니까. 죽는 날이 반드시 온다고 알게 되기만 하면 저는 매일 매시간 생활을 보다 더 풍요하게, 보다 더 보람 있게, 보다 더 행복하게 살 설계를 할 것이 아니겠읍니까⋯⋯. 모든 걸 포기하는 순간까지 그렇게 돼주기만 하면 제 생활은 얼마나 더 압축되고 집약되겠읍니까."

한 번 더 숨을 돌리고 나서 그녀는 말을 계속했다.

"님께서는 한 윤회의 생명은 짧았지만 여러 차례의 환생을 겪어 오시는 동안 공중에 나는 새로 태어나신 적도 있었고, 산에 다름질치는 맹수의 생활을 즐기신 적도 있었으며, 물속에 사는 물고기, 그리고 인간의 여자 생활도 해보시고, 지금 다시 남자로 환생하셨읍니다. 참 재미 많이 보셨어요, 님께서는. 그런데 제 생활은 어떠했읍니까? 비정상적인 여성 생활을 수천 년이나 계속했으니, 얼마나 단조롭고 비참합니까. 정말 진절머리가 나요. 정상적인 인간들처럼 저도 늙기도 하고, 앓기도 해보고, 죽기도 한다면 여한이 없겠어요. 정상적인 생활을 하는 것이 인생이 가질 수 있는 최고 축복이에요. 아, 아, 지금, 지금 오고 있읍니다⋯⋯ 제가 그렇게도 오래오래 기다렸던 소원을 달성할 순간이 다가오고 있어요. 나체가 된 제가 벌거벗은 님의 품에 안겨 첫사랑의 정을 다 쏟고 나는 순간 저는 죽습니다. 죽어요. 죽어⋯⋯ 축복받는 죽음! 자, 빨리 옷을 벗으셔요., 저처럼. 저걸 보셔요⋯⋯ 저 꽃. 수술 암술들이 모두 한꺼번에 활짝 드러나고 있지 않습니까. 반시간이 다 가기 전에 꽃잎들이 오무라들며 저 찬란한 술들을 감싸버리고 꽃은 시들어버려요. 꽃이 술들을 감싸기 전에 저희 둘은 결합해야 해요. 껴안아주셔요. 좀더 꼭꼭……제 숨이 막히도록 꽉 껴안아주셔요. 안아주셔요, 안아, 안아, 아, 아아아……."

벌거숭이가 된 젊은 여인을 껴안고 방바닥에 누워 있는 자신을 김만리는 발견했다. 자기 자신도 나체가 되어.

자기의 열정이 최고도에 달하고 있다는 것도 그는 느낀다. 회춘된 그의 정력이 용솟음치며 여태 한 번도 맛보지 못했었던 만족감을 그는 느끼는 것이었다.

최고의 완전한, 완전한 만족감.

기진맥진한 그는 느른히 누워 있었다.

그는 놀라 "헉" 소리를 질렀다.

온몸이 쪼글쪼글 늙은 추악한 노파 하나를 그가 안고 있는 것을 발견했기 때문이었다.

금방 구역질이 났다. 송장 썩는 냄새.

눈 깜빡할 사이에 옆의 여인의 살은 다 없어지고 뼈만 남아 있었다.

그가 "앗!" 소리칠 때 벌써 뼈도 다 없어지고 얇은 먼지 한 개가 인간의 형태로 방바닥에 깔려 있었다.

그는 벌떡 일어났다.

옷을 줏어 입는 그의 팔이 와들와들 떨렸다.

그의 눈은 선인장 꽃에 집중되었다. 꽃잎들이 오무라들고 있었다.

생각할 기능조차 잃어버린 그는 기계적으로 집 밖으로 뛰어나갔다.

아까 그가 편승해 왔었던 자동차는 그 자리에 그냥 서 있었다.

그는 차에 올라탔다 — 혼자서.

지나간 괴상한 사건으로 머리가 혼란해진 그는 무의식적으로 차를 마구 몰았다.

육체뿐 아니라 정신의 기능까지 통어할 힘을 잃어버린 그는 자동차 운전

손잡이를 제 맘대로 움직일 수 없었다.

　　그러다 사고가 났다 — 그를 죽인 교통사고가. (1968)

나는 유령이다

나는 유령이다

　나는 유령이다.

　지구 위에서의 삶을 하직한 뒤에도 백 년간이나 지구를 떠나지 못하고 떠돌아다니는 유령이다.

　귀신이 어떤 물체에 으레 접한다고 믿는 살아 있는 인간들은 유령을 무서워하기도 하고, 기적이 나타나주길 바라기도 하지만, 그건 무식의 소치다. 어떤 물체뿐 아니라 살아 있는 인간에게도 귀신이 접하는 때가 있는 것은 사실이다. 그러나 그로 인해 인간에게 재앙이 내리거나 축복이 내리는 것은 아니다.

　유령이 물체에 접하는 것도 밤낮 둥둥 떠다니는 것이 피곤해서 좀 쉬려고 머무는 것은 아니다. 유령은 피로니 질병이니 고통이니 노쇠…… 등 육체적 감각이나 인식은 느끼지 않는다. 귀신인 내가 어떤 물체에나 가끔 접하곤 하는 이유는 떠돌기만 하는 생활이 너무 단조롭고 싱거워 기분 전환을 하려고 하는 것이 보통이다.

　어떤 유령들은 줄곧 한 군데에 머물러 있기도 한다. 살아 있을 때 세상에서 맺은 어떤 인간이나 물체를 떠나기 싫어 꼭 붙어 있는 것이다. 이럴 경우 그 유령의 친척이나 친지(세상에 살 때의 인연)들이 말동무도 해주고 위로도 해줄 겸 가끔 들르는 일이 있다.

정신적인 희로애락은 유령이 된 뒤에도 살았을 때 마찬가지로 느끼기 때문이다.

떠돌이 유령들 중 하나인 나도 해마다 한 보름 동안씩 성밖에 있는 일각문에 접해 머물르곤 한다. 왜냐고?

귀신이 되고도 그 문을 떠나지 못하고 영주하고 있는 내 딸을 위로해주기 위해서다. 그녀의 넋이 그 문을 떠나지 아니하는 이유는 그녀가 그 문 들보에 목을 스스로 매고 죽었기 때문이다.

나이 열아홉 살 나던 해 저지른 일이다.

그녀가 자살한 날 앞뒤 며칠간 이 문에 들리는 나는 그녀의 억울하고 처절하고 애처로운 기분을 나도 나누어 가지는 것이다. 그리고 그녀로 하여금 스스로 목숨을 끊을 수밖에 없게 만들어준 이씨조선조 말기 왕실과 고관대작들에 대한 우리 둘이의 증오심과 적개심을 되새김하기 위해서이다. 그런 감정을 되새김해봤댔자 이미 그르친 일을 바로잡을 순 없지만 둘이서 함께 넋두릴 한참 하고 나면 속이 훨씬 후련해지는 것이다.

내가 죽기 전까지엔 서울을 둘러싼 돌성곽, 네 대문과 네 소문, 대궐, 정승들의 저택 등이 헐리는 일은 절대 없었다. 도리어 계속 증축하고 적기에 보수를 게을리하지 아니하여 이미 세운 건물들이 퇴락하는 일도 없었다.

그랬었지만 내가 죽은 뒤부터는 몇 해 내리 보수를 아니해 퇴락하는 궁궐과 정승댁들이 있는가 하면, 왜놈이 들어와 총독부를 위시한 관청을 새로 지을 때 명당자리에 서 있는 건물을 헐어 나쁜 자리에 옮겨 다시 세우기도 했고, 길을 넓히거나 새로 뚫는다는 명목으로 돌성 여기저기를 허물어버리고, 성문도 몇 개 헐고, 정승댁들은 많이 허물어버렸다. 그렇지만 내 딸의 혼이 깃들어 있는 일각문은 다행하게도 헐리지 않은 채 여태 옛 모습 그대로 서 있다. 이 조그만 문을 중심으로 한 사방 둘레는 물론 만신창이가 되어버렸지만.

이 문 양쪽에 뻗었었던 아름다운 돌담은 깡그리 헐려버리고 그 자리에는 헐었던 피부에 굳어진 딱지같이 보기 흉한 상점들이 촘촘히 차지하고 있고, 삼천 평도 더 넘는 정원 역시 추잡한 집들로 가득 차 있다.

본디부터 단짝 문이기는 했지만 그래도 두꺼운 나무판자에 황금빛 진유제¹ 문고리들이 박힌 문이 닫혀 있었다. 그런데 그 문짝이 온데간데 없어지고 말았다.

그리하여 이 문은 사시장철² 밤낮 열려 있는 일종의 좁고 짧은 골목길이 되고 말았다. 양쪽 벽과 네 기둥과 지붕이 있는 통로다. 폭도 길이도 모두 두 미터밖에 더 안 되는 좁은 길.

지붕의 크기도 세 평방미터밖에 더 안 된다. 하지만 암·수 기와로 덮은 우리나라 고전식 지붕으로 마치 새 두 마리가 마주 앉아 금방 날아가려고 날개들을 펴는 것처럼 보이면서, 네 귀퉁이 처마끝이 살짝 위로 고개를 쳐든 전형적인 우리나라 지붕이다.

그래서 이 문 주위는 추하게 되었지만, 이 문 지붕만은 얼마 전 새로 지은 종로 파고다공원 대문과는 비교도 안 될 만큼 절품이다. 파고다공원 대문이 덩치만은 이 일각문보다 몇십 배 더 크지만 그 대문 지붕 양식은 재래식 한국 지붕도 아니고 일본식 지붕도 아니며 서양식도 아닌 국적 없는 지붕이다. 이에 비하면 규모는 매우 적지만 이 일각문 지붕은 한국 재래식 아름다운 건축 양식의 축도다.

그런데 이 문 좌우쪽이 가리워 문의 자태가 행인의 눈에 얼른 띄지 않는 약점을 이 문이 가지고 있다. 그건 이 문 자체의 과오가 아니다. 문 좌우쪽 보도를 한 미터씩 불법 점거한 라디오 상점, 아동복 점포, 빵가게, 철물전, 자전거포, 양산 가게, 전기기구 가게 등에게 책임이 있는 것이다. 하기는 보도 무단침범 행위를 눈감아준 시 건축과 직원들의 책임이 더 중하겠지만.

---

1 진유제(眞鍮製) : 놋쇠로 만든 제품.
2 사시장철 (四時長−) : 사계절 내내, 언제나.

그런데 다방과 당구장이 없는 게 흠이다.

그러나 그 근방에 대학이 없다는 사실을 안다면 납득이 될 것이다. 하기는 모두 다 단층 건물이기 때문에 당구장이나 다방을 차릴 공간이 없을는지도 모른다.

점포들은 모두 단층이면서도 앞에서 보면 이층집 같다. 집채만 한 간판들이 처마 위 허공에 세워져 있기 때문이다.

바람 부는 날 이 근처 보도를 왕래하려면 생명보험부터 들어놓고 볼 일이다. 양철 아니면 베니어판으로 만든 간판들이라 바람만 불면 모두 트위스트 춤을 춘다. 한쪽 못이 다 빠진 오래된 간판들은 철꺽철꺽 소리를 내며 처마에 대항해 권투도 하고 레슬링도 한다. 그러나 '설마'의 신봉자들인 점포주들은 수리한다 한다 벼르기만 하고 그냥 버려둔다. 술추념할 돈과 시간은 있지만 간판 수리하거나 갈아 끼울 시간이나 돈은 없다는 게 그들의 계산이다.

마침내 사고는 났다. 전기기구상 간판이 날아 떨어지면서 마침 그 근처를 걸어가던 애 업은 젊은 부인의 머리를 펀치[3]했다. 일방적인 펀치. 그녀가 뒤로 자빠지는 통에 업혔던 애기의 연연한 뒤통수가 딴딴히 굳은 시멘트 블록과 충돌했다.

길 맞은편 가까이, 그러니까 동묘[4] 서쪽 담 옆에, 파출소가 있어 달려든 순경에 의해 모녀는 택시에 실려 가까운 병원으로 운반되었다.

응급치료는 했으나 연약한 두개골의 소유지인 애기는 죽었다. 어머니는 가벼운 타박상이었고.

교통사고로 어른이 즉사하는 경우에는 가해자 측에서 피해자 측 유가족에게 일금 십만 원만 보상하면 그만이라는 법규가 있다. 그러나 난 지 석 달도 채 안 된 애기가 그것이 교통사고가 아닌 간판 사고로 죽은 데 대하여서

3　펀치 : 강하게 때림.
4　동묘(東廟) : 서울시 동대문 밖 숭인동에 있는, 중국 삼국 시대 촉나라 장수 관우를 모시는 사당.

는 보상금 규정이 아직은 없댄다. 애기 시체를 사망실에 방치한 채 양쪽 옥신각신이 그칠 줄을 몰랐다.

그리고 20년 전 이 문 자체도 불법 점령당하고 말았다. 서쪽 벽에 기대 두 사람 정도 발 뻗고, 잘 수 있을 만한 크기의 온돌방이 꾸며져 있어, 낮에는 물론 밤늦도록까지 '장군', '멍군' 하는 사나이들의 목소리가 메아리친다.

이 문 앞이마에는 '궁안복덕방'이라고 한글로 쓴 기다란 나무 간판이 가로 걸려 있다. 문 크기에 비해 너무 커서 그로테스크하게 보이는 간판이다.

이 간판이 처음에는 세로 걸려 처마 아래로 반 미터가량 처져 있었다. 얼마뒤 떼어 다시 가로 달아놓은 것이다.

이 문 안 정원(지금에는 백여 채의 집이 들어서 있어 손수레도 못 굴릴 만큼 좁고 꼬불꼬불한 길 외에는 빈터가 없지만) 중앙에 여태 버티고 서 있는 커다란 건물이 참말 고궁인지 아닌지는 잘 모르나 '궁안'이라는 간판에 매혹되는 수구파[5] 인사들이 집을 사거나 세들려고 꽤 많이 이 복덕방을 드나들기 시작했었다. 그런데 그들 중 키가 좀 큰 사나이들은 집세 들기 전에 이 늘어진 간판과 충돌하여 앞이마에 혹 한 개부터 선사받게 되어, 복덕방 영업 산통이 깨졌다.[6]

그래 복덕방 주인이 그 간판을 떼어 처마 밑에 가로 걸어났다. 그렇게 해놓고 보니 문이 허전해 보이기도 하고 바삐 걸어다니는 사람들의 눈에 간판이 얼른 띄지 않을 것이 아니냐는 걱정이 그의 마음을 사로잡았다. 궁리궁리 끝에 그는 기다란 헝겊 조각에다 진한 먹물로 '궁안복덕방'이라고 써서 이전 나무 간판 드리웠던 자리에 세로 드리웠다. 이렇게 하는 것이 효과를 나타내리라고 그는 확신했다.

바람이 조금만 불어도 홈통 같은 이 문에 드리운 헝겊 간판이 펄럭펄럭 춤을 추어 행인들의 시선을 끌리라고 그가 생각했던 것이다.

5　수구파(守舊派) : 진보적인 것을 외면하고 옛 제도나 풍습을 그대로 지키고 따르려는 보수적인 무리.
6　산통이 깨졌다 : 잘 되던 일이 뒤틀어졌다.

이렇듯이 만반의 준비를 갖추어놨는데도 불구하고 집 소개하는 데 소비하는 시간보다도 장기 두는 데 더 많은 시간을 허비하고 있는 자신을 그는 발견했다.

다시 궁리궁리한 끝에 그는 널빤지 한 장을 또 사 왔다. 거기다 이번에는 한문 글자로 '宮內 福德房'이라구 써서 동쪽 기둥에 세로 걸어놨다.

그러자 사흘 동안에 네 건의 흥정을 붙여주고 구전[7] 3천 원을 손에 쥐게 되었다.

'진서'[8]로 쓴 간판의 효력이 언문으로 쓴 간판 효력보다 월등하다는 걸 그는 체험했다. 그래서 그런지 요새 논의되고 있는 '한글 전용' 문제에 대해 이 복덕방 주인은 '한문 글자 전용'을 주장하고 다닌다.

이 세 개의 간판이 표시하는 '궁안' 또는 '宮內'를 읽는 이는 얼핏 문안에 궁궐이 있나 보다고 생각하게 될 것이다. 또 사실로 고대 대궐 비슷한 건축 양식의 건물이 그 안에 서 있는 것도 사실이다. 그러나 지금에는 그 건물 지붕만 볼 수 있는 것도 사실이다. 사방 민가 건물들이 포위하고 있기 때문이다.

처마 단청이 낡고 낡아 추하게 보이지만 지붕만은 역시 날아가려는 순간의 새 날개같은 감을 주는 순수한 우리나라 고전적 지붕이다. 여름이 되면 지붕 위에 잡초가 무성해 있는 것은 보는 사람의 안목에 따라 흥취를 더한층 돋군다고 볼 수도 있다.

이 건물의 규모가 굉장히 크기는 하지만 백 간을 채우지 못하고 아흔아홉 간에서 멈춘 것을 보면 궁궐이 아닌 것이 분명하다. 그러나 내가 살았을 때에는 단 한 가족이 그 큰 집을 통차지하고 살았었는데 지금에는 넓은 방들은 널빤지로 간막이를 하여 백여 세대 가족이 방 한 간씩 차지하고 산다.

이 일각문 한옆에 온돌방을 들이고 복덕방 간판을 달기 전, 복덕방 주인

---

7   구전(口錢) : 흥정을 붙여 주고 그 보수로 받는 돈.
8   진서(眞書) : 예전에, 우리 글을 언문(諺文)이라고 낮춘 데에 상대하여 진짜 글이라는 뜻으로 '한문'을 높여 이르던 말.

은 친지들을 불러놓고 고사부터 지냈다. 내 딸의 넋이 여기 접하고 있다는 전설을 어렴풋이 알고 그녀의 호감을 사려고 지내는 고사였다.

인간이란 참 어리석은 동물이다. 고사상에 차려놓은 음식물이 고스라니 남는 것만 봐도 유령은 먹고 마시지 않는다는 것 알 법한데도 번번이 고사도 제사도 드린다. 그 음식을 홀랑 다 먹고 상 위에 빈 그릇만 남겨놓는다면 고사 지내던 인간들이 실망할 것이 아닌가 — 실은 유령에게는 음식 구경만 시키고 먹기는 자기네들이 할 심산하에 애초 고사상을 차려놓는 것이 아닌가.

더구나 구경만 시키는 음식으로 유령의 환심을 사려 든다면 그 동기가 불순하다. 귀신에 대한 모욕이기도 하다. 귀신이란 그렇게 값싸게 매수되는 너절한 존재가 아니다.

유령들도 자손들에 대한 사랑은 살아 있을 때 마찬가지로 맹목적이다. 제사상 잘 차려주거나 잘못 차려주는 것이 그들의 사랑에는 아무런 영향도 미치지 못한다. 문제는 세상에 남아 있는 자손들의 생활 태도가 지상에서 사람구실을 똑똑히 하면 부모 유령들은 기뻐하고, 사람 구실을 못 하는 자손들의 부모 유령들은 슬퍼하고 한탄하는 것이다.

유령들뿐 아니라 본디부터 존재해온 신들, 예를 들면 하느님, 옥황상제, 부처님, 에호바[9], 알라 등이 다 인간을 친자식처럼 사랑한다. 그러므로 인간들이 그 신들에게 더 곱게 보이려고 제물을 더 많이 바친다고 복을 내리고, 반면에 밉게 보이고 제물을 조금 바친다고 화를 내리는 것이 아니다. 제물의 적고 큰 것으로 마음이 좌우될 만큼 옹졸한 신은 하나도 없다.

그러므로 인간이 착하게 되거나 악하게 되거나, 잘 살거나 못사는 건 오직 인간 자체에 달린 문제다.

어디에 그런 일각문이 있느냐고?

동대문 밖 숭인동 전찻길 북쪽 길가에 서 있다. 전차는 지금 다니지 않고

---

9   에호바(Jehovah) : '여호와'의 북한어.

궤도만 거치장스럽게 남아 있는데, 조만간 다 뜯어 없앤다는 소문이 내 귀에까지 들어온다.

이 문에서 30미터쯤 동쪽으로 더 가면 길 건너쪽에 동묘(국보 237호)가 서 있다. 약간 퇴락하기는 했으나 돌담이나 구내 건물들이 옛모습을 그대로 지니고 있다. 동묘는 3백 6십여 년 전에 건축된 것으로 돌담은 한국식이지만 건물은 중국식과 한국식을 절충한 양식이어서 흥미를 끄는 것이다.

뿐 아니라 이 동묘는 한국 귀신을 모시는 사당이 아니라, 서기전 3세기 중국 대륙 촉한(蜀漢) 시대의 용맹무쌍한 장수였던 관우(關羽)의 유령을 모신 곳이다. 중국 장수의 혼을 모시는 사당을 왜 한국 서울에 세웠을까?

임진왜란 때 쫓기고 쫓기는 우리 육군 꼴을 보다보다 못한 관우의 혼백이 한반도로 달려왔다. 왜병을 적으로 그는 싸웠다. 왜병이 다 물러가자 관우의 넋은 동대문 밖 지금 그 자리 땅속으로 들어가버렸기 때문에 그 자리에 사당을 세운 것이었다.

이 동묘도 시내 덕수궁, 경복궁, 창경궁, 종묘처럼 입장료 받고 매일 아무나 들이는 공원으로 만들었으면 국고 수입이 늘 것이다. 그런데 웬일인지 일반에게 별로 알리지 않고, 매달 음력 초하룻날과 보름날만 열어 일반에게 공개한다.

잘 알려져 있지 않기 때문에 동묘 문이 열리는 날에도 놀러 들어가는 사람이 별로 없다. 더구나 왜 하필 음력을 사용하는지 그곳 구경을 가려면 달력을 살펴가며 준비해야 하는 번거로움이 있기 때문에 아는 사람들의 가보고 싶은 생각까지 말살하고 만다.

내 딸의 혼이 깃들어 있는 이 일각문 안 집들을 다 헐고 주민을 내보내고, 본 건물을 무단 점거하고 있는 사람까지 몰아낸 후 대폭 수리하여 일반에게 공개하는 공원으로 만들어주었으면 좋겠다.

주민 축출이 불가능하다면 이 문 주변 사방 한 미터가량만이라도 헐 건 헐고 보수할 건 보수하여 문을 분리시켜 국보로 정해주었으면 좋겠다. 그렇게 하기만 한다면 길가에 따라 서 있는 고적이 두 개로 늘 것이다. 덕수궁 앞 행길에 독채로 나서서 더 유표하게[10] 유람객들 눈을 끌고 있는 대한문처럼 말이다.

내 딸의 넋이 영주하는 곳이라서 내가 이 작은 문의 문화재적 가치를 과대평가하는 것은 결코 아니다. 덩치는 매우 적지만(이 적은 것이 더 매력을 끌 수도 있다.), 우리 고전 건축미(특히 지붕)의 극치를 보여주는 축소판 유물이 바로 이 문이기 때문에 내가 열을 올리는 것이다.

나처럼 공중을 자유로 날며 서울 시가지를 내려다보는 귀신들은 시내 여기저기 옛날식 한와집들이 옹기종기 모여 있는 아름다운 광경을 본다. 그러나 땅 표면을 걸어다니는 기능밖에 없는 인간들이나, 땅에 붙은 차도에 차를 굴리며 다니는 사람들 눈에는 그게 뜨이지 않는다. 길가에 고층 건물 아니면 높은 간판을 단 점포들이 위를 가리어 행인들의 시야를 가로막기 때문이다.

다행히 근자에는 고가고속도로가 여기저기 건설되어 그 높은 길 위를 달리는 버스나 택시를 타고 다니는 사람들은(단, 좌우쪽 창문 밖을 열심히 내다보는 호기심을 가진 자들에 한해) 길가 한두 현대식 건물 뒤에 숨어 있는 한와집들을 볼 수 있다. 물론 지붕만 보이지만 한국 고전 건축양식의 세계적 특색은 지붕에 있는 것이니까 그것만 감상해도 족하다.

그러나 시시콜콜 국보급 건물들을 샅샅이 살펴볼 수 있는 자는 나다. 관광공사 직원이 날 인터뷰해주기만 한다면 아무런 재물도 안 받고 무료로 서울뿐만 아니라 남한 전국 어디어디에 국보급 고전 건물 또는 다른 유물이 숨겨져 있다는 걸 알려주겠다. 내가 지적해주는 유물들을 보수하고 국내외에 널리 선전하기만 하면 안으로는 국고 수입이 늘고 밖으로는 외국인 유람

---

10 유표(有表)하게 : 특별한 성질이 드러나게.

자들을 통해 외화 수입이 느는 동시에 관광 한국의 가치가 더욱더 높아져 국위가 선양될 것이다.

내가 살아생전에는 나쁜 짓을 많이 하여 나라에 손[11]을 줬지만 죽은 뒤에는 애국자가 되었다. 나라에 공헌할 수 있는 기회가 주어지기를 열망하고 있다.

내가 살아 있을 때 섬긴 이 대궐같이 큰 저택 주인은 대감이었다. 대감 중에도 상대감, 만 사람의 윗자리, 단 한 사람의 아랫자리를 차지한 영의정이었다.

그리고 그의 귀하신 직위에 상응되는 악독한 토색군[12], 날협잡군, 호색가, 아첨군, 탐욕자, 깡패(시체말로)의 두목이기도 했다.

이 호랑이(그는 호랑이띠)들을 타고 거드럭거리는 여우인 나는 나대로 뻐기며 살았었다. 사실 나는 개띠였지만, 미련하고 충직하기만 한 개가 싫은 나는 간교하고 지혜 있는 여우가 되기 위해서 여우띠를 내가 창조해냈다.

나는 그 대감의 내밀의 보좌관, 구매관, 청직이, 뚜쟁이까지 겸한 다채로운 직무를 수십 년 맡아 했다. 그 상관에 그 부하라고 나는 내 임무를 참말 원만히 수행했다고 자부한다.

하나밖에 없는 내 딸은 열 살 때 이 대감댁 마님의 몸종으로 들여보냈다. 내가 종으로 판 것이 아니라 내가 자진해서 진상 바친 것이었다.

지금 세탁소 건물이 서 있는 자리에 있었었던 옆길 대문 밑에 놓인 커단 차돌의 표면에는 깊이 패인 외줄이 생겨져 있었다. 밤낮 가림없이 고관대작 나리들이 타고 드나드는 쇠테두리 달린 외바퀴 인력거 쇠바퀴 등살에 패워진 것이었다. 밤에 이 대문을 드나드는 발 드린 사인교(네 사람이 매는 교자) 안에 탄 승객들 대개는 유명한 여자 무당이었다. 마님이 부탁하는 굿하러 내

---

11 손(損) : 손해.
12 토색(討索)군 : 돈이나 물건을 강제로 빼앗는 사람.

정까지 드나드는 능구렁이 무당들.

이 큰길에 면해 있는 일각문으로는 낮에는 장사아치들이만이 걸어 드나들었다. 내가 받아들이는 통행세를 꼬박꼬박 내면서 — 직접 나서서 받는 것이 아니라 심복부하를 내세워 받는.

밤에 이 일각문을 드나드는 이인교(두 사람이 매는 교차)인 승객들은 대개가 기생 아니면 풋내기 무당이었다. 이 문으로 들어오는 여자들은 내정으로 가는 것이 결코 아니라 대감의 사처로 들어가는 것이었다.

대감의 잠자리 장식용인 이 기생들과 애송이 무당들 간택권은 나한테 있었다. 그렇기 때문에 그녀들은 솔선하여 경쟁하며 금은패물을 나에게 상납했다. 얼굴이 뱐뱐하거나 엉덩이가 토실토실한 년들은 대감 모시러 들어가기 전에 나부터 먼저 모시고야 통과가 가능했다.

그러나, 그러나 '꽃이 열흘 계속 붉은 빛을 유지할 수 없다'는 식으로 내가 섬기는 대감의 세도도 20년 채 못 가 몰락했다. — 그가 몰락한 이듬해 왕이 죽고 새 왕이 즉위하자 대감의 세력이 복귀되기는 했지만. 그때 묘하게 왕이 죽지 아니했던들 대감의 몰락은 그가 죽는 날까지 계속되었을는지도 모를 일이다. 인생팔자 정말 모를 일이다.

비밀의 장막에 싸인 대궐 안과 또 정승들 댁 안에서 생기는 일이라 무엇 때문에 대감이 별안간 영의정 자리를 물러나고 멀리 남해로 낙향할 수밖에 없었는지 나로서는 알 도리가 없었지만, 그의 몰락은 나에게도 큰 타격을 줬다. 하기야 범 등 타고 노닥거리던 여우인지라 범이 물러가면 그 역시 따라가야만 했을 것이지만, 구미호 못지아니한 나는 근사한 구실을 붙여 서울댁에 그냥 남아 있게 됐다.

하옇든 이런 경우엔 궁중에 사는 내시들 신세가 부럽기까지 했다 — 성적 불구자라는 게 께림직하기는 하면서도 말이다.

풍문에 의하면 딴 사람 같으면 유배형을 받아 마땅한 큰 과오를 그가 범했다는 것이었다.

그런데 그가 어떤 줄을 타고 어떤 수법을 써서 유배를 면했는지 나로서는 꼭히 알 수는 없었다. 그러나 내가 알고 있었던 그에 대한 지식만 가지고도 그가 어떤 수단 방법을 썼으리라는 걸 짐작은 할 수 있었다. 그의 배짱으로 보아 정적을 역습했을 가능성이 있고, 돈을 물 쓰듯 요소요소에 뿌렸을 가능성도 있다. 미인계를 썼을지도 모르고, 목적 달성을 위하여서는 치사스럽도록 비굴한 짓도 불사하는 그인 것이다. 그 밖에 다른 수단들까지 총동원하여 투쟁을 했는지도 모른다.

하옇든 그는 자진 낙향하는 형식으로 첩과 종들만 데리고 남해로 떠나고, 마님과 아들 딸들은 그냥 서울 집을 지키고 살게 되었다.

그렇게 된 것이 대감을 위해선 좋았지만, 나에게 들어오는 수입은 갑자기 너무나 줄어들었다. 구입해 들이는 물자 양이 대폭 줄어 장사아치들이 나에게 상납하는 금액이 줄었다. 그래도 그건 참을 수가 있는데, 대감 앞에서 뚜쟁이 노릇하여 들어오던 보물 단지는 얼마 안 가서 바닥이 날 지경이 돼버렸다.

대감이 천하 으뜸가는 오입쟁이었던 관계로 나도 덩달아 호색한이 돼버렸던 것이다. 대감에게 진상하기 전 혹은 뒤에, 기생이나 무당을 내 품에 안을 때 나는 돈 한푼 안 주고 그녀들이 나에게 패물을 바쳤다.

'배운 게 도둑질'이라고 계집의 품을 사흘만 굶어도 나는 환장할 지경이 됐다. 그래 이년저년 내 방으로 끌어들이기는 했으나 예전과는 반대로 이번에는 내가 그년들에게 패물을 꼬박꼬박 안겨주어야만 하게 됐다.

우울한 나날이었다.

그러나 얼마 뒤 나는 꿈에도 생각 못 했던 방향으로부터 오는 일종의 즐거움을 맛보게 됐다.

대감이 떠나간 후 이전보다 더 자주 날 보러 오는 딸을 보는 기쁨이었다. 그런데, 그런데, 이 딸의 태도가 나날이 달라지는 걸 나는 발견했다. 이전에 비해 거의 매일 명랑하고, 얼굴에는 화기가 띠고, 더 예뻐지고, 더 피어오르는 것이었다. 그러나 그녀가 돌아갈 때 유심히 보다가 그녀의 엉덩이 놀리는 모양이 변한 것을 나는 발견했다.

수상하다고 직감한 나는 종년 하나를 매수하여 내 딸의 동정을 염탐시켰다.

놀라운, 참으로 놀라운 보고가 내 귀에 들어왔다.

열일곱 살 난 도련님인 이 댁 맏아들이 있었는데 그이하고 내 딸이 남몰래 정을 통하고 있다는 보고였다. 나는 참 기뻐했다. 정승과 내가 사돈이 되다니! 어여쁘고 현명한 딸 덕에 내 팔자가 근본적으로 달라지는 부푼 꿈을 나는 꾸기 시작했다.

내가 죽은 뒤 그 무엇보다도 내 가슴을 아프게 해주는 것은 세상 풍속이 너무나 변하는 것이었다. 내 살아생전엔 우리의 전통적인 생활 양식을 굳게 지켜왔었다. 그랬었던 것이 내가 죽자 세상은 급속도로 변했다. 이 변하는 꼴이 보기 싫으면서도 지켜보지 않을 수 없게 된 이유는 육체를 떠난 내 혼백이 그냥 살아남아 이 나라 하늘을 떠나지 못하고 떠다니는 데 있다. 몸이 죽는 동시에 혼도 싹 소멸되어 이 세상과의 관계를 송두리째 끊어버렸으면 좋으련만 억하심정[13]으로 넋은 살아남아서 별꼴 다 보게 되는 것이다.

내 혼이 차라리 천길만길 깊은 지옥 구렁텅이에 푹 빠져버렸다면 세상 꼴은 보지 못할 것인데, 내가 세상에 살고 있을 때에는 죽어 혼이 지옥에 빠지고 싶어 세상 온갖 악한 짓은 골라 했었는데도 나는 지금까지 둥둥 떠다니는 생활을 하고 있다. 비극이다.

각설하고,[14] 내가 죽자마자 뭐 '개화'란 낱말이 유행했다. '개화장'(단장), '개화경'(안경), '개화모'(중절모), '개화복'(양복) 등 말이 도처에서 들려오는 것

---

13 억하심정(抑何心情) : 도대체 무슨 심정이냐라는 뜻으로, 무슨 생각으로 그러는지 알 수 없거나 마음속 깊이 맺혔을 때 쓰는 말.
14 각설(却說)하고 : 지금까지 하던 말을 중지하고. 화제를 돌리고.

과 때를 같이하여 옷·음식·주택·풍속·습관에 급격한 변화가 왔다.

총각들이 머리꼬리를 잘라버리더니, 결혼한 사내들도 상투를 잘랐다. 머리털을 잘라버릴 바에는 아주 밴밴하게 밀어버려 중머리를 해버린다면 중을 봐온 우리 눈에 그리 흉하게 보이지는 않을 것이다. 그런데 어쩌자는 건지 머리칼 한 치가량은 그냥 남겨 너풀거리며 돌아가는 꼴이라니 정말 꼴불견이었다. 게다가 어른들이 갓 대신 부침떡이 납짝한 '샤뽀'[15]라는 걸 쓰기도 하고 꼭대기가 푹 들어간 중절모라는 걸 쓰고 다니는 것이었다.

얼마 지나 처녀들까지도 머리꼬리를 잘라버리고는 땋지 아니한 머리를 목뒤까지 늘어뜨리고 다니는 것이었다.

그러더니 유부녀들까지도 쪽지고 비녀 꽂는 아름다운 모습을 버리고, 많은 머리를 꼭대기에 올려 새 둥지 틀듯 하고 다니는 것이었다.

또 얼마 있더니 젊은 여자들이 종아리를 내놓는 짧은 치마를 입고는 갓신[16] 대신 발목까지 덮어 올리고 끈을 꽁꽁 매는 구두라는 걸 신고 다니기 시작했다. 그런데 그것만으로는 만족하지 아니하는 요새 아가씨들은 여름이 되면 두 팔 겨드랑이를 노출시키는 양장을 하고, 미니스커어트니 뭐니 하는 치마로 무릎 위까지 노출시키고는, 맨발에다 발가락이 비죽비죽 나오는 산달인가 뭔가를 신고 백주에 대로를 활보한다.

남자건 여자건 어른이 맨발로 감히 거리에 나다니는 추잡한 풍속은 왜년 놈들이 이 땅에 이식해 왔다. 일본이 구한국을 합방하자마자 떼거리로 이주해온 왜년놈들이 맨발에 쪽발이 나막신을 끌고 다니는 꼴을 처음 볼 때 우리나라 사람들은 '왜놈들 야인[17]이군.' 하고 욕했었다. 그러면서 왜식 '게다'나 '조리'를 신고 다니는 우리나라 사람 수효는 극히 적었었다.

그러다가 해방 뒤 미국 풍속이 밀물쳐 들어오자 여름철이 되면 맨발에 구

---

15 샤뽀 : 샤포(chapeau). 프랑스식 군모. 중절모.
16 갓신 : 가죽신.
17 야인(野人) : 교양 없고 예절이 없는 사람.

멍 뚫린 구두를 신고 다니는 젊은 여성 수가 나날이 늘어갔다.

이런 풍조가 판을 치는 걸 못마땅하게 생각하는 기성세대는 '천벌이 내린다'느니 '말세가 됐다'느니 노상 저주하고 한탄해왔건만 그런 예언은 번번이 맞아 들어가지 아니했다.

나 살아 있는 때까지 일반 대중의 여행 도구는 튼튼한 두 다리와 짚신이었다. 그래 먼 길을 떠날 때에는 짚신을 몇 켤레씩 삼아 포개서 허리띠에 달고 다녔었다. 다리가 정말 아파 편승[18]하려 들 때에 타고 갈 수 있는 차량은 소달구지 한 종류밖에 없었었다.

그랬었던 것이 '개화'와 더불어 차라는 게 시외에 달리기 시작했고, 시내에는 앞뒤로 바퀴 두 개가 달린 자전거라는 걸 타고 다니게 됨과 동시에 남이 끌어주는 인력거(바퀴가 양쪽에 달린)가 나타났다. 얼마 있더니 바퀴 네 개가 달린 자동차라는 것이 나타나서 승객 오륙 명을 태우고 쏜살보다 더 빨리 달렸다.

70년 전에는 청량리에 시작하여 동대문 옆을 지나 종로 경유 서대문까지 운행하는 전차라는 게 생겨 승객 백여 명을 태우고 땡땡거리며 궤도 위를 질주했다. 일반 대중을 위한 교통기관으로 안성맞춤이었다. 그러더니 버스와 택시와 자가용 자동차가 너무 많이 생겨, 거리 복판으로 어정어정 기어다니는 전차는 교통 장해가 된다고 없애고 말았다. 누가 알겠는가, 얼마 뒤또 교통 장해가 된다는 명목으로 버스와 택시 운행을 금지하게 되는 날이올는지.

낙향했었던 대감이 3년 만에 도로 서울로 돌아왔다. 그가 돌아온 것이 나에게는 다행이었지만, 내 딸에게는 치명적 불행을 안겨준 것이었다.

불우할 시절에 내 딸과 은밀한 정을 통해왔었던 이 댁 맏아들이 왕의 부

---

18 편승(便乘) : 남이 타고 가는 차를 얻어 탐.

마도위(사위)가 된 것이었다. 띠는 호랑이띠지만 능구렁이가 다 된 대감이 복직하자마자 그런 일을 성사시키는 건 놀랄 일이 아니었다.

공주 며느리가 들어오자 내 딸은 '개밥에 도토리' 정도가 아니라 '발가락 사이에 낀 때'가 되고 말았다.

그래도 정을 못 잊는 그녀는 님을 한 번만이라도 만나보려고 그녀가 가능한 온갖 수단을 다 써봤지만, 먼발치에서나마 그를 보는 것이 불가능하게 됐다. 할 수 없이 그녀는 아버지인 나에게 호소해왔다.

아무리 대감의 신임을 받는 나였지만 내정 출입은 절대 불가능한지라, 대감께 직접 호소해봤다. 물론 미리 짐작은 했었지만 짐작보다 더 혹심한 불호령을 받은 나는 멀쑥해 물러나고 말았다.

절망감에 사로잡힌 이 여우의 두뇌는 비상한 공작을 꾸미기 시작했다.

대감을 다시 찾아간 나는 다짜고짜로,

"짓밟힌 제 딸의 몸값이라도 내놓으시오."

하고 협박조로 대들었다.

근방에 누가 있으면 들으라고 떠들어댔다. 해고당할 각오를 한 나의 몸부림이었다. 내 딸은 나에게 그만큼 소중한 존재였다.

딸이 내 발악 소리 들었는지 못 들었는지는 확인할 수 없었으나, 얼마 뒤 일각문으로 돌아온 나는 그 애가 들보에 목을 매고 늘어져 있는 모습을 발견했다. 허둥지둥 목을 풀어 내려놨지만 때는 늦어 그녀의 몸은 싸늘하게 굳어져 있었다. 그때가 마침 밤.

내 손으로 염습[19]을 하고는 내가 친히 밖으로 나가 관 한 개를 사 몰래 들고 들어왔다.

밤이 깊어 모두들 잠든 틈을 타 이 문 옆 빈터에 무덤을 내가 파고 묻어주고는 봉분은 아니하고 평평하게 도로 다지어놨다.

---

19 염습(殮襲) : 시신을 씻기고 수의를 입히고 염포로 묶는 작업.

맥이 탁 풀리면서도 복수하고 싶은 욕망이 부글부글 끓어올랐지만 미천한 신분을 가진 나로서 별 방법이 없었다.

몸종이 나타나지 아니하면 마님께서 사람을 나에게 보내 사유를 물어볼 것이라고 생각한 나는 종일, 그리고 그 이튿날도 종일 기다렸다.

그러나 끝내 내 딸의 행방을 물으려 오는 사람은 하나도 없었다.

양반 계급, 그것도 최고급 양반 계급에 속하는 자들에게 미천한 종년과 그녀의 아버지의 존재는 버러지만 못한 것이었다.

귀신이 돼가지고도 원한이 담긴 이곳을 떠나가지 못하고, 더욱더 보기 싫은 꼴을 보는 것을 강요당하는 나는 무슨 수를 써서라도 이 땅을 아주 떠나버리거나, 혹은 나 자신을 죽여버릴 방도가 없을까 궁리해봤지만 모두 허사였다.

귀신이 되어서도 나 자신의 운명을 내가 처리할 수 있는 힘이 내게는 없는 것이다.

이 지구가 송두리째 저절로 없어지지 않는 한 싫건 좋건 나는 이 겨레의 앞날을 영원토록 지켜볼 수밖에 없다.

도무지 반갑지 아니한 운명이다.

앞으로 우리나라를 비롯하여 지구 위에 삶을 누리는 인류 전체가 지금보다 더 착하고 좋은 세상을 마지하려는지 더 못되고 악한 사회를 꾸며놓을지는 점쳐볼 도리가 없다.

점쳐봤댔자 별수 없는 것이기는 하지만.

세상에 살고 있는 사람들에게 이래라 저래라 명령을 내릴 수 있는 기능을 가지지 못한 나인지라, 돼가는 꼴을 구경이나 하는 도리밖에 없는 가련한 신세다.

이것으로 내 넋두리는 끝나는 것이다. (1969)

여대생과 밍크코우트

여대생과 밍크코우트

밍크코우트를 움켜잡은 박정옥은 울음을 터뜨렸다. 흐느끼면서 그녀는 이빨로 코우트를 물어뜯기도 하고 손톱으로 할퀴기도 하는 것이었다. 이가 아프고, 매니큐어한 긴 손톱들이 찢어져 손가락 끝에서 피가 나오는 것을 개의치 아니하면서.

크리스마스 선물로 받은 밍크코우트였다.

그녀의 아버지가 보내 준 선물.

부산에서 무역업에 종사하는 아버지가 그의 자가용 세단 운전사에게 시켜 그녀에게로 가지고 온 코우트였다.

정옥이가 코우트를 물어뜯고 할퀴며 미친 듯이 흐느끼고 있는 동안 구겨진 채 방바닥에 떨어져 있는 편지 한 통을 김영주가 집어 들었다. 구겨진 것을 손바닥으로 빡빡 편 영주는 그 편지를 소리 안 내고 읽었다.

'정옥아 …… 나는 사업상 급히 일본으로 가야 할 일이 생겨서 네게 보내는 밍크코우트를 내가 가지고 가지 못하고 운전사 황 군을 대신 보낸다. 예년과 마찬가지로 겨울 방학이 되어도 네가 집으로 오지 않을 것 같아 황 군에게 서울로 가지고 가라고 부탁한 것이다. 백만 원짜리 코우트이니까 최고급품이다. 그러니 너 이걸 받고 공부 좀 더 열심히 해라. 지난간 해 네 성적이 그리 좋지 못하다는 걸 나는 알고 있다. 졸업반에 들어가 성적을 훨씬 올

리기만 하면 졸업 후 너 하고 싶은 것 다 해주기로 약속한다⋯⋯.'

이 편지 사연을 읽는 영주는 한숨을 포오 쉬었다. '우리 아버지에게는 삼천 원 돈이라도 있어 외투 한 벌이라도 사서 나에게 선물로 보내 준다면, 나는 얼마나 행복할까! 고등학교 입학하자부터 5년 내리 학비며 생활비는 내가 벌어온 만큼 아버지도 생각만 계시다면 아무리 궁색하신 중에라도 값싼 외투 한 벌쯤 사 입으라고 돈을 좀 보내줄 수 있을 텐데. 뭐라구? 아버지가 나 외투 사 입으라고 보낼 돈이 어디서 생기나? 농사짓는 아버지시라 평생 그 흔한 양복 한 벌 못 사 입으셨는데'라고 영주는 생각했다.

큰 부자집 딸인 정옥이가 이번 겨울방학에도 자기 집으로 내려가지 아니한 이유를 영주도 짐작은 하고 있었다. 그러나 정옥의 그런 감정은 배부른 흥정이라고 영주는 생각했다.

영주 자신도 서울로 유학 온 후 5년 동안 여름방학에나 겨울방학에나 한 번도 시골 집에 내려가본 일이 없었다. 방학 동안에도 악착같이 돈을 벌어야 했었기 때문이었다.

지나간 여름방학 때 한 주일간 부산에 내려가 해수욕한 일은 영주에게도 있었다. 정옥의 간곡한 권유를 물리칠 수 없어 함께 갔던 것이었다.

그때 영주가 정옥이의 아버지를 잠깐 한 번 봤었다. 정옥의 집에서가 아니라 해운대 호텔에서 딸의 전화를 받고 아버지가 돈보따리를 가방에 넣어 가지고 딸을 보러 호텔 방으로 왔었던 것이었다.

그때 정옥이가 부산까지 와서도 집으로 가지 아니하고 전화로 아버지를 불러내는 이유를 영주가 처음 발견했었다.

정옥의 아버지는 교양이 있고 위트도 풍부한 50대 신사라는 인상을 영주에게 주었던 것이었다.

꾀죄죄하고 미련하며 본 나이보다 십 년이나 더 늙어 보이는 자기 아버지와 비교해보면 하늘과 땅의 차이가 있었는데 그런 아버지를 정옥이가 왜 싫

어 아니 경멸하는지를 영주는 그때까지는 꼭이 몰랐다. ─ 간접적으로 제
삼자를 등장시켜 가지고 모종의 의미심장한 말을 정옥이가 던지곤 했었지
만 그것들이 정옥이 자신이 직접 겪은 경험이라고는 미처 생각하지 못했었
떤 영주였다.

그렇다 치더라도 기껏 맘먹고 사 보낸 밍크코우트를 물어뜯고 갈퀴면서
미친 듯이 소리내 우는 정옥의 심정을 영주는 이해하기가 곤란했다.

자기 같으면 아버지가 값싼 외투 한 벌이라도 사 보내주시기만 한다면 즐
겁고 고마운 눈물을 흘리며 그 외투를 꼭 껴안고 행복에 잠기게 될 것이었다.

영주가 정옥이를 처음 알게 된 것은 2학년 둘째 학기를 끝낸 겨울방학 때
였다.

크리스마스를 며칠 앞둔 어떤 날 밤 얼우붙은 위에 눈이 살짝 덮인 좁은
꼬부랑길 언덕을 영주가 올라가고 있었다.

외투도 못 입고 장갑도 못 껴 시려 들어오는 두 손을 겉 양복 바지 주머니
에 찌르고 조심조심 가파로운 길을 그녀가 올라가고 있었다. 길이 꼬부라지
는 데까지 거의 다 간 때 위에서 별안간 강한 헤드라이트 빛이 쏟아져 내리
는 통에 영주는 눈을 뜨고도 앞을 볼 수 없게 되었다.

자동차 바퀴가 얼음판 위에 찌이익 하는 강한 소리를 내는 것을 듣는 것
같은 기분이 든 영주는 비켜 서려고 ─ 비켜 서봤대사 길이 너무 좁아 택시
가 멈추지 못하고 그냥 굴러 내려오면 별 수 없이 차 밑에 깔릴 수밖에 없는
좁은 길에 ─ 하다가 미끄러져 몸의 균형을 잃고 넘어지고 말았다.

그녀는 정신을 잃었던 모양이었다.

깨어보니 어느덧 날이 새고 자기는 푹신한 침대 위에 누워 있는 것을 영
주는 발견했다. 눈을 굴려 두리번거려보니 병원의 입원실이 분명한데 침대
하나만 놓여 있는 독방이었다.

어제 밤 자동차를 피하다가 어름판에 미끄러져 넘어졌었던 생각이 되살

아왔다.

'요행 목숨은 건진 모양인데 누군가가 입원까지 시켰으니 중상을 입었단 말인가?' 공포심이 끓어 올랐다.

겁이 덜컥 난 그녀는 상반신을 일으키려고 했다. 바른 팔이 지끈 아팠다. 신음 소리를 내는 그녀는 도루 누웠다.

"정신이 들었군요."라고 말하는 젊은 여성의 목소리에 그녀는 소리가 나는 곳으로 고개를 돌렸다.

첨 보는 아가씨였다.

"정말 미안해요. 하지만 천만다행이었어요. 불행 중 다행이어요. 팔꿉이 골절되었지만 곧 기브스를 했는데 의사님 말씀이 아무리 늦어도 보름이면 완쾌된대요. 여기서 맘놓고 한 두어 주일 푹 쉬기로 해요. ……엉겁결에 차에 태우고 병원으로 달려와 전등불 아래 자세히 보니 나와 같은 대학 배지를 달고 있더군요. 무슨 과 전공이지요. 미스……?"

"이름은 김영주고, 심리학 전공이어요."

"난 박정옥이고, 사회학 전공이어요."

"지금 몇 시나 됐지요?" 하고 영주가 물었다.

"아침 여덟 시 조금 지났어요. 미스 김 손목시계는 내가 이 핸드백 속에 잘 보관해두었어요. 유리가 깨졌더군요. 좀 있다 시계방에 갖다 맡기겠어요. 유리만 갈아 끼울 것이 아니라 맡기는 김에 분해 청소까지 해다가 돌려 드릴께요."

"어머. 고마워요. 그러나 미안해서…… 그런데 난 지금 전화를 꼭 걸어야 할 텐데 어떡허지요?"

침대 머리맡 탁자 위에 놓여 있는 수화기를 쳐들어 보이는 정옥이가 "몇 번이지요?"라고 물었다.

"그거 이리 주셔요."라고 하면서 왼손을 내밀던 영주는 바른 팔이 땡기는 지 가는 비명을 발했다.

"무리할 필요 없어요. 내 걸어줄께요."

"미안해서……."

"미안할 것 없어요. 어서 번호 불러요."

영주는 전화번호를 불러주었다. 수화기에다 대고 번호를 부르는 정옥이는 수화기를 전화통 위에 도로 놓았다.

"좀 있으면 연락될 거에요. 댁에 거셨나요? 그렇다면 내가 먼저 사과 말씀을 드리고 수화길 미스 김 얼굴 가까이 대드릴께요."

"집에 거는 거 아니에요."

"그럼? 보이 프렌드?"

"아아니요."

"숨길 필요 없지 않아요. 금방 탄로날 것을…… 음, 그건 그렇고, 미스 김 몇학년이셔요?"

"3학년으로 올라가요."

"그래애. 그럼 나와 동기동창이군요. 과는 다르지만. 좀 이상스럽게 만나긴 했지만 역시 인연인가 보죠. 나도 입학시험 치를 적엔 제 일 지망이 심리학과였어요. 그런데 심리학과 커트라인엔 내 성적이 조금 미달되었지만 제 이지망인 사회학과 커트라인에는 몇 째 안에 든다고 그 과로 옮겨 날 합격시켜준 거예요. 그런데 …."

전화벨이 울었다.

수화기를 쳐든 정옥이가 그것을 영주의 입과 귀 가까이 갖다대고 그냥 들고 있었다.

"가정부 아주머니셔요? 예, 그래요. 저 영주에요. …… 웬일이냐구요? 어제 밤에 어름판에 미끄러져 넘어지면서 발목을 조금 삐었어요. ……아니 과하지 않아요. 발을 디디면 새큰해저 걷기가 어려울 뿐이에요. ……지금 친구네 집에 신세지고 있어요. 곧 낫게 될 거고 걷게만 되면 지팡이 짚고라도 갈 테니까 과히 염려 마세요. …… 예? 예, 대주셔요. …… 오, 혜숙이냐! 미안하게 됐어, 용서해줘 …… 아니야, …… 괜찮아. 곧 나을 거야…… 여기?
친구 집이야 …… 혜숙이 예까지 올 필요 없어 …… 중상이 아니길래 이렇
게 전화 걸고 있지. 아니야, 엄마에게 나 대신 사과드리고, 이담 일간 내가
못 가더라도 그동안 배운 거 혼자서 복습해, 응? 복습 꼭 해야 된다…… 아
니야. 그럴 필요없어. 전화 끊는다."고 말한 영주가 수화기를 들고 있는 정
옥에게 눈짓했다.

"왜 거짓말을 하지요? 그러지 아니해도 좋았을 텐데……."

"5년간을 주인님들 섬기는 데서 터득한 필요악……."

"어머, 그럼 고등학교 일학년 때부터 가정교사 길로 나섰단 말요?"

영주는 미소로 대답했다.

"그럼 댁은 어디신데?" 하고 정옥이가 물었다.

"우리집에 알려주었댔자 입원비 가지고 달려 올라오실 형편이 못 돼요.
공연히 놀라시고 걱정이나 하게 될 거니까 소식 알리지 않는 게 좋아요……
대단히 미안한 일이지만 입원비나 치료비를 내가 지금 당장 낼 수 없고, 얼
마 동안만 대불해준다면 될 수 있는 대로 단기일에 갚아 드리겠어요. 그리
고 한 가지 부탁이 있어요. 난 잘 모르지만 이 방은 특등실 같은데 지금 곧 3
등실로 옮길 수속을 해줘요."

"그건 안 될 말씀. 절대로. 미스 김은 어디까지나 피해자라는 점을 명심해
요. 내가 탄 택시가 어제 밤 그 시각 그 장소에 별안간 나타나지 않았던들 미
스 김이 넘어지지 아니했을 것을 똑똑히 인식하라 그 말씀입니다. 그렇다고
해서 미스 김이 그 택시 소유주하고 옥신각신 다투어야 한다는 말은 아닙니
다. 내가 그 택시 넘버를 기억하고 있는 이상 이번 사고 해결을 택시 회사와
미스 김에게 맡겨버리고 물러나 구경이나 하고 있을 수도 있어요. 허지만 미
스 김 태우고 병원으로 달려오는 도중 나에게는 이런 생각이 떠올랐어요. 내
가 어제 밤 그 시각에 그곳에서 그 택시를 잡아타지 아니했더라면 그 택시가
그 길로 내려오지 않고 딴 길로 갔을 가능성이 풍부한 만큼 사고의 근원은

나 자신에게 있는 것이라는 생각, 그러다가 병원에 도착하여 응급 치료 받으려고 미스 김의 블라우스가 벗겨질 때 거기 꽂혀 있는 배지를 보고 나는 더 확고한 결심을 하게 됐어요. 한 대학에 다니면서도 첨 보는 데에도, 그것도 몹시 가난해 보이는 여자 동창생을 도와줄 기회가 온 것은 신의 계시에 의한 것이 틀림없다구요. 돈을 물 쓰듯 쓰면서도 삶에 대한 권태와 증오만 느껴오던 나에게 보람 있는 생활을 단 한 번만이라도 할 수 있는 기회를 나에게 주는 운명의 힘이라는 생각이 들었어요. 이렇게 말하는 걸 너무 건방진 수작이라고 욕을 해줘도 난 달게 받겠어요. 자포자기하는 기분으로 낭비해온 돈을 한 번이라도 남을 도와주는 유효적절한 방면에 써볼 수 있는 행운……."

"그만, 그만. 날 모욕하는 겁니까, 뭡니까? 이래뵈도 나는 구호 대상이 아니란 말요. 미스 박이 얼마나 큰 부자인지는 내가 알 도리가 없고 또 알 필요도 없지만 내가 설사 피해자라 할지라도 엊그제 신문에 보도된 바 있는 그 자동차에 일부러 치우고는 부상을 과장해가면서 치료비를 뜯어낸다는 그런 철면피가 나는 아니라는 걸 지금 똑똑히 알려드려요. 아무리 가난하게 자라왔지만 불로소득을 넘겨다 본 일은 절대 없었단 말요. 강원도 두메산골에서 감자 농사 짓는 우리 아버지도 차라리 굶으면 굶었지 구호나 공짜나 횡재는 바라는 일이 없이 살아오셨어요. 돈 많은 사람들은 돈만 가지만 모든 일이 다 해결되고 성사된다고 믿는 것 같은데 그건 오산이어요. 돈에 굴하지 아니하는 사람 수효가 굴하는 자들보다 압도적으로 더 많다는 사실을 알아야 해요…… 굴하는 자들은 신문에 크게 보도되고, 굴하지 아니하는 사람들은 잘 보도되지 아니하니까 큰 부자들뿐 아니라 돈푼이나 조금 가진 자들도 가난한 사람들을 깔보지만, 신문에 보도되지 아니하는 케이스가 보도되는 케이스보다 몇천 배 몇만 배 더 많다는 현실을 직시해야 된다는 말입니다. 건방져요, 건방져, 미스 박! 보기 싫어요. 나 혼자 버려두고 나가요. 나가. 꺼져버려, 제발……."

"부라보!"라고 소리지르며 정옥이는 박수를 쳤다. "됐어, 됐어요, 미스 김. 감탄해요…… 참말이지 나는 그 알량한 달갑지 아니한 아버지 덕택에 어려서부터 예스맨들 틈에서만 살아요. 나, 집안이나 동리에서뿐 아니라 초등학교, 중, 고등학교 선생들까지도 나만은 그들이 가르치는 학생이 아니라 공주인 양 떠받쳐주는 분위기 속에서 살아왔어요. 지금 미스 김의 독설을 들으니 나는 얼마나 기쁜지 모르겠어요. 십 년 묵은 체증이 쑥 가라앉는 것 같은 기분이어요…… 지금부터 나는 미스 김 떠나서는 살 수 없는 몸이 됐어요…….”

간호부가 들어왔다.

체온기를 영주의 입속에 물린 간호부가 영주의 손목을 쥐고 맥박을 세어보는 것이었다.

“열도 맥박도 모두 정상적입니다.”라고 말한 간호부는 차아트에 뭐라고 끄적거려 다시 꽂고 나가버렸다.

정옥이가 다시 입을 열었다. “더구나 한 가지 내가 꼭 미스 김을 모셔야 할 이유는 미스 김의 머리가 나보다 너무다 월등하다는 사실이에요. 커트라인이 높은 학과에 거뜬히 패스했을 뿐 아니라 남의 아이들 과외 공부를 지도하고 ……”

“아니, 아니, 그건…… 시험 치르는 날 수험생의 몸의 컨디션이나 그날 운수가 당락을 좌우하는 거에요. 십이 년 동안이나 배운 걸 단 몇 시간에 답안지 몇 장 써내는 것을 가지고 실력의 우열을 측정하라는 건 넌센스, 모순이 아닐까요…….”

“그만, 그런데 말요, 미스 김이 심리학과를 전공으로 택한 동기는?”

“동기요? 뭐 그런 거 생각없이 그저 괴상한 학과니까 경쟁률 낮을 줄로 짐작하고…….”

“정말 세상 사는 불공평하구먼. 내가 심리학과를 제일지망으로 입시 원서에 써낸 데는 나대로의 심각한 동기가 있었어요. 그랬는데 난 떨어지고 말고…… 그동안 심리학에 대한 무엇들을 배웠나요?”

"배운 게 아직 별로 없어요. 미스 박도 아시다시피 대학 일 학년은 고등학교 연장이고, 이 학년에서는 개론만 배우다 마는 것이 아닙니까. 지나간 두 학기 동안 문학개론, 사회학개론, 철학개론, 자연과학개론 등등 개론만 배웠지 않아요. 심리학도 심리학개론만 배우고 그 이상 배운 것이 없어요……그런데 미스 박이 심리학과를 택하게 됐던 심각하신 동기는?"

"남녀 관계의 이상스런 심리를 과학적으로 연구해보고 싶었던거에요. 오십 대로 들어서는 홀아비가 어떤 심리 작용으로 자기 딸이 또래의 처녀를 후처로 들여 앉히는지? 18살 난 소녀가 자기 아버지뻘이나 되는 홀아비의 후처로 들어가는 것은 어떤 심리의 작용인지? 또 계모가 자기 나이 또래의 전실 딸을 무슨 심리로 적대시하고 학대하고 경계하는지? 또 자기의 딸의 고등학교 동창생을 후처로 맞이한 아버지가 무슨 심리 작용으로 인하여 딸이 무서워 설설 기면서 딸의 말이라면 섶을 지고 불구멍으로 들어가는 시늉이라도 하려고 하는지 등등의 궁금증을 풀어보기 위해 심리학을 전공하고 싶었던 거예요……."

아침식사가 들어왔다.

영주는 식사 들어오는 것이 다행이라고 생각했다. 수수께끼 같은 말을 줏어섬기며 눈에 광기까지 띠는 정옥의 푸념에 놀라기도 하고 질리기도 해서 뭐라고 대꾸해주어야 할지를 몰라 걱정하고 있는 참이었기에.

"아, 식사하는 동안 난 어디 좀 다녀와야겠어요. 용서하세요."라고 말하는 정옥이는 밖으로 나갔다.

조반식사 끝난 지 얼마 안 되어 의사가 인턴들과 임상학생들을 데리고 회진하러 왔다. 영주가 하고 있는 기브스를 두루 살피면서 의사가 뭐라고 영어로 설명을 하고 학생들은 열심히 노우트를 하는 것이었다.

"경과가 아주 양호합니다. 미스 김. 두 주일 내로 정골[1]이 되어 완치될 겁

---

1   정골(整骨) : 뼈가 제대로 잘 맞추어짐.

니다"라고 의사가 말했다.

"그렇게 오래 걸리겠으면 3등실로 곧 옮겨갔으면 좋겠는데요, 선생님."

"그건 보호자가 서무에 가서 수속하시면 곧 돼요."라고 간호부가 의사 대신 설명해주었다.

좀 있다 정옥이가 돌아왔다. 물건들이 가득 차 있는 커단 누렁 종이 봉투 두 개를 가슴에 안고 들어온 그녀는 여러 가지 깡통과 식빵 한 개를 탁자 위에 나열해놓았다.

"병원에서 주는 식사 정말 형편없어 보이더군요. 맛이 없어 못 먹고 그냥 내보냈지요? 아마. 내가 지금 맛나는 조반을 해드릴께……."

"아, 싫어요. 나 조반 참 맛있게 잘 먹었어요. 배불러요……."

"좀 가만 있어요. 난 아직 아침 안 먹었으니까……."

능난한 솜씨로 깡통 두셋을 딴 정옥이가 샌드위치 네 개를 만들고 과일 주우스 컵도 따라놨다. 그녀의 동작을 바라보며 군침을 삼키는 영주는 자기가 너무나 치사스럽게 생각되어 분노마저 치밀어 올랐다.

"미스 박, 성의는 고맙지만, 나는 구호 대상이 아니라는 걸 똑똑이 알아둬요."

"부라보 어게인. 구구절절 옳은 말씀. 그러나 지금 나는 미스 김에게 구호의 손길을 내미는 것이 절대 아니고 어디까지나 가해자의 입장에서 피해자의 피해를 보상하는 정정당당한 일을…… 아니, 아니, 난 미스 김이 참 좋아졌어요. 만난 지 이틀이 채 못 됐지만 코흘리개 때 사귄 것처럼 친밀한 감정을 나는 느끼는 거에요…… 친구가 손수 만들어 권하는 음식이니 싫어도 조금만은 들어요, 예……."

'미우면서도 미워할 수 없는 여성이 다 있군' 하고 생각하는 영주는 주우스를 마셨다.

"그러나 미스 박, 나도 말요. 고집이 꽤 쎈 사람이어요. 가해자고 피해자고 코흘리개 친구고 뭐고 다 집어치우고 치료비는 내가 벌어서 갚을 것이니까 내 부담을 덜기 위해 지금 곧 서무에 가서 3등실로 옮길 수속을 해주었으면 고맙겠어요."

"오, 케. 나 이것 다 먹고 곧 하명하시는 대로 할께요."

정옥이가 나간 뒤 얼마 있다가 영주는 다른 방으로 옮겨갔다.

그런데 방 안에 들어서 보니 침대 둘만이 놓여 있고 저쪽 침대에 입원복을 입은 정옥이가 걸터앉아 미소를 머금고 바라보고 있는 것이었다.

"아니, 이거 어떻게……?"

"놀라실 건 조금도 없아와요. 나는 지금 당장 병은 없지만 선박이 가끔 독그² 에 닿아 전체 검사를 받아야만 항해에 지장이 없는 것과 마찬가지로 인간도 가끔 전신 진단을 받아야만 된다는 고명하신 의사 선생님의 충고를 받아들여 이렇게 입원한 건데, 어쩌다가 우연히도 미스 김하구 한 병실에 있게 됐군요. 지금 미스 김과 나는 룸메이트가 되었으니 싫건 좋건 의좋게 지나지 않을 수 없게 됐군요."

입원한 지 나흘째 되는 날 영주는 눈에 띠도록 우울해졌다. 정옥이의 무척 재미있는 얘기도 한 귀로 듣고 한 귀로 흘려버리는 것 같은 영주는 어떤 딴 생각에 잠겨 멍해지기가 일수였다.

이틀 동안 영주의 눈치를 세심하게 살펴오던 정옥이가 마침내 입을 열었다.

"미스 김, 무언가 고민하고 있지요?"

"아아니요, 내가 왜……?"

"난 못속여요, 미스 김. 이래뵈도 나는 미스 김에 비하면 인간관계를 훨씬 더 많이 가져서 표정만으로도 그들의 생각과 잠작, 아니 정확히 알아맞히는 기술을 터득했어요. 그런 면에서만 본다면 미스 김보다 내가 심리학 전공에는 더 적임자가 될는지도 몰라요…… 미스 김, 5년이나 가정교사 해오는 동

---

2 독그 : 도크(dock). 부두.

안 도대체 몇 가정이나 바꾸었지요?"

"그런 거 말하지 싫어요."

"바꾸어 말하자면 너무 여러 번 이 집 저 집 옮겨다녔기 때문에 말하기조차 진절미가 난다 그 말씀이군요."

정옥의 눈길을 피하는 영주는 얼굴을 살짝 붉혔다.

"저것 봐. 내 말이 맞았지요. 그래서 이번에도 보름씩이나 자리를 비면 혜숙이네 집에 더 붙어 있을 수 없다고 생각되어 고민하는 거지요."

"미스 박이 그런 참견까지 할 권리가 없어요."

라고 영주는 톡 쐈다.

"어머, 참견하려는 게 아니라 대책을 강구해보자 그 말씀이에요. ……내게는 대책이 얼추 서 있다 말씀이예요…… 미스 김이 동의해주기만 한다면 …… 어, 어 내가 미스 김을 내 선생님으로 모시고 싶어요."

영주가 입을 열려고 하는 것을 손짓으로 말리는 정옥이가 말을 계속했다.

"내 말 끝까지 듣고 태도를 결정지어도 늦지 않아요. 지금 내 말이 농담이 결코 아니고 또 동정심에서 나온 것도 절대 아니어요. 어디까지나 나의 이기주의적인 나 자신을 위한 애원이어요. 지금 나는 나와 정말 친밀해질 수 있는 친구, 비뚤어져가기만 하는 내 마음에 브레이크를 걸어줄 수 있는 카운슬러가 절대 필요한데 그런 일을 지금 성공적으로 수행할 수 있는 자는 미스 김 하나뿐이라고 단정을 내린 거예요. 대학 들어와 일 학년 공부 마치고 겨울 방학에 소위 미팅이라는 것에 참가했었던 것이 내 마음뿐 아니라 행동에까지 비뚤어진 길을 걷게 만들어준 거예요…… 미스 김도 미팅에 참가했었나요?"

"그런덴 흥미 없어 참가 안 했어요."

라고 말은 했지만 영주도 실은 평생 처음 있는 그 그룹 데이팅 때 커다란 호기심을 느껴 참가하고 싶은 생각이 굴뚝같았으나 소위 군자금이 없어 눈물을 머금고 기회를 포기했었던 것이었다.

"참가 안 하길 참 잘했어요. 미스 김, 세상에 그 노름처럼 유치하고 싱거운 일은 둘도 없을 거예요. 내 말 좀 들어보세요. 초저녁에 지정된 다방에 선남 선녀 이십 명이 모였지요. 제비 뽑아 남녀 짝을 지어 따로 따로 떨어져 쌍쌍끼리 자유행동 하다가 열시 에 아무개 씨 부자 학부형 댁으로 모두 모여 올나이트 파티를 가진다는 것이었어요. 그런데 말이지, 제비 덕택에 어떤 철모른 남자 대학생 일 학년 내기와 함께 어두어오는 거리에 나서서 다방, 택시 타고 드라이브, 식당 등으로 돌아다녔는데 그건 즐거움이 아니라 고역이었어요. 제비에 운수가 나빴었는지 혹은 내 짝이 된 바지씨가 특히 바보여서였는지는 모르지만 키는 작고 얼굴은 추물인 이 일 학년짜리 남대생이 레디[3]에게 대한 에티켓은 제로 이하였어요. 그러면서도 제깐엔 그래도 사나이랍시고 케케묵은 남존여비 사상의 대변자 노릇이나 하는 듯이 억지로 어색하게 날 억누르고 뽐내보려고 하는 꼴이 밉고 화가 난다기보다 도리어 우스웠거든요. 그래 한 시간이 채 가기 전에 파이하고 말고 싶었지만, 아까 다방에서 다른 여대생들과 짝이 된 남학생들 중에는 얼핏 봐도 매력을 끄는 자가 두셋 있었다는 생각이 나 열 시 후에 그들을 다시 만날 수 있는 기대를 가지고 꾹 참았지요. 그러나 올나이트 파티에서도 나는 남성에 대한 환멸을 느꼈어요. 간판은 핸섬해도 속은 텅 비었거나 혹은 음흉한 것이 남자들이라는 걸 나는 발견했어요. 다른 여대생의 짝들을 결사적으로 바꾸어 춤도 춰보고 대화도 나누어봤지만 바지씨들이란 모두 어딘가 모자르더군요. 특히 정서 면 발달에 있어서 남성은 여성보다 뒤떨어져 있다는 결론을 나는 얻었어요. 일 학년짜리 남대생은 모든 면에서 아직 젖비린내 풍기는 미숙아들이라는 걸 발견한 나는 캠퍼스 안에서 상급 남학생들에게 더 큰 관심을 두고 살펴보고 교제도 해봤지만 모두 역시 다 애송이어서 세련된 면이 결여되어 있더군요. 도리어 거리에 걸어다니다 얼핏 눈에 띠는 삼십 대 남성들이 더 매력이 있어

---

3   레디 : 레이디(lady). 숙녀.

보였어요. 그때 나는 영민이가 — 내 고등학교 동창 말입니다 — 그 애가 자기보다 훨씬 나이를 더 먹은 남자 중에서 결혼 상대를 고른 심정을 이해할 수 있게 되었어요. 허지만 그 애의 선택은 도가 넘치는 것이었어요. 한 십 년쯤 연장자 남자들에게서는 매력이 발견되지만, 삼십 년 연장자와 결혼한다는 것은 정상이 아니라고 느껴졌어요 — 더군다나 그 남자가 자기의 동기동창의 아버지요, 큰 부자라는 점을 고려해볼 때 거기에는 어떤 불순한 동기가 숨어 있다고 생각되었어요. 너무 혼자만 지껄여서 미안해요……"

주우스 한 컵을 단숨에 들이킨 정옥이가 말을 계속했다.

"평생 처음 가져본 남자와의 데이팅에서 실망을 느낀 나였지만 그것이 계기가 되어 나보다 나이가 육칠 세가량 더 먹은 남성들과 사귀어보고 싶은 생각이 용솟음쳐 올라왔어요. 때마침 악우 — 예, 악우라고 해두지요 — 가 시내를 통하여 댄스 교습소에 가 춤을 배우게 되고 따라서 캬바레 출입까지 하게 됐지요. 수많은 청장년 신사들 품에 안겨 춤을 춰봤는데 얼마 안 가 나는 또다시 남성에 대한 환멸을 느꼈어요. — 오십 대에 다다른 우리 아버지가 이십 대 문턱에 들어서는 아가씨를 후처로 맞이할 때 내가 느꼈었던 환멸감과 구역질이 잠재의식으로 남아 있었던 탓인지도 모르지만, 사내들이란 — 내가 사귀어온 사내들 말이예요 — 모두가 암내를 풍기건 안 풍기건 간에 암캐라면 무조건 따라다니며 홀래[4] 붙고 싶어 하는 수캐들이었어요. 지겹고 구역질이 났어요. 때마침 헉슬리[5]가 쓴 소설 한 권이 내 손에 들어오게 되었지요. 그 소설이 나에게 가장 깊은 인상을 준 것은 거기 등장하는 한 사나이의 인생관이었어요. 그 인물이 밤에 자동차를 몰고 가다가 미친 듯이 길을 가로질러 뛰는 수캐 한 마리를 치어 죽이고 동행하던 여자에게 생물학 강의를 하는 대목. 모든 동물은 성욕을 느끼게 되면 물불 헤아리지 않고 덤

---

4 홀래 : 남녀간의 성행위.
5 헉슬리 : 올더스 헉슬리(Aldous Huxley, 1894~1963). 영국의 소설가. 1928년에 소설 『연애 대위법』을 발표했다.

비다가 목숨까지 바친다구요. 그러나 하등동물의 성욕은 단순히 종족 보전 유지를 위한 본능적 충동이어서 새끼를 배고 싶을 때에만, 즉 봄과 가을 두 차례 며칠간만에 국한되어 있다는 말이었어요. 그런데 만 가지 동물들의 영장이라고 자처하는 인간은 어떤가? 사시장철 가리지 아니하고 자식을 잉태시키건 말건 상관없이 언제나 밤낮 성욕을 느낀다고요. 이 면에서 볼 때 인간은 동물들 중 하지하에 속하는……."

"미스 박, 잠깐. 러시아워에 만원 된 버스 타본 경험 있어요?"라고 영주가 물었다.

"없어요. 신문지상에 자주 떠드는 보도를 읽고 짐작은 하지만."

영주는 긴 한숨을 쉬었다. 그녀는 회상하는 것이었다. 아마 중학에 입학하자부터였다고 생각되었다. ── 초만원 버스 안에서 기괴한 경험을 가지기 시작하게 된 것이.

특히 늦은 봄과 이른 가을. 얇디 얇은 교복과 교복 두 겹만 사이에 두고 남들과 밀착되어 있을 대 뒤에 바싹 서 있는 남자, 고등학교 학생의 허벅다리 근처에 무엇인지 꽂꽂한 돌출물이 내밀어 있어 그녀의 몸에 와닿곤 하는 것이었다. 차체가 흔들릴 때면 그 돌출물이 그녀의 엉덩이께를 꽉꽉 질르곤 하는 것이었다. 그것이 무엇인지 짐작은 하는 그녀였지만 그것이 자기 몸에 와닿는 감촉이 징그럽고, 메시껍고, 더럽고, 무서운 생각만 들어 피해보려고 안간힘을 했지만 그야말로 가느단 송곳 하나도 더 꽂을 수 없을 정도로 몸과 몸이 밀착되어 있는 판국에 더 피할 도리가 없었었다.

참고 참고 견디다가 버스가 멎고 승객들이 내리고 하는 때를 재빨리 이용하는 그녀는 가능한 같은 여자들 틈에 끼어 서거나 할아버지 앞에 끼어들곤 했었다.

그러나 그녀가 여자고등학교 학생이 될 무렵부터는 버스 안에서의 그런 경험이 어떤 야릇한 드릴을 느끼게 되는 것을 발견한 그녀는 혼자 창피하고 부끄러워져서 그 변모된 감정에 대해 저 스스로를 멸시하고 저주하고 증오하는 자학을 느끼곤 했었다.

지금 정옥의 말을 듣는 영주는 자기자신도 동물들 중 하지하, 가장 열등한 동물이라고 생각되어 몸서릴 쳤다.

정옥이가 다시 말을 시작했다.

"우리들 여성들도 — 여태까지 내가 사귀어온 여자들 대다수가 남성을 단지 하나의 도구로만 생각해요 — 특히 부유층 여인들이. 일시적인 육체적 욕망을 충족시켜 쾌감을 주는 도구. 그런 꼴을 내 주위에서 보면 볼수록 나는 그녀들의 방종에 반항하고 싶은 생각이 더 강하게 됐어요. 나의 그런 생각이, 그녀들이 빈정거리는 대로, 비정상인지도 모르지만요, 하여튼 나는 그녀들로부터 따돌리우는 신세가 되었어요 — 같이 행동해주지 아니하니까 흥미가 없나 보지요. 그랬었는데 이번에 우연한 기회로 미스 김을 — 청신하고 티없어 보이는 미스 김을 만나게 되었는데 그것이 나에게는 구원의 손길을 발견하는 것과 마찬가지에요. 그러니 말이죠, 미스 김, 퇴원할 때 나와 함께 살도록 해줘요. 간청이어요. 가정교사질보다는 훨씬 더 좋은 대우를 해주겠어요. 동갑인 나를 가르친다느니 지도한다느니 거북하다면 우리 둘이 의자매를 맺고 함께 살도록 해요 — 우리 노할머님 팔뚝에는 다섯 개의 깨알만 한 동그란 검은 문신이 나란이 새겨져 있는데 그건 할머니 자신이 처녀 시절에 동리 절친한 친구들과 의자매 맺을 때 신표로 삼기 위해 바늘에 꿰, 실에 먹칠을 해가지고 다섯 아가씨들이 차례로 팔뚝 피부에 꽂았다 빼서 남긴 자국이라고 설명해주시더군요. 오늘의 우리가 그런 원시적인 서약까지는 할 필요가 없고 그냥 구두로 하는 약속만으로…… 아니, 아니, 나도 참, 뭐가 이렇게 이러쿵저러쿵 할 필요 없고 무조건 내 룸메이트가 되어 주어요. 퇴원해서도 말입니다."

"알겠어요. 미스 박, 미문려사[6] 군더더기는 다 집어치우고 간단명료하게

---

6   미문려사(美文麗辭) : 아름다운 문장과 화려한 말.

미스 박이 날 월급 주고 채용하려고 한다면 나는 기꺼이 채용되겠어요. 아무래도 대학 졸업할 때까지 나는 무슨 파트타임 직업이든 가져야 되니까.”

퇴원하는 날 영주는 택시 타고 병원을 떠나갔다. 택시 피하다가 부상 입고 입원했었던 자기가 완쾌되자 택시 불러 타고 가는 것이 어쩐지 아니 어색하게 생각되기는 했지만, 그러나 교통 기관들 중 가장 편안한 기관이라고 그녀는 감탄했다. 그녀가 정옥이와 함께 택시 타고 간 곳은 하숙이 아니고 아파트먼트 5층 한 간 방이었다. 침대 두 개가 놓인 서양식 방에 조그만 서양식 부엌이 달렸고 전화까지 설치되어 있는 편리하게 꾸민 방이었다.

혜숙이 집에 두어둔 영주의 소유물이라야 헌 옷 두세 벌과 책 몇 권뿐이었다. 그러나 작별인사도 하고 지난달 봉급도 탈 겸 가보기로 했다. 혜숙의 어머니가 집에 붙어 있을 시간을 전화로 미리 확인하고 찾아갔다.

혜숙의 어머니가 영주를 대하는 태도는 쌀쌀한 정도가 아니라 아주 모욕적이었다. 지난달 두 주일밖에, 더 쉬지 아니했고 그것도 입원했었기 때문에 쉴 수밖에 없었지만 날짜로 쪼개 계산해주는 것이었다. 혜숙이가 학교에 가고 없는 것이 어머니나 영주에게 다행한 일이었다.

학교 강의 시간이 서로 다르기 때문에 정옥이와 영주는 열쇠를 하나씩 따로 가지고 출입을 따로 했다. 그러나 정옥이는 학교 강의만 끝나면 아파트먼트로 곧 바로 오라고 했고, 그래서 둘이서 방에 함께 있는 시간이 많았다.

대개의 남녀 대학생들은 강의 시간 대서 등교했다가 강의만 끝나면 곧 캠퍼스를 떠나 나와 남녀가 다 다방에 몇 시간이고 앉아 있기를 공부하는 것보다 더 좋아하고, 그다음이 당구장과 극장이라고 정옥이가 말해주었다. 영주가 강의 끝나자 곧장 캠퍼스를 떠났던 것은 다실에 가기 위해서가 아니라 어린이들 과외 공부 지도를 하기 위해서였었다.

영주가 정옥이와 한 방에 살기 시작한 지 처음 몇 주일 동안 정옥이는 통금 한 시간이 거의 다 되어서야 방으로 돌아오는 날이 꽤 많았다.

술내를 확 풍기는 정옥이는 외출복을 벗지 아니한 채 자기 침대 위에 벌렁 누워서 "미안해요, 미스 김. 허지만 이미 습관이 되다시피 한 내 이런 생활을 단번에 청산하기는 참 어렵군요. 정상을 되찾는 데는 시간이 좀 걸릴 것 같아요……. 이해해주고 얼마간 꼭 참아줘요, 제발…… 나도 미스 김처럼 차암한[7] 소녀가 되어보려고 결사적으로 노력하고 있으니까요……. 자, 편히 자셔요. 미스 김. 정말 미안해요."라고 말하곤 했다.

이런 날 밤 영주에게도 잠이 얼른 오지 아니했다. '돈만 많이 있으면 누구나 무척 행복하리라고 생각해왔지만 반드시 그런 건 아닌 모양이지'라는 생각과 함께.

그러다가 조금 뒤 정옥이가 이불을 폭 쓰고 흐느껴 우는 것 같은 느낌을 영주는 느끼곤 했다. 그러는 정옥이가 가엽게 생각되기는 했지만 무어라고 위로해줄지를 모르는 영주는 간섭 않기로 했다.

차츰, 차츰 정옥이가 밤늦게 돌아오는 빈도가 줄어들게 되었고, 먹을 것 마실 것 군것질 감을 한아름 사 들고 저녁식사 전에 돌아오는 정옥이는 상당히 명랑하게 보였다. 두어 달 뒤에 저녁 식사를 함께 하며 정옥이가 말했다.

"미스 김, 참 고마워요. 내가 밤늦게 술 취해 돌아와 주정을 할 때 아무 말 없이 내 주정을 받아주는 미스 김이 정말 고맙단 말요. 침묵이 명약이라고. 밤늦도록 쏘다니면서도 미스 김이 혼자 방에서 기다리고 있을 거다라는 생각이 무뜩 무뜩 들 때 나는 어서 돌아가야 한다는 의무감 같은 걸 느끼곤 했어요…… 바른 말로 미스 김과 단둘이 있으면 내 마음이 착 가라앉는걸요. 미스 김이 내 행동을 비난하는 잔소리를 해댔으면 나는 도리어 반발했을 건데…… 그러니 미스 김은 심리학 전공에는 적격자에요. 미스 김의 체취가 날 구원해준 거에요. 나도 인젠 정상적으로 돌아갈 자신이 생겼어요. 정말 고마워요, 미스 김."

---

7   차암한 : 참한, 성질이 찬찬하고 얌전한.

몇 달 함께 사는 동안 영주도 정옥이를 친한 친구로 사귀게 되었고 지난 여름방학에는 둘이 함께 대천으로 부산으로 피서도 갔었다. 부산서 잠간 만나본 정옥의 아버지의 행동으로 보아 정옥이가 가정적으로 얼마나 불행하다는 것을 영주가 실감할 수 있었다.

아버지가 크리스마스 선물로 사 보내준 백만 원짜리 밍크코우트에 대고 화풀이를 하며 흐느끼는 정옥의 심정을 얼른 이해해주는 영주는 정옥의 행동을 말릴 생각이 없이 연민의 정이 담북 든 두 눈으로 바라보고만 있었다.

별안간 밍크코우트를 방바닥에 던져버린 정옥이가 침대 위에 쓰러지면서 울부짖기 시작했다.

"아버지, 아버지! 내가 필요한 건 밍크코우트가 아니고 아버지의 사랑이어요. 어렸을 적 사랑해주던 그것의 천분의 하나, 만분의 하나 쯤으로 날 사랑해줘도 난 행복하겠어요. 정말 오시지 못한 형편이라면 밍크코우트를 올려보내는 대신 편지 한 장, 짤막한 편지 한 장만 우편으로 부쳐주면 되는 걸요. 내 사랑하는 정옥아로 시작되는, 사랑 두 글자만 적어 보내도 나는 행복하겠어요…… 아버지, 아버지, 아버지이, 으흐흐흐……"

영주의 눈에도 눈물이 고였다. (1970)

마음의 상채기

마음의 상채기

　온천 뜨거운 물에는 유황질이 많이 섞여 있어 피부병을 치유해준다고 말들 한다.

　그러나 내가 온천탕에 몸을 담글 때 유황 냄새는 맡을 수 없었다. 대신 그 뜨거운 물은 피로하고 더러운 내 피부를 깨끗하게 씻어주고 부드럽게 어루만져주는 것이었다. 헤아릴 수 없이 많은 뜨거운 물의 덩굴손들이 내 지쳐버린 피부를 따사롭게 아늑하게 애무해주는 것이었다.

　그 고마운 물방울들이 내 피부뿐 아니라 살을 뚫고 뼛속까지 스며들어 내 마음의 상처까지, 동상[1] 당한 내 정신을 치유해주려는 것 같았다.

　인격이 전적으로 파산된 뒤에도 스스로라도 목숨을 끊어버릴 생각을 못하고 그 지지리 못난 생명을 조금이라도 더 연장시켜보려고 발버둥쳐온 내 행위에 대해 나 자신이 분노를 품지 아니할 수 없고 수치감을 느끼지 아니할 수 없었다.

　내 몸과 혼백을 함께 녹여주는 뜨거운 물속에서 지나간 모든 육체적 고통과 정신적 고뇌를 잊어버리려고 안간힘하는 나는 눈을 감고 수천년 전 중국의 도학자 장자가 했다는 말을 재음미했다.

1　동상(凍傷) : 추위 때문에 피부가 얼고 조직이 상하는 것.

'인간 생활은 모두가 꿈이다 — 나비가 인간의 생활을 하는 꿈을 꾸고, 인간이 나비의 생활을 하는 꿈을 꾸고……'

'조그만 돈주머니를 도둑한 사람은 벌을 받고, 나라를 도둑한 사람은 왕이 된다.'

라고도 장자는 말했다.

그런데 지금 내가 나비로써 인간 생활을 하고 있는 꿈을 꾸고 있는지도 모르지만 남의 돈주머니를 도둑질한 일이 없었는데도 나라를 빼앗으려는 극소수 인간들의 피해자가 된 수백만의 무고한 서민들 중의 하나인 나였다.

이북 괴뢰 공산군이 서울을 점령한 것은 6개월 전인 6월 27일이었다. 대다수 소년들로 구성된 괴뢰군이 입성하는 광경이 점령하에 놓이게 된 서울 시민들을 공포에 떨게 할 만큼 소란스럽지는 아니했다 — 승전가나 군가를 부르지도 않고, 헝겊으로 만든 군화를 신은 병정들이라 포장된 길 위에 요란한 발자국 소리도 내지 아니했기 때문에.

그러나 그 소년들의 눈! 핏기 찬 그들의 눈은 한결같이 위협적이고 험악하고 잔인하게 보이는 것이었다. 그들의 눈매와 마주치는 순간 나의 등골이 서늘했다.

근처에 있는 샛길로 나는 얼른 도망쳐 들어갔다.

얼만가 다시 큰길로 나서서 집을 돌아가던 도중 나는 많은 자전거들이 조심조심 차도 가장자리로 굴러가고 오는 것을 봤다. 초스피드로 달리는 괴뢰군 군 차량만이 판을 치고 네 바퀴 달린 민간 차량은 한 대도 얼씬 못 하는 것이었다.

그런데, 그런데, 나는 놀랐다. 지나가는 자전거들 거의 다가 핸들에 크고 적은 빨간 헝겊 조각이 매달려 팔락거리는 것이었다.

그뿐 아니라 보도를 조심스리 걷는 보행자들도 거의 다 허리띠에 조그만 빨간 헝겊 조각을 매고 있는데 나는 놀란 것이었다. 무더운 날씨여서 양복

코우트를 입은 사람은 없고 모두 노타이 샤쓰 바람이어서 혁대에 맨 빨간 헝겊이 유난히 눈에 띠었다.

빨갱이들이 정권을 잡았으니 그들에게 곱게 보이려면 빨간 헝겊 조각이라도 몸에 지니고 다녀야 한다고 생각하는 모양이었다.

이 꼴을 본 나는 맘속으로 신음했다.

'아, 승리자에게 아첨하는 기술을 철저히 터득한 이 백성 — 그 승리자가 외국의 적이건 국내의 적이건 불계[2]하고, 그렇게도 약삭빠르게 아부하기에 급급하는 이 백성. 이렇듯이 영리하고 빈틈없고, 이다지도 비겁한 이 족속!'

내 마음은 피를 쏟고 있었다.

'그러나 나 자신은 그럼 어떤가? 길거리에 나설 때 빨강 헝겊 조각을 몸에 지니고 나설 생각을 미처 못 했었던 것이 겁이 나고, 공산도배의 눈초리가 빨간 헝겊 안 단 나를 노려보는 것만 같아 공포에 떠는 내 꼴은!'

잠시나마 동포들에게 향했었던 경멸감과 비참함이 삽시간에 나 자신에게로 방향을 바꾸었다.

공포심과 환멸감과 적개심과 남들과 나 자신에 대한 연민의 정이 한꺼번에 내 마음속에 솟아올랐다.

괴뢰군이 서울을 점령하기 바로 전날 저녁에 어떤 일이 있었던고? 피난민이 열 지어 미아리고개를 넘어오고 있다는 소문을 들은 나는 확인해보려고 길거리에 나섰었다. 그때 내 귀청을 쨍하게 때리는 첫 목소리는 젊은 아가씨의 상냥하기는 하면서도 날카로운 목소리였다.

"친애하는 서울 시민 여러분, 당황하지 말고 모두 직장으로 댁으로 돌아들 가십시요. 우리 국군이 후퇴한다는 유언비어에 현혹되어서는 안 됩니다.

---

2 불계(不計) : 옳고 그름의 상황을 따지지 않음.

제5열[3]이 조작해 퍼뜨리는 유언비어에 속아서는 안 된다는 말씀입니다. 용감무쌍한 우리 국군은 의정부 전선에서 적을 무찌르고 지금 문산 쪽 전선의 전투력을 강화하려고 급파되고 있는 것입니다. 우리 국군을 믿으십시요……. 아, 그리고 기쁜 소식을 전해드립니다. 대한민국 국회는 긴급 임시 총회를 열고 서울을 사수, 최후 순간까지 최후 한 사람까지, 사수하기로 만장일치로 가결 통과시켰습니다. 우리 국군이 전 전선에서 적을 격퇴하고 승리를 거둘 것은 단지 시간 문제입니다.”

그녀의 아름다운 목소리에 홀린 나는 안심하고 집으로 돌아와 무사태평 잠자리에 들었다. 그런데 잠든 지 두 시간이 채 못 되어 멀리서 오는 대포 소리에 놀라 잠을 깼고 동틀 녘에는 아주 가까이서 오는 금속성 기관총 소사[4] 소리에 놀라 가슴이 두근거렸다.

피난 가기에는 이미 때가 늦은 것이었다.

석 달 뒤 9 · 28 수복 후에야 알게 되었지만 아릿다운 아가씨들이 서울 거리거리를 지이프를 타고 누비면서 정부 대변인이 써준 원고를 마이크에 대고 반복 읽고 있는 동안 고위층 인사들 대다수, 대통령까지 포함한 고위인사들은 한강 이남으로 도망친 것이었다 ─. 무기 하나도 못 가진 수백만 서울 시민들을, 중무장한 괴뢰군 치하에 팽개치고. 석 달, 아니 정확하게 92일간의 악몽을 꾸며 살라고 시민을 버려둔 채 그들만이 줄행랑친 것이었다.

제1, 제2 양차 세계대전 때 독일군 점령하에 있는 프랑스 지성인들이 용감하게 지하 투쟁을 벌여 점령군에 대항했다는 숱한 기록을 일찍 읽은 바 있는 나는 그들의 공적을 정말 존경했었다.

그러나 나 자신도 졸지에 그들 프랑스 지성인들이 처했었던 정세 아래 놓

---

3   제5열(第五列) : 스파이. 공작원.
4   소사(掃射) : 기관총을 상하좌우로 돌리면서 연달아 발사함.

여지게 되자 나는 무엇보다도 먼저 그들이 도대체 어떤 음식을 제대로 먹고 기운과 용기를 내 지하 투쟁을 감행할 수 있었던가를 물어보지 아니할 수 없었다. 물 90퍼센트에 5퍼센트식의 호박과 아까시아 잎사귀를 넣고 단 한 숟갈의 밀가루를 넣은 미음 한 사발씩 하루 두 끼만 먹고도 지하 투쟁할 수 있는 기운이 날 수 있는지를 나는 알고 싶었던 것이다.

내 위장이 밤낮 무엇 좀 더 넣어달라고 조를 뿐 아니라 철없는 자녀들이 먹을 것 조금만 더 달라고 쉴 새 없이 조르는 판에 어떻게 중무장하고 배부른 적군에 대항해 지하에서나마 투쟁할 수 있느냐 말이다.

더구나 서울을 점령한 괴뢰군과 공산당 앞잡이들은 무섭게만 구는 것이었다. 밤 새벽 두세 시경이 되면 그놈들은 영장도 없이 가택수색을 감행하는 것이었다. 수색하던 놈들이 내 시계와 만년필을 공공연히 자기들 주머니에 넣는 것을 보면서도 항의 한마디 못 하는 나는 못본 척 슬쩍 외면해버렸다.

그러나 놈들이 한 되 쌀밖에 없는 우리 가족 식량을 통채로 몰수하려 들 때에는 어디서 용기가 솟았는지,

"그게 우리 식구 식량 전부인데…… 몽땅 다 가져가면……."

하고 중얼거렸다. 중얼거리는 내 목소리가 얼마나 떨리고 있다는 걸 나도 인식할 수 있었다.

그러자 다발총을 내 가슴에 대는 괴뢰 병사는,

"거짓뿌렁 마. 남반부 쌍 간나새끼들은 몽땅 다 거짓말쟁이 반동분자란 말야. 쌀을 더 많이 감춰둔 걸 우리가 알구 있는걸……. 무기도 감춰두구 우리 다시 와서 뒤져 빼앗아 가기 전에 자진해 무기도 갖다 바치구, 쌀두 헌납하라구. 그렇카문 피차 다 됴흘 텐데. 쌍놈의 새끼들."

이라고 개 짖듯 짖어대는 것이었다.

"아니 집 안팎 다 철저히 수색하고 나서 그런 말을?"이라고 나는 반발하고 싶었으나 다발총 위세에 기가 질린 나는 말을 삼키고 말았다.

마음의 상채기

괴뢰군 점령 기간이 길어가게 되자 공포 속에서도 나는 한 가지 위안거리가 있었다. 그것은 15세로부터 37세까지에 이르는 남자 식구가 우리 집에는 한 명도 없는 다행이었다.

매일 밤 자정이 넘자 무장한 괴뢰군을 앞세운 민간인 공산분자들이 쫙 째인 계획으로 가가호호 침범하여 15세 이상 37세 이하 남자들을 체포해 가는 것이었다. 이에 놀란 서울 주민들은 처음엔 소위 '의용군' 해당자들을 천정 위나 마루 밑에 숨겨두어 위기를 모면할 수 있었다. 그러나 눈치를 챈 놈들은 천정을 향해 또는 마루로 마구 총질을 하기 시작했다. 총소리에 겁을 먹고 소리 지르며 기어 내려오거나 기어 올라오는 청소년들이 있는가 하면 기습에 비명도 지를 시간 없이 그냥 총살당해버리는 젊은이들도 많았다.

어느 날 초저녁이었다. 옆집에 사는 강 선생이 나를 집으로 찾아왔다. 우리 집에는 '의용군' 해당자가 없는 것을 아는 그는 18세 나는 자기 아들을 하루밤만 숨겨달라고 비는 것이었다. 나는 단호히 거절했다.

눈물을 흘리며 물러가는 그를 돌려보낸 뒤 나는 아내에게 말했다.

"그자가 빨갱이일지도 모르거든. 붉은 군대의 앞잡이로 날 시험해보려고 덫을 놓으려고 왔을 거야…… 만일 내가 그자의 아들을 숨겨준다고 응했더라면 그자가 정치보위부에 날 밀고했을 거야."

이런 말로 내 무정한 태도를 합리화해보려고 아내의 동의를 구해봤건만 그녀는 가타부타 말없이 내 시선을 피해버리는 것이었다.

또 한 가지 나를 안심시켜주는 일이 있었다. 내 주소 성명은 학교 교직원 명단에나, 문화단체 명단에나, 정당 명단에나, 금융단 명단에나, 직장 명단에나, 어떤 명단에도 끼어 있지 아니했다.

각 직장 또는 단체의 명단을 입수한 놈들은 라디오 방송을 통하여, 신문 기사를 통하여 그놈들이 세워놓은 소위 '인민공화국' 각 기관에 출두하여 정상적인 직무를 해달라고 명령했다. 얼마 뒤 놈들은 아직 출근하지 아니하는 사람들 집을 호별 방문하여 공갈 협박으로 직장에 끌어냈다.

장본인이 집에 없는 것을 발견할 때에는 놈들이 그의 어머니나 아내나 누나 여동생들을 잡아다가 어디 숨겼는지 대라고 고문을 가했고 인질로 가두어두기도 했다.

숨어다니다가 종내 발각되어 체포당하는 직장인들은 소위 '반동분자'니 '인민의 적'이니 '미제국주의의 충견'이니 등 죄목을 붙여 길거리에서 인민재판에 회부하여 직석에서 학살했고, 놈들에게 이용 가치가 있다고 인정되는 인사들은 이북으로 납치해갔다.

9월 말 서울이 해방되자 서울 근방 산기슭에서마다 집단적으로 학살당한 시체들이 수만 아니 수십만 구 발견되었고, 이북으로 납치되어 간 교직자, 종교인, 정치가, 금융인, 학자, 문필가, 신문기자 등 총 수효가 8만여 명에 달한다는 통계가 나타났다.

이북에 있는 세뇌교화소[5]나 탄광으로 끌려가는 화를 나는 면했고, 서울에서 괴뢰 정권에 협조하는 수치도 모면할 수 있게 된 나의 재수가 어디 있었느냐 하면 나는 아무 정당이나 사회단체에 적을 두지 않았었기 때문에 놈들이 접수한 명단에 빠져 있었기 때문이었다. 나는 어떤 조그만 출판사 지배인 노릇을 하고 있었었기 때문에 내 주소 성명이 놈들에게 알려지지 아니했던 것이었다.

그러나 단지 염려되는 것은 창고에 쌓여 있는 수천 권의 책이 어떻게 되는가 하는 데 있었다. 허나 그 책들의 운명을 진정으로 걱정할 사람은 출판사 소유자였고, 내게 가장 아쉬운 것은 월급을 못 받아 생계가 막막한 것 하나뿐이었다.

1950년 9월 28일 오전 동소문을 헐고 닦아놓은 신작로 위로 행군해 오는

---

5   세뇌교화소(洗腦敎化所) : 남쪽에서 납치하여 데리고 간 인사들을 좌경화시키는 일을 했던 정치 교도소.

유엔군을 환영하는 숱한 군중 등에 나도 끼어 있었다.

눈물을 줄줄 흘리며 '유엔군 환영, 국군 만세'를 울부짖고 있었던 나는 돌연 분노에 몸을 떨기 시작했다. 길 좌우쪽 가장자리를 따라 일열 종대로 걸어오던 백인 병사들이 골목 어구에 몰려서서 박수치며 환호하는 시민들을 향해 껌과 초콜렛과 미제 담배들을 마구 길에 던지는데, 어른들은 담배 집으려고, 어린이들은 껌과 초콜렛을 집으려고 서로 밀치고 덮치고 하는 꼴에 내 화가 치밀었던 것이었다. 우리 사람들이 벼란간 모두 거지가 되었단 말인가! 그러나 다음 순간 내 감정은 연민으로 변했다.

그리고, 그리고, 양담배 한 갑 줍기에 성공한 어른 하나가 그 담배 한 꼬치를 나에게 권할 때 — 아, 나는 탐욕스럽게 그걸 받아 피워 물고는 금시 나 자신의 비열을 뉘우쳤던 것이었다.

승전군 선발대가 미아리 고개를 넘어가고 뒤따르는 유엔군이 아직 나타나지 아니하는 약 한 시간 동안 내가 사는 동리에는 무법천지가 돼버렸다. 석 달 동안 내리 굶주렸던 주민들이 근처 창고를 부수고 그 속에 남아 있는 물건들(주로 쌀, 밀가루, 비스켓 등)을 마구 털어 져나르기 시작했다. 백주에 모두 도둑놈들이 된 셈이었다.

그래도 지성인으로 자처하는 나는 속으로 그들을 따라 밀가루 한 푸대라도 끌어오고 싶은 생각이 굴뚝 같았으나 차마 용기가 나지 않아 멍하니 군침만 삼키며 바라다보고 있었다.

그러나 그날 저녁에는 오래간만에 석 달 만에, 밀가루 수제비국이 식탁에 올라 있는 것을 나는 봤다. 체면이고 뭐고 다 집어치운 아내가 옆집에 가서 밀가루 한 되를 꾸어 왔다는 것이었다. 도둑질해 생긴 식량을 꾸어와! 허나 붉은 군대가 그걸 정당한 값 치르고 사다가 창고에 넣어두지는 아니했을 것이 분명하다. 나 자신도 놈들이 점령한 3일 뒤에 쌀 한 되를 놈들에게 약탈당했었던 것이 아닌가. 불법으로 빼앗아다 놨던 물건을 도로 훔쳐오는 것이 무에 잘못이란 말인가? 차라리 나도 아까 밀가루 한 푸대나 져다 두었더라면 좋았을걸.

허옇든 밀가루 국수가 그처럼 맛이 좋고 마치 설탕을 담북 둔 것처럼 그렇게 달다는 걸 평생 처음 경험하는 나였다.

뜨거운 물속에 턱 아래까지 전신을 담그고 앉아 있던 나는 조르르 졸음이 엄습해 오는 것을 느꼈다. 이대로 잠들어 세상 모든 걸 다 잊어버렸으면 싶었다. 마음속에 가득 차 있는 온갖 고뇌와 수치감과 환멸이 모두 넘쳐 흘러 가버렸으면 ― 계속 욕탕 가장자리를 넘쳐흘러 수채구멍으로 사라져 없어지는 이 온천물처럼. 인간 육체의 때에 오염된 물이 넘쳐흐르고 그 자리를 깨끗한 물이 다시 채워지는 것처럼 내 마음에 가득 차 있는 모욕과 불행감도 넘쳐 흘러가버리고 청신하고 행복스런 감정이 채워주었으면……

"아버지, 인제 그만 나가요. 나 때 다 밀었어요…… 배가 고파요."
라는 맏아들의 목소리를 나는 들었다.

"안 돼. 땀이 쭉 빠질 때까지 몸을 물속에 담그고 있어야 돼. 땀을 빼면 몸이 후련해지니까."

"땀 싫것 뺐어, 난. 아버지. 엄마하구 여관에 가서 뭘 좀 먹구 싶어."
하는 것은 둘째 아들의 목소리였다.

"새끼들, 고집두. 정 그렇다문 나가거라. 허나 여탕 밖에 가서 엄마랑 누이동생들이 나올 때까지 기다려 다 함께 가야 한다. 난 좀 더 있다 갈께."
라고 나는 말했다.

턱까지만 물에 잠겨 있고 얼굴과 머리는 물 위에 나와 있었지만 얼굴에 땀이 비 오듯 따라서 머리 끝부터 발끝까지, 아니 영혼 자체까지도 이 인자하고 따스한 물이 모든 육체적 질병과 마음의 상흔을 치유해주는 것 같았다.

그러나 그것은 잠시뿐. 그 지긋지긋한 추억은 다시 머리를 드는 것이었다.

1950년 9월 15일경 나는 너무나 기뻐 눈물까지 흘렸었다.

며칠 전부터 가구들을 산데미처럼 싣고 그 위에 가족을 태운 트럭들이 남으로 남으로 내려가는 것을 매일 보는 나는 나 자신이 밉기 한이 없었다. 50 평생 개미처럼 부지런히 일을 하고도 이런 위기에 트럭 한 대 전세 낼 수 있는 목돈을 손에 못 쥔 나의 무능에 증오를 느끼는 것이었다.

유엔군 수만 명이 흥남에서 극적인 철수를 했다고 하고 중국 공산군이 평양을 도로 점령했다고 하니 그냥 밀고 올 것은 분명한데 가구는커녕 여섯 식구 거느리고 피난 갈 일이 막연하기만 한 나였다.

그러나 걸어서라도 피난을 떠나야만 하겠다고 나는 결심했다. 여름 석 달 동안 북괴 공산군 치하에서 시달리다가 9월 말에 서울이 해방되었기 다행이었지 해방이 한 달만 더 늦었더라도 나뿐 아니라 가족 전체가 굶고 얼어 죽을 도리밖에 없었을 것이었다.

걸어갈 각오를 한 나는 한강 인도교까지 혼자 걸어가 정세를 살폈다.

6월 말 공산군이 서울역도 점령하기 전 너무나 조급하게 폭파해버렸던 인도교는 수리가 아직 안 돼 통행 불가능이었고, 유엔군이 도강[6]할 때 놓은 부교[7] 하나만이 유일한 통로였다. 그런데 이 부교가 벌써 남으로 남으로만 걸어가는 사람들의 일방 통로가 돼 있었다.

시계를 들여다보며 한 시간 동안 부교 타고 건너가는 보행자들 수효를 세 보았다. 이 식으로 가다가는 24시간 계속 이 부교가 만원이 되더라도 서울 시민 전체가 빠져나가려면 석 달 이상 걸리리라는 계산이 나왔다.

피난민을 위해 나무 다리 세 개를 곧 더 놓을 계획이라는 신문 보도가 나기는 했지만 그 다리들이 언제 완성될지 모르고 다 완성이 되더라도 시민이 다 빠져나가려면 한 달이 걸린다는 계산이었다.

절망과 자학에 감싸인 나는 피곤한 다리를 끌며 용산으로 들어섰다. 서울역 조금 못 미처 김호연이라는 친구가 마주 오는 것을 만났다.

---

6 도강(渡江) : 강을 건넘.
7 부교(浮橋) : 교각을 사용하지 아니하고 배나 뗏목 따위를 잇대어 매고, 그 위에 널빤지를 깔아서 만든 다리.

"아아니, 박 형, 왜 도로 들어오는 거요? 죽으려고 그러오? 한 시간 전 라디오가 중공군이 38선을 돌파했다는 뉴우스를 방송했어요. 그래 난 지금 걸어서 피난 가는 길이오."

라고 그 친구는 말하는 것이었다.

"아니, 원, 그 괴나리보따리[8] 하나만 지구 혼자서 간단 말요?"

라고 내가 물었다.

"이럴 땐 홀몸이 된 게 되려 편할지도 모르지요. 짐이야 좀 더 질 수도 있긴 하지만 걸어가다 지쳐 도중에 내버리게 될 게 뻔하니 애초 홀가분하게 떠나는 게 상책이겠지……."

김호연이는 이태 전 홀몸이 된 사람이었다. 제헌국회 총선거에 입후보했다가 공산도배 테로단에 의해 그의 가족이 몰살당한 것이었다. 남한에서만의 총선거를 방해하려고 수단 방법을 가리지 아니하는 빨갱이들이 야밤에 김의 집을 습격하여 닥치는 대로 다 죽였는데 그날 밤 김은 마침 그의 선거 운동원들과 딴 집에서 밤새워가며 선거 전략을 토의하고 있었기 때문에 혼자 죽음을 면한 것이었다.

칵 죽고 싶도록 우울한 기분으로 집에 다달은 나는 얼굴에 미소가 피어 있는 아내를 발견했다. — 부산까지 가는 기차표 6장을 흔들어 나에게 보이면서 웃는 그녀의 얼굴을.

그동안 신문들은 연일 보도하고 있었었다 — 서민 피난민들을 위해 서울역에서 매일 천 장 한도의 기차표를 팔고 있고, 매일 하오 7시에 천 명 승객을 태우는 열차가 출발한다고. 신문 보도는 그랬지만 이런 상황 아래서 아무런 빽도 못 가진 나로서는 기차표 한 장이나마 살 수 있는 것은 하늘의 별 따기와 마찬가지라고 아예 단념하고 있었다.

---

8 괴나리보따리 : 괴나리봇짐. 걸어서 먼 길을 떠날 때에 보자기에 싸서 어깨에 메는 작은 짐.

그런데 다행하게도 내 아내는 서울역장의 부인의 친척과 절친한 여자의 친구의 친구, 또 그 여자의 친구의 친구 하나를 알게 되었던 것이었다. 그리하여 아내는 표 6장, 한 장이 아니라 6장씩, 한꺼번에 살 수 있었던 것이었다.

나는 곧 짐을 꾸리기 시작했고, 아내는 시루떡을 찌고 있었다. 생쌀을 가지고 가는 것보다 떡을 쪄가지고 가는 것이 더 현명한 처사라고 아내는 생각하는 것이었다. 쌀은 매번 끓여 밥을 지어야 먹을 수 있는 반면에 떡은 그 채로 아무 때나 아무 데서나 먹을 수 있다는 것이었다. 더구나 날씨가 몹시 추우니까 떡이 얼면 얼었지 며칠 가도 쉴 염려는 전혀 없다는 것이었다.

이때 소년 하나와 소녀 하나가 불쑥 우리 집 마당에 들어섰다.

지나간 여름 폭격이 그리 심할 때에도 다행히 우리 집은 사랑방 지붕이 날라갔을 뿐 큰 피해는 없었다.

피난 가려고 준비 중인 이때 예기하지 못했었던 소년 소녀가 나타나는데 놀라기도 하고 당황하기도 한 나는 그들을 멍하니 바라만 보고 있었다.

"작은아버지, 저희들 기억 못 하시나요?"

라고 소녀가 말했다. "피양서 여기꺼정 5백 리 길 내내 걸어서 왔시요……보름이나 걸려서…….

자세히 눈여겨보니 내 사촌 형의 딸과 아들이었다. 5년간이나 못보는 동안에 자라난 아이들이었기에 얼른 알아보지 못했던 것이었다.

조카딸은 17세, 조카 아들은 14세였다.

"아아니, 부모님은 어떡하구 너희들끼리만 왔니?"라고 나는 물었다.

"오는 도듕에 다 잃어먹었시요…… 식구 몽땅 다…….

말을 채 못 맺는 그들은 울기 시작했다.

그들로 하여금 울음을 그치고 좀 자세한 얘기를 하도록 만드는데 나는 무진 애를 먹었다. 흐느껴 울기를 계속하는 조카딸이 늘어놓는 사연은 두서가 없었다. 앞뒤가 닿지 않는 그녀의 얘기를 차근차근 정리해 나가는 나는 그들이 피난 도중 겪어온 참상을 대강 짐작할 수 있었다 —5백 리나 걸어오는 도중에 당한 추위, 굶주림, 절망감!

평양을 떠날 때 그들은 부모 형제 친척들과 한 동리 주민들까지 백여 명이 함께 떠났던 것이었다. 그러나 대동강 북쪽 언덕에서 그들은 뿔뿔이 헤어질 수밖에 없게 된 것이었다.

강 건너 선교리로 가는 인도교는 폭파된 채 수리가 안 돼 통행이 불가능했고, 10미터쯤 하류에 가설한 나무 다리는 군용 차량만이 사용할 수 있고 민간인 통행은 금지되어 있었다.

몇 척 안 되는 나룻배는 물론 3, 4명밖에 더 못 타는 매생이[9] 조각배들까지 총동원된 모양이었지만, 한꺼번에 모여들어 밀치고 밀치우고 하는 수십만 피난민 북새통에 동행하던 부모형제와 친척들과 헤어지게 되고 말았다.

단 사흘만의 여유만 있었더라도 꽁꽁 얼어붙은 강 위 얼음을 타고 평양 시민 전체라도 쉽게 건너올 수 있었을 것을…….

날은 어두워오는데 인파에 끼어 행동의 자유를 잃어버린 내 조카들은 어쩌다가 인파에 밀려 상류로 올라가 능라도와 만월도 사이로 흐르는 얕은 여울[10]을 타고 건느게 됐다. 얕기는 하지만 물살이 굉장히 빠른 여울을 신발 신은 채 철벅철벅 걸어 건너온 그들은 남쪽 언덕 제일 가까운 음식점에 다다르기 전에 젖은 발이 얼었다. 농구화 신고 솜 둔 버선도 신기는 했지만 빠르고 찬 물이 스며드는 데는 그것이 맥을 못 춘 모양이었다.

별안간 여관으로 변해버린 음식점은 초만원이었다. 거기서 내 조카들은 발 동상을 푸노라고 이틀이나 묵었다고 했다! 그동안 자기네 사정을 모르는 부모 친척들은 남쪽을 향해 먼저 가버리지나 아니했을까 걱정걱정 하면서.

길을 다시 떠난 남매가 걷는 산속 오솔길은 일방 통행하는 피난민들로 가

---

9 매생이 : '마상이'의 방언. 통나무를 파서 만든 노를 젓는 작은 배.
10 여울 : 강이나 바다의 바닥이 얕거나 폭이 좁아 물살이 세게 흐르는 곳.

득 차 길을 잃어버릴 염려가 없었고 고독하거나 무섭지도 아니했다.

큰길은 전부 군대 차량들의 전용로가 되어 민간인은 얼씬도 못 하게 하는 것이었다.

걷는 데 지치거나 날이 어두워오면 그들은 민가를 찾아들었다. 대개의 경우 집주인 식구들은 이미 집을 비우고 피난 가버린 데다 미처 못 가지고 간 장작이 얼마든지 있고, 때로는 좁쌀, 수수, 콩, 감자 등 잡곡도 더러 발견되어, 방에는 불 뜨뜻이 때고 잡곡밥을 공짜로 지어 먹고 잠도 편히 잘 수 있었다 — 방마다 피난민으로 만원이어서 다리 뻗고 누워 잘 수는 없었지만 앉은 채로도 잠은 달게 잘 수 있었다.

소년이 처음 말참견을 했다.

"사리원 근방에서요, 눈보라가 몹시 쳤시요. 그런데 셋째 고모가 어린것 넷 데리구 길가 집 처마 아래서 눈보라 피하는 걸 제가 봤시요. 그래 제가⋯⋯."

"입 좀 닥치고 있지 못하간."

하고 누나가 소리 질렀다. "그래요, 저도 봤시요. 그르티만 우린 못 본 테하구 피해 왔시요. 작은아버지, 열 살도 못 된 네 아이들까지 다 데불구 함께 오다간 여기꺼정 오는 데 한 달두 더 걸릴 것이 아니웨까."

"그래두 누나는 너무나 매정했디⋯⋯."

"그만두라구. 걔를 다 데불구 오댔으문 그래 오늘 우리가 여기꺼정 왔겠어? 때마침 와서 작은아버지 따라 피난 가게 된 거 참 다행이라구 생각하라구. 우리가 하루만 늦었댔더래도 이 낯선 고장에서 오두 가두 못 하구⋯⋯."

이튿날 오후 두 시 나는 내 가족과 조카 둘을 데리고 서울역으로 갔다. 조그만 손달구지 하나 얻어 이부자리 등 크고 적은 보따리 몇 개를 실려 앞세우고.

서울역에 도착한 것이 네시였다. 그러니까 기차 발차 시간 세 시간 전이었다.

그런데 웬일인지 3등 대합실뿐만 아니라 1, 2등 대합실도 텅텅 비어 있고,

개찰구 철문은 모두 자물쇠가 채워져 있었다.

그러나 나는 놀라지 않을 수 없었다. 어디로 뚫고 들어갔는지 플랫포옴은 인파로 가득 차 있는 것이 아닌가? 가족과 손달구지를 버려둔 채 나는 이리저리 뛰어 다니며 들어갈 수 있는 구멍을 찾아 헤맸다.

역사 서쪽 돌계단을 내려가보니 화물 출입구 철문이 활짝 열려 있고 그 문을 통해 피난민들과 손달구지들이 꾸역꾸역 들어가고 있는 것이었다. 역원이라고는 한 명도 없어 차표고 뭐고 제시할 필요가 없는 광경이었다.

차표 사노라고 아내가 온갖 노력, 비굴한 짓까지 해가면서 아깝고 아까운 돈까지 허비했다는 생각이 들자 나는 화가 버럭 났다.

어찌 됐건 나는 가족과 함께 짐을 가지고 플랫포옴으로 갔다. 거기서 나는 다시 한 번 놀랐다. 차량 한 대도 머물러 있지 아니하는 빈 레일들을 가운데 둔 플랫포옴들은 이미 모두 다 만원이었다. 눈짐작으로 헤아려봐도 피난민 수는 수만 명이나 되는 것 같았다. 하루 한 번 천 명씩만 태워 나른다고 신문들이 보도했는데!

출입구에서 가장 먼 플랫포옴까지 가서야 겨우 빈자리를 발견한 나는 이불 등 보따리를 쌓아놓고 그 위에 가족 식구들을 앉혔다 — 남들이 모두 그렇게 한 대로.

7시가 가까워지자 나는 초조해지기 시작했다. 플랫포옴에마다 가득 차 있는 이 사람들이, 차표야 샀건 안 샀건, 기차에 먼저 타려고 투쟁을 벌일 것이 뻔했기 때문이었다. 그러니까 기차가 와 닿아도 타도 못하는 것은 그 기차가 어느 레일에 와 멈추느냐의 운수 소관일 수 있고, 또 속력과 완력의 투쟁일 수밖에 별다른 도리가 없을 것이라는 생각이 들었다.

어린것을 여섯 명이나 데리고 떠나온 나는 속력에나 완력에는 자신이 없어 그냥 우울하기만 했다.

그러나 무턱대고 기다려보는 도리밖에 없는 노릇이었다.

날이 어두워오기 시작하자 바람은 더 세어져 노출되어 있는 얼굴을 얼얼

하도록 때려주는 것이었다.

역 구내에 바람막이라고는 아무것도 없었다. 각 플랫포옴 위를 덮었었던 지붕은 단 한 치도 남김없이 폭격에 의해 파괴되었고, 수십 명씩이나마 수용해주었었던 플랫포옴 위 대합실들도 터만 남겨놓고 모두 다 없어져버린 것이었다.

지붕은 모두 날아간 채 여기저기 엉성하게 서 있는 쇠기둥 하나씩에 달린 전구가 사방을 희미하게 비치어주었다.

7시가 되어서도 기차는 나타나지 아니했다. 8시, 9시, 10시가 지나도 기차라고는 그림자도 나타나지 않는 것이었다.

기차가 왜 오지 않는지 이유를 알아보려고 역원 하나라도 찾아보려 나는 레일 위를 쏘다니며 두루 살펴봤으나 제복 입은 역원은 하나도 눈에 띠지 아니했다.

다른 사람들은 이미 단념한 양 아무런 노력도 불평도 없이 그저 묵묵히 기다리고 있는 것 같았다.

밤이 깊어가면서 바람은 더 세차지고 더 매워졌다.

짐을 될 수 있는 대로 덜기 위해서 내복들을 세 겹 네 겹 포개 입자고 강요하던 아내의 선경지명에 나는 감탄했다. 노출된 얼굴에만 냉기가 감돌고 몸에는 추위가 침범하지 못하는 것이었다.

또 그리고 쌀 대신 시루떡을 쪄가지고 나온 아내의 현명한 처사에 나는 거듭 탄복했다.

그리고 또 꽁꽁 언 시루떡 조각이 그처럼 맛이 있는 줄도 나는 미처 몰랐었다.

이불 보따리 위에 앉아 있는 식구들은 서로를 부둥켜안고 잠을 자고 나는 새벽녘이 될 무렵까지 서성거리며 돌아다녔다.

밤이 새고 아침이 왔다. 그날이 다 가고 밤이 오고 또 그 밤이 다 새고 다시 아침이 왔다. 그러나 기차는 오지 아니했고 달라진 것은 피난민 수가 더

욱더 늘어 빈 레일들까지 거의가 매워놓은 것뿐이었다.

　오후 두 시나 됐을까? 군중은 술렁대기 시작했다. 마치 회오리바람에 휩쓸려 가는 것같이 숱한 사람들이 한곳으로 밀려가는 것이었다. 남쪽으로부터 기관차 한 대가 레일 위로 천천히 오고 있는 것을 나도 봤다. 그쪽 레일을 차지하고 있었던 군중은 기겁하여 뒤로 달려가기도 하고, 발 올려놓을 자리마저 거의 없는 플랫포옴 위로 기어오르려고 죽을 힘을 쓰고 있기도 했다.

　객차 10여 량을 단 열차였다. 차가 채 멎기도 전에 날쌔게 차량 계단 위로 올라타는 자들이 있는가 하면 어느새 차 안으로 들어간 자들은 차창을 열었다. ― 그들의 가족이나 친지들이 재주넘기해서 들어오라고 열어놓은 차창임에 틀림없을 것이었지만, 친척이고 친지고 아랑곳없이 밀려드는 사람 떼가 차창 문턱을 잡고 기어오르기도 하고 기어오르는 사람의 두 다리를 붙잡고 늘어지는 자들도 있었다. 동작이 좀 굼뜬 자들은 소리만 버럭버럭 지르면서 갈팡질팡하는 것이었다.

　이 소음 속에서도 비참한 여인의 울부짖는 소리를 나는 들을 수 있었다.

　"아, 아, 내 애기…… 애기가 차바퀴에 깔렸어. 아, 사람 살려요. 살려요, 아, 아……"

　그러나 그 비명 소리에 주춤하는 사람은 하나도 없었다. 기차 타기에 모두 결사적인 것이었다.

　내 조끼 주머니에 고이 간직해둔 6장의 차표는 기능을 완전히 상실했다. 나는 내 아들 딸들이 난폭한 군중들에게 떠밀리어 떨어지는 것을 방지하기 위해 온갖 힘을 다 기울였다.

　객차가 다 찬 모양 숱한 사람들이 객차 지붕 위로 기어 올라갔다. 시꺼먼 지붕 위에는 삽시간에 때아닌 여러 빛깔의 버섯이 빽빽하게 돋아났다.

　지붕이 초만원이 돼버리도록 차에 기어오르지 못하고 갈팡질팡하는 군중은 밀치고 밀치우고 밟고 밟히우며 욕하고 고함지르고 욕하고 ― 그야말로 문자 그대로 수라장이었다.

얼마 뒤 뒷걸음치는 기차는 남쪽을 향해 떠나갔다.

그러나 플랫포옴에 그냥 남아 있는 사람들 수효는 조금도 줄어든 것 같지가 않았다.

눈이 쏟아지기 시작하면서 날씨는 좀 푸근해졌다. 눈이었기 다행이지 비가 오신다면 정말 큰일이었을 것이었다.

그 뒤 10여 시간 더 플랫포옴에서 기다리던 나는 집으로 도로 가고 싶은 욕망에 사로잡혔다. 뜨뜻한 온돌방에 네 활개 펴고 누워서 한숨 싫컷 자고 싶었다. 세상 모든 것 다 잊어버리는 깊은 잠!

그러나 악몽 같은 기억은 내 소원을 묵살하고 자꾸 되살아나 나를 괴롭히는 것이었다.

지난 여름 6월 30일 아침. 그러니까 괴뢰군이 서울을 완전 점령한 이틀 뒤였다. 서울 시청 가까이로 걸어가던 나는 광장 한 절반쯤 채우는 젊은이들이 모여 서 있는 것을 봤다. 그들로부터 약간 거리를 두고 남녀노소가 빙 둘러서 서 있는 것도 내 눈에 띠었다. 무슨 일인가 싶어 나도 걸음을 멈추고 구경꾼들 뒷줄에 끼어들었다.

머리털이 귀를 덮고 수염이 덥수룩하고 작업복을 입은 청년들 사, 오 명이 50대 사나이 하나를 앞에서는 끌고 뒤에서는 밀고 옆에서는 발길로 차면서 시청 정문 앞 돌계단 위로 데리고 올라 가는 것이었다.

아무런 저항도 하지 아니하는 양복 신사복 차림의 사나이는 청년들의 명령에 따라 맨 위 돌층계 위에서 군중을 향하여 꿇어앉아 머리를 숙였다.

끌려온 신사 옆에 서 있는 청년은 창백한 얼굴로 말을 하기 시작했다 ─. 아니, 말을 한다기보다는 악을 쓴다는 것이 더 적절한 묘사일 것이었다.

"친애하는 동무들, 근로 인민을 무자비하게 착취해왔고 전체 인민의 원수인 이 반동분자를 똑똑히 보십시요. 근로 인민의 피를 빨아먹은 이 미 제국주의 주구[11]를 고발할 동무는 없읍니까?"

여기저기서 "고발한다", "고발한다" 소리가 터져 나왔다.

"좋소. 그럼 내가 평화를 애호하는 인민의 대변자가 되어 이놈을 재판할 자격이 있다고 믿는 동무들은 박수를 쳐주십시오."

짝짝짝짝.

"좋소, 그럼 이놈을 당장 이 자리에서 처형하는 데 이의를 말할 동무 있소?"

"이의 없오.", "없오", "없오."

"좋소, 그럼 인민재판 배심원 전원이 만장일치로 처형을 선고한 이상 나는 이 자리에서, 평화 애호 동무들이 지켜보는 앞에서 이놈을 사형에 처할 것을 선고합니다."

"옳소", "옳소", "옳소."

도끼를 든 청년 하나가 나타나 신사의 숙인 머리 위에 도끼를 번쩍 들어 올렸다. 햇빛을 반사하는 도끼날이 번들번들했다.

나는 외면했다.

그 신사의 목덜미를 도끼가 내리갈겼는지, 광장에 모인 남녀 청년들이 환성을 지르는 것이었다.

9월 29일. 그러니까 유엔군이 서울을 완전 탈환한 다음 날 나는 30여 리 길을 걸었다. 시내 이 동리 저 동리에 흩어져 살아온 내 형제 자매들의 안위를 알아보기 위해서였다.

악몽 같은 석 달 동안 한 도시 안에 사는 형제자매들 간 안부 소식 한 번도 못 들었던 것이었다.

돈암동 로우터리 중앙 녹지대에 파놓은 넓은 방공호 가장자리를 둘러싸

---

11   주구(走拘) : 남의 사주를 받고 끄나풀 노릇을 하는 사람.

고 앉고 엎디고 한 남녀노소들이 대성통곡하는 광경이 내 눈앞에 띠었다. 그쪽으로 가까이 가서 선 나는 방공호 속을 힐끔 내려다봤다. 헉! 소리를 지르며 몸서리치는 나는 얼른 돌아섰다.

민간인 복장의 시체가 한 무데기 그 안에 쌓여 있는 것이었다.

어제 밤 초저녁 때 "죽여라, 죽여라, 반동분자 죽여라 죽여라."라고 노래 부르던 남녀 합창대의 울부짖던 소리를 들었었던 것이 새삼 기억에 떠올랐다.

달아나는 공산도배가 최후 발악으로 닥치는 대로 학살을 한 것이었다. 그 시각까지 나는 우리집 광 바닥에 판 땅굴 속에 숨어 살았었던 것이었다.

휘청거리는 다리를 겨우 가누며 될 수 있는 대로 빨리 걸어가려고 애쓰는 나는 보도에 파놓은 방공호 속과 주변에 폭격으로 지붕은 날아가고 텅 빈 점포들 안에, 차량 통행이 한산한 차도 여기저기에 아무렇게나 너저분하게 자빠져 있는 시체들이 수없이 눈에 뜨이는 것이었다. 징그럽고 메시꺼워 번번이 시선을 돌리곤 했다.

그러나 종로 4가까지 가자 송장 보는 것이 예사로워진 나는 도대체 놈들이 최후 발악으로 얼마나 많은 양민을 학살하고 도망갔는지를 짐작이라도 해볼 호기심이 들어 시체 수를 세어보며 걸었다.

종로 4가에서 서대문까지 가는 동안 시체 8백 구를 세고는 세기를 그만두고 말았다.

검은 보로 둘러싼 관 위와 둘레에 거룩한 물을 골고루 뿌리는 신부는 빙빙 도는 것이었다.

공산도배에게 도살당한 한 천주교 신도의 뼈를 담은 관이었다.

성당 제단 위에 켜져 있는 촛불들은 물렁거리는 눈물을 촛대에 계속 흘러 내리고 있는데, 대상에 서 있는 성모 마리아의 상은, 그녀 앞 줄줄의 벤치에 상반신을 기대고 흐느껴 울고 있는 남녀들의 심정을 이해 못하는 듯, 평상시 그대로의 태연한 모습으로 서 있는 것이었다.

중년기에 든 미망인은 장례식 시작할 때부터 끝날 때까지 줄곧 흐느끼고 있었다.

7월 말에 남편이 괴뢰군 정치보위부에 연행되어 갈 때 허리에 두르고 있었던 혁대 태클이 녹은 슬었을망정 썩지 아니하고 그냥 남아 있는 것을 근거로 하여 그 근방에 흩어져 있는 뼈들을 남편의 것이라고 단정하고 긁어 모아 관에 넣어가지고 장례식을 거행하는 것이었다.

그녀의 남편은 6월 27일 공산군이 서울을 점령할 때까지 국립 서울대학 교수로 재직했었다.

교수의 미망인 옆자리에 꿇어앉아 있는 늙은 여인 하나도 미망인 못지않게 처음부터 끝까지 흐느껴 우는 것이었다.

한국에서 문필가로 명성이 쟁쟁했던 남편이 괴뢰에게 붙들려 간 것은 8월 초였다.

서울이 해방되자마자 이 늙은 여인도 옆자리에 있는 미망인과 함께, 수천 명 다른 여자들 틈에 섞여, 서울 시내와 근교 각 학교와 산허리를 헤매 돌아다녔었다. 며칠간 돌아다니며 수만의 뼈들을 샅샅이 살펴보아 꼬부라진 손가락뼈 한 개를 발견하려고 애를 썼던 것이었다. 꼬부라진 손가락뼈가 발견되기만 하면 그 근방에 있는 뼈들을 남편의 것으로 인정하고 긁어모아 관에 넣어가지고 장례식을 올리고 싶었던 것이었다.

그러나 꼬부라진 손가락뼈를 그녀는 끝내 발견 못한 것이었다.

성당 종이 은은히 울리는 가운데 영구차가 성당 문밖을 나가자, 나는 거의 폐허가 되어버린 을지로 2가를 걸었다.

남녀 백여 명이 비웃 드룸[12] 엮이듯 포승줄에 묶여 두 줄로 행렬 지어 가

---

12 비웃 드룸 : 비웃 두름. 청어를 한 줄에 열 마리씩 묶은 것.

는 것과 나는 마주쳤다. 등에 애기를 업은 젊은 여자들도 5, 6명 있었다. 모두가 지치고 지친 모습이었고, 공포 혹은 자포자기가 그들의 얼굴에 그려져 있었다. 그들을 호위해 가는 젊은 사나이들은 군복을 입은 국군 병사들이었다.

묶여 가는 그들의 걸음걸이가 무척 피로해 보였지만, 나는 나대로 그들은 무척 운이 좋다고 생각했다. 용케 살아남아 정당하고 공정한 재판에 회부되려고 형무소로 이감되는 것이라고 내게는 생각되었기 때문이었다.

괴뢰군이 황급히 퇴각하고 유엔군이 미처 진주해 오지 못한 동리에서는 약 한 시간 동안의 공백 시간이 생겼었다.

석 달 동안 빨갱이들에게 밤낮 시달려 이성을 잃은 주민들의 무차별 린치의 대상이 된 빨갱이들과 동조자들이 너무나 많았었다. 그래도 당장 맞아 죽지 아니하고 남아 있는 동조자들은 '자위대' 완장을 팔에 맨 청년들에 의해 연행되어 시내 여러 창고에 구금되어 각기 죄상을 더 자세히 묻고 연루자들 주소 성명을 대라고 모진 고문을 당했었는데, 국군이 치안을 잡으면서 피의자들을 보호했던 것이었다.

'눈은 눈으로, 이빨은 이빨로.' 복수한다는 옛날 히브리 사상이 서울 한복판에 한 시간 동안 득세했었던 것이었다.

'그렇다. 내가 지금 집으로 돌아갈 수는 없다. 절대로 안 된다.'
고 나는 거듭 다짐했다.

피난 가다 도중에 죽는 한이 있더라도 나는 떠나가야만 했다.

공산군이 서울을 다시 탈환하는 경우 놈들의 복수는 더한층 잔인해질 것이다. 군인들뿐 아니라 민간인들 간 복수와 역복수, 한 눈은 두 눈으로, 한 이빨은 두 이빨로!

아침 일찍 북쪽 레일에 기관차 한 대가 나타났다. 모든 피난민들의 눈, 눈, 눈이 그리로 쏠렸다. 나의 눈도 거기에 집중되었다.

그 기관차 뒤에 어떤 차량이 달려 있는지? 안달이 났다.

속력을 점점 줄이는 기관차가 내가 서 있는 플랫포옴 가 레일로 들어서지 아니하고 저쪽 플렛포옴 저쪽 레일로 향해 들어오는데 뒤따르는 차량들은 전부 무개 화물차[13]였다. 무개 화물차 차량에마다 탱크, 짚차, 트럭이 한 대씩 실려 있는 것이었다.

이쪽 플랫포옴에서 기다리고 있던 사람들은 레일로 껑충 내려 뛰어 저쪽 플렛포옴을 향해 달려가기 시작했다.

레일과 병행하는 쇠줄에 발이 걸려 앞으로 꼬꾸러지는 노인들이 있었으나 저쪽 플랫포옴에만 눈독을 들인 사람들은 엎으러진 몸을 밟으며 그냥 달려가는 것이었다.

내가 어디로 가는지 눈여겨보라고 아내에게 부탁한 나도 레일로 내려 뛰었다.

저쪽 플랫포옴 곁에 기차가 멎을 때 나는 트럭 한 대를 실은 무개차 뒷 가장자리로 뛰어올랐다. 트럭은 운전대까지 모두 벌써 나보다 먼저 온 사람들이 차지해버린 것을 나는 봤다. 어물어물하다가는 뒤 가장자리 여백마져 남에게 **빼앗길** 것 같아 나는 거기에 네 활개 펴고 엎드려버렸다. 이렇게 해야만 내 가족이 차지할 수 있는 공간을 확보할 수 있으리라는 생각이 든 것이었다.

내 뒤를 바싹 따라온 양 14살 난 조카가 내 옆에 네 활개 펴고 엎드리는 것이었다.

내 팔다리가 사람들 발에 밟혀 아팠지만 참으면서 고개를 저쪽 플랫포옴 께로 돌렸다. 아내와 네 자식들과 조카딸이 보따리들을 이고 들고 안고 나 있는 곳으로 뛰어오는 것을 보고 나는 안도의 한숨을 쉬었다.

길이가 열두 자에 폭이 7자가량 되는 이 무개 화물차 뒤 여백이 금시 꽉 차버렸다 — 누워서가 아니라 앉아서 말이다. 내 가족까지 합쳐 3가족이 차

---

13 무개 화물차 : 덮개나 지붕이 없는 화물차.

지했는데 헤아려보니 모두 21명이었고(60세 이상 노인과 젖먹이 애기까지) 그들에 딸린 보따리도 10여 개 되는 것 같았다.

30개 무개 화물차가 연결된 이 차량 위에 실린 트럭과 짚차가 모두 만원이 되었고 탱크 위에도 사람들이 타고 앉았고, 앞뒤 여백도 모두 초만원이 되었다. 그러나 기차는 몇 시간 기다려도 떠날 생각을 아니하는 것이었다. 언제 발차하여 어디로 가려는지 알 도리가 없었으나 그러나 안심은 되었다. 왜냐하면 이 열차가 남행할 것이 분명하고 북행은 절대 아니하리라고 믿어지기 때문이었다.

우선 한강만 건너서면 목숨을 건지리라는 신념을 나는 품고 있는 것이었다.

그러는 동안 아직 플랫포옴에 남아 있는 피난민들과 무개 화물차 여백에나마 올라타 자리 잡은 사람들 간 끊임없는 충돌이 계속되었다. 올라타지 못한 사람들은 조그만 틈새라도 비비대고 기어오르려고 안간힘 하는가 하면 이미 차 위에 올라타 앉아 있는 사람들은 침입자들을 손으로 밀치고 발길로 차고 하여 기득권을 죽음으로 지키려고 대항하는 것이었다.

다른 사람들은 어쩐지 모르겠으나 생리적 배설 문제가 나를 너무나 괴롭혔다. 그러나 기차가 발차하기까지 기어코 참아야만 했다.

오후 늦게야 움직이기 시작한 기차는 단숨에 한강을 건너갔다. 나는 안도의 한숨을 길게 쉬었다. '격강이 천 리'[14]라는 금언을 실감하는 나였다.

같은 가장자리에 앉아 있는 다른 사람들도 역시 안심하는 듯하더니 긴장이 풀리자 자리다툼이 시작되었다. 다문 한 푼의 공간이라도 남보다 더 차지하여 조금 더 편히 앉고 싶은 심정이었다.

그러나 이 좁은 공간에는 한계가 있었다. 삶과 죽음을 좌우하는 한 푼의

---

14 격강이 천 리 : 강을 사이에 둔 것같이 가까운 거리에 있으면서도 서로 왕래가 드물어 천 리나 떨어져 있는 것과 같이 멀리 느껴짐을 비유적으로 표현한 말.

공간! 3면 가장자리 끝에 자리 잡고 앉은 사람들은 조금만 더 밀려나도 밖으로 떨어질 것이요, 떨어졌다가는 직사할 것이 빤한 것이었다.

기차가 영등포역에 서자 나는 자리 조절을 제의했다. 백 번 듣는 것이 한 번 보는 것만 못하다는 속담을 염두에 둔 나는 솔선 시범을 시도했다. 자리 가장자리에 선 나는 내 가족 전원에게 일어서라고 하고 가방과 보따리들을 전부 나에게 보내달라고 했다. 그 보따리들을 가장자리에 차곡차곡 쌓아놓아 일종의 성곽을 만들고 난 뒤 나와 조카는 그 성곽 위에 걸터앉고 가운데 자리를 넓혀 내 가족을 좀 더 편히 앉을 수 있게 해주었다. 나머지 두 가장도 내 식대로 하는 것이었다.

이렇게 하자 성곽 위에 걸터앉은 남자들에게는 자리가 좀 위태위태하기는 했지만 의자 타고 앉은 것처럼 두 다리가 편안하게 됨과 함께 두 발이 가족들의 체온을 받아 따스해졌다.

그리고 성곽 아래 앉은 사람들은 쪼그리지 않고 책상다리하고 편히 앉게 된 것에 만족하는 모양이었다.

가장자리 끄트머리에 앉아 있는 나는 기차가 급커브를 돌 때 자칫하면 떨어질 가능성이 짙다고 생각되어 불안하기 짝이 없었다. 그러면서도 몸이 노곤하고 졸음이 왔다. 이러단 안 되겠다 싶어 후닥닥 일어선 나는 이부자리 동여맨 질긴 삼노끈[15]을 풀었다. 이불은 펴서 마룻바닥인 화물차 위에 요 대신 깔고 노끈으로는 나와 조카의 안전을 도모하는 데 사용했다. 노끈 한 끝을 옆에 서 있는 트럭 옆구리 갈구리에 잡아매고 이쪽 끝으로는 내 왼팔을 세 번 돌려 감아 비틀어 맸다. 나와 조카의 행동을 본받아 다른 가족 남자들도 노끈으로 그들의 팔과 트럭 갈구리를 연결시키는 것이었다.

기차가 다시 떠나 밤새도록 달리고 난 이튿날 새벽 무서운 소문이 퍼졌다. 화물차 가장자리 변두리에 앉았었던 사람 여러 명이 밤중에 행방불명이

---

15 삼노끈 : 삼껍질로 꼰 매우 질긴 끈.

되었다는 소문이었다.

나는 내 목숨을 살려 준 노끈에 감사했다.

경부선 종착역인 부산역까지 열두 역을 앞둔 구포역까지 가는 데 아마 열흘이 걸린 것같이 생각되었다. 그렇게도 여러 날이 걸리게 된 원인은 우리가 탄 무개 화물차는 급한 용무가 없는 모양 아무 역에서나 여러 시간 혹은 종일 서 있으면서 적십자 표지를 그린 일등 객차 차량들과 쌀가마들을 산더미처럼 실을 무개 화물차들이 앞질러 가도록 우선권을 주었기 때문이었다.

구포역 구내 네 개의 레일에는 네 개 열차가 나란히 온종일 서 있었다. 네 개의 기관차의 연통이 시커먼 연기를 계속 뿜으면서.

때마침 지나가는 역직원에게 언제나 이 4개 열차가 발차하느냐고 나는 물어봤다. 그는 친절하게 알려주었다. 다음 역 레일이 비었으니 이쪽에서 발차하라는 지시가 오기 전에는 발차할 수 없고, 저쪽 역 레일이 언제 비는지는 이쪽에서 알 수 없다는 것이었다.

구포역 구내에는 기차 타려고 기다리는 피난민은 하나도 없고, 과일, 김밥, 삶은 달걀 등을 파는 잡상인들만이 뒤끓었다.

지금 우리 가족이 앉아 있는 화물차 위 자리는 우리가 잠시 내리더라도 확보되어 있을 것을 확인한 나는 가족과 함께 차에서 내렸다.

오래간만에, 참으로 오래간만에 기지개도 펴고 걸어보기도 했다. 그리고 손과 얼굴도 참으로 오래간만에 씻을 수 있었다. 나와 내 가족뿐 아니라 무개 화물차를 타고 여기까지 동행해 온 모든 피난민들 남녀노소 할 것 없이 모두 석탄광 광부들 꼴이 되어 있었다. 도중 숱한 터널들을 통과할 때마다 기관차 굴뚝이 내뿜는 매연이 우리 몸에 감겨 돌아갔기 때문이었다.

물은 얼마든지 얻을 수 있었던 것이었다. 기관차 보일러 파이프에서 쉴 새 없이 흘러내리는 뜨거운 물을 받아 모두 세수를 말끔히 했다. 실로 날아갈 듯한 상쾌한 기분이었다.

남쪽인 만큼 바람이 그리 차지 아니하여 세수한 얼굴과 손을 그냥 내놓고 있어도, 그냥 서늘할 뿐 얼지는 아니하는 것이었다.

마침내 우리는 부산진역, 그러니까 종착역 둘을 앞에 둔 정거장에서 모두 차에서 내리라는 통고를 받았다. 화물차는 부산진역이 종착역이라는 것이었다.

조금도 파괴되지 아니한 역사[16]를 보는 것이 신기했다.

출찰구에 열 지어 섰는 동안 나는 기차표 6장의 가치와 위력을 통감하게 됐다. 무임 승차자들은 딴 줄에 세워놓고 표 값의 배액을 징수하고야 풀려나오는 것이었다. 나는 조카 둘의 표 값만 곱으로 물고 통과하게 되었다.

참말로 귀한 돈!

이 낯선 고장에서, 더구나 수백만 명의 피난민이 거의 동시에 쇄도해 들어오는 이 도시에서 내가 돈벌이를 할 수 있을까는 의문이었다. 무직 상태가 얼마나 오래 계속될는지도 예측할 수 없는, 그렇다. 전혀 예측할 수 없는 형편에 놓여 있는 나였다.

역 앞 광장 동쪽 반은 가시철망으로 울타리를 치고 금방 갈 곳이 없는 피난민들 임시 수용소로 사용하는 것이었다. 노천이기는 했지만 이런 수용소 시설을 해놓은 것이 고마웠다, 나 자신도 숙소를 미리 정해놓지 못하고 무턱대고 피난 온 축에 들어 있었기 때문에 가족을 데리고 그 노천 수용소 안으로 들어갔다.

길 건너편에 총총히 서 있는 크고 적고 높고 낮은 건물들 하나도 파괴되지 않고 온전하게 서 있는 것을 볼 때 나는 기이한 생각이 들었다. 폐허가 돼버린 서울 풍경과는 극단적 대조가 되기 때문이었다.

더구나 거리에는 전차, 버스, 택시, 그 밖 온갖 차량이 정상적으로 달리고

16　역사(驛舍) : 역(정거장)으로 사용되는 건물.

있는 것도 괴이하게 보이는 것이었다. 건재하는 부산진 역전 풍경은 실재가 아니고 꿈의 나라라는 착각까지 느끼게 해주었다.

"아빠, 저기 저것 좀 봐. 산타클로스 할아버지가 저기 서 계셔……. 내게 선물 주려고 기다리구 있나 봐"라고 말하는 내 막내 딸의 목소리가 내 귀를 강타했다.

길 건너 어떤 상점 문 옆에 하얀 수염투성이인 벌건 얼굴 모습을 한 산타클로스 모형이 서 있는 것이 내 눈에도 똑똑히 보였다.

"피난 오면서 내가 얌전히 굴었으니까 산타 할아버지가 선물 많이 주실 거야, 그치, 아버지"라고 딸은 말을 계속했다.

그녀에게 뭐라고 대답하기 전 나는 먼저 내 돈지갑과 의논해볼 수밖에 없는 처지에 놓여 있었다. 마치 내 생각을 알아채기나 한듯이 아내가 나 대신 말했다. "아니야, 아가. 우리가 기차 타고 오는 동안 그냥 집에 살고 있는 어린이들에게 산타 할아버지가 선물을 다 나누어주고 지금 그의 선물 주머니는 빈털털이가 됐어. 요다음 성탄절까지 기다려야 돼. 착하지, 우리 혜숙이. 너 내 말 알아듣지, 그치?"

혜숙이는 고개만 까딱였다. 그녀가 어머니의 말뜻을 정말 알아들었는지 아닌지를 나는 짐작할 수 없었다.

아내의 생각을 딴 데로 돌리려고 나는 화제를 바꾸었다.

"우리 무개 화물차 위 노천에서 며칠이나 살았지?"

"글쎄요? 보름, 아니 더 될지도 몰라요."

하고 그녀는 흥미 없다는 듯이 무뚝뚝하게 말했다.

"글쎄, 본시 서울 부산 간 급행이 8시간 정도 걸렸었는데."

라고 중얼거리는 나는 서울역을 떠나서 부산진까지 오는데 며칠이나 걸렸는지 암산해보려고 시도했다. 부질없이 그런 걸 왜 세어보는지 나도 모를 일이었다.

나는 길 건너 언덕을 한 번 더 쳐다봤다. 불규칙하게 **빽빽히** 서 있는 그 숲

한 건물들 안에 우리 가족 한 식구를 비비고 들어갈 수 있는 방 한 칸쯤이야 없지 아니하겠지 하고 나는 낙관했다.

가족을 수용소에 남겨둔 채 나 혼자서 길을 건너갔다. 우리 식구 몸 둘 곳을 찾아보려고.

호텔, 여관, 여인숙, 개인의 주택, 창고, 병원, 예수교 교회당, 불교의 절 등을 샅샅이 뒤지며 네 시간이나 헤매고 난 나는 절망에 잠겨 수용소로 도로 갔다.

전부가 다 벌써 초만원이어서 방 한 칸도 세 들 도리가 없었다. 내가 가지고 있는 돈이 얼마 안 됐지만, 돈 가지고도 안 되는 일이 있다는 걸 나는 처음 절실히 느꼈다.

날은 저물어가고 또다시 이 수용소에서 노숙해야만 된다는 생각이 나를 비참하게 만들었다. 버림받았다는 비애를 뼈저리게 느끼는 나는 석양 햇빛에 찬란히 불타는 언덕 위 건물들 — 평화롭게 보이는 건물들을 한참 멍하니 바라다보다가 모두가 밉다는 생각을 했다.

'쿼바디스?'[17]

라고 중얼거리는 나는 아내의 얼굴을 힐끗 봤다. 나는 얼른 얼굴을 돌려버렸다. 그녀의 눈에 눈물이 고이는 것을 차마 볼 수가 없어서 — 아니 내 눈에 이슬이 맺히는 것을 그녀에게 보이기가 싫어서.

'옳지, 그렇지. 그래, 물론이지. 이 생각이 왜 좀 더 일찍 떠오르지 아니했을까!' 라고 생각하는 나는 아내에게 말했다.

"좋은 생각이 하나 있어요. 우리 동래 온천으로 갑시다. 거기 가면 방 한 칸쯤 빌릴 수 있을 거고, 또 뜨거운 물에 목욕도 하고……."

조카가 가상하게도 자기 혼자서 역전 광장 수용소에 남아 짐을 지켜줄 테

---

17 쿼바디스 : "쿠오바디스 도미네(Quo Vadis, Domine)"에서 나온 말. 성경 「요한복음」 13 장 36절에 나오며, "주여, 어디로 가시나이까?"라는 뜻이다.

니 염려 말고 온천장으로 가라고 고집했다.

우리 7명은 전차 타고 동래 온천으로 갔다.

그러나! 그러나!

동래 온천장 그 많은 여관과 여인숙과 호텔 등 대문에는 군복 입은 보초가 서 있어 민간인 출입을 막는 것이었다.

자가 욕탕을 가지고 있는 모든 건물은 국군이 징발하여 상이군인 요양소로 쓰고 있다는 것이었다.

오산[18]에 대한 좌절감을 뼈저리게 느끼는 나는 애매한 담배에 화풀이를 하면서 가족과 함께 길가에 주저앉았다. 땅거미 지는 공간을 구슬프게 노려보고 있었다.

"이보소, 선생님."

이라고 부르는 여자의 목소리가 내 옆에서 났다. 머리를 들고 나는 그녀를 쳐다봤다.

"목캉[19]하러들 오셨지에. 저 어린것들 데리고, 쯧쯧" 하며 그 늙은 여인은 혀를 차는 것이었다. 말을 이어 그녀는 "저 쪽 골목 개인들 집에 들려보시소. 혹시 방 한 칸 빌릴 수 있을지 모르니. 방만 빌리면 저쪽 공동탕에 가서 목욕할 수 있지요."

이 말을 해주는 그 늙은 여인이 나에게는 관세음보살이 아니면 성모 마리아의 화신으로 보였다.

아, 내 몸을 감싸주고 있는 뜨거운 물은 나를 참 편안하게 해주었다. 물 밖에 내놓은 얼굴도 땀에 흠뻑 젖어 시원했다. 뜨거운 물줄기가 내 혈관을 타고 맴도는 것 같은 감을 나는 느꼈다. 그리고 내 몸, 아니 마음까지가, 위로

---

18 오산(誤算) : 잘못 계산하고 추측함.
19 목캉 : 목욕의 사투리.

둥둥 떠오르는 것 같은 가벼움을 느꼈다.

이윽고
끈적끈적한 어떤 몸이 내 피부를 슬적 다치는[20] 것같이 느껴졌다.
나는 고개를 돌렸다. 아, 나는 깜짝 놀랐다.
광개토왕, 서기후 4세기 고구려의 왕이었던, 그 광개토왕이 내 옆에서 목욕을 하고 있는 것이었다.
동래 온천장 역사에 의하면 왕족으로 이 온천에서 맨 처음 목욕한 사람이 광개토왕이었다.
그 광개토왕이 피부병 고치려고 온천에 왔었던 것은 아니었을 거라고 나는 생각했다.
나는 왕손일 리도 없으려니와 시대와 장소를 잘못 점지해 세상에 태어났기 때문에 버림받은 지성인들의 하나에 불과하면서도 지금 이 욕탕에 몸을 담그고 있는 이유는 피부병 치유에 있는 것이 아니라 마음의 상채기를 달래려는 데 있는 것인 만큼 천오백년 전의 광개토왕도 마음의 고뇌를 달래려고 불원천리[21] 이곳에까지 왔었던 것에 틀림없으리라고 나는 믿었다.
그리고 또 내 왼쪽 편에는…… 아, 7세기 신라의 선덕여왕이 몸을 물에 담그고 있는 것이 아닌가! 그녀 역시 피부병 때문에 왔던 것은 아니겠고 마음의 상처 때문에 왔을 것이었으리라.
나와 똑같은 목적으로 뜨거운 물에 온몸을 담그고 있는 시대와 계급을 초월하는 인물들이 있는 것이 내 마음을 흐뭇하게 했다.
욕탕이 제절로 점점 더 커지면서 신라 전성기의 화랑들도 백제의 패잔병들도 한탕 안에 몸을 담그고 있는 것이었다.

---

20 다치는 : 건드리는.
21 불원천리(不遠千里) : 천 리 길을 멀다고 생각하지 않음.

또 그리고 저쪽에는 이순신 제독, 1598년에 일본의 침략에 해군을 전멸시킨 그이도 뜨거운 물에 몸을 담그고 있었다. 그 임진왜란 당시 육전에서 전투한 바 있었던 불교 승려들도 물에 몸을 담그고 눈 감고 명상에 잠겨 있었다.

또 그리고 그때 침략군의 두 사령관이었던 노부나가 고니시와 기요마사 가도를 위시한 숱한 왜병들, 1910년부터 36년간 한반도를 다스렸던 일본인 조선 총독들과 정무총감들과 헌병들과 순사들과 부재 지주들과 상인들과 금융인들과 노무자들과 '로닌'[22]이라고 불리는 무뢰한들까지가 다 지금 한 욕탕에서 목욕하고 있는 것이었다.

또 그리고 그 당시 한반도와 만주 등지에서 일본 주둔군들을 애먹였던 한국의 의병들과 광복군과 유격대원들과 일본 요인들을 암살한 한국인들도 지금 나와 더불어 한 욕탕에서 휴식을 취하고 있었다.

그리고 또 왜정 탄압에 못 견디어 중국으로 러시아로 유럽으로 미국으로 망명 갔었던 우국지사들과 조선 총독부 도서과 검열관들을 교묘하게 속여 가면서 민족의식을 앙양하는 데 온갖 노력을 쏟았었던 시인들과 소설가들과 수필가들과 극작가들과 신문기자들 — 1940년 한글 사용이 금지될 때까지 열심히 모국어로 글을 썼던 그들도 — 지금 내 옆에 물속에 몸을 담그고 쉬고 있는 것이었다.

대한제국 시절의 친일파와 배일파,[23] 친중파와 배중파, 친노파와 배노파, 애국지사들과 매국노들도 지금 한 욕탕에 몸을 담그고 땀을 흘리고 있었다.

개별 욕실이 갈린 호텔과 여관들에서 요양하고 있는 줄로 내가 알았던 국군 상이용사들도 어느새 이리로 옮겨왔는지 지금 나와 함께 한 욕탕에서 땀을 흘리고 있는 것이었다.

---

22 로닌(浪人) : 일본 무가 시대에 소속된 가문이 없이 떠돌던 무사.
23 배일파(排日派) : 일본을 배척하는 사람들.

이 모든 사람들이 따뜻하고 이해성이 풍부하고 사랑해주는 어머니의 품과 같은 이 온천으로 찾아와 마음의 상처와 고뇌를 다 씻어주고 정신의 상흔을 어루만져주는 부드러운 영혼들의 애무를 받으며 아늑한 휴식에 도취해 있는 것이었다.

제절로 자꾸자꾸 더 커지는 욕탕은 남녀노소 가리지 않고, 계급의 차이나 빈부의 차이나, 선악의 차이나, 현명한 자와 어리석은 자의 차이나, 내국인과 외국인의 차이나, 의견의 대립자들을 가리지 아니하고 관대하게 그들 모두를 따스한 품 안에 안아주는 것이었다.

이 품에 안긴 그들 모두는 제각기 저 나름의 회상에 잠겨 있는 것이었다.

깊고 깊은 지심[24]에서 터져 나와 수만 리 땅속 거리를 용솟음쳐 올라 땅껍데기에까지 와서 흐르는, 영원에서 영원으로 쉴 새 없이 흐르는 이 온천물이 야비한 자들의 피부병을 고쳐주고 환멸에 빠진 지성인들의 마음을 치유해주는 것이었다. 세상 누구에게나 아무런 편견도 없이 영원히 자비를 베풀어주는 이 온천은 이곳을 찾아오는 자들을 무조건 애무해주고 위로해주고 편안하게 해주는 것이었다.

그러나,

이 뜨거운 온천이 과연 세상 누구에게나 다 공평무사한 자비를 베풀어주는 관용을 가진 생물일까? 그렇지 않으면 혹시 너무나 변덕스런 인간이라는 동물에 대해 전혀 무관심하기 때문에 아무가 와도 내쫓지 아니하고 피동적으로 그냥 받아주는 것이 아닐까?

글쎄,

어느 곳에서나 어느 때에나 인간은 옷이라는 인공적 장식품으로 몸을 가

---

24   지심(地心) : 지구의 중심.

리우고 여러모로 뽐내고 으스대고 하기는 하지만, 그들 모두가 일단 옷을
벗어버리고 알몸이 되는 경우에는 인간에게는 아무런 차별도 없다는 진리
를 이 온천이 우둔한 인간에게 가르쳐주고 있는 것이 아닐까? (1972)

진화

진화

"아얏!"

소리와 함께 향난이는 얼음판 위에 엉덩방아를 찧었다.

"어머!"

하고 고함 지르는 옥주는 급히 두 발 다 돌려 스케이터 행렬 밖으로 빠져나가 몸을 돌렸다. 걸음을 넓혀 죽죽 미끄럼질해 온 그녀는, 두 팔을 쳐들고 일어서려고 허우적거리고 있는 향난이의 왼손을 꼭 잡았다. 이때 불쑥 그녀들 앞에 멋지게 급정거하는 한 사나이가 허리를 굽히면서 향난이의 바른손을 꽉 잡는 것이었다. 흠칫 놀라 왼발이 미끄러진 옥주는 무릎을 얼음판에 부딪치면서 그 사나이의 머리에 자기 머리를 부딪었다.

양손이 부축되었으나 기겁을 해 후닥닥 일어서는 향난이는 남자의 손을 뿌리치고 옥주의 몸을 얼싸 안았다.

"많이 다쳤어요, 어머니, 아니 언니?"

하고 옥주가 물었다.

"아직 얼얼하기만 해 모르겠어. 허나 스케잇 그만하고 집으로 가아. 기분 잡쳤어."

하고 향난이가 말했다.

"언니두, 해가 아직 중천인데. 좀 더 지쳐요오."

하고 옥주가 말했다. 어리광이 섞인 목소리였다.

두 소녀의 나이는 동갑 비슷하게 보이면서도 향난이는 나이에 비해 점잖고 우울해 보이는 데 반해 옥주는 명랑한 말괄량이였다.

"그래두……."

하면서 향난이는 눈짓으로 옆을 가리켰다.

아까 그 사나이가 가까운 곳에 선 채 그녀들을 멍하니 바라보고 있는 것이었다.

눈을 가늘게 표독스럽게 뜬 옥주는 그 청년을 정면으로 쏴봤다. 그의 시선은 외면하고 있는 향난이에게 쏠려 있는 것을 옥주는 발견했다. 그녀는 눈을 돌려 향난이를 봤다. 돌아앉은 향난이는 스케이트에 단 구두끈을 풀기 시작하고 있었다. 이 때 휘익 미끄러져 온 사나이는 향난이 옆에 앉으면서,

"제가 풀어드리지요."

하면서 손을 그녀의 구두에 갖다 댔다.

두 발 다 쳐들고 핑그르 돌아앉는 향난이의 얼굴에 홍조가 밀물들었다.

이것을 보는 옥주는 놀랐다. 언제나 창백하기만 한 향난이의 얼굴에 핏기가 도는 것을 보는 일은 처음이기 때문이었다.

"여보세요!"

하고 날카로운 비난의 목소리를 낸 사람은 향난이가 아니라 옥주였다.

"이게 무슨 무례한 짓이어요? 천박해요!"

하고 그녀는 계속 쏴 주었다.

머쓱해진 청년은,

"숙녀에게 친절한 봉사를 해드리는 것이 현대인의 예의가 아닙니까! 지금도 공맹지도(孔孟之道)¹를 찾고 계시는 겁니까?"

하고 그는 차근차근 정중하게 대꾸했다.

---

1 공맹지도(孔孟之道) : 공자와 맹자의 가르침.

"모르는 남자가 모르는 여자에게 친절을 베푸는 것은 예의가 아니라 실례 천만이에요."

하고 한 번 더 쏴준 그녀는 향난이 옆에 앉아 자기 구두끈을 풀기 시작했다.

"실례했습니다. 용서해주십시오."

하고 사과하는 청년의 말에 대답도 않고, 그가 일어서 저쪽으로 미끄러져 가는 것을 무시하는 두 소녀는 묵묵히 구두끈을 끌렀다.

융으로 만든 호신을 신고 스케이트 구두를 어깨에 걸친 두 소녀는 스케이트 링을 떠나 저만치 보이는 옛날 대궐 건물을 향해 천천히 걸어갔다.

"세상에 참 싱거운 작자가 다 있군요. 그렇지, 어머니, 아니 언니!"

하고 옥주가 말했다.

향난이로부터는 아무런 반응도 없었다. 옥주는 향난이의 옆얼굴을 훔쳐 봤다. 무표정. 그리고 다른 때와 마찬가지로,

"옥주, 제발 어머니, 아니 언니 소리는 제발 하지 말아줘. 장소 따라 구별 해 부르기가 그렇게도 어려우면 어머니건 언니건 다 빼버리고 그냥 할 말만 해, 응. 약속해줘? 그 어머니 소리 난 정말 듣기 싫어 죽……."

대꾸할 말을 못 찾는 옥주는 침묵을 지켰다.

봉황새와 용 모습을 부조로 아로새긴 하얀 대리석 난간, 그 뒤에 늠름하 게 드문드문 서 있는 아름드리 기둥들의 진홍빛 단청, 건물 안 좀 어둑신한 공기 속에는 푸른 두루마기 입고 오락가락하는 남자 급사들, 무지개처럼 단청되어 총총하게 가지런히 줄지어 고개만 내밀고 있는 동그란 서까래들, 서까래들 위에 얹혀서 황금빛을 발산하는 노란 기와지붕, 멀리 위에 군림 하는 푸른 하늘 ― 이런 조화는 다른 지방에서는 거의 볼 수 없는 겨울 풍경 이었다.

두 소녀는 그 건물 안으로 들어갔다. 대궐 건물 내에 차려논 다방 안에 손 님은 별로 없었다.

푸른 두루마기를 입은 두 소녀는 지붕 바로 아래 난간 가에 놓인 주홍색

진화

둥근 테이블 가로 가서 앉았다. 세 개의 스케이트 링들이 빤히 내다보이는 위치였다.

재빠르게 찻종과 찻잔과 김이 무럭무럭 오르는 하얀 물수건을 올려놓은 소반을 들고 온 급사가 노란 차를 따르고 있는 동안 두 소녀는 뜨거운 물수건으로 얼굴과 손을 닦았다. 물수건으로 얼굴을 비비는 것이 아니라 양손에 받쳐든 수건에 얼굴을 대고 고개를 빙빙 돌려 얼굴을 수건에 문지르고 있는 것이었다.

뜨거운 차를 졸금졸금 마시면서 멀고 가까운 링들 위에 난무하는 남녀노소의 5색 의상 앙상블과 미끈한 다리들의 율동을 넋없이 바라보고 있었다. 얼음으로 덮인 큰 못가 인조(人造) 언덕에는 사철 푸른 노간주나무들, 어린 것과 늙은 것, 젊은것과 노장한 것들이 뒤섞여 서 있는 것이었다. 공원 '북해[2]'를 둘러친 검은 벽돌담 지붕과 군데군데 솟은 망대[3]들의 지붕은 석양 햇살을 눈부시게 해주는 금빛으로 반사하고 있었다.

밖을 내다보고 있는 것이 좀 지루하다고 느껴질 무렵 향난이는 어떤 강한 시선이 그녀의 옆얼굴을 간지럽게 하는 야릇한 감을 감각했다. 공포심과 호기심이 섞인 감정을 품으면서 그 시선의 집착을 무시해버리려고 애를 썼다. 그러나 더 견딜 수 없는 감정의 동요를 느낀 그녀는 얼굴을 천천히 돌려 그 시선의 근원지를 발견하려고 했다. 근원지를 발견한 그녀는 당황스레 얼굴을 숙였다. 자기 양쪽 뺨에 경련이 이는 것을 억제할 수 없었다.

눈치 빠른 옥주는 시선을 돌렸다. 향난이가 발견했던 그 시선의 근원지를 발견한 그녀는 독기 찬 눈으로 마주 쏴보면서 입을 삐쭉 내밀어 경멸한다는 의사를 표시했다.

"옥주, 빨리 나가자구."

---

2 북해 : 북해공원(北海公園), 중국 베이징에 있었던 큰 공원.
3 망대 : 적의 동정을 살피는 높은 대. 망루.

하면서 향난이는 일어섰다. 저쪽에서 시선을 그냥 보내고 있는 청년을 향해 혀를 날름 내밀어 보여 조롱해주고 난 옥주도 일어섰다. 향난이가 동전 서 푼을 테이블 위에 놓았다. 돈을 놓는 그녀의 손이 떨리고 있는 것처럼 옥주의 눈에 보였다.

북해공원 정문 밖으로 나서서 인력거에 올라탈 때까지 그들 두 소녀는 곁 눈 팔지 않고 앞만 보며 묵묵히 걸었다.

인력거 타고 앞만 보며 백 미터가량 달리던 향난이는 걸음을 좀 늦추라고 인력거군에게 말했다. 옥주가 탄 인력거가 따라 잡아 내리 달리게 되자 향 난이는,

"곧장 집으로 가지 말구 우선 와이로 가서 잡지나 좀 읽고 갈까?"
하고 말했다.

향난이의 의도가 어디 있다는 것을 짐작한 옥주는,

"그러지요."
하고 쾌히 동의했다.

북평[4] 여자 기독교 청년회에서는 여성 전용 기숙사 겸 호텔을 경영하고 있었다. 시중 다른 호텔보다도 싼값으로 방과 식사를 제공할 뿐 아니라 건 물 내에 있는 도서관, 체육관, 오락장들도 자유로 이용할 수 있는 편의를 제 공했다.

와이 · 더블류 · 시 · 에이 도서열람실 푹신한 의자에 앉아 신문, 잡지를 뒤적거려보며 날이 어둡기를 기다린 두 소녀는 인력거 타고 집으로 돌아갔 다. 밤 공기가 매우 매서웠으므로 밤에 다니는 인력거들은 모두 휘장을 둘 러쳐서 바람을 막고 다니는 것이었다.

두 소녀가 인력거에서 내린 곳은 대궐 부럽지 않게 웅장하고 화려한 진홍 색 큰 대문 밖이었다. 세계적으로 이름난 호화스럽고 아름다운 궁전을 여러

---

4   북평(北平) : 북경, 베이징의 옛 이름.

개 가지고 있는 북평이었기에 말이지 이런 대문이 만일 다른 나라 혹은 중국 내 다른 도시에 세워져 있었더라면 누구나 틀림없이 대궐이라고 그릇 인정할 것이다.

향난이가 인력거 삯을 치르고 있는 동안 옥주는 아름드리 되는 통돌 세 개의 계단을 올라갔다. 그녀는 곧 대문 문고리쇠를 쥐고 마구 두드렸다. 직경 2촌[5]이나 되는 큰 고리로, 진유[6]로 만든 것이었다. 이 육중한 고리가 역시 진유제인 범 대가리 모형을 두드려 금속성 소음을 요란하게 내는 것이었다.

좀 있더니 안에서,

"쉐야?(누구요?)"

하는 굵은 베이스 목소리가 들려 나왔다.

"워.(나요.)"

하는 옥주의 대답.

"아야, 아가씨 돌아오셨군요. 곧 엽니다."

대문 한 짝에 3분의 1가량 파고 박은 쪽문이 열렸다.

초롱불로 통로를 비쳐주는 늙은 대문지기는,

"야아, 아씨도 같이 오셨군요. 몹시 춥지요."

하고 말하며 길잡이로 나섰다. 대문 안에서 왼쪽 담을 끼고 까맣게 뻗은 지붕 있는 낭하[7]를 그들은 걸었다. 한참 가다가 목 꺾어 역시 지붕 있는 낭하를 걸어갔다. 얼마 가서 사랑채 건물이 희미하게 보였다. 좀더 걸어가면서 보니 중간 대문 밖에 초롱불 들고 나와 기다리는 노마(늙은 여자 하인)의 모습이 보였다.

"아야, 이렇게 추운데. 꽁꽁 얼으셨겠네. 자, 어서."

하는 노마가 앞장서 중간 대문 안으로 들어갔다.

---

5 2촌(寸) : 약 6.06cm(1촌은 한 자의 10분지 1에 해당).
6 진유(眞鍮) : 놋쇠.
7 낭하(廊下) : 복도.

안채 대청 안에 들어서자 훈훈하고 향기로운 공기가 언 뺨을 어루만져주었다.

열 명의 계집애 하인들이 한꺼번에 밀려 나와 소녀의 스케이트, 털실로 짠 모자, 털실로 짠 벙어리장갑 등을 서로 빼앗다시피 받아 가지고 옆방으로 밀려갔다. 곧장 자기 방으로 들어간 옥주는 옷을 갈아입고 화장대 앞에 앉았다.

열두어 살 나 보이는 계집애 몸종이 차를 들고 들어왔다.

"오늘은 좀 늦으셨군요. 재미 많이 보셨어요? 저녁 식사 준비 다 되었다고 식당으로 곧 오시래요."

하고 몸종이 말했다.

옥주는 식당으로 갔다. 아홉 명이 둘러앉는 둥근 식탁에 옥주가 앉을 자리만이 비어 있을 뿐, 다른 자리들은 이미 다 차 있었다. 매 식구 앞에 접시 한 개, 공기 한 개, 상아 젓가락 한 쌍, 사기 토깡(자루 짧은 숟가락) 한 개 등이 질서 정연하게 놓여 있는 것이었다. 접시와 공기는 윤택 나는 노란 사기그릇으로 무척 복잡해 보이는 용 형상 그림이 그려진 채 구워낸 기명[8]이었다.

"어머니, 늦어져서 미안해요."

하고 옥주는 말했다. 좌중 제일 나이 많고, 식탁 상석에 앉아 있는 부인에게 인사 드리는 것이었다. 환갑이 넘어 보이는 부인은 미소만 지어 대답에 대신했다. 옥주는 어머니의 바로 바른쪽 자리에 앉았다.

어머니 한 분하고 옥주만이 치마를 입었고 나머지 여덟 명 여인은 모두 바지바람이었다. 점잖은 여자만이 치마 입는 권리를 가졌고 첩, 기생, 하인 따위 천한 여인들은 치마를 못 입는 풍속이다.

식탁 상석에 본댁[9]이 앉고 그 바른편 옆자리에 딸인 옥주가 앉고 그 밖 일

---

8   기명(器皿) : 살림살이에 쓰는 그릇.
9   본댁(本宅) : 정실부인.

곱 명의 첩들은 이 집에 첩으로 들어온 연대순으로 지정된 자리에 앉아 있었다. 일 년 전에 첩이 된 향난이가 말석 차지였다. 첩이 되고 바로 전날까지 본댁 부인과 옥주 중간 자리에 앉곤 했었던 향난이었다.

7명 첩들의 나이와 몸 맵시는 가지각색이었다. 50여 세로 19세까지 — 향난이가 제일 어린 첩이었다.

향난이와 옥주는 꼭 같이 19세로 알려져 있었지만 그들의 참 나이는 그들 자신은 물론 아무도 정확히는 모르고 있었다.

몸이 양돼지처럼 뚱뚱한 중년 여인으로부터 향난이처럼 허리둘레가 두 뼘 될까 말까 하게 날씬한 여자까지 있었다.

싯누런 얼굴이 둥글고 눈이 굉장히 크고 콧마루 없이 코만 뭉투룩하고 입술이 두터운 첩이 있는가 하면, 얼굴이 길고 눈이 너무 작고 콧날이 오똑하고 입술이 가는 첩도 있었다.

언제나 창백한 향난이의 얼굴은 타원형, 가늘고 성긴 눈썹 아래 가는 눈이 둘다 바깥쪽으로 약간 치켜져 올라갔고, 알맞는 콧마루에 균형 잡힌 코, 창백하고 좁은 입술의 소유자였다.

옥주의 얼굴은 갸름했다. 혈색이 언제나 좋아 연주칠 해본 일이 없는 입술이었지만 언제나 빨갛고 윤기가 돌았다. 언제나 좀 놀란 표정을 가진 눈은 서글서글하고, 코는 매부리코에 가까웠지만 심한 것은 아니요 매력이 있었다.

하녀들이 한 접시 두 접시씩 차례로 날라다 주는 음식을 먹는 동안 아무도 말이 없었다. 여섯 명의 첩들은 부러움과 질투를 겸한 눈초리로 가끔 향난이를 견주어보곤 했다.

젊었건 늙었건 간에 이 명문거족의 장손인 왕전권(王錢權)의 첩으로 들어온 뒤 이 집 대문 밖은커녕 중문 밖 사랑채에도 한 번도 나가본 일이 없는 그녀들이었다. 유독 향난이만은 옥주의 그림자처럼 그녀가 가는 곳에는 언제나 동행할 수 있는 특권을 누리고 있는 것이었다.

일 년 전까지는 경우가 달랐었지만 지금에는 자기네들과 동등한 입장에 놓여 있는 향난이만이 외출할 수 있는 자유를 누리는 것이 아니꼬왔다. 그뿐 아니라 바깥 세상에 대한 호기심을 걷잡을 수 없는 그녀들이 향난을 찾아 바깥세상 사정을 물어볼 때마다 번번이 허탕을 치게 되는 데 화가 나곤 하는 것이었다. 그렇다고 향난이에게 싸움을 걸 수 없는 형편이었다. 그 이유는 첩들 간 싸움이, 그것이 사소한 입씨름에 불과하고 은밀한 곳에서 생긴 일이었다 할지라도, 본댁에게 반드시 발견되게 마련이요, 발견될 때마다 시비곡절[10]을 전혀 가리지 않는 본댁은 첩마다 호출해다 종아릴 때리고 감식[11] 형벌을 부과하곤 하기 때문이었다. 다른 첩들 간 싸움에도 가차없이 그런 형벌을 내리는 본댁이었는데, 그녀가 애지중지하는 향난이에게 싸움을 걸었다가는 어떤 혹독한 형벌을 받을는지 모르는 일이었다.

북평 산업은행 총재, 북평 상공회의소 회두[12], 평진 증권회사 회장직을 겸한 왕전권은 자택 응접실 소파에 기대앉아 배갈을 졸금졸금 맛보고 있었다. 보통 배갈과는 달리 알코올 냄새와 향긋하고 쌉쌀한 맛이 곁든 술이었다. 고려 인삼 한 뿌리를 통째 다 술에 넣고 만 일 년 묵힌 배갈이었다.

만 일 년 전 이날 밤 향난이를 마지막 첩으로 들여앉히고 첫날밤 그녀에게 성적 만족을 주기에 실패한 그는 이튿날 종일 우울했었다.

그의 시무룩한 거동의 원인을 짐작한 교활한 비서가 지나가는 말로,

"어제 어떤 꼴리런(한국 사람) 인삼 장사를 만나 이런 얘기 저런 얘기를 했읍지요. 중국 사람의 인삼 복용 방법은 글렀다는 거예요. 인삼 뿌리째 배갈에 담아가지고 일 년만 묵혔다가 하로 한 컵씩만 마시만 영락없이 회춘된다 더군요."

---

10 시비곡절(施肥曲折) : 옳고 그르고 굽고 곧음.
11 감식(減食) : 음식의 먹는 양이나 횟수를 줄임.
12 회두(會頭) : 모임의 대표자.

하고 말했었다.

바로 그날 인삼주를 담아놓은 왕전권은 꾸준히 삼백예순닷새를 참아 오다가 이날 밤 큰 기대를 가지면서 인삼주를 마시고 있는 것이었다. 졸금졸금 마시다가 문득 '오늘도 실패하면 안 될 텐데.' 하는 생각이 들었다. 그는 인삼주 한 컵을 다시 따라 단숨에 쭈욱 들이켰다.

몸이 훈훈해오고 기분이 좋아졌다. 눈을 지그시 감고 소파에 누운 그는 신선하고 섬세한 향난이의 육체를 애무하는 상상에 잠겼다.

어렸을 적부터 그는 정력가였다. 사춘기에 들어 색을 알기 시작하고 고려인삼의 효험이 얼마나 크다는 것을 알게 된 성싶었다. 돈을 물 쓰듯 할 수 있는 그는 정력도 물 쓰듯 썼다. 인삼도 보통 이상으로 많이 복용했다. 그러나 아무리 부자라고 해도 금 값 맞먹는 인삼을 함부로 쓸 수는 없었다. 그들 풍속대로 인삼 한 뿌리를 열 토막으로 잘라 가지고 한 토막을 잘게 썰어 찹쌀에 섞어 찰밥 지어 하루 한 번 먹는 것이었다.

이런 식의 장복[13]이 50대 초기까지는 영험을 봤지만 나이 더 먹음에 따라 그 효험이 차차 줄어드는 것을 그는 발견했다. 두 토막분을 하루에 먹어도 별 효과가 나타나지 않는 것이었다.

이럴 때 그는 17세나는 소녀 첩을 또 얻었다. 그때 첩이 이미 열 명이나 있었지만 나이 젊은 여자와 방사를 하면 늙은이의 성 기능도 자연 젊어진다는 소문을 들었기 때문이었다. 그 뒤 몇 달 동안 자기도 젊어졌었다. 그러나 얼마 안 가서 노쇠가 더 빨리 오는 것을 그는 느꼈다.

그에게 초조감을 주는 것은 정력 감퇴만이 아니었다.

나이 15세에 부모가 정해주는 처녀에게 장가를 갔는데, 성혼한 지 3년이 지나도 아내가 수태를 못 했다. 이때 부모가 우겨서 그에게 첫 첩을 얻어주었다. 그러나 이 첩도 이태가 지나도록 수태하지 못했다.

---

13 장복(長服) : 약을 오랫동안 계속 먹는 것.

나이 40 되기까지 첩을 무려 20여 명이나 얻었으나 슬하에 자식 하나 못 두고 불상사만 연이어 생겼다 — 목매 자살하는 첩, 남자 하인과 간통하다가 들켜 내쫓기는 첩, 병들어 죽는 첩 등. 왕씨 댁 3대 독자인 자기가 나이 40이 넘도록 대 이을 아들 하나 못 낳았다. 미안하고 창피스럽고 초조하지 않을 수 없었다.

그뿐 아니라 평생 아기 하나 못 안아본 것이 그에게 고독감을 자아내 주는 것이었다. 친구네 집에 놀러 갔다가 그 집 주인이 아기를 안고 재롱 보는 것을 볼 때마다 그에게는 부럽기도 하고 시기하는 마음이 폭발하곤 했다. 공원안 노간주 나무 그늘 아래 노천 다방에서 차를 마시고 있다가도 어떤 가족이 올망졸망 어린것들을 데리고 웃고 장난치고 떠들면서 지나가는 것을 볼 때 그의 눈에는 부지중 눈물이 핑 돌곤 했다.

공원 문 밖에 나서서 자가용 인력거가 오기를 기다릴 때 어린애 거지가 새까만 손을 내밀고 "한푼 적선합쇼." 하고 애걸하는 것을 볼 때, 그의 시각은 그 더러운 꼴을 인식하면서도 감정은 신경 작용을 초월하여 그 여윈 손을 꼭 쥐어보고 싶은 충동에 사로 잡히곤 하는 것이었다. 부족한 것이 세상에 하나도 없는 그에게 어린애 못 가진 것이 단 한 가지 불만이었다.

그럴 무렵 그의 눈에 우연히, 정말 우연히 띄인 것이 갓난애기 향난이와 옥주였다.

늦은 가을날 석양녘이었다. 매일 하는 버릇대로 새 한 쌍이 든 조롱[14] 한 개를 든 그는 고궁(古宮)[15] 담 밖 길을 천천히 거닐고 있었다. 조롱 들고 고궁 담 밖 길을 아침 저녁, 거니는 사람은 전권이 하나뿐이 아니었다. 웬만큼 유한한 장년 또는 노년 사나이들은 조롱 들고 고궁 담 밖을 산책하는 것

---

14 조롱(鳥籠) : 새를 넣어 기르는 장, 새장.
15 고궁(古宮) : 중국 베이징에 있는 명나라와 청나라 때 황제의 궁성으로 사용된 자금성.

진화

이다.

새를 기를 때 가정 울타리 안에서만 기르면 어린 새는 노래를 못 배운다. 새에게 노래 배울 기회를 주기 위해 고궁 담 밖으로 가는 것이다. 수백만 평에 달하는 고궁 안 숲에서는 수백 종 새들이 자유롭게 살면서 각자 노래를 목청껏 부르는 것이다. 고궁 밖으로 넘쳐흘러 나오는 새들의 노래를 조롱 속에 갇혀 있는 어린 새에게 들려주어 배우게 해줄 목적으로 조롱을 들고 다니는 것이었다.

꽤 서늘해진 날씨인데도 불구하고, 높은 담 그늘에 서서 얼굴의 땀을 씻고 있는 사나이 하나를 전권이는 발견했다. 그 사나이의 발 곁에 두 개의 큰 광주리 두 개가 나란히 놓이고 그 옆에 길고 굵은 참대 멜대가 걸쳐 놓아져 있는 것으로 보아 행상인임이 분명했다. 광주리가 짙은 응달에 놓여 있고 전권이가 서 있는 장소에서 꽤 먼 거리에 있었지만 광주리 안에 들어 있는 상품이 꼬무락꼬무락 움직이고 있는 것같이 그에게 보였다.

— 강아지 행상인가 보군 — 하고 생각하는 그는 그쪽을 향해 걸음을 옮겼다.

가까이 가던 그는 멈칫 걸음을 멈추었다. 놀란 것이었다. 그는 눈을 크게 뜨고 광주리를 자세히 바라봤다. 광주리에 담겨 꼬물거리는 상품은 강아지가 아니라 어린 애기들이었다. 인간이 낳은 생명체들!

한 광주리에 10여 명씩 담겨 있었다.

벗은 웃통 가슴의 갈빗대들이 아른아른하도록 여위고, 움직이는 팔들도 나무 꼬치처럼 말라 있었다.

그는 멍하니 내려다보고 있었다.

"영감 마님, 고것들 하나 골라 잡아 사십시오."

하는 목소리에 놀라 그는 행상인을 건너다봤다.

"아아니, 조런 애기들을 팔다니?"

하고 그는 따지는 어조로 물었다.

"팔려가서라도 살아야 하지 않아요! 굶겨 죽일 수는 없잖아요!"

"그런데 어디서 이런 젖먹이 애들을……. 응, 그렇군. 홍수 만난 이재민들이 인젠 애기들까지 팔아먹게 됐나 보군."

하고 전권이는 말했다.

"그들이 파는 것이 아닙니다. 고아원으로 데려다 준다고 겉으로는 선심쓰는 자들이 애들을 도회지로 데려다가 파는 겁죠. 고얀놈들. 그렇지만 팔릴 애기들이 하도 많아노니 사는 분이 어디 있어야죠. 곡마단 내놓구야 길러서 기생이나 갈보 시킬 포주들에게는 이 계집애들 나이가 너무 어리고…… 10년 이상 길러가지고도 본전을 뺄까 말까 하니까 말입죠. 저도 괜스레 이 놀음 시작했다가 이익은커녕 본전도 못 뽑고 꼭 밑지게 됐어요. 그동안 끌고 다니며 먹인 밥값도 빼내기 어렵게 됐어요. 오늘 날도 벌써 저물어 가고 그냥 밑져 팔아드릴 테니 하나 골라 사주셔요."

어린이 행상이 늘어놓는 말을 듣는 둥 마는 둥 하는 전권이는 그 저간 신문지상에 대서특서 보도되었던 참담한 기사들을 마음속에 되새김하고 있었다.

황하와 양자강 두 강이 다 전례없이 범람하여 피해 입은 도시, 읍, 촌락 등 수십만에 달했다는 보도였다.

굶어 죽게 된 이재민들은 도회지에서 구호미를 가지고 온 사람들의 꾀임에 빠져 딸과 식량을 바꾸기 시작했었다. 이재민 부락, 부락의 어여쁜 처녀들은 날개 돋친 듯 팔려갔다. 그 다음에는 얼굴 반반한 젊은 며느리와 젊은 아내를 팔아먹었다. 젊은 색시 고갈이 돼버린 촌락에서는 꾀를 피우기 시작했다. 개인 행동을 지양하고 단체 교섭권을 행사해야겠다는 데 의견 일치를 본 것이었다. 촌장이 흥정의 대표자가 됐다.

우선 동리 어구에 망보는 사람을 세웠다. 노새에 식량을 싣고 색시 사러오는 상인들이 가까이 오면 망보던 자가 곧 촌장에게 보고하기로 했다.

보고받은 촌장은 미·추·연령에 관계없이 열 명의 여자들을 동리 광장에 모이라고 지시했다. 여인 한 명씩 여기저기 세워놓고는 매인[16]에게 삿자리[17]를 둘러쳐서 여자의 모습이 보이지 않게 했다.

삿자리 속에 숨어 있는 여자들을 한 사람씩 경매에 붙였다. 색시 사러 오는 사람들은 으레 서너 명씩 동행이었으므로 최고 값을 부르는 자에게 파는 경매가 가능했다. 한 여인을 산 상인이 삿자리를 헤쳐보아 나이나 용모가 이 남게 팔 만하면 데리고 가고, 걸려든 것이 추물이거나 늙은 여자인 경우에는 욕을 퍼부으면서 권리를 포기하는 것이었다. 경매가 끝나면 상인이 데리고 간 여인 수효가 몇 명이고간에 그날 나섰던 여인들 전체의 가족이 그날 번 돈을 나누어 가지는 것이다.

이리하여 나이 40이 넘은 여자 하나는 다섯 번이나 팔리고도 도시로 끌려가지 않고 고향에 그냥 남아 있게 되었다는 기사까지 보도되었는데 이런 에피소우드는 사실이 아니고 신문 기자의 창작일는지도 모른다.

홍수에는 전염병 창궐이 반드시 따르는 것은 상식이다. 그러나 의료기관이 전혀 없거나, 있어도 빈약한 동리에서는 전염병 예방이고 치료고 있을 턱이 없다. 전염병 들어 급사하는 사람이 많은 것을 환영하는 동리도 있었다. 색시가 절품되었다는 소문이 난 동리에는 식량 가지고 오는 상인들이 발을 끊게 되어 식량을 구할 도리가 없었는데 전염병으로 죽은 사람 시체를 각을 떠서 삶아 먹고 구워 먹었다는 것이다.

홍수에 직접 피해를 입지 않은 인접 동리에도 전염병은 퍼지게 마련이다. 그런 동리에서 큰 도시 자선사업 기관(주로 미국인 소관인)에서 양의들로 조직된 의료반을 급파하여 예방주사를 놔줬다. 양의는 의사가 아니라 마술사라는 미신이 좀체로 가라앉지 않은 동민이 많았다. 양의가 찔러주는 주사 바늘에는 마술이 붙어 있어서 주사 맞는 사람은 조만간 눈이 멀거나 미치광이

---

16 매인(買人) : 물건을 사는 사람.
17 삿자리 : 갈대를 엮어서 만든 자리.

가 된다는 풍설이 파다하게 퍼졌다. 그래서 한사코 숨어서 예방주사 안 맞는 사람들이 무척 많았다. 의료반 수효가 원체 모자라서 한 동리에 이틀 이상 머물지 못했다. 다음 동리로 향해 떠나가는 의사들은 물은 꼭 끓여 먹어야 한다고 주민들에게 신신당부하고 떠났다.

그러나 두어 주일 후에 그 동리를 다시 방문해보면 방역 효과는 별로 없이 전염병이 다시 창궐하고 있는 것을 발견하기가 일쑤였다.

화가 난 의료반원이 촌장을 찾아가 항의했다.

"물을 꼭 끓여 마셨으면 병이 다시 돌지 않을 텐데 왜 말을 듣지 않는 거요."

라고 따졌다.

"아아니, 물을 안 끓여 마시다니요! 그런 일 없어요. 다른 사람은 몰라도 나는 이래봬도 개명한[18] 사람인데요. 자, 이걸 좀 봐요. 끓인 물이 이렇게 아직 반이나 남아 있는데."

하면서 그는 문설주 위 못에 끈 매 걸어둔 병을 가리켰다.

"그렇고말고요!"

하고 촌장의 아들이 말참견을 했다.

"끓인 물을 하루 세 번 꼬박꼬박 한 모금씩 마시구요, 또 저렇게 예방으로 문설주 위에 달아매 두었는데요. 그래 우리 집에는 병든 식구 하나도 없어요. 끓인 물이 정말 영험 있는 예방이더군요. 무식하고 미련한 자들은 우리 말을 곧이듣지 않지만……"

어안이 벙벙해진 의료반에게는 분노보다도 웃음이 앞섰다.

두 개의 광주리 속에 포개 눕기도 하고 앉아 있기도 하면서 꼼지락거리는 수십 명 애기들을 물끄러미 내려다보고 서 있는 전권이는 징그러운 감과 연

---

18 개명(開明)한 : 앞선 새로운 사상과 선진 문명을 받아들인.

민의 정이 교차되고 있는 자기 심정을 발견했다. 차마 더 볼 수 없는 광경이라고 느낀 그는 시선을 돌리려 했다. 바로 그 순간 이쪽 광주리 안에 있는 두 애기가 고개를 쳐들고 방긋 웃는 것을 그는 봤다. 모두 지쳐서 느른했거나[19] 그렇잖으면 얼굴을 찡그리고 칭얼거리는 애기들 틈에 방긋 웃는 두 얼굴을 보는 그의 가슴은 뭉클했다. 여위디여윈 얼굴에 조그만 눈이 퀭했지만 그 웃음에는 어딘지 천진난만한 데가 있었다.

"여보, 우리 집으로 갑시다."

하고 그는 상인에게 말했다.

자기 집 뜰 안에 내려 놓은 두 개의 광주리를 그는 다시 내려다봤다. 징그러운 생각이 다시금 든 그는 시선을 돌리려 했다. 그 순간 두 애기의 방긋 웃는 얼굴 위에 그의 시선은 머물렀다.

그 웃는 두 애기를 그가 산 것이었다. 사놓고 보니 둘이 다 계집애였다. 자기 친자식이 아닌 양자식을 둘 바에는 사내 아닌 것이 잘됐다고 생각했다.

그들의 고향이 어딘지, 이름이 무엇인지, 생년월일이 언젠지 알 도리가 없었다. 그가 그 애기들을 사들인 날을 첫 돌로 삼아 나이를 정하고 성은 둘 다 왕가로 정하고, 하나는 옥주 하나는 향난이라고 그가 이름 지어준 것이었다. 근 20년이나 양딸로 길러온 향난이를 무슨 일로 작년에 첩으로 삼았는지 지금 생각해도 좀 어처구니없는 일이었다.

처음부터 옥주는 양아버지를 잘 따르고, 어리광도 곧잘 피우고, 말 잘 안 듣고, 고집이 세고, 독립성이 풍부한 데 반해 향난이는 언제나 새침하면서도 순종 잘 하고, 무섭 잘 타고, 온순한 것이 그의 마음을 더 끌었는지도 모를 일이었다.

학령기가 되자 둘 다 신식 여자 소학교에 입학시켰다. 공부 시작하는 첫 날부터 옥주는 총명하고 활발했으며 우등 성적을 독차지하고 친하게 사귀

---

19 느른했거나 : 몹시 고단하여 힘이 없었거나.

는 동무도 많았다. 그녀와는 반대로 향난이는 성적이 그리 좋지 못하고 침착하며 친하게 사귀는 동무가 별로 없이 고독을 일부러 사서 즐기는 것처럼 보였다.

향난이의 이런 점이 양아버지의 관심과 동정을 더 샀는지도 모를 일이었다.(未完) (1973)

여수

여수

영국 런던 비행장.

항공회사 공항 출장소 카운터에서 프랑스 파리행 수속을 내가 마친 시각은 세계의 표준 시각인 그리니치시로 오전 열한 시 삼 분이었다. 내가 타고 갈 비행기의 출발 예정 시간 이십칠 분 전이었다.

수속을 끝마치자 카운터 뒤에 서 있는 직원은 말했다.

"대단히 미안합니다. 당신이 타고 갈 비행기는 세 시간 반 연발하게 되었읍니다. 그 비행기가 연착한다는 연락을 받자 곧 여객 여러분이 유숙하시는 호텔로 전화 걸어 미리 알려드리기는 했습니다만. 그동안 일 보시고 오후 두 시 십 분 정각까지 모두 오시면 탑승하는 데 지장이 없을 것입니다." 순 영국식 발음으로 꼬박꼬박 얘기하는 것이었다.

하기는 여권과 비행기표를 제시하고 짐들을 저울에 달아보고 탑승권을 받고 있을 동안 카운터가 무척 한산하다고 느끼고 있었다.

그러나 호텔에서 연락 못 받고 그냥 떠나온 것이 나에게는 다행한 일이었다. 연락을 받았다 할지라도 열한 시 오십 분에는 어차피 호텔 방을 비워야 했을 것이니까. 정각 정오에서 단 일 분이라도 더 방을 차지하고 있으면 그날 하루 숙박비를 물어야만 되기 때문이었다. 정오 전에 호텔을 나와 두세 시간 동안 커다란 짐짝을 주체할 도리가 없어 나는 쩔쩔 맸을 것이었다.

지금 큰 가방은 이미 탁송[1]해버리고 내가 휴대하는 물건이라고는 조그만 손가방 한 개와 카메라 한 개뿐. 홀가분한 기분으로 시내로 도로 가서 마지막 이별 유람이라도 할 수 있었다. 그러나 나는 공항 안에서 서성거리며 시간을 보내기로 결심했다. 잔돈 몇 푼만 남기고 영국 돈을 다 소비하고 난 지금 단 두어 시간 더 돌아다니려고 십 달러짜리 여행자수표를 끊어 영국 돈으로 바꾸기가 싫었던 것이다. 쓰다 남은 돈을 도로 달러로 바꾸어야 하는데 돈 바꾸는 수수료 5퍼센트나 되는 것이다.

내가 망설이는 것을 눈치챈 비행기 회사 직원은, "점심 식권이 여기 있습니다. 이걸 가지고 다니시다가 아무 때고 공항 구내 식당에서 점심 드시고 탑승하십시오. 기내에서는 점심 대신 차를 서비스하게 되어 있으니까요." 하고 말했다.

식권을 받아 든 나는 대합실 안에 개점되어 있는 상점들을 한동안 기웃거렸다. 눈요기에 만족한 나는 월간 잡지 한 권만 사 가지고 벤치에 앉았다. 잡지 내용을 대강만 훑으면서 나는 담배와 씨름했다. 연거푸 피우니 혀가 칼칼해졌다.

점심 식사로는 좀 이르지만 식당으로 들어갔다. '트랜스워어드' 항공회사 깃발들이 꽂혀 있는 식탁들 중 하나로 가 앉았다. 식당은 한산했다. 점심 먹는 동안 별안간 항공사 여객들의 내습으로 식탁 둘레의 의자가 다 차버렸다. 노소 남녀 갖가지 피부색을 가진 손님들이 떠들어대는 소리가 '바벨'탑을 연상시켰다.

식당 밖으로 나오던 내 눈은 맞은편 벤치 한구석에 앉아 있는 한 쌍의 크고 동그란 눈과 마주쳤다. 약간 분 것처럼 보이는 눈이었다. 하기는 아까 구내 점포 순례를 할 때 그 근처에 '사리'[2]를 머리로부터 전신에 두른 몸매가

---

1 탁송(託送) : 남에게 의탁하여 물건을 보냄.
2 사리 : 인도 힌두교의 여성들이 일상복으로 입는 민족복. 재단한 의복이 아니고 허리를 감고 머리를 덮어씌우거나 어깨 너머로 늘어뜨리는 기다란 무명이나 비단 천.

호리호리한 여자가 앉아 있는 것 같은 느낌을 느꼈다. 초록색 '사리'를 두른 여인. 얼른 눈길을 피했던 그녀는 곧 시선을 다시 돌려 날 똑바로 쳐다보는 것이었다. 내가 그녀의 얼굴을 계속 노려보고 있는 것을 감각하면서의 행동이었을 것이다.

가무잡잡하고 동그랗고 조그만 얼굴이었다. 인도 여자? 아니면 파키스탄인? 그렇잖으면 실론[3] 여자?

다시 날 쳐다보는 그녀의 눈에 눈물 방울이 맺힌 것을 나는 봤다. 빨리 머리를 한쪽으로 숙이는 그녀는 하얀 손수건으로 얼굴을 가리는 것이었다.

치솟는 나의 호기심.

마음으로는 망설이면서도 발길은 그녀를 향해 천천히 가고 있는 나 자신을 발견했다.

여행이란 으레 모험과 우연의 해후와 로맨스를 수반하는 것이 아닌가! 내가 읽은 소설들(범위가 넓은 것은 아니지만)에 등장하는 남녀 주인공들 거의 전부가 기차, 기선, 산속, 바닷가, 버스, 비행기 안에서 우연히 만나 깊은 인연에로 골인하는 것이었다.

내가 남달리 여행을 좋아하는 이유들 중 하나가 이 우연의 로맨스를 기대하는 데 있을는지도 모른다. 지난날에 그런 기회가 없었던 것도 아니었다. 그러나 나는 번번이 기회를 놓치고 말았었다. 나이 서른여섯을 육박하기까지 내성적인 성격을 탈피하지 못하는 나는 기회를 놓치고 나서 번번이 후회하고 탄식하곤 했었다.

바로 석 주일 전 일만 돌이켜보더라도.

김포공항에서 비행기에 오르자 양장한 젊은 아가씨와 나란히 앉게 되었다. 비행기가 이륙한 지 이십 분 뒤 '벨트'를 풀자마자 나는 일본 도꾜 공항에 제출해야 하는 카아드를 기입하기 시작했다. 비행기 뜨기 직전에 배급

3 　실론(Ceylon) : '스리랑카(Sri Lanka)'의 옛 이름.

받은 껌을 아직 잘근잘근 씹고 있는 옆자리의 아가씨가 기다리고 있기나 했던 듯이.

"미안하지만 제 것도 좀 써주세요." 하면서 자기 카아드를 나에게 건네는 것이었다.

"전 해외에 나가는 것이 처음이라서 모든 게 서툴러서 그래요." 하고 그녀는 변명까지 했다.

"나두 첨인걸요."

"어머, 그러세요. 그래두 모두 익숙하신 것 같은데요."

"길 떠나기 전에 선배들한테 배워두었지요."

"저두 배우긴 했지만…… 역시 서툴러요."

참 대담한 여자라고 생각하면서도 나는 즐겁게 대서해주기 시작했다.

"성명은?"

"김현옥이에요."

"연세는?"

"건 왜 물으셔요?"

"여기 기입하게 돼 있으니까요…… 아니, 여권을 이리 주십시오. 여권 번호며 행선지 등을 다 써넣어야 되니까요."

그녀의 여권에 적힌 대로 나는 카아드에 기입했다. 나이는 스물넷, 직업은 학생, 행선지는 이탈리아의 로마.

"도꾜에는 얼마간 체류하실 생각입니까?" 하고 나는 물었다.

"그런 것까지 물으실 필요 없지 않아요. 그건 제 사생활……."

"여기 이 카아드에 그것도 기입하게 되어 있어요."

"네에. 그럼 3일 간이라고 적어주세요."

― 로마로 가는 학생이라…… 음악 공부? 성악 ― 하는 쑥스런 생각을 하면서 나는 카아드를 그녀에게 건네주었다.

"고마워요."

"천만에."

핸드백을 연 그녀는 껌 한 개를 끄집어내 나에게 주는 것이었다.

껌 껍질을 벗기면서 무슨 말이고 그녀에게 던져야 하지 않느냐고 머리를 쥐어짜면서도 말 한마디 못 한 나는 껌을 입에 넣었다 — 세상에 못나디못난 사나이! — 하고 나 자신을 욕하면서.

그런데 그녀가 불쑥 "선생님, 카아드 좀 보여주셔요." 하고 말을 건네는 것이 아닌가.

내 카아드를 들여다보는 그녀는 "어머, 시인이시군요…… 시 쓰는 것도 직업에 드나요?"

순간 모욕감을 느끼는 나면서 도시 붙임성 없는 나는 말문이 막혔다. 아니 그녀의 왼쪽 볼에 보조개가 패인 데 매혹되어 내가 잠시 벙어리가 되었는지도 모를 일이었다.

"화 내셨나요? 용서하셔요. 저도 시를 애독하는 축에 들어요. 선생님 건 아직…… 시인들도 정당한 직업을 가지구, 시는 여가에 쓰는 것이 아니에요. 그건 그렇구 도꾜에는 왜 하루밖에 더 안 머무르셔요? 런던까지 가시려면 피곤할 텐데…… 좀 푹 쉬시고……."

"쉴 틈이 없어요. 직행하는 비행기가 있다면 곧장 가도 대회 개최식엔 참석할 수 없는 형편인데. 비행기는 도꾜서 꼭 갈아타야만 되게 마련이고. 도꾜서 런던까지 직행할 수 있는 비행기 좌석이 내일 새벽에야 있다니까요. 결국 대회…… 런던서 국제 시인 대회가 열려요. 결국 대회에 하루 늦게 참석할 수밖에 없게 됐어요. 어차피 여권 수속을 늦게 시작해서……."

내가 이렇게 장황하게 지껄이게 된 것은 여권 내는 데 여권 수속 때 애쓴 생각이 새삼스레 떠올랐다.

"여권 수속을 좀 일찍 시작하시지 않고……."

"그러게 말예요."

"하긴 그래요. 전 석달 전에 시작했었어요. 여권 내는 데 그저 잘 되더군요."

— 내가 왜 그때 그녀가 도꾜 어느 호텔에 체류하는지를 왜 물어보지 못했을까? 참 숙맥이었어. 저녁 식사 뒤 전화로 연락하여도 도꾜의 밤거리 산책…… 다방에라도 들러보고. 그리구 그녀의 로마 주소는 왜 못 물어봤나? 귀로에 나도 로마에 들러 한 주일 유람하기로 비행기 일정표까지 짰는데…… 내 나이 그녀와 비슷하다면 추근추근한 녀석이라는 욕을 먹었겠지만, 십이 년이나 연장자인 내가 무슨 야심을 품었다는 의심을 받을 리 없었겠는데, 숙맥, 숙맥 —

하고 거듭 생각하면서 나는 대담하게 그 미지의 인도 여자 쪽으로 걸음을 옮긴 것이었다.

원고지 위에 생각을 옮기자니 이렇게 장황하게 되었지만 이런 생각이 내 머리를 스치는 기간은 단 수 초 동안이었다.

내가 그녀의 옆에 앉자 그녀는 약간 몸을 피했다. 호닥닥 일어나 몸을 피하는 것은 아니었고 손수건으로 가린 고개만 저쪽으로 돌리는 것이었다.

나도 모르는 새 어떤 연민의 정을 느끼면서 나는 담배를 붙여 물었다. 담배 한 대 다 피우는 동안 라디오는 계속 비행기들의 도착과 이륙을 연상 알리고 있었고 여객들이 떼를 지어 우리 앞으로 지나가고 들어가고 하였다.

시계를 봤다. 나는 아직도 한 시간 반이나 더 기다려야 했다.

"역시 유색인종들끼리 서로 동정이 오가는군요." 하는 여자의 목소리를 나는 들었다. 이상한 악센트가 섞인 영어였다.

나는 얼굴을 돌렸다. 어색한 미소를 띤 살갗 검은 여자의 깊고 동그란 눈이 날 바라보고 있었다. 가무잡잡하고 동그랗고 조그만 얼굴. 코가 오똑하고, 긴 속눈썹이 꼿꼿이 일어서 있었다. 피부색만 다를 뿐 아리안족의 전형적인 골격이었다. 매력 있는 모습이었다.

— 앞이마 중앙에 빨갛고 동그란 흠집을 내지 않은 걸 보니 처녀에 틀림없구나 — 하는 엉뚱한 생각이 났다.

"어디까지 가시는데 이렇게 오래오래 기다리십니까?" 하고 나는 서툰 영어로 대꾸했다.

"당신은 야쁜니즈[4]?" 하고 그녀가 묻는 것이었다.

나는 망설였다. 도꾜로부터 런던까지 비행기로 직행해 오는 나는 도중에 단거리 여행하는 수백 명의 외국인들과 잠시 잠시 사귀곤 했었다. 고정돼 있는 내 옆자리에 와 앉는 승객, 한 시간 혹은 반시간식 정류하는 공항 휴게소 식탁들을 가운데 두고, 그리고 한 주일 동안 시인 대회에서 매일 매시간 만나는 삼십여 개 나라에서 온 시인들, 숱한 외국인들을 만났다. 그런데 그들은 노란 얼굴을 가진 사람이면 으례 일본인으로 속단하는 것이었다.

처음 얼마 동안은 나는 한국인이라는 걸 가르쳐주는 데 열심이었다. 그러나 한국인이라고 해서 특별한 흥미를 느끼는 걸 한 번도 발견하지 못한 나는 내가 절대 필요하다고 생각되는 경우를 제외하고는, 그냥 미소로 묵살해 버리곤 했었다.

더구나 지금 이 예쁘장하게 생긴 인도 처녀 앞에서 잘 보이려고 하고 있는 나는 "생각대로 하시지요." 하고 대답했다. 이 여자에게 잘 보이려 했다가 망신을 당하게 되는 경우가 온다면 그냥 가만히 있는 것이 도리어 상책이라는 생각이 든 것이었다.

"야쁜니즈도 식민지 사람들은 개돼지 취급을 했나요?"

이런 저돌적인 질문에 나는 어리둥절했다. 아무 말도 못 하는 나를 똑바로 바라보는 그녀는 말했다. "저는 인도 여자예요. 영국 사람들은 지금도 우릴 하등 동물처럼 다뤄요. 젊은 층에는 그렇잖은 이들이 더러 있긴 하지만."

"차별 대우 받는 게 서러워 울고 계시는 거군요."

"단순한 차별 대우가 아닙니다. 제 일생의 행복을 파멸시키는…… 저 아침부터 이 자리에서 울고 있었어요. 허나 누구 하나 관심 가지는 이가 없었어요. 죽고 싶어요. 내가 백인이었더라면 이렇게 버려두지 아니했을 거예

---

4 야쁜니즈(Japanese) : 일본 사람.

요. 당신은, 당신은, 같은 유색인종이고 그리구, 그리구, 어쩐지 절 동정해 주실 것 같은 예감이 들었어요. 육감이라는 것……실례지만 이 쪽지 좀 봐 주실까요……."

몹시 흘려 쓴 글씨인데다 내 영어 실력이 변변치 못해 정확한 뜻은 파악할 수 없었지만 대강 이런 뜻이라고 짐작했다.

'대단히, 대단히 미안하오. 눈치챈 어머니가 지금 발작을 일으켜 그녀의 곁을 잠시도 떠날 수 없는 몸이 되었소. 난 당신을 사랑해요. 내 목숨보다 더. 지금 나는 어머니에게서 감시 받고 있어요. 몸을 빼낼 도리가 없어요. 내 사랑은 절대 의심하지 말아요. 먼저, 제발 — 먼저 파리로 가서 날 기다려요. 며칠만 기다려요, 당신의 영원한 애인.'

"이게 누구한테서 온 겁니까."

"제 애인한테서. 영국 남자예요. 그의 부모가 한사코 반대해서…… 제 부모도 물론 반대지만…… 전 도망해 나왔어요. 둘이 도망가려구요, 스위스로. 그이는 비겁해요. 지금 저는, 저는 버림받은 외톨……."

말을 못 마치고 외면하는 그녀는 다시 손수건으로 얼굴을 가렸다. 우는 소리는 안 들리지만 어깨가 들먹거리는 것이었다.

측은한 생각이 내 맘속에 불같이 일어났으나 어떻게 위로해야 할지를 몰라 담배를 피워 물었다.

지나가는 여객들이 힐끔힐끔 나와 그녀를 보며 지나갔다.

거북해진 나는 — 이 여자가 어찌하여 그런 통사정을 하필 나에게 하는 것일까? 육감이라? — 하고 생각했다.

얼떨결에 그녀의 귀에 입을 가까이 가져간 나는 "파리로 가서 기다리면 되잖아요." 하고 속삭였다.

그녀는 소리내 흐느끼기 시작했다.

참 난처한 일이었다. 옛날 얘기에서처럼 둔갑한 여우에게 내가 홀렸단 말인가? 홀렸으면 어때!

악마가 내 귀에 속삭였다. "호의를 베풀어주려므나."

— 절망, 환멸, 비애, 홧김에 그녀가 너에게 정을 줄는지도 모르니!……
파리로 데리고 가서 여행 동반자로 삼으면 덜 적적하겠지.

그녀가 소리내 흐느끼기 시작하자 시선을 우리께로 돌리는 여객들 수가
부쩍 느는 것 같았다. 남들의 눈에는 우리 둘이 동행자로 보였음에 틀림없
었을 것이다. 그런데 흐느끼고 있는 여자 옆에 목석처럼 멍하니 앉아 있는
내가 진풍경인 모양이었다.

그렇다. 나는 내 눈으로 똑똑히 봤었다. 내가 타고 오는 비행기가 유럽에
들어서자마자 공항 대합실에서마다 나는 차마 못 볼 광경들을 너무나 많이
목격했었다. 옆에 군중이 있건 없건, 낮이건 밤이건 남녀가 껴안고 꼭 팔장
을 끼고 가는 장면을…….

런던 시내 여러 곳을 관광하던 때도 마찬가지였었다.

시내 시외 할 것 없이 웬만큼 소문난 관광 지대는 회의 도중 단체로 거의
다 돌아봤다. 국제 시인 대회의 프로그램은 문학 토론 시간이 1/3, 만찬회와
티·파티가 1/3로 그리고 관광이 1/3로 짜여져 있었다.

회의가 끝난 뒤 이틀간 처진 나는 나대로의 런던 관광에 나섰었다. 영화
에서 본 바 있는 '워털루 부릿지'의 밤 풍경을 특히 보고 싶었다. 안개 낀 밤
다리 위에서 담뱃불을 빌리는 숙녀. 호텔 보이 하나를 살살 구슬러서 밤이
으슥한 때 그 다리 위 산책을 했다. 초가을 밤이었건만 다행히 안개가 낀 밤
이었다. 남녀 행인들이 꽤 많았다. 그러나 창녀라고는 그림자도 못 봤다.

이튿날 낮 나는 혼자 그 다리를 또 건너게 되었다. 오후 두 시. 행인이 별
로 없었다. 가장 유표하게 내 눈에 띄는 로맨틱한 광경 — 다리 중간쯤 난간
에 그린 듯이 서 있는 젊은 남녀 한 쌍. 손과 손을 마주 잡고 다리 밑을 물끄
러미 바라보는 모습. 지나가는 사람들은 그 광경에 곁눈도 팔지 않고 그냥
지나갔다. 그러나 나만은 멀찌감치 난간에 기대서서 그 한 쌍의 모습을 눈
여겨 지켜봤다.

여수

팔과 팔은 간혹 잡았다 놓았다 하지만 시선과 시선은 아교로 붙여놓은 양 떨어질 줄 모르고, 다리 아래로 향하고 있었다.

착실히 5분간 지켜보고 있던 나는 그들 쪽을 향해 걸음을 옮겼다. 그들에게 가까이 이르자 나는 일부러 쿵쿵 발소리를 내며 걸었지만 그들에게는 들리지 않는 모양이었다. 그들 앞에 다가서면서 나는 재채기를 크게 했다. 그러나 그것도 그들은 들리지 않는 모양이었다.

다리 저쪽 끝까지 간 나는 돌아다봤다.

내 어깨에 걸려 있는 카메라가 흥분하기 시작했다. 괜히 섣불리 굴다가 그 청년에게 폭행을 당하게 되면 어쩌겠느냐고 내가 무마하려 들었지만 카메라는 자기대로의 욕구 불만을 느끼는 모양이었다.

다리 전경과 강 건너 풍경을 찍는 체하면서 나는 샷타를 눌렀다. 그들 한 쌍을 중심부에 두고. 망원 렌즈를 못 가진 것이 한스러웠다.

그런 만큼 지금 옆에서 울고 있는 여자를 내가 동반하는 것이 도리어 정상적이요, 따라서 뭇 시선을 딴 데로 몰게 될 것 같다고 생각되었다.

좋은 핑계.

이때 별안간 확 풍겨 오는 여자의 체취. 그 순간 나도 이성과 체면을 잃어버린 사람이 되고 말았다. 어느새 내 왼팔이 그녀의 팔을 잡고 말았다. 찌릿했다. 그녀의 허리가 조금 꿈틀할 뿐 반항은 없었다. 내 심장은 마구 뛰었다. 곤두서는 내 말초 신경. 내 팔은 그녀의 허리를 더 힘주어 껴안았다.

그녀가 얼굴을 돌린 채 손수건으로 가리고 있지 않았던들 나는 그녀의 입술에 내 입술을 갖다 대고 마구 비벼댔을지도 모른다.

내 입술을 그녀의 귀에 가까이 대고 나는 속삭였다.

"파리로 가면 되지 않소."

남들의 시선이 모두 우리로부터 떠나 딴 데로 가는 것 같았다.

용기를 얻은 나는 몸을 일으켜 그녀를 정면에서 바라보고 한 번 더 "파리로 가요." 하고 속삭였다.

"파리 지리에 저는 백지예요. 한 번도 가본 일이 없어요." 하고 그녀는 울음 섞인 목소리로 간신히 말했다.

악마가 다시 날 충동였다. 나는 말했다. "파리 지리에는 내가 밝으니까 염려 말아요. 나도 마침 파리까지 가는 길이니 우리 유색인종끼리…… 나도 의분을 느껴요. 당신이 가는 그곳 주소까지 고스란히 모셔다 드릴 테니……."

"오, 고마와요, 고마워요." 하는 그녀는 울음을 그쳤다. 그냥 외면한 채 눈을 손수건으로 몇 차례 닦고 난 그녀는 내게로 얼굴을 돌리며 방긋 웃었다. 흙갈색 얼굴이 이렇게도 아름다울까! 더구나 울어서 조금 부어오른 눈두덩, 눈물로 맑게 씻긴 눈동자들.

팔에 힘을 주어 나는 그녀의 팔을 꽉 잡았다.

"고마와요. 당신도 파리까지 가시나요?"

"예, 벌써 떠났을 건데 내가 탈 비행기가 연착 연발하게 돼서요…… 허, 이런 걸 우연, 아니 연분이라고 하지요. 우리 동양에서는……."

'엉큼한 놈!' 하고 내 속에 들어와 도사리고 앉아 있는 악마가 날 놀려주었다.

"그럼 저도 얼른 표를 사야겠네요. 둘이 같이 가게. 어느 회사 몇 호 비행기지요"

요행히, 참말 요행히 내가 타고 갈 비행기에 좌석 한둘이 남아 있었다. 좌석은 멀리 떨어져 있지만.

그녀가 파리행 외길표 한 장을 샀다. 탁송하는 짐을 안 가진 그녀의 휴대품은 핸드백 한 개뿐이었다.

탑승할 시간은 아직 사십 분 남아 있었다.

"배 고프지요. 식당으로 가실까요?"

내가 청했다. 십 달러짜리 여행자수표 한 장 끊어 돈 바꿀 각오를 하면서.

고개를 끄덕이는 그녀는 '사리' 깃을 여미며 앞서 걸어갔다.

육류는 통 안 먹는다는 그녀였다. 야채 사라다와 빵과 잼을 그녀는 주문했다. 빠다는 소젖으로 만든 것이기 때문에 빵에 발라 먹지 못한다는 것이었다.

채식가가 아닌 나도 덩달아 그녀가 주문한 대로 꼭 같이 주문했다.

그녀는 코냑 한 글라스를 더 주문했다. 나도 그걸 주문했다.

국적이 다르고 첨 만난 남녀 사이였지만 먹을 것을 가운데 놓고 마주 앉아 소량의 알콜이 피에 섞여 돌아가게 되니 피차 친밀해지는 속도가 무척 빨랐다.

말이 오고갔다.

헌칠하게 생긴 영국 청년과 연애하던 얘기. 결혼 문제가 나오자 고민하던 그 남자. 고민 고민 끝에 영세 중립국인 스위스로 둘이 도망가서 오붓하게 살자고 제의하던 일. 남들의 눈을 피하기 위해 이날 아침 일찍 따로따로 비행장으로 나와 만나가지고 우선 파리까지 날자고 했다고. 그런데 그녀가 한 시간이나 초조하게 기다린 뒤 택시 운전수를 시켜서 쪽지만 전하고 당사자는 나타나지 않더라고. 그에게 전화 걸었다가는 일이 탄로날 거고.

충돌하며 살아온 자기 부모에게는 영 집으로 돌아오지 않겠노라는 절연장을 써놓고 자기는 도망쳐 나왔노라고. 그러니 지금 당장 집으로 돌아갈 수 없노라고.

영국 남자가 저더러 파리로 먼저 가서 기다리면 자기도 쉬[5] 뒤쫓아 오겠노라고 쪽지엔 썼지만 믿을 수 없다고. 첨부터 그 남자는 사기군이었음에 틀림없다고. 앞으로 어떻게 했으면 좋겠느냐고. 파리에는 자기가 잘 아는 인도인으로 인도 음식 파는 식당을 경영하고 있다고. 우선 그리로 가서 당분간 몸을 의탁할 수밖에 없노라고.

묵묵히 듣고 있는 나는 한편 동정하며 다른 한편 분개했다. 그러면서도

---

5 쉬 : 쉬이, 곧, 가까운 미래에.

앞뒤가 잘 안 맞는 말을 가끔 들을 때 나는 어디까지나 호의로 해석했다. 마음에 받은 충격이 너무나 심했기 때문에 말의 두서가 좀 틀리는 건 당연한 일이라고 나는 생각했다.

그리고 배반한 남성에게 독설을 퍼부을 때 그녀의 깊고 동그란 눈은 독기로 가득 차는 걸 나는 봤다. 그러나 금시 구슬픈 자기 신세타령을 늘어놓을 적에는 눈물이 눈에 가득 고이는 것이었다. 그 눈물이 뺨으로 흘러내릴 때에는 히스테릭한 웃음과 울음을 한꺼번에 터뜨리곤 하는 것이었다. 그러나 그것은 잠시. 금새 손수건으로 뺨과 눈을 닦고난 그녀는 곧 고혹적인 미소를 나에게 던져 나를 뇌살[6]시키는 것이었다.

연극 배우가 될 수 있는 소질을 충분히 가지고 있는 여인이라고 내게는 생각됐다.

비행기에 오르자 이 여자도 자기의 카아드를 나에게 대서시킨다는 핑계로 나에게 한 번쯤 다녀가주었으면 하는 기대로 가슴을 두근거리고 있었다.

그러나 한 시간이나 기다려도 그녀는 나에게로 오지 않았다. 내가 찾아가기로 결심했다. 대기실 저쪽 끝에 있는 화장실에 갔다 오면서 좌우쪽 좌석들을 유심히 살펴보면 그녀를 발견할 것이라고 생각한 것이었다.

세 사람이 나란히 앉는 좌석 가운데칸에 앉아 있는 그녀를 나는 발견했다. 그러나 그녀는 잠을 자고 있었다.

파리 국제 공항 세관 검사는 무척 까다롭고 시간이 오래 걸렸다. 내가 탁송해 온 큰 가방 속 물품은 대부분이 내 옷이요, 10여 권의 책이 있을 따름으로 걸릴 것은 없었으나 60여 명 여객들의 짐을 샅샅이 뒤지고 있는 세관 직원들 앞에서 내 차례가 오기를 기다리는 시간만도 한 시간이나 걸렸다. 탁송한 짐이 없는 그녀의 자태가 사라진 지도 오래되었다.

대합실에 나서자 쉽게 그녀를 발견할 수 있었다.

6　뇌살(惱殺) : 여자의 매력에 남자가 빠져 애가 타는 것.

'사리'가 유표(有表)했기에.

공항에서 그 나라 돈 얼마를 바꾸는 것이 편리하다는 것을 이미 알고 있는 나는 은행 출장소로 갔다. 여행자수표철을 꺼내 20달러짜리 한 장 뜯어 가지고 서명하고 있을 때 초록색 '사리'가 내 곁눈에 들어왔다.

공항에서 시내 중심지로 들어갈 때에는 항공회사의 시내 '터미널'까지 가는 버스를 이용하는 것이 편하고 요금이 싸다. 나보다 한 시간이나 먼저 대합실로 나온 그녀가 혹시 버스표 두 장 사가지고 있지나 않을까 하고 물어봤더니 그녀는 머리를 저었다. 버스표 두 장을 사 든 내가 그녀를 앞세우고 버스에 올랐다.

공항에서 '터미널'까지 직행하는 급행 버스였건만 두 시간이나 걸렸다. '터미널' 앞에서 버스에서 내릴 때 땅거미가 지고 있었다.

무엇보다도 우선 호텔 방을 예약하는 것이 급선무였다. 나는 '인포메이션 데스크'로 갔다. 영어 아는 직원이 마침 있었다. "숙박료는 하루 미국 돈으로 6, 7달러 정도…… 나 혼자니까 싱글 베드 룸……." 하고 부탁하던 나는 옆에 서 있는 초록색 '사리'에 힐끔 곁눈을 주었다. "아니, 잠깐, 더블 베드." 하고 나는 수정했다. 그녀의 눈치를 살폈다. 무표정.

"됐다!" 하고 내 속의 악마가 쾌재를 불렀다.

몇 군데 전화를 걸어보고 난 직원은 쪽지에 호텔 이름과 주소를 적어 나에게 주었다. "택시로 가시지요. 10분 정도 걸릴 겁니다." 라고 그는 말했다.

호텔 '프론트 데스크'에서 숙박계를 쓸 때 나는 여권을 꺼냈다. 여권 번호를 외우느라고 하기는 했지만 한 번 더 다짐하기 위해서였다. 옆에 와 서 있는 그녀도 여권을 꺼내 보여주었으면 좋으련만 손가락 하나 안 움직이고 오두마니[7] 서 있는 것이었다.

"부부이신 모양인데 사실이라면 남편의 여권 번호만으로 족합니다."고

---

7   오두마니 : '오도카니'의 비표준어. 정신나간 사람처럼 멍하니.

직원이 말했다. 나는 놀랐다. 그녀를 곁눈질해봤다. 눈썹 하나 움직이지 않는 것이었다.

"됐다!"

하고 악마가 한 번 더 환성을 발하는 것이었다.

'엘리베이터'에 들어서자 그녀는 내 겨드랑이에 손을 넣어 꼭 끼는 것이었다. ─아니, 이게 수상한 여자가 아닌가? 하는 생각이 내 머리를 스쳤다. ─그럼 어때? 오히려 더 좋지.

호텔 방 안에 들어가자 그녀는 더블 베드 가장자리이에 걸터앉았다. 짐 날라온 '갈송'[8]에게 팁을 두둑이 주어 내보낸 뒤 나는 "자, 욕실 먼저 쓰시지요. 대강 세수나 하고…… 룸·서비스로 시켜 이 방에서 먹는 게 좋겠지요." 라고 그녀에게 말했다.

그녀가 '사리'만 풀어놓고 욕실로 들어간 뒤 담배를 피워 문 나는 방 안을 오락가락했다. 관능적인 초록색 하늘하늘하는 '사리'에 가끔 눈을 주면서.

─파리까지 와서 여자를 사려면 프랑스 여자를 살 것이지 왜 하필 인도 여자를…… 경솔한 짓을 했나 보다. 맹추.

욕실에서 나오는 그녀는,

"빨리 세수하셔요. 그리구 저녁은 제가 한턱내요……인도 식당으로 모실께. 폐 끼쳐 미안해요. 허나 내친걸음이니 그 집까지 절 바라다 주세요…… 은혜는 평생 안 잊겠어요."

호텔 정문에서 문지기이가 잡아주는 택시에 오르자 그녀는 쪽지 하나를 운전수에게 넘겨주었다. 인도 식당 주소를 적은 것인가 보다고 나는 생각했다. 차가 떠나자 바싹 내게로 다가앉는 그녀는 머리를 내 어깨에 기대고 가는 한숨을 쉬었다.

네온사인들이 휘황찬란한 파리의 밤거리를 달리면서도 내 신경은 그녀에

8　갈송 : 프랑스어 가르송(garçon). 호텔 보이.

게만 집중되고 그녀의 따뜻한 체온이 날 황홀하게 했다.

나는 얼굴의 입술을 보았다.

인도 식당 안에 손님들은 그리 많지 않았다. 웨이트리스들은 인도 여자가 아닌 프랑스 여성들이었지만 모두 '사리'를 두르고 있었다 — 노란색, 분홍색, 자줏빛, 흰빛 등.

나와 같이 온 인도 여자가 인도 말로 뭐라고 말했다. 좀 있더니 늙스그레한 인도 여인 — 앞이마에 동그란 흠집을 낸 — 여인이 나타났다. 나와 동행해 온 여자는 놀라는 태도로 일어섰다. 당황하는 표정이었다.

한동안 인도어로 말을 주고받더니 노파는 혀를 끌끌 차며 안으로 들어갔다.

"제가 잘 아는 분들이 이 식당을 남에게 넘겨주고 이사 갔대요. 아까 그이가 이사 간 주소를 아신다니 다행이에요…… 시장하실 텐데 우선 여기서 저녁 드리고…… 한 번 더 수고해주셔야겠어요."

"택시 잡아 타고 혼자 가셔도 되지 않아요." 나는 불쑥 이런 말을 했다. — 이 여인이 정말 수상한 여자라면 여기서 딱지 떼고, 재미를 볼 바에는 이 고장 여인을 골라보는 것이 도리어…… 하는 생각이 났었는지도 모를 일이었다.

"그건 모르시는 말씀. 젊은 여성, 더우기 외국 여자, 프랑스어 한마디도 모르는 여자가 밤에 혼자 택시를 탔다가는 어떤 봉변을 당할는지…… 하옇든 식사부터 시키지요."

말은 채식이라 하면서도 프라이한 생선이 나왔다. 그녀도 서슴지 않고 생선을 먹는 것이었다.

— 내가 정말 여우에게 홀렸나 보다.

그 다음 닭고기가 나왔다. 그것도 다 먹고 난 그녀는, "맛이 어때요? 정말 생선 맛과 닭고기 맛이 납니까? 전 그런 걸 먹어보지 못해 맛을 몰라요."라고 하는 것이었다.

"아아니, 지금 우리가 먹은 것이……."

"모양은 생선, 닭고기 같지만 두 가지 다 콩으로 만든 거예요."

나는 어안이 벙벙했다.

우리는 다시 택시를 탔다. 주소 적힌 쪽지를 운전수에게 맡기고 난 그녀는 내 무릎에 걸터앉았다. 내 양복 웃저고리를 제낀 그녀는 두 팔 다 내 양쪽 겨드랑이 속에 넣고 힘껏 포옹했다.

"고마워요. 이렇게 친절하신 분…… 이 은혜는……."

말을 마치지 않는 그녀는 상당히 적극적인 기세로 내게 부딪쳐 왔다.

나는 정신을 잃을 정도로 도취해 있었고, 내 속의 악마는 '성공이다!' 하고 작약[9]했다.

택시가 급정거하자 몸을 빼는 그녀는, "미안하지만 내리지 날고 좀 기다려주셔요. 혹시 주소가 틀렸으면 또 딴곳으로 가봐야 되게 될는지도 모르니까요…… 정말 미안해요." 하고 말하면서 차에서 내렸다. 나에게 입을 벙긋할 여유도 주지 않은 그녀는 어둑신한 층계를 걸어 올라갔다.

정신 차려 보니 지금 있는 곳은 상가가 아니라 주택지였다. 보안등이 어디쯤 켜 있는지 어둑신하고 우중충한 거리, 양쪽 주택 창들도 어두운 것이 더 많은 것 같았다.

슬그머니 무서운 생각이 들었다. 그러면서도 한껏 흥분만 한 채 미진한 마음이 들었다.

택시 문을 열며 들여다보는 얼굴은 — 시커먼 얼굴 바탕에 숱이 짙은 하얀 수염이 유난히 부각된 노인이었다. 노린내가 확 끼쳤다.

"초면이지만 참 신세가 막중하옵니다. 내 딸이나 다름없는 그 애를 이처럼 끝까지 보호해주셨으니…… 집으로 모셔 차라도 한 잔 대접하는 것이 예의이겠지만 지금 그 애가 발작을 일으켜서요. 긴장이 풀린 탓이겠지요만…… 그 애가 진정되거든 밝은 날 아침에라도 호텔로 찾아 뵙게 하기로

---

9   작약(雀躍) : 좋아서 날뛰며 기뻐함.

하고…… 허, 이것 참 여간 실례가 아니올시다만 사정이 그러하오니…… 당신도 피곤하실 텐데 호텔로 가셔서……."

그러고는 그 노인이 프랑스어로 운전수에게 무어라고 말하는 것이었다.

"위, 위[10]." 하면서 고개를 끄덕이는 운전수는 발동을 걸었다.

— 닭 쫓던 개 지붕 쳐다본다는 말이 나에게 해당되는 진담이로구나.

호텔로 돌아온 나는 옷을 입은 채 널따란 더블 베드 위에 벌렁 누웠다.

맹랑한 일이었다.

머리가 멍했다.

걷잡을 수 없는 피로가 온몸을 사로잡았다.

양복 저고리를 벗기 전 내 손은 기계적으로 안 포켓으로 들어갔다. 잡혀지는 것이 없었다. 전율을 느끼는 나는 다른 포켓에 손을 넣었다. 아무것도 없었다. 허둥지둥 나의 손은 양쪽 주머니로 갔다. 담배, 라이터, 휴지 — 그뿐이었다. 바지 양쪽 주머니에서 꺼낸 것은 공항에서 바꾸어 여태까지 쓰고 남은 프랑스 돈 얼마와 구두 주걱. 바지 뒷주머니에서는 손수건과 수첩 한 권. 믿어지지가 않아서 포켓들을 다시 뒤져 보고 속을 뒤집어봤다.

없었다. 여행 떠나자마자 잠자리에 들기 전에 반드시 꺼내서 베개 밑에 감추고 자온 여권과 비행기표와 이백 달러의 여행자수표철이 모두 행방불명된 것이었다.

앞이 캄캄했다. 그것들을 찾지 못하면 사고무친[11]한 만리타향에서 나는 오도 가도 못하는 거지 신세가 되는 것이다.

절망, 허탈, 초조.

될 수 있는 대로 침착하려고 애쓰면서 나는 지나간 일을 더듬어보기로 했

10　위, 위(Oui Oui) : 프랑스어로 '예, 알겠습니다'.
11　사고무친(四顧無親) : 의지할 데가 도무지 없음.

다. 공항에서 돈 바꿀 때 나는 여행자수표 한 장을 끊었다. 삼백 달러나 되는 수표철은 기계적으로 도로 저고리 안쪽 왼쪽 포켓으로 들어갔을 거고. 호텔 '프론트 데스크'에서 숙박계 쓸 때 꺼냈던 여권은 비행기표가 들어 있는 가죽 지갑 안으로 기계적으로 도로 들어갔을 것이고. 그때 분명 분홍빛 비행기표도 본 기억이 있는 성싶다. 그 뒤에는 여권이고 비행기표고 여행자수표철이고 한 번도 꺼낸 일이 없었다. 택시 값, 저녁 식사대 낼 때 내 손이 저고리 안주머니에 들어갔을 리가 없다. 프랑스 돈은 바지 주머니에 넣고 다니며 썼으니까. 그러니 수표철은 혹시 공항 은행 출장소 창구 앞에 놔둔 채? 여권과 비행기표가 들어 있는 지갑은 호텔 '프론트 데스크'에? 내가 그렇게도 멍청한 놈이었던가?

나는 호텔 '프론트 데스크'로 달려갔다. 그러나 데스크 지키는 호텔 종업원은 독특한 프랑스식 제스추어인 어깨를 흠칫하면서 모르겠노라고 하는 것이었다. 그가 영어를 잘하는 데 용기를 얻은 나는 공항 은행 출장소에 전화 걸어 물어봐 달라고 자꾸 졸랐다.

수화기에 대고 프랑스어로 뭐라고 한참 지껄이고 난 그는 수화기를 놓고 어깨를 흠칫하는 것이었다.

— 그럼 그 인도 여자가?…… 아, 그것이…….

인도 식당이 어디 있느냐고 나는 데스크 종업원에게 물었다. 전화번호책 광고란을 뒤적거리던 그는 시내에 인도 식당이 두 군데 있다고 알려주었다.

두 주소 다 쪽지에 적어 달랜 나는 그걸 가지고 택시를 잡아 탔다. 초조하기 그지없으면서도 부아[12]도 났다. — 지금쯤 그 유명한 샹젤리제 큰 거리를 거닐면서 오가는 여자들이 풍기는 향수 냄새도 맡고, 보도 한 절반 차지했다는 노천 까페에 앉아 비어라도 마시면서 동경의 도시 파리의 밤 풍경을 만끽하고 있었을 것인데 어쩌다가 피부색 검은 요부를 만나가지고……왜

---

12 부아 : 화나거나 분한 마음.

하필 비행기가 연발하기 때문에…… '트랜스워어드' 비행기는 절대 타지 말아야지…… 그 인도 여인! 그녀가 설마…… 아니야, 내 속에 자리잡은 악마의 꼬임이 날 망쳤어!…… 어디까지나 순수한 동정심으로 그 불행한 여자를 돌봐주었더라면……착한 일을 하고도 난 이런 벌을 받고 있으니…… 모순이 아닌가…….

첫 번째 인도 식당 안으로 뛰어 들어갔지만 낯이 익은 것 같기도 하고 생소한 것 같기도 했다. 주위 환경을 눈여겨 관찰할 수 있는 마음의 여유도 없이 내 정신은 초록색 '사리'에 전적으로 팔렸었나 보다. — 못나고 덜된 자식.

하옇든 주인 마나님을 만나보면 그녀의 얼굴을 알아볼 수 있을 것같이 느꼈다. 그런데 영어를 알아듣는 웨이트리스는 하나도 없었다. 영어로, 우리말로 주절거리며 손짓 고갯짓 다 하다가 얼떨결에 나는

"마담." 하고 소리질렀다.

그제야 깔깔 웃으면서 "위, 위." 를 연발하는 여급이 안으로 들어갔다.

인도 여자가 나오기는 했지만 아까 봤던 노파가 아니고 중년 여인이었다. 사람은 다르지만 인도인이 분명한 그녀인지라 영어를 물론 잘할 것이라고 믿어 반가왔다.

"얼마 전에 나와 함께 와서 저녁식사를 같이 한 젊은 인도 여자의 친구 주소가 어디지요?" 하고 나는 영어로 물었다.

멍하니 날 바라보고 있는 그녀의 얼굴은 백치인 양 무표정이었다. 수백 년 동안 영국 통치하에 산 인도인이 영어를 못 배우다니? 믿어지지 않았다. 그러나 그녀가 영어를 모르는 것이 체가 아니라 사실인 성싶었다.

내 손을 둘 다 움직여 키가 적고 몸집이 호리호리하고 '사리'를 걸친 여자의 모습을 공중에 그리고, 식탁 저쪽 의자에 그녀가 앉은 시늉을 하고, 식사하는 형용, 주인 마나님이 그녀에게 쪽지를 주는 시늉, 내가 바지 주머니에서 돈을 꺼내던 장면은 형용이 아니라 실연으로 돈을 꺼내 여급에게 주고(주었다가 도로 빼앗았지만), 온갖 시늉을 다 했지만 인도인 중년 여자의 얼굴은 돌

처럼 굳어 있었다. 단지 프랑스 웨이트리스들과 많지는 않지만 식사 중인 손님들이 폭소만 자아내는 것이었다.

초조해진 나는 뛰어 나왔다. 택시는 기다리고 있었다. 이 집에서 이사 간 노인의 주택 주소를 알아 가지고 그리로 곧장 달려가려고 택시를 기다리게 했던 것이었다.

둘째 식당에 가서도 아무런 소득도 없었다. 말이 안 통해 가지고는 아무 것도 안 되겠다는 것을 알게 된 나는 호텔로 돌아오고 말았다.

경찰에 고발하는 도리밖에 없다고 나는 생각했다.

택시 미터에 나타난 요금을 치르려고 돈을 꺼내 헤아려보니 동전 몇 푼 남기고 몽땅 다 주어야만 했다. 그런데 운전수는 돈을 더 내라는 시늉을 하는 것이었다. 피차 형용으로 한참 실랑이한 끝에 그는 영문으로 된 요금표를 내 코앞에 내밀고 한 곳을 손가락으로 가리켰다. 밤 열 시 이후에는 요금에 20퍼센트 가산한다는 귀절이었다.

운전사를 데리고 '프런트 데스크'로 갔다.

그의 말을 듣고 난 데스크 직원은 "20퍼센트 가산에다 중간에 한 시간 기다린 대기 요금까지 첨가해 내셔야 됩니다." 고 말했다.

"지금 내 수중에 프랑이 없으니 좀 대불해주시오."

어깨를 흠칠하며 돈을 꺼내던 직원은 동작을 멈추고 나를 노려봤다.

"미국 달러를 주셔요, 바꾸어 드릴께."

"달러도 방에 두고 나왔으니 어서 대불해주시오. 내 곧 갚을께."

운전수가 나가자 나는 직원에게 부탁했다. "내 아내가 실종되었으니 곧 경찰에 수색원을 내야겠오."

"분실한 문건은 다 찾으셨나요? 경찰에 의뢰하려면 막대한 비용이 드는데요. 더구나 야밤중이라서……."

"그만두슈. 아침까지 기다려보지요."

그날 밤 나는 한잠도 못 잤다. 안절부절하다가 우연히 전화번호부가 눈에 띄었다. 전화번호부를 폈다. 주프랑스 대한민국 대사관 전화번호와 주소를 찾아 종이쪽지에 베꼈다. 호소할 데는 우리나라 대사관밖에 없다는 생각이 들었기 때문이었다.

호텔방 책상 위에 비치되어 있는 파리 시 지도를 펴놓고 도표를 따르니 대사관 소재지는 빨리 발견할 수 있었다. 거기다 동그라미를 그리고 나서 다시 호텔 주소를 찾아 동그라미를 그렸다. 거리가 상당히 멀다고 느껴졌다.

뜬눈으로 밤새우노라고 담배는 품절되고, 아침이 되니 커피 생각이 간절하고 배가 고팠다.

호텔 안 식당에서 조반 파는 시간은 아침 7시부터 10까지라고 '식사 안내서'에 적혀 있었다. 욕실로 들어간 나는 우선 공복을 채우노라고 수도물을 두세 컵 마셨다. 양치질 면도 세수를 하고 나서 수도물을 다시 몇 컵 마셨다. 생리적으로 목이 마르기도 하려니와 정신적 고통으로 인해 목이 타는 것이었다.

아침 식사 하려면 아직 한 시간을 더 기다려야 했다.

런던 공항에서 산 잡지를 뒤적거려봤으나 인쇄된 글자들이 눈을 자극할 따름, 아무런 의미도 나는 포착 못 했다.

팔목 시계를 자꾸 들여다봤다. — 내 시계가 고장난 거 아닌가? 귀에 대보니 재깍재깍 소리가 분명히 들렸다. 초침이 도는 것을 눈여겨 들여다봤다. 초침이 왜 이렇게 더디 돌까? 역시 고장난 게 아닌가! (未完) (1973)

　제3권의 첫 단편 「이것이 꿈이라면」은 1955년 당시 지식인을 위한 대표 잡지였던 『사상계』 2월호에 발표되었다. 이 전후(戰後) 시기에 국내는 민족상잔의 6·25전쟁의 상흔을 치유하고, 완전히 무너지고 파괴된 국토와 경제를 일으키는 데 분주했다. 1955년에 미국 잉여 농산물 구매 협정이 맺어졌다. 주요섭은 국제PEN클럽 한국본부 창립발기위원으로 참가하여 초대 사무국장으로 취임했다(후에 부회장, 회장까지 다년간 봉사했다). 1956년에 경제부흥 5개년 계획이 수립되었고 한미우호통상조약이 체결되었다. 이후 2~3년간 주요섭은 『자유문학』에 장편소설 『1억 5천만 대 일』과 『망국노 군상』을 연이어 연재하였다. 이 장편소설은 1910년 한일합방 전후부터 1945년 해방에 이르기까지 한반도와 중국, 일본을 무대로 한 대하역사소설이었다. 그러면서도 주요섭은 1958년에 단편소설 「잡초」와 「붙느냐 떨어지느냐」도 발표하였다.

　주요섭은 1959년에 독일 프랑크푸르트에서 개최된 국제PEN클럽 30차 세계작가대회에 한국 대표로 참석하였다. 1960년 이승만 정부의 3·15 부정선거와 4·19학생혁명으로 자유당과 이승만은 몰락했고 윤보선이 대통령에 당선되었으며 장면 내각이 출범하였다. 1961년 5월 16일에는 박정희 군사 쿠데타까지 일어나 정국은 새로운 소용돌이 속에 놓여 있었다. 이 시기 주요섭은 영자신문 『코리언 리퍼블릭』의 이사장을 맡았으며 창작보다는 번역에 몰두하였다. 그 결과『필 벅 단편선』과『연애대위법』(올더스 헉슬리) 등의 번역본들이 출간되었다. 1962년에는 이전에 발표한 중편소설「미완성」과 단편 몇 편을 모아 작품집『미완성』(을유문화사)을 출간하기도 했다.

주요섭은 1962년에 6개월간 미국 미주리대학 등 6개 대학 순회를 하며 "아시아 문화 및 문학"을 강의하였다. 이를 위해 쓴 영문 장편소설『흰 수탉의 숲(The Forest of the White Cock)』을 어문각에서 출판했다. 이 영문 장편은 해방 직후 쓴 영문 중편소설「김유신(Kim Yu-Shin)」을 확대 개편한 역사소설이다. 아마도 미국 대학생들에게 한국의 전통과 문화 및 역사를 가르치기 위한 것이었을 것이다. 귀국 후 주요섭은 존 버니언의『천로역정』과 토머스 모어의『유토피아』를 번역 출간하였다. 그의 작가로서의 특이한 경력은 다수의 영미소설을 번역하였다는 사실이다. 번역문학가 주요섭과 소설가 주요섭의 상관 관계도 앞으로 논의해볼 필요가 있다.

주요섭은 1965년에 경희대 영문학과 교수직을 사임한 후 거의 7년간의 침묵을 깨고 다시 창작에만 매진하여 단편「세 죽음」과「비명횡사한 유령의 수기」를『현대문학』에 발표하였다. 이어 1967년과 68년, 69년, 70년에 각각「열 줌의 흙」,「죽고 싶어 하는 여인」,「나는 유령이다」,「여대생과 밍크코우트」를 각각『월간문학』에 발표하였다. 1972년 11월 14일 서울 연희동 자택에서 심근경색으로 갑작스레 서거하기 전인 4월에 그의 마지막 단편소설「마음의 상채기」를『현대문학』에 발표하였다. 이 작품은 1950년 한국전쟁의 비극을 다룬 쓴 수작(秀作)이다.

「이것이 꿈이라면」: 꿈과 현실이 구분되지 않는 기막힌 6 · 25 전쟁 상황

이 단편소설은 6 · 25전쟁이 휴전된 지 1년 반 이상이 지나『사상계』1955년 2월호에 실렸다. 1945년 8월 15일 이후 북한에서 공산 체제가 싫어서 또는 자본가, 지식계급이라 반동분자로 추방되어 월남으로 내려온 사람들이 많았다.

1950년 6·25전쟁 이후 어렵게 지냈던 탈북민들은 더글러스 맥아더 장군이 이 끄는 유엔군과 국군이 같은 해에 성공시킨 9·15인천상륙작전 성공과 9·28서 울 수복을 누구보다도 반가워했다. 유엔군이 성난 파도같이 북쪽으로 진격하여 북한 공산군을 압록강까지 밀어붙이니 남쪽으로 피난 왔던 사람들은 가족들을 두고 떠나온 북쪽 고향 산천으로 다시 돌아갈 기대로 부풀었다.

이 월남 가족 중에 최용욱 가족도 포함되어 있었다. 최용욱 자신은 북한군이 서울을 점령할 당시 정치보위부에 끌려 이미 납북되었다. 아내 곽 부인과 아들 광진은 고향인 평양으로 가면 납북된 남편과 아버지를 만날 수도 있고 특히 광 진은 자신이 좋아했던 '순애'라는 여자 동창생을 만날 수 있기를 바랐다. 광진은 고향 평양으로 빨리 올라가기를 기다리며 해방부터 지금까지의 자신의 파란만 장한 삶의 모습을 떠올렸다.

광진 가족은 일제강점기 말기의 궁핍하고 고통스런 생활을 보냈다. 8·15해 방 이후의 일대 혼란을 겪었다. 1947년에 광진 가족은 북한 공산 정권에 의해 반 동분자 가족으로 몰려 황해도 아래로 추방당했다. 광진은 좋아하던 여성 순애 가 공산당 열성분자가 된 모습도 보았다. 그리고 북한군이 서울을 지배했던 3개 월 동안은 발각되지 않기 위해 토굴에서 숨어 지냈다.

광진이 좋아하는 동급생이자 북한 노동당 열성분자 신순애는 자신의 이름은 "자본주의 감상투"의 냄새가 난다고 "신근로"라고 이름도 바꾸었다. 순애, 아니 근로는 매일 개최하는 동급생 회의에서 많은 학생들에게 "자아비판"을 강요했 다. 광진과 근로는 전체 학생회의 때 다투면서 신경전을 벌이기도 했다. 그러나 지금은 이 모든 사건들이 다 지나간 일이 되고 말았다. 광진은 이번에 평양에 가 게 되면 그녀를 다시 만나리라고 굳게 마음먹었다.

결국 9·28서울 수복 이후 두 달이나 지나 추워지는 초겨울에 광진과 곽 부인 은 그냥 걸어서라도 평양까지 가기로 결정했다. 떠나기 전 곽 부인은 납치인 가 족 연락소에 들러서 혹시나 해서 남편의 인적사항과 주소를 기재해놓았다. 함 께 북한으로 올라가는 도보 귀향자들이 거리마다 인산인해를 이루었다. 지나가는 길목에 여관과 식당들은 언제나 만원이었다.

그 이전에 아버지 최용욱은 수많은 납북인사들 틈에 끼어 서울을 떠나 평양 근처 교화소에 집단 수용되었다. 최용욱은 지난 수십 년 동안 살았던 그곳을 탈출할 생각도 못 하고 있었다. 그러던 어느 날 남한 관리, 국회의원, 학자, 작가, 무역상 등 사회 저명인사들인 납북인사들은 교화소 밖으로 끌려 나왔다. 그들은 더 북쪽으로 이송된다는 말을 들었다. 그들은 모두 어느 언덕에서 큰 구덩이가 파인 곳에 일렬로 서게 되었고 북한군이 갈겨대는 따발총 세례에 모두 고꾸라져 구덩이 속으로 떨어졌다. 최용욱의 생사와 행방도 분명치 않았다.

한편 광진과 어머니는 어렵게 평양시 남쪽 선교리에 도착했다. 그의 옛집은 대동강을 건너서 평양 서북쪽에 있었다. 영하 20도의 매서운 추위 속에서 천신만고 끝에 그들은 옛집에 드디어 도착했다. 그 집은 절반이나 파괴되어 있었기에 그 근처에 있는 외삼촌댁으로 가 친척들을 만났다. 거기에서도 아버지와 순애 소식은 전혀 들을 수 없었다. 광진은 그곳의 유엔 첩보부에 들러 2만여 명이나 되는 납북인사들 중에서 아버지의 행방을 알아보았으나 허사였다. 그는 어렵게 북한군이 납북인사들을 모두 거기서 20리 길이 되는 칠곡까지 끌고 갔다는 소식을 들었다. 추위 속에서 어렵게 그곳을 찾아보려 했으나 실패했다.

바로 이때 광진은 "후퇴, 후퇴, 후퇴!" 하면서 유엔군들과 많은 사람들이 갑자기 남쪽으로 밀려 내려오는 것을 보았다. 광진도 영문을 모른 채 그들과 함께 정신없이 남쪽으로 밀려 내려갔다. 바로 인해전술로 악명 높은 중공군이 압록강을 건너 남쪽으로 진격해 왔기 때문이었다. 전세는 순식간에 역전되었다. 이것이 우리가 알고 있는 1951년의 1·4후퇴이다. 유엔군과 국군 그리고 수많은 주민들이 한꺼번에 남쪽으로 빠르게 후퇴할 수밖에 없었다. 수많은 사람들이 한꺼번에 몰리다 보니 혼란이 극에 달했고 혹한의 날씨에도 허리까지 차는 개울을 그대로 건널 수밖에 없었다.

광진은 이러한 아비규환이 꿈인지 생시인지 분간할 수 없었다. 광진은 "아 아버지, 어머니, 형님, 누님, 절 깨워주십시오. 아우야, 누이야, 날 어서 깨워다오.

순애씨 날 좀 깨워주소. 서로 서로 깨워주면 못 깰 리 없으련만!" 하고 울부짖으며 우리의 사람들과 "이것이 꿈이라면" 하는 비몽사몽간에 정신없이 남하하고 있었다.

1·4후퇴로 한국전쟁은 새로운 전환점을 맞았다. 북진으로 이루려 했는 남북통일의 꿈은 산산조각이 나고 한반도에는 남북 분단 상황이 고착되어 그 후 70여 년 넘게 지금까지 지속되고 있다. 이 소설은 일제강점기 말부터 해방 그리고 6·25전쟁, 9·28서울 수복 그리고 1·4후퇴까지의 한반도의 숨가쁜 시기를 역사적으로 그린 역사 다큐소설에 다름 아니다.

「잡초」: 잡초 같은 강인한 삶의 예찬

이 단편소설의 주인공 현보는 일제강점기에서 6·25전쟁을 거쳐 살아오는 동안에 잡초(雜草)처럼 강인하게 살아온 40대 가장이다. 그는 아내와 두 아들과 함께 산 위의 오래된 성(城)을 끼고 일제강점기에 파놓은 방공호에서 살고 있다. 현보는 8·15해방 이후 만주 북쪽에서 살다가 살림을 정리하고 남하하였으나 가진 것이 하나도 없어 어렵게 산 위의 임자 없는 방공호 하나를 차지하여 지금까지 10년 이상 살고 있었다. 음산하고 컴컴한 굴 속에 가마니 두 장을 깔고 가마니 한 장으로는 입구를 가린 집이다. 잡부인 그의 일은 잔디에서 잡초를 뽑는 것이었다. 현보는 매일 "억센 풀더미"인 잡초가 깔린 풀밭 언덕을 오르내리며 살고 있다.

현보는 잔디밭에서 잡초를 뽑아내면서 잔디 같은 삶과 잡초 같은 삶을 비교해보았다. 그러면서 잔디밭에서 잡초를 뽑아내야 하는 이유에 대해 생각해본다. 잡초는 뿌리를 뽑아 내던져도 얼마 후에 다시 땅에 뿌리를 박고 다시 살아나는 강인한 생명력이 있다. 그는 자신이나 아내나 두 아들 그리고 그 일대 방공호에 사는 사람들은 모두 "잡초 같은 신세"라고 느낀다. 그의 아내도 10년간 임신을 못 했는데 이 방공호에서 세 번째 수태에 성공했다. 두 아들은 아파도 병원한 번 못 갔지만 강건하게 자라고 있다.

　그러면서 일제강점기부터 자신의 잡초 같은 삶을 회고하였다. 현보는 문자를 읽고 해독할 수 없어서 일제 말기에 학병으로 끌려 나가지 않았지만 만주서 관동군에게 징용되어 매맞으면서 참호를 팠다. 그래서 서울에 와서도 남루한 집 한 채 없이 방공호에 살게 된 것일까? 6·25 동란에도 한강을 건너 피난하지 못해서 공산치하에서 인민군의 총대를 맞으며 참호를 팠다. 서울 수복 후에도 유엔군 노무부대에 동원되어 중노동을 하였다. 이런 잡초 인생을 지낸 현보는 잡초 뽑는 일을 한다는 것에 회의를 느끼고 그 일을 그만두기로 결심한다. 잡초 인생이 잡초 뽑아버리는 일은 더 이상 할 수 없었다.

　현보는 직장을 그만두고 돌아오는 길에 바위 밑 틈새에서 싱싱하게 자라는 잡초를 쓰다듬어주며 "음, 악착스럽게 씩씩하게 살아라!"라고 잡초를 자랑스럽게 여기고 축복하기도 했다. 그는 속으로 다짐한다.

　　　잡초가 살아가려면 잡초끼리 함께 모여서 서로서로 의지하고 돕고 해야 되거든. 잘 가꾸어진 화단에 뿌리를 박아보려고 하는 어리석은 그녀의 뒤를 네가 따라가두 안될 것이요, 흉내를 내보려구 해두 안 된다. 이놈아, 가꾸어주는 화초는 잠시간은 편안하구 호사스런 생활을 즐길 수가 있지마는 그 가꾸어주는 손이 없어지는 날, 그들은 멸종되구 만다. 허나 우리 막 자란 잡초는 우리 멋대로, 우리 힘으로 영세토록 번창할 것이니라.

　이렇게 집에 돌아온 현보가 가마니를 젖히고 방공호 문을 열자 "응아, 응아, 응아!" 하고 갓 태어난 아기가 힘차게 울고 있었다. "그럼 그렇지! 잡초 한 포기가 또 돋아났구나. 잡초 틈에서 활개 펴고 자라나야 하느니라, 악착스럽게, 극성스럽게!" 하고 현보는 소리쳤다. 일제 강점기와 해방공간 그리고 6·25 전쟁을 겪으면서 궁핍하고 황폐한 시대를 온몸으로 해치며 살아온 한 인간의 거친 삶에 대한 잡초 같은 강한 의지는 놀랍기만 하다.

「붙느냐 떨어지느냐?」 : 입시(入試)라는 이름의 지옥

이 작품은 1950년대 후반 한국 사회의 입시 광풍에 대한 세태 풍자 소설이다. 한국의 각종 입시시험에 대한 지나친 관심과 열풍은 세계에서도 보기 드문 현상일 것이다. 지금부터 천여 년 전 고려 때부터 시작되어 조선 때까지 계속된 과거시험은 우리 민족의 오랜 전통이다. 과거 합격은 가문과 개인의 영광이며 권력 획득과 재산 축재의 모든 기회가 열린다. 우리 시대의 사법고시, 행정고시 등의 국가공무원 선발 시험 제도는 말할 것도 없고 대학교 입학시험 열풍도 그 정도가 심하다. 소위 일류 대학의 의대, 법대, 경영대, 공대의 좋은 학과에 들어가기 위한 경쟁은 치열하다. 이 시험들을 통과하면 사회적 지위와 안정된 직장이 보장된다고 우리가 굳게 믿기 때문이리라. 유교 전통이 강한 우리나라에서 자녀의 교육과 각종 시험에 대한 크게 관심을 가지는 것은 좋은 것이지만 시험에 지나친 과열 현상은 당연히 고쳐야 할 바람직하지 않은 전통이다.

이 소설의 주인공 철규는 아들 수남이의 중학교 입학시험을 치르는 과정에 참여하게 된다. 사실 1950년대부터 일류 중학교 입학은 한 인간의 인생의 가장 중요한 출발점으로 인식되었다. 좋은 중학교를 나와야 좋은 고등학교와 대학교에 들어갈 수 있었다고 믿었기 때문이다. 아버지 철규는 아들의 중학교 시험장에 애 업은 아내까지 데리고 따라갔다. 학부모 수가 수험생 수보다 더 많을 때도 있다. 온 가족이 동원되기도 하기 때문이다.

철규는 중학교 입학시험인데 여섯 장짜리 큰 시험지가 배부되고 그것을 단한 시간에 다 풀어야 하는 것에 놀랐다. 자신도 답을 풀어보려고 했으나 문제의 난이도가 만만치 않았다. 6학년짜리 어린 아들이 이런 문제들을 풀 수 있을까 의아해하기도 했다. 매 시간 끝날 때마다 아버지는 아들에게 시험을 잘 치렀냐고 묻기도 하지만 신통치 않은 답이 돌아온다.

철규는 각종 입학시험에 난무하는 미신과 속설을 절대로 믿지 않는다. 그 한예가 시험 치는 날 아침에 수험생에게 '엿'을 먹여야 하고 '미역국'을 절대로 주면 안 된다는 것이다. 철규는 반발 심리가 발동해 시험 전 날 미역을 사 들고 들어갔다. 그러나 아내는 엿을 사 왔다. 철규와 아내는 다투다가 결국 아들에게 미역도 엿도 먹이지 않기로 했다. 이러한 이야기는 시험을 각종 민간 속설들에 대한 비판과 풍자이다.

시험을 치르고 돌아온 아들 수남은 지난 수년 동안 공부해온 수십 종의 교과서, 참고서, 문제집 등 수험서를 몽땅 변소에 내동댕이 쳐버렸다. 철규는 아들의 심정을 이해할 수 있을 것도 같았다. 어떤 의미에서 1950년대부터 시작된 입시 열풍에 휩쓸린 학교는 학생들의 지, 덕, 체 교육에 토대를 둔 균형 잡힌 인성교육의 장이 아니라 상급학교 입학시험을 위한 강습소나 학원같이 되어버렸다. 학생, 교사, 학부모는 온통 자신이 목표하는 상급학교 입학시험 준비에 온 힘을 다 퍼부었다. 여기에다 특별 과외와 입시 학원들까지 생겨나 경쟁을 더욱 부추겼다.

입학시험이 끝나면 국내 주요 일간지들이 시험 문제의 풀이와 해답을 내놓는다. 수험생들과 학부모들은 예상 점수를 계산하고 합격선을 추정하느라 매우 바쁘다. 철규는 합격자 발표 날 새벽 4시부터 일어나 서성이다가 일찍 혼자 합격자 명단을 붙이는 학교 운동장으로 갔다. 동트기 전이지만 이미 수백 명의 사람들이 와서 초조하게 기다리고 있었다. 철규는 갑자기 "시대착오다, 시대착오." 하고 소리를 지르며 발을 동동 구르기 시작했다. 아버지 철규의 절규는 무엇을 뜻하는가? 한국 사회에 깊게 뿌리내린 각종 입학시험의 광란에 대한 저항이었으리라. 그러나 이러한 입시의 병폐는 학력사회에 대한 고정관념과 소위 일류 학교병이 근본적으로 치유되지 않는다면 앞으로도 결코 해결할 수 없는 우리 사회와 시대의 난제 중의 난제로 남을 수밖에 없으리라.

「세 죽음」 : 과도한 탐욕은 죽음에 이르는 병

1965년 10월호 『현대문학』에 실렸던 이 단편소설은 신문기사로 시작된다. 두 사람의 죽음과 한 사람의 입원이 같은 날 석간신문에 실렸다. 박만용(65) 사장은 심장마비, 그 부인 천덕자(46) 여사는 음독자살, 문필가 김아부(60) 씨는 아들에 구타당해 병원에 입원했다는 기사이다. 그다음 날 석간에 김아부 씨는 결국 사망하고 아버지를 때린 패륜 아들은 체포되었으며, 박만용 부부의 동시 변사에 대한 수사는 미궁에 빠졌다고 보도되었다.

그다음 이 소설의 전개는 세 사람의 죽음에 대한 배경을 이야기하는 것으로 이어진다. 박만용 사장은 "약육강식과 적자생존"을 철저히 믿고 수단 방법을 가리지 않고 재산을 모으고 권력을 추구했다. 급기야 박 사장은 건국훈장을 받기에 이른다. 그러나 그의 수훈은 거짓 증거물에 입각한 날조된 자료에 의해 결정된 것이다. 박 사장은 자신이 40여 년 전 "만주 황산리 전투 때 목숨 걸고 싸운 독립투사였다"고 자랑하고 다녔다. 박 사장은 1945년 해방 직후부터 건국훈장을 노렸다. 황산리 전투의 증인이 될 관련자들이 모두 죽기를 기다렸다. 그와 같은 부대원이었던 경쟁자이자 친구인 마충성과 좋아했던 여인 인옥의 모습이 나타나 그를 괴롭혔다.

박만용은 오래전 마충성을 전투 중 옆에서 총으로 쏘아 죽였다. 그리고 마충성의 애인이었던 인옥을 겁탈하고 죽여버렸던 것이었다. 동시에 어떤 괴상한 노인의 얼굴이 박만용에게 나타나 그의 마음을 어지럽혔다. 건국훈장을 받고 자축하기 위해 집에 가지 않고 호텔로 가서 여급을 불러 양주를 진탕 마시며 놀았으나 마충성과 인옥의 얼굴이 함께 빙글빙글 돌면서 박만용은 결국 앞으로 고꾸러져 죽었다.

박만용의 아내 천덕자는 평소 남편이 돈도 많이 벌고 권력도 잡고 오늘 건국훈장까지 받았으니 자랑스러웠다. 그러나 그녀는 박만용을 만나기 전 10년간 기생 노릇을 했지만 수시로 외박하는 남편을 '천하의 오입쟁이'로 치부하고 있었다. 그녀는 독립투사로 만주에서 큰 공을 세웠다는 박만용이 맘에 들어 동거 생활을 하였다. 그 후 첫 아들을 낳은 그녀는 박만용의 호적에 오르고 그들은 정식 부부가 되었다. 기생 시절에는 남자들과 난잡한 애정 행각을 벌였던 그녀지만, 10년 정도는 가정주부이자 세 아들의 엄마로서 정숙하게 지냈다. 훈장을 받은 날까지도 만용이 외박을 하자 천 여사는 반은 홧김에, 반은 그간 억눌러온 육체적 쾌락을 위해 밤 11시가 넘어서 조선호텔과 미도파백화점의 길을 배회하다가 중년의 놈팡이 김봉수와 눈이 맞아 호텔에 들어가 육체적 향연을 벌였다. 그들은 이틀에 한 번 오후에 만나 두 시간씩 거의 1년은 밀회를 즐겼다.

그러다 어느 날 이상한 남자가 전화로 만나자 해서 다방에서 만났다. 그는 흥신소 직원으로 천덕자와 김봉수의 밀회 장면을 찍은 사진을 내밀며 돈을 요구했다. 덕자는 돈도 여러 번 빼앗기고 결국에는 그에게도 몸까지 내주었다. 이렇게 그녀는 여러 남자들과의 반복된 문란한 성생활을 이어갔다. 덕자는 "늙은이, 젊은이 — 남자란 모두 다 협잡꾼이요, 성교밖에 모르는 수캐들"이라 생각했다. 그러나 "헤어날 수 없는 깊은 수렁"에 빠진 천덕자는 결국 어느 날 깊은 수렁에 빠지는 환상을 느끼며 독약을 먹고 자살해버렸다.

30년 이상 문필가 생활을 한 김아부 씨는 일제강점기부터 5·16군사정변에 이르기까지 각 정권에 아부하는 글을 많이 썼다. 김아부는 일제강점기 「대일본제국 천황폐화 성수무강」의 헌시를 썼다. 북한에서는 「약소민족의 해방자인 대원수 스탈린에게 드리는 감사문」, 「김일성 장군 만수무강」이란 헌시를 썼다. 월남 후에는 「민족의 태양 국부 이승만 대통령」에 대한 찬가와 「사월의 영웅들에게 보내는 친가」를 썼고 5·16 군사정변이 터지자 박정희를 예찬하는 글을 쓴 경력이 있다.

이 문제를 가지고 아버지 아부와 아들 의협이 다투다가 아버지가 아들의 뺨을 때렸다. 이에 아들은 얼떨결에 아버지를 세게 밀쳐버렸다. 아버지는 벽에 머리를 부딪치고 방바닥에 쓰러졌다. 아들은 아버지를 업고 병원으로 뛰어가면서 아버지에게 부탁한다. 아버지를 원망하고 경멸하면서 제발 이제 글을 그만 쓰든가 속죄하는 마음으로 제대로 된 글을 쓰라고 충고까지 하였다.

부디 더 살아 계셔서 과거의 아부 근성을 청산하고 속죄하는 걸작을 창작하셔야만 돼요. 돈이나 명예, 속된 명예에 구애받지 않는 참된 작품. 단 한 편이라도 좋아요. 그런 최대 걸작을 쓰지 못하고 세상을 떠나시면 안 돼요, 아버지. 안 돼요.

그러나 아버지에게서는 아무 대답도 없었다. 아버지는 혼수상태에 빠졌고 그 다음 날 결국 세상을 떠나고 말았다.

우리는 이 세 사람의 죽음에서 쉽게 그 원인을 찾을 수 있다. 그것은 지나친 탐욕이다. 박만용은 물불 안 가리고 축재하고 권력과 명예를 쫓았고, 천덕자는 자녀가 있는 유부녀로서 불륜 행각을 무분별하게 벌였으며, 김아부는 문필가로서 원칙과 지조를 한 번도 지키지 못하고 정권이 바뀔 때마다 아부하는 글을 써냈다. 탐욕이 과잉되면 "불행과 파멸이 반드시 뒤따른다는 진리"가 실현되는 것이다. 우리는 이 소설에서 사람이 언제나 어디서나 인내하고 절제하면서 이웃에게 사랑을 베풀고 착한 일을 하여야 한다는 진부하지만 명백한 교훈을 얻는다.

「열 줌의 흙」: 흙 속에서 피어나는 조선민족의 혼

「열 줌의 흙」의 원전은 원래 영어로 쓴 것이다. 주요섭은 1962년부터 63년까지 1년간 미국 대학에서 한국문학을 강의했다. 그때 여러 미국 교수들로부터 미국 사회를 배경으로 한 영문소설을 써달라는 요청을 받았다. 그 후 그는 영자신문 『코리아 타임스』 1966년 7월 31일 일요 특집란에 평생을 미국에서 살아온 한국인을 주인공으로 한 "I Want to Go Home"이란 제목의 영문 단편소설을 발표했다. 서울에 사는 미국인들의 찬사를 받자 주요섭은 이 소설을 자신이 직접 한글로 번역하고 「열 줌의 흙」이란 제목을 붙여 『현대문학』 1967년 5월호에 발표하였다.

「열 줌의 흙」은 미국 뉴욕에서 살고 있는 가난한 한국 유학생인 '나'가 주인공인 일인칭 소설이다. 한국 성(姓)은 황가이고 영어 이름은 헨리이다. 그는 한국

전쟁통인 1951년 부산 근방에 주둔한 미군 식당에서 버리는 음식 쓰레기로 만든 꿀꿀이죽을 거의 1년간 먹은 경험이 있었고 그 후로도 가난하였으며, 10여 년 전에 미국으로 와서 고학하고 있다. 오늘도 제대로 먹지 못한 그는 한 식당에 웨이터로 일거리를 찾아왔다. 그곳에서 헨리는 이 식당의 여주인인 흑인 낸시를 만나 일주일 후부터 일하기로 한다. 헨리는 낸시가 무슨 돈으로 이런 좋은 식당 주인이 되었는지 궁금할 뿐이었다.

낸시는 헨리가 한국인인 것을 알고 샌드위치를 만들어 저녁을 같이 먹었다. 헨리가 평양에서 가까운 칠곡 출신인 것을 알고는 헨리를 자기 차에 태우고 어디론가 갔다. 차 안에서 헨리는 낸시를 포옹하고 입맞춤했다. 그러자 낸시는 자신의 할아버지를 보러 가자고 요청했다. 그래서 흑인 낸시의 한국인 할아버지와의 운명적인 해후가 시작되었다. 놀랍게도 낸시의 아파트에는 많은 한국 전통 가구들과 인형들도 있었다.

'나'와 낸시의 외할아버지는 고향도 평양 근처로 같았다. 그 노인은 70여 년 전 하와이 사탕수수밭 일꾼으로 왔다가 미국 본토로 들어와 자수성가한 사람이었다. 할아버지는 '사진결혼'으로 조선 여자와 결혼했는데 그 젊은 아내는 두 달 밖에 안 된 딸을 두고 어떤 놈팽이하고 도망가버렸다. 낸시는 이 할아버지의 외손녀였다. 낸시 엄마는 백인과 흑인 피가 섞인, 겉보기에는 백인으로 보이는 남자와 결혼하여 낸시를 낳았다. 백인 사위는 아내가 피부가 검은 아이를 낳자 떠나버렸다. 딸은 자살했다. 이 노인은 그 후 열심히 일하고 악착같이 저축하여 큰 갑부가 되었다.

이 노인은 70여 년 전 조선을 떠날 때 흙을 가져와 화분에 보관하며 오곡의 하나인 조를 심어 키웠다. 노인은 이 흙을 조국처럼 생각하고 자신의 분신처럼 여겼다. 이 노인의 꿈은 한국 청년을 만나 자신의 손녀딸과 결혼시켜 자신이 가져온 이 흙과 자신의 재산을 가지고 고국으로 되돌아가서 살게 하는 것이었다.

"조야, 조. 바루 한국 흙에 심은 한국 조란 말야. 수백 년 동안 우리 선조는 대대손손 한 뙈기 땅에 해마다 조를 심고 거두어왔다네…… 내가 집을 떠나 미국으로 올 적에 그 땅 흙 여나문 줌과 좁씨 여나문 톨을 가지고 왔거덩. 내가 이 미국에서 돈을 버는 것처럼 이 흙은 미국 거름을 받아 가며 해마다 조를 길렀어…… 칠십여 년 내리. 고향 농토의 소유자는 우리 아버지가 아니고 디주였었다. 허나 이 화분에 담겨 있는 흙은 내꺼야…… 나의 분신. 그런데 이 흙과 낸시를 내 고향으로 데려가 줄 사람은 바로 자네야……. 나두 물론 고향으로 가구 싶디만 난 먼 네행을 하기에는 너무 늙고 몸이 쇠약해. 자네와 낸시와 흙이 지금 고국으로 돌아가도 이북 땅으로 곧 갈 수는 없다는 것 나두 잘 알구 있네. 허지만 난 이렇게 생각해. 너희들이 당분간 남한에 살고 있다가, 북한이 해방되는 날 선두에 서서 고향으로 돌아갈 사람은 자네가 아닌가.”

이 말을 듣고 헨리는 무척 당황하였으나 노인은 막무가내로 헨리와 낸시의 손을 같이 잡게 하고는 성혼을 선언했다. 노인은 감격의 눈물을 흘리면서 이 부부를 축복하고 이제 자신의 임무를 수행한 것에 만족하면서 숨을 거둔다.

작가 주요섭은 이 단편소설에서 무엇을 말하려 했던 것일까? 그것은 해외에 흩어져 살고 있는 수많은 한국 동포들의 민족의식의 보존일 것이다. 현재 전 세계에 흩어져 사는 한민족은 750만 명이 넘는다고 한다. 러시아의 연해주에서 중앙아시아까지 고려인들, 일본의 재일교포, 중국의 조선족, 그리고 북미 지역 등 전 세계에 걸쳐 있다. 주요섭 자신도 1920년대 초에 상하이 유학, 후반에 미국 서부 스탠퍼드대 유학 그리고 1934년부터 1943년까지 중국 베이징의 푸렌대학에서 영문학 교수를 하고 지낸 세계인이었다. 외국에서 오래 생활했던 주요섭은 누구보다도 한국인의 뿌리에 대한 의식을 버린 적이 없었던 초기의 세계시민이었다. 그런 의미에서 이 소설은 한국 문학사에서 국제 테마를 가진 디아스포라 소설의 원조이다.

「나는 유령이다」: 죄짓고 죽은 한 유령이 살아 있는 자들에게 당부한 말

이 단편소설은 한국문인협회 기관지인 『월간문학』 1969년 6월호에 실린 작품으로 작가 주요섭이 죽기 3년 전에 발표되었다. 죽은 유령이 주인공인 '나'로 등장하는 일인칭 독백소설이다. 내가 "일각문"이라는 곳을 떠나지 못하고 배회하는 유령이 된 까닭은 목을 매어 자살한 19세의 딸 때문이다. 조선조 말기에 젊어서 나는 최고의 권좌에 있던 영의정의 몸종으로 권력만 믿으며 말할 수 없는 나쁜 짓을 자행하였다. 내가 이 세상을 뜨지 못하고 배회하는 이유는 나 자신의 잘못을 참회하고 권력을 가진 탐관오리에 대한 "증오심과 적개심"을 되새김하기 위한 것이었다.

유령인 내가 배회하는 곳은 자살한 딸을 묻어준 일각문이다. 이곳은 동대문 밖 숭인동 전찻길 북쪽의 동묘 바로 옆에 있다. 동묘란 임진왜란 때 우리나라를 도운 삼국지 시대의 관우 장군을 모시는 사당이다. 유령은 인간들이 고사상을 크게 차리는 것은 결국 죽은 귀신 조상을 위한 것이 아니라 자신들이 먹기 위한 것이라고 말하고 그것은 귀신에 대한 모욕이라고 주장한다. 유령들도 살아 있는 후손들은 사랑하나 그들의 생활을 제대로 하면 기뻐하고 그렇지 못하면 슬퍼한다. 결국 유령을 비롯하여 여러 종교의 신들은 결국 "인간이 착하게 되거나 악하게 되거나, 잘 살거나 못 사는 건 오직 인간 자체에 달린 문제"라 말한다.

유령은 자신이 살아 있을 때 모셨던 영의정을 "악독한 토색군, 날협잡군, 호색가, 아첨군, 탐욕자, 깡패(시체말로)의 두목"이라 부른다. 영의정의 탐욕과 색욕 그리고 권력욕을 채워주기 위해 자신이 살아 있을 때 저지른 각종 비리와 잘못을 나열하면서 후회하고 있다. 급기야 유령은 자신의 열 살 난 어린 딸을 자진해서 영의정 댁 마님의 몸종으로 바치었다. 자신의 지위를 더 확고하게 하기 위한 조처였다.

그러나 영의정은 결국 궁중 내 정치적 권력 암투 끝에 권좌에서 밀려나 첩과 종들만을 데리고 낙향하게 되었다. 유령은 여러 가지 요령을 부려 영의정을 따라가지 않고 서울에 그대로 남게 된다. 그러나 권력이 떠나자 이 유령의 신세도 같이 추락을 거듭한다. 그러나 불행 중 다행으로 이 집 맏아들이 유령의 딸과 정을 통하는 사이가 되었다. 정승과 사돈이 되는 꿈까지 꾸게 되었다. 그러나 상황은 그가 기대한 대로 흘러가지 않았다.

이 소설에서 유령이 자신이 죽은 뒤 조선 말기 상황에 대해, "개화"라는 역사적 돌풍이 불어 조선 사회 전 분야에 급격한 변화가 일어나고 외국의 문물이 밀물처럼 들어오는 것을 감당할 수 없음을 토로하는 부분이 흥미롭다. 개화의 문물 상황이 격변의 상황 속에 있고 일제강점기가 시작되자 일본 문화가 그리고 해방되자 미국 풍속이 물 밀듯 들어오는 것을 유령은 개탄하고 있다. 이 유령은 지독한 보수주의 수구파임이 틀림없다.

3년 만에 영의정이 서울로 다시 올라와 권력을 다시 잡게 되자 그는 딸 문제로 크게 기대를 걸었다. 그러나 맏아들이 왕의 부마도위(사위)가 되자 딸은 그만 완전히 버림받은 존재가 되었다. 그는 대감을 찾아가 짓밟힌 딸의 몸값이라도 달라고 협박했으나 헛수고였다. 결국 딸은 어느 날 일각문의 대들보에 목을 매어 자살해버렸다. 그는 최고위 양반계급에 속하는 자들에게 상놈인 자신 같은 천한 종은 벌레 같은 존재임을 깨닫고 풀 수 없는 원한을 품는다. 그러나 죽어서도 유령은 그 운명은 바꿀 힘을 가질 수 없다.

유령이라도 나라나 사회나 개인의 운명을 바꿀 힘은 없다. 그저 아래와 같은 "넋두리"만 할 수 있을 뿐이다.

> 앞으로 우리나라를 비롯하여 지구 위에 삶을 누리는 인류 전체가 지금보다 더 착하고 좋은 세상을 마지하려는지 더 못되고 악한 사회를 꾸며놓을지는 점쳐볼 도리가 없다. …(중략)… 세상에 살고 있는 사람들에게 이래라 저래라 명령을 내릴 수 있는 기능을 가지지 못한 나인지라, 돼가는 꼴을 구경이나 하는 도리밖에 없는 가련한 신세다.

우리는 이 가련한 유령의 넋두리에서 무엇을 배울 것인가?

작가는 소설의 마지막 문단에서 "더 좋은 세상"과 "더 못되고 악한 사회"를 제시한다. 결국 유령이 지적했듯이 선택은 이 세상을 살아가는 우리의 몫이다. 악한 시대적 조류를 그대로 따르고 부도덕하게 살아온 것을 반성하고 참회하는

작품 해설

유령의 태도에 답이 있다. 결국 이 유령 이야기는 탐욕을 절제하지 않으면 인간 사회는 모두에게 지옥이 될 것이라는 경고이다. 이 유령이 절박하게 지적하는 바, 한반도의 역사뿐 아니라 전세계의 역사에서도 절제되지 않는 인간 욕망의 명백한 결과를 볼 수 있는 것이다. 이 소설은 작가의 서사 기법이 탁월한 작품임에 틀림없다.

「여대생과 밍크코우트」: 황금만능시대에서 피어난 두 여성 간의 사랑과 우정의 꽃

이 소설은 『월간문학』 1970년 6월호에 발표되었다. 시작 부분과 끝 부분은 하나로 연결된다. 박정옥이란 여대생이 크리스마스 선물로 아버지가 보내준 백만 원짜리 밍크코트를 물어뜯고 할퀴며 흐느껴 우는 장면으로 소설은 시작된다. 그 곁에 같은 학교 여대생인, 최근 친구가 된 김영주가 함께 있다. 영주는 정옥이 코트를 방바닥에 내던지고 침대 위에 쓰러져 울부짖는 모습을 "연민과 정"으로 바라본다. 이 '시작'과 '끝' 사이에 정옥과 영주의 이야기가 전개된다. 여기서 밍크코트는 돈이 최고인 물신화(物神化) 시대의 "객관적 상관물"이다. 1970년대에 백만 원짜리 밍크코트는 실로 대단한 사치품이며 갑부집 유한마담도 아닌 여대생에게 초고가의 밍크코트는 어울리지 않는다. 더구나 아버지에게 밍크코트를 받은 딸이 그것을 내팽개치며 울부짖는 것은 또 무슨 일인가?

이 소설의 두 주인공 정옥과 영주는 우연히 교통사고로 만난 같은 여자대학에 다니는 동급생이다. 그러나 이 두 여성은 매우 다른 집안 배경을 가지고 있다. 정옥은 아버지가 큰 회사를 운영하는 부잣집 딸이다. 반면 영주는 강원도 산골에서 농사짓는 가난한 집 딸이다. 사회학을 전공하는 정옥은 일상적으로 다방과 술집도 드나드는 부유하고 한가한 여대생이다. 반면 영주는 고등학교 때부터 과외교사로 돈을 벌었고 지금도 입주 가정교사를 하며 어렵게 고학하는 심리학 전공의 여대생이다.

우리는 이 두 인물을 통해 1970년 전후 한국 사회가 한창 산업화 과정에 있을 때 사회계층 간의 빈부격차를 느낄 수 있다. 이러한 전혀 다른 가정의 배경을 가진 두 여대생은 어떻게 친구로 같이 지낼 수 있을까? 정옥은 자신이 타고 가던 택시가 언덕 눈길에 미끄러지면서 영주가 쓰러져 골절상을 입자 병원에 입원시키고 정성껏 돌보았다. 이렇게 해서 이 두 여자는 가까워지고 급기야는 정옥이 서울에서 혼자 사는 아파트에서 영주가 들어와 같이 살게 되었다.

영주는 정옥이 그렇게 싫어하는 아버지에 대해 알게 되었다. 부산 해운대에서 정옥 아버지를 직접 만나기도 했다. 그는 "위풍과 교양이 있고 위트도 풍부한 오십 대 신사"였다. 큰 회사 사장인 정옥 아버지는 아내가 죽자 딸 정옥이 나이 또래의 어린 여자와 재혼하여 살고 있다. 정옥은 이러한 아버지를 도저히 이해할 수 없었고 증오하였다. 정옥은 남녀간의 사랑에 대해 매우 냉소적이며 비판적이다.

내가 사귀어온 사내들 말이예요 — 모두가 암내를 풍기건 안 풍기건 간에 암캐라면 무조건 따라다니며 홀래 붙이고 싶어 하는 수캐들이었어요. 지겹고 구역질이 났어요. …(중략)… 모든 동물은 성욕을 느끼게 되면 물불 헤아리지 않고 덤비다가 목숨까지 바친다구요. 그러나 하등동물의 성욕은 단순히 종족 보전 유지를 위한 본능적 충동이어서 …(중략)… 그런데 만 가지 동물들의 영장이라고 자처하는 인간은 어떤가? 사시장철 가리지 아니하고 자식을 잉태시키건 말건 상관없이 언제나 밤낮 성욕을 느낀다고요. 이 면에서 볼 때 인간은 동물들 중 하지하에 속하는……

주요섭은 19세기 영국 소설가 올더스 헉슬리의 장편소설 『연애대위법』을 번역한 적이 있었다. 아마도 정옥의 이러한 비관적인 견해는 이 장편소설의 남자 주인공의 남녀 애정관과도 비슷해 보인다.

정옥은 왜 가정 배경이 아주 다른 영주에게 이끌린 것인가? 정옥은 물질적으로는 넘쳐나는 생활을 하고 있지만 정신적으로는 자신의 대학 생활을 무의미하다고 느꼈다. 그래서 새로 만난 가난하지만 "청신(淸新)하고 티없는" 영주를 통해 자신의 엉클어진 삶을 새롭게 만들어보려는 것이다. 그러하여 두 여대생은 급기야 한집에서 같이 살게 된 것이다. 그 후 정옥의 무질서한 삶은 차차 정리가 되어 술 취해 밤 늦게 들어오지도 않고 서로 대화하며 각자 전공에 대한 대화도 나누는 시간도 가지게 되었다.

우리는 여기서 두 여성 간의 진정한 인간적인 교류가 시작되고 있음을 알 수 있다. 영주도 정옥의 생활과 생각에서 느끼는 점이 많았다. 서로 출신성분과 성장 배경이 매우 다른 두 여성이 이렇게 부담 없이 서로 공감하고 가까워질 수 있다는 것으로부터 여성들의 연대(連帶, Solidarity)의 가능성까지 생각해볼 수 있다.

이 이야기의 큰 주제는 무엇보다도 가족 간의 사랑이다. 이 소설의 첫 부분과 마지막 부분에서 분명하게 볼 수 있듯이 정옥과 아버지의 관계는 비정상적이다. 돈으로 해결하려는 아버지에게서는 딸에 대한 사랑의 진정성이 엿보이지 않는다. 바로 이 점이 딸 정옥이 아버지의 사랑에 의문부호를 찍는 이유이다. 정옥의 절규가 가슴에 와닿는다.

> 필요한 건 밍크코우트가 아니고 아버지의 사랑이어요. 어렸을 적 사랑해주던 그것의 천분의 하나, 만분의 하나 쯤으로 날 사랑해줘도 난 행복하겠어요. 정말 오시지 못한 형편이라면 밍크코우트를 올려보내는 대신 편지 한 장, 짤막한 편지 한 장만 우편으로 부쳐주면 되는 걸요. 내 사랑하는 정옥아로 시작되는, 사랑 두 글자만 적어 보내도 나는 행복하겠어요······ 아버지, 아버지, 아버지이, <u>으흐흐흐</u>······

이러한 결론은 사랑주의자 주요섭다운 소설적 결말이다.

「마음의 상채기」: 비극적 전쟁의 깊은 상처를 씻어주는 사랑의 철학

주요섭의 마지막 단편소설은 그가 죽은 해인 1972년에 발표된 「마음의 생채기」이다. 이 소설은 '나'라는 일인칭 화자에 의해 시작된다. '나'는 뜨거운 온천탕에 몸을 푹 담그고 지나간 6·25전쟁에 대한 회상에 잠겨 있다. 나는 "나라를 빼앗으려는 극소수 인간들의 피해자가 된 수백만의 무고한 서민들 중의 하나"이다. 화자는 6·25전쟁 서울 점령 후의 인심의 변화부터 당시 이승만 정부가 서울을 사수하겠다고 한 거짓말에 노골적인 배신감과 분노를 드러낸다. 그리고 나서 따발총을 끼고 서울 시내를 활보하고 수시로 가택수색을 하여 젊은이들을 인민군으로 잡아가고 재물을 빼앗는 점령군 인민군들의 행태도 상세히 묘사한다. 9월 15일 인천상륙작전에 관한 소문과 서울 점령 92일째인 9월 28일 서울 수복 전후의 들뜬 서울 풍경도 그려져 있다.

그러나 이 기쁨도 잠시 그 이듬해 추운 한겨울인 1월 4일에는 북쪽 압록강까지 진격했던 국군과 유엔군이 대규모 중공군들의 인해전술로 남쪽으로 몰려 내려오는 바람에 전 서울 시민이 1·4후퇴라는 대혼란에 빠졌다. 소설은 화자인 '나'가 북한에서 갑작스레 내려온 조카들과 함께 남쪽으로 내려가는 긴장된 피난 준비와 과정을 상세하게 그리고 있다. 천신만고 끝에 서울역에서 지붕도 없는 화물칸 한구석을 얻어 타고 드디어 서울을 탈출하여 남쪽으로 피난길을 떠난다. 부산까지 며칠 걸린 이 기차 피난길은 험난하다. 빽빽이 끼어 있다 보니 기차에서 떨어져 죽은 사람들도 적지 않은 고행의 피난길이다.

이 소설은 북괴군 점령 기간 중의 특이한 사건들인 "인민재판" 장면에서 그 판결과 처형 과정을 있는 그대로 묘사한다. 온천탕에서 몸을 담그고 있는 '나'는 9·28 서울 수복 후 후퇴하는 북괴군들의 만행을 낱낱이 고발하고 있다. 전쟁이 끝나고 서울로 돌아온 환도 후 허무한 죽음을 당한 사람들의 슬픈 장례식, 그 후 북괴 정권에게 부역한 자들에 대한 심판과 처형 과정도 상세히 재현된다. 또 천신만고 끝에 남한에 도달한 수많은 피난민들의 고달픈 피난 생활이 다양하게 소개된다.

이 모든 6·25전쟁의 고난들과 충격들이 끝난 지금 신라, 고구려, 백제 삼국 시대부터 우리 민족이 겪은 역사적인 "마음의 상채기"들을 회상하며 광개토대

왕부터 신라의 화랑들, 벽제의 패잔병들, 그리고 왜병들을 패퇴시킨 이순신 장군도, 대한제국 국난기 시절의 황제와 친일, 친중파 신하들, 일제강점기의 조선 총독들과 그 수하들, 일제강점기 때의 독립군들, 의병들도 그리고 모국어로 글을 쓰지 못하던 시인, 작가들도 모두 이 뜨거운 온천물에서 "마음의 상채기"들을 달랠 수 있을 것이라는 몽상에 잠긴다. 깊은 땅속에서 솟아오르는 이 온천만이 모든 상처들과 원한들을 깨끗이 씻어주는 카타르시스가 될 수 있다. 그리고 무엇보다도 이 온천물은 남녀노소는 물론 계급이나 빈부 차이, 이념의 차이를 모두 씻어내버리는 만민평등을 만들어내는 신비의 못이다.

> 제절로 자꾸자꾸 더 커지는 욕탕은 남녀노소 가리지 않고, 계급의 차이나 빈부의 차이나, 선악의 차이나, 현명한 자와 어리석은 자의 차이나, 내국인과 외국인의 차이나, 의견의 대립자들을 가리지 아니하고 관대하게 그들 모두를 따스한 품 안에 안아주는 것이었다.

이것이 이 소설의 화자인 '나'가 따뜻한 물의 이미지와 함께 내린 결론이다. 어떤 의미에서 그의 결론은 6·25전쟁으로 파생된 모든 원한, 적대감, 증오를 타고 넘어서는 동포애와 인류애로 다가가는 길이 아닐까? 이 결론은 소설뿐 아니라 주요섭의 삶과 문학의 결론일 것이다.

「여수(旅愁)」: 우연한 로맨스의 희비극

이 단편소설은 주요섭이 타계한 후 발굴되어 『문학사상』 1970년 1월호에 실린 미완성 유고 작품이다. 아마도 마지막 작품일 것이다. 이 소설의 주인공 "나"는 시인으로 영국 런던에서 개최된 국제 시인 대회 참가를 마치고 파리를 거쳐 귀국길에 오르기 위해 런던 히드로 국제공항에서 수속 중에 있다. 이 일인칭 소설의 주인공 나는 여행에 대한 남다른 견해를 가지고 있다.

여행이란 으레 모험과 우연의 해후와 로맨스를 수반하는 것이 아닌가! 내가 읽은 소설들(범위가 넓은 것은 아니지만)에 등장하는 남녀 주인공들 거의 전부가 기차, 기선, 산속, 바닷가, 버스, 비행기 안에서 우연히 만나 깊은 인연에로 골인하는 것이었다.

내가 남달리 여행을 좋아하는 이유들 중 하나가 이 우연의 로맨스를 기대하는 데 있을는지도 모른다.

사실 주요섭도 어려서부터 여행 아닌 여행을 무척 많이 했다. 중학교 때 일본 도쿄로 유학갔다. 1919년 3·1운동이 일어나자 즉시 귀국해서 고향인 평양에서 등사판 신문 「독립운동」을 발행하여 몰래 돌리다가 체포되어 10개월의 감방 생활도 했다. 석방된 후 1920년 초에 다시 중국 상하이로 유학의 길을 떠났다. 상하이에서 중학교부터 다시 다니고 후장대학에 입학했다. 입학 후 1926년에는 필리핀 마닐라에서 개최된 아시아 육상대회에 참가하여 3등 입상을 하기도 했다. 1927년 대학 졸업 후 다시 미국 서부 스탠퍼드대학 대학원으로 유학길을 떠났다. 귀국 후 1934년 가을에는 베이징 소재 푸런대학의 문학 교수로 부임하기 위해 만주를 통해 베이징에 도착했다. 1950~60년대 국제PEN클럽 한국본부에서 오래 일했던 주요섭은 유럽과 동남아 지역에서 열리는 대회에 자주 참석했다. 주요섭은 아마도 당대 최고의 세계여행자였을 것이다.

그렇게 세계 여러 곳으로 긴 여행을 다니면서 주요섭은 과연 얼마나 "우연의 로맨스"의 기회를 가졌을까? 이 일인칭 소설 속의 "나"는 당시에는 서울–런던 직행 항공 노선이 없었기에 런던으로 가기 위해 도쿄를 들러서 비행기를 갈아타야 했다. 이때도 "나"에게는 기회가 있었다. 김포공항에서 비행기를 타자 옆 좌석에 "양장한 젊은 아가씨"가 앉았다. 그 여성의 일본 입국 카드를 써주면서 "나이는 스물넷, 직업은 학생, 행선지는 이탈리아 로마" 같은 신상에 대해 모두 알게 되었다. 그 아가씨는 또 나에게 입국 카드를 보여달라 해서 보여주니 이제 두 사람은 서로에 대해 잘 알게 되었다. 36세였던 내가 "숙맥"이 아니었으면 그 젊은 여자와 동경에서 하루이틀 같이 다닐 수도 있고 런던 행사 이후 로마에 들러 "왼쪽 볼에 보조개가 패인 데 매혹"된 그 아가씨와 며칠 같이 다닐 수도 있었을 텐데, 하고 후회도 해보았다.

시인 대회를 마치고 런던 비행장에서 나는 비행기가 연착이 되어 기다리던 중 우연히 인도 여성을 만나게 되었다.

나는 얼굴을 돌렸다. 어색한 미소를 띤 살갗 검은 여자의 깊고 동그란 눈이 날 바라보고 있었다. 가무잡잡하고 동그랗고 조그만 얼굴. 코가 오똑하고, 긴 속눈썹이 꼿꼿이 일어서 있었다. 피부색만 다를 뿐 아리안족의 전형적인 골격이었다. 매력 있는 모습이었다.

─ 앞이마 중앙에 빨갛고 동그란 흠집을 내지 않은걸 보니 처녀에 틀림없구나 ─ 하는 엉뚱한 생각이 났다.

내 마음 속에 "악마"가 드디어 움직이기 시작했다. 그러나 "엉큼한 놈" 하고 내 속에 도사리고 앉아 있는 악마가 날 놀려주었다.

런던 공항에서 내가 만난 인도 여성은 영국인 남성과 사랑에 빠져 결혼까지 약속했으나 양가에서 모두 반대하며 스위스로 가서 단둘이 살기로 결정했다. 그러나 바로 떠나는 날인 오늘 그 남자친구는 갑자기 연락을 해 부모의 반대가 극심해서 공항에 나올 수 없다고 통보했다. 그래서 이 여성은 공항에서 좌절과 절망의 눈물을 흘리고 있었다. 이 순간 우연히 나를 만난 것이다. 그 여인은 일단 파리로 가서 친척집에서 영국인 남성이 올 때까지 기다리겠다고 하였다. 나는 일단 이 가련한 여인을 돕기로 했다. 순식간에 풍겨오는 그 여성의 체취에 내가 취해버린 탓일까? 과연 이 도움이 은혜로 돌아올 것인가?

파리에 도착하여 호텔에서 방향키를 잡고 들어갔다. 이 여인은 계속 나에게 "고혹적인 미소"와 정다운 포즈를 취했다. 결국 그녀는 자신이 아는 인도 식당에서 한턱 낸다며 나를 그리로 데리고 가기 위해 택시를 탔다. 그 식당에서 일단 저녁을 잘 먹었으나 그녀는 아는 인도인의 집을 찾기 위해 또다시 택시를 타고 간다고 했다. 택시 안에서 그녀는 내 무릎에 걸터앉아 내 양복 윗도리를 제치고 나를 뜨겁게 포옹했다. 그리곤 그녀는 집 주소를 확인해보겠다며 택시에서 기다리라 하고는 어둠 속으로 사라져 다시는 나타나지 않았다. 나는 곧 여권과 비행기 표 그리고 200달러의 여행자수표철 모두가 내 양복 주머니에서 사라진 것을 알게 되었다. 이럴수가! "절망, 허탈, 초조"의 순간들이 이어졌다.

나는 단지 이 불행한 여자를 좋은 마음으로 도와주고자 한 것뿐인데 그 착한 일의 대가는 너무나 혹독했다. 그 후 여기저기 다니면서 그 인도 여자의 행방을 알고자 백방으로 노력했으나 모두 허사였다. 돈이고 뭐고 하나도 없었던 나는 최후 수단으로 프랑스 대한민국 대사관에 호소하는 수밖에 없다고 판단했다. 그러나 이 소설의 결말을 "미완(未完)"이라고 작가가 적어놓은 것을 볼 때 미완성이라고 볼 수 있다. 주요섭이 이 소설을 쓰는 중에 갑자기 건강이 악화되어 일시 중단한 것일 수도 있다. 아니면 이 소설의 결말을 의도적으로 독자들에게 맡겨놓는 '열린 결말'인가? 이 소설의 제목 「여수(旅愁)」는 "객지에서 느끼는 쓸쓸함이나 시름"을 뜻한다. 우리 마음의 잠깐 사이의 빈 공간을 파고드는 여수는 무엇인가? 고향이 아닌 객지에서 느끼는 객고(客苦)를 풀기 위해 우리는 쉽사리 마음의 줄을 팽팽히 당기지 못하고 들어놓는 경우가 있다. 이 소설의 어처구니없는 "나"의 이야기도 여기에 속한다.

단편소설 중 마지막에 쓴 이 소설 「여수」는 주요섭에게 어떤 의미를 가지는 것일까? 이 소설은 36세 한창 젊은 나이의 '나'의 순간적인 판단 실수로 해외에서 해괴한 봉변을 당하는 단순한 해프닝의 에피소드일까? 아니면 또 다른 의미가 있을 것인가? 인간의 깊은 내부에 숨었다가 무분별하게 드러나는 애욕(愛慾)의 행태에 대한 조롱일까? 짧지 않은 삶에서 우리는 여러 가지 욕망들, 다시 말해 돈 욕심, 권력 욕심, 명예 욕심에 휘둘리며 정신없이 살고 있다. 우리 마음속에 속삭이는 악마의 달콤한 유혹에 빠져 단 한 번뿐인 소중한 삶을 엉망으로 만드는 어리석음을 향한 풍자일까? 이 모든 판단은 독자들의 몫으로 남긴다.

제3권에 실린 작품들은 6·25전쟁 이후부터 1970년대 초까지 격동의 한국 사회의 다양한 모습을 그려내고 있다. 특히 마지막 두 편 「진화」와 「여수」는 주요섭이 타계한 이듬해 1973년에 『문학사상』에 같이 게재된 것으로, 기본적으로 리얼리즘 기법과 휴머니즘(사랑), 주제의 두 기둥이 굳게 서 있음을 알 수 있다.

▼1902년(0세) 11월 24일, 평안남도 평양에서 아버지 주공삼(朱孔三)과 어머니 양진심(梁眞心) 사이의 5남매 중 둘째 아들로 태어남. 아버지는 목사로서 부유한 편이었음. 형은 시인으로 「불놀이」라는 시로 유명한 주요한(朱耀翰)으로, 많은 문학적 영향을 받음.

▼1915년(13세) 숭덕소학교를 졸업하고 숭실중학에 입학.

▼1918년(16세) 숭실중학교 3학년 때 일본으로 유학을 가 도쿄 아오야마(靑山) 학원 중학부 3학년에 편입.

▼1919년(17세) 3·1만세운동이 일어나자 귀국하여 평양에서 소설가 김동인(金東仁) 등과 어울려 등사판 지하신문 「독립운동」을 발간하며 독립운동에 가담. 이로 인해 체포되어 유년감 10개월간 옥고를 치르게 됨.

▼1920년(18세) 『매일신보』에 단편 「이미 떠난 어린 벗」이 입선. 4월, 형 시인 주요한과 소설가 김동인이 주관하던 우리나라 최초의 동인지 『개벽』에 「치운 밤」을 발표하면서 문단에 정식으로 등단.

▼1921년(19세) 중국 상하이(上海)로 건너가 소주(蘇州)의 안성중학에 들어갔다가 후에 후장대학(扈江大學) 중학부 3학년에 편입. 독립운동을 하기 위해 중국으로 간 것이었으나, 도산 안창호의 가르침에 따라 학업을 계속하기로 결정.

▼1923년(21세) 상하이 후장대학 교육학과에 입학함. 이후 본격적인 문학 활동을 시작.

▼1925년(23세) 단편소설 「인력거꾼」(『개벽』 4월호), 「살인(殺人)」(『개벽』 6월호), 중편소설 「첫사랑 값 1」(『조선문단』 8~11월호), 「영원히 사는 사람」(『신여성』, 10월호) 등을 발표해 신경향파 작가로서 이름을 얻음.

▼1926년(24세) 상하이로 유학 온 8세 연하의 피천득을 만나 일생 동안 가깝게 지냄.

▼1927년(25세) 상하이 후장대학을 졸업. 곧장 미국으로 건너가 스탠퍼드대학 대학
원 교육학과에 입학함. 미국에서의 생활은 매우 어려워 접시 닦기,
운전수, 청소부 등의 일을 하면서 고학.

▼1929년(27세) 스탠퍼드대학 대학원에서 교육학 석사과정을 수료하고 귀국. 평양
에 머물며 황해도 출신의 여인 유씨(劉氏)와 결혼.

▼1930년(28세) 유씨와 이혼.

▼1931년(29세) 『동아일보』에 입사함. 새로 창간된 『신동아』지의 주간으로 있으면서
같은 잡지에 짧은 수필과 단편소설을 발표. 이은상, 이상범 등과 친
교. 아동잡지 『아이 생활』 편집장.

▼1932년(30세) 『신동아』 주간 취임.

▼1934년(32세) 중국 베이징에 있는 푸런대학(輔仁大學)에 영문학과 교수로 임용되
어 1943년까지 재직. 이때부터 그의 작품은 초기의 신경향파적이고
자연주의적 경향에서 벗어나 여성편향적이고 내면화된 순수문학으
로 전환되기 시작.

▼1935년(33세) 첫 장편소설 『구름을 잡으려고』를 『동아일보』에 2월 17일부터 연재
하기 시작. 대표작이라 할 수 있는 단편소설 「사랑손님과 어머니」를
『조광』 11월호에 발표. 이 작품으로 작가로서 새로운 전성기를 맞음.

▼1936년(34세) 『신가정』지 기자로 있던 8년 연하의 김자혜(金慈惠)와 재혼.

▼1938년(36세) 장편소설 『길』을 『동아일보』에 9월 6일부터 연재했으나 얼마 안 가
알 수 없는 이유로 중단. (일제의 방해와 총독부의 검열 때문일 것이다.)

▼1941년(39세) 장남 북명(北明) 출생.

▼1942년(40세) 차남 동명(東明) 출생.

▼1943년(41세) 일제의 식민지 군국주의가 극에 달해 있던 이 시기에 일본의 대륙
침략에 협조하지 않는다는 이유로 중국 정부로부터 추방당해 귀국.
(이 기간 중 당시 중국을 침략한 일제경찰에 의해 검거되어 폴란드 출신
영국 소설가 조지프 콘래드와 미국 소설가 펄 S.벅의 소설 『대지』의 영향
으로 쓴 영문 장편소설도 압수당하고 수개월 간 유치장에서 격심한 고문
을 받음) 장녀 승희(勝喜) 출생.

▼1945년(43세) 평양에 머물며 감격의 해방을 맞음. 해방이 되자 월남해 서울에 정착.

▼1947년(45세) 상호출판사 주간 취임. 영문 중편소설 *Kim Yu-Shin*(김유신)을 출간.

▼1950년(48세) 10월, 영자신문 『코리아 타임스』의 주필로 취임.

▼1953년(51세) 부산 피난 시절 2월 20일부터 『동아일보』에 장편소설 『길』 연재 시작. 경희대학교 영문학과 교수로 임용.

▼1954년(52세) 국제펜(PEN)클럽 한국본부 사무국장으로 출발하여 부위원장, 위원장을 역임함.

▼1957년(56세) 장편소설 『1억 5천만 대 1』을 『자유문학』 6월호부터 연재 시작.

▼1958년(56세) 『1억 5천만대 1』의 속편인 장편소설 『망국노군상(亡國奴群像)』을 『자유문학』 6월호부터 연재 시작.

▼1959년(57세) 국제펜(PEN)클럽 주최 제30차 세계작가대회(프랑크푸르트) 한국 대표로 참가.

▼1961년(59세) 『코리언 리퍼블릭』 이사장 역임.

▼1962년(60세) 작품집 『미완성』을 을유문화사에서 출간.

▼1963년(61세) 1년간 미국으로 가서 미주리대학 등 6개의 대학을 순회하며 '아시아 문화 및 문학'을 강의. 영문 장편소설 *The Forest of the White Cock*(『흰 수탉의 숲』)을 출간.

▼1965년(63세) 경희대학교 교수직을 사임. 사임과 함께 7년여의 침묵을 깨고 다시 작품을 발표하기 시작. 단편소설 「세 죽음」과 「비명횡사한 유령의 수기」를 『현대문학』 10월호에 발표함. 한국아메리카학회 초대회장 선임.

▼1970년(68세) 단편소설 「여대생과 밍크코우트」를 『월간문학』 6월호에 발표. 그 뒤 건강상의 문제로 더 이상 창작 활동을 계속하지 못함.

▼1971년(69세) 한국번역가협회 초대 회장에 선임.

▼1972년(70세) 4월 전신 신경통으로 세브란스병원에 잠시 입원. 11월 14일, 서울 연희동의 자택에서 심근경색으로 갑작스레 사망. (파주 기독교 공원묘지에 안장)

[2004년에 주요섭은 1919년 3·1만세운동에 참여하고 등사판 신문 『독립운동』을 발행한 죄로 10개월간 유년감에서 옥고를 치른 것이 뒤늦게 인정받아 독립운동가로 추서되었다. 현재 대전 현충원 독립유공자묘역으로 이장.]

작품 연보[1]

1920. 1. 3	「이미 떠난 어린 벗」(『매일신보』)
1921. 4	「추운밤」(『개벽』)
7	「죽음」(『新民今論』)
1922. 10	동화 「해와 달」(『개벽』)(번안)(조선전래이야기 각색)
1924. 3	번역 「기적(汽笛)」(『신여성』)
10	번역시 「무제(無題)」(『개벽』)
11	수필 「선봉대」(『開闢』)
1925. 3. 1	시 「이상(理想)」(『新女性』)
4	「인력거꾼」(『開闢』)
6	「살인」(『開闢』)
9~11	『첫사랑 값 1』 중편소설(『朝鮮文壇』 연재)
10	「영원히 사는 사람」(『新女性』)
1926. 1	「천당」(『新女性』)
5	평론 「말」(『東光』)
10	시 「물결」, 「진화」, 「자유」(『東光』)
1927. 1	「개밥」(『東光』)
2~3	『첫사랑 값 2』 중편소설(『조선문단』 연재)
6	시 「젊은 사랑」(『東光』)
7	수필 「문명(文明)한 세상?」(『東光』) 희곡 「긴 밤」
11	번역 『토적군』(討赤軍)(『東光』)
1928. 12	수필 「미국(美國)의 사상계(思想界)와 재미(在美) 조선인(朝鮮人)」(『별건곤』)

---

1   장르 표시가 없는 것은 모두 단편, 중편, 장편소설임.

1930	동화 「웅철이의 모험」
2.22~4.11	회고담 「할머니」(『우라키』 제4호)
8	『유미외기(留美外記)』(『동아일보』)
9	시 「낯서른 고향」(『大潮』)
	기행 「4천 년 전 고도 평양행진곡 지방소개」
1931. 4	평론 「교육 의무 면제는 조선 아동의 특전(特典)」(『東光』)
10	평설 「공민 훈련(公民訓練)에 관한 구미 각국(歐美各國)의 시설 (施設)」(『新東亞』)
11	수필 「웰스와 쇼우와 러시아」(『文藝月刊』)
1932. 3	수필 「음력 설날」(『新東亞』)
3	수필 「상해 관전기」
4	수필 「봄과 등진 마음」(『新東亞』)
5	수필 「혼자 듣는 밤비 소리」(『新東亞』)
5	수필 「문단 잡화 ─ 아미리가(아메리카)계의 부진」(『三千里』)
6	수필 「마른 솔방울」(『新東亞』)
9	수필 「미운 간호부」(『新東亞』)
10	「진남포행」(『新東亞』)
12	수필 「십 년과 네 친구」(『新東亞』)
12	수필 「아메리카의 일야(一夜)」(『三千里』)
1933. 1	수필 「사람의 살림살이」(『新東亞』), 「마담 X」(『三千里』)
3	동화 「미친 참새 새끼」(『新家庭』)
5	「셀스 껄」(『新家庭』)
7	가정용 영어 일람 (여자 하계 대학 강좌 外語科)(『신가정』)
8	수필 「금붕어」(『新東亞』)
8	수필 「하늘, 물결, 마음」(『신가정』)
10	평론 「아동문학 연구 대강(研究大綱)」(『學燈』)
1934. 4	수필 「안성 중학 시절」(『學燈』)
5	수필 「1925년 5 · 30」(『新東亞』)
7~8	수필 「호강(扈江)의 첫여름」(『學燈』)
11	수필 「상해(上海) 특급(特急)과 북평(北平)」(『동아일보』)

1935. 2	수필 「심양성(瀋陽城)을 떠나서」(『新東亞』)
2. 17~8. 4	『구름을 잡으려고(첫 장편소설)』(『동아일보』 연재)
7	「대서(代書)」(『新家庭』)
11	수필 「취미생활과 돈」(『新東亞』)
	「사랑손님과 어머니」(『朝光』)
1936. 1	「아네모네의 마담」(『朝光』)
3	「북소리 두둥둥」(『조선문단』)
4	「추물(醜物)」(『신동아』)
9~1937. 6	중편소설 『미완성(未完成)』(『朝光』 연재)
1937. 1	「봉천역 식당」(『사해공론』)
6	수필 「중국인들의 생활을 존경한다」(『朝鮮文學』)
6	수필 「북평 잡감」(『백민』)
11	「왜 왔던고?」(『女性』)
1938. 5. 17~25	「의학박사」(『동아일보』)
6~7	「죽마지우」(『女性』)
9.6~11.23	「길」 (장편소설)(『동아일보』)
1939. 2	「낙랑고분의 비밀」(『朝光』)
1941	『웅철이의 모험』(장편동화)(『조선아동문화협회』)
1946. 11	「입을 열어 말하라」(『新文學』)
	「눈은 눈으로」(『大潮』)
1947	「시계당 주인」
	「극진한 사랑」(『서울신문』)
	영문소설 "Kim Yushin: The Romance of a Korean Warrior of 7th Century"(「김유신 : 7세기 한국 전사의 이야기」(상호출판사)(중편)
1948. 9	「대학교수와 모리배」(『서울신문』)
11	수필 「과학적 생활」(『學風』)
1949. 7	「혼혈(混血)」(『大潮』)
1950. 2	「이십오 년」(『學風』)

1953. 2. 20	『길』(장편소설)(『동아일보』연재 시작)
1954. 8	「해방 1주년」(『新天地』)
10	번역 『현대미국 소설론』(프레데릭 호프만)(박문출판사)
	영문 수필 "One Summer Day"(「어느 한 여름날」)(『펜』)
1955. 2	「이것이 꿈이라면」(『思想界』)
	번역 『서부개척의 영웅 버지니언』(오웬 위스티어)(진문사(進文社))
1957. 6~1958.4	『1억 5천만대 1』(장편소설)(『自由文學』 연재)
1957	번역 『불멸의 신앙』(윌라 캐더)(을유문화사)
	번역 『현대 영미 단편선』(공역)(한일문화사)
1958. 4	「잡초」(『思想界』)
5	「붙느냐, 떨어지느냐」(『自由文學』)
6~1960. 5	『망국노 군상(亡國奴 群像)』(장편소설)(『自由文學』 연재)
11	수필 「내가 배운 호강 대학」(『사조』)
1959. 6	수필 「나의 문학 편력기」(『신태양』)
1962	『미완성』(중단편소설집)(을유문화사)
	번역 『펄 벅 단편선』(펄 벅)(을유문화사)
	보고서 「제3차 아세아 작가회의 소득」(『현대문학』)
	번역 『연애 대위법』(올더스 헉슬리)(을유문화사)
	영문 장편소설 *The Forest of the White Cock: Tales and Legends of the Silla Period* (『흰 수탉의 숲: 신라시대 이야기와 전설』)(어문각)
1963. 3	수필 「이성·독서·상상·유머」(『自由文學』)
1964	번역 『천로역정』, 『유토피아』(을유문화사)
10	수필 「다시 타향에서 들여다 본 조국」(『문학』)
1965. 10	「세 죽음」, 「비명횡사한 유령의 수기」(『現代文學』)
11	수필 「죽음과 삶과」(『現代文學』)
	번역 『크리스마스 휴일』(서머싯 몸)(정음사)

1966. 3	수필 「공약 삼장(公約三章)의 3월」(『思想界』)
7	영문 단편소설, "I Want to Go Home"(*The Korea Time*)
11	수필 「재미있는 이야기꾼 — 나의 문학적 회고」(『文學』)
1967. 5	「열 줌의 흙」(『現代文學』)
1968. 7	「죽고 싶어 하는 여인」(『現代文學』)
1969	『영미 소설론』(한국영어영문학회편 공저)(신구문화사)
6	「나는 유령이다」(『月刊文學』)
1970. 4	영역 주요섭 「사랑손님과 어머니」· 최정희 「수탉」· 이상 「날개」, *Modern Korean Short Stories and Plays*(국제PEN한국본부)
6	「여대생과 밍크코트」(『月刊文學』)
1972	『길』(장편소설)(삼성출판사)
4	「마음의 상채기」(『月刊文學』)
1973. 1	「진화」(『문학사상』)
	「여수」(『문학사상』)
1974	번역 『나의 안토니아』(윌라 캐더)(을유문화사)
1987. 4	「떠름한 로맨스」(『현대문학』) 중편소설

주요섭 소설 전집 | 전8권

정정호 책임편집